FOLIO SCIENCE-FICTION

Mary Robinette Kowal

VERS LES ÉTOILES

Traduit de l'anglais (États-Unis)
par Patrick Imbert

Denoël

Cet ouvrage a été précédemment publié dans la collection
Lunes d'encre aux Éditions Denoël.

Titre original :
THE CALCULATING STARS

Mary Robinette Kowal est l’autrice de nombreuses nouvelles et d’une dizaine de romans, dont la série *The Glamourist Histories* et celle de la Lady Astronaute. Cette dernière a été récompensée par le prix Hugo à deux reprises : en 2014 pour la nouvelle « La Lady Astronaute de Mars » et en 2019 pour *Vers les étoiles*, paru dans la collection Lunes d’encre des Éditions Denoël. Ce roman a réussi l’exploit d’obtenir également les prix Nebula, Locus et Sidewise. Mary Robinette Kowal, par ailleurs marionnettiste professionnelle, vit à Nashville.

Pour Emily Harrison,
ma nièce de la génération martienne.

« On croit que le roi est mort ; nous ne voulons plus attendre. Les lauriers dans notre pays sont tous flétris, et les météores épouvantent les étoiles fixes du ciel. La pâle lune luit sanglante sur la terre, et des prophètes à la mine décharnée murmurent de formidables changements ; les riches ont l'air triste et les gueux dansent et sautent de joie, les uns craignant de perdre leur fortune, les autres espérant faire la leur par la fureur et la guerre. Ces signes sont les avant-coureurs de la mort ou de la chute des rois. »

SHAKESPEARE, *Richard II*[1]

1. *Richard II*, acte II, scène 4, traduction de François-Victor Hugo.

PREMIÈRE PARTIE

1

LE PRÉSIDENT DEWEY FÉLICITE LE NACA APRÈS LE LANCEMENT D'UN SATELLITE

3 mars 1952 (AP). Le Comité consultatif national pour l'aéronautique (NACA [1]) a placé avec succès son troisième satellite en orbite ; ce dernier est capable d'envoyer des signaux radio sur Terre et de mesurer les radiations spatiales. Le président dément tout usage militaire du satellite et précise qu'il s'agit d'un engin d'exploration scientifique.

Où étiez-vous quand le météore est tombé ? Vous vous souvenez ? Je n'ai jamais vraiment compris ces questions. Bien sûr, vous vous en souvenez. Moi, j'étais à la montagne, avec Nathaniel. Son père lui avait légué son chalet, on s'y rendait pour observer les étoiles. Pour faire l'amour, en clair. Oh, ne jouez pas les offusqués. Nathaniel et moi étions jeunes

1. National Advisory Committee for Aeronautics. *(Toutes les notes sont du traducteur.)*

mariés, en parfaite santé, et les seules étoiles que je contemplais me tapissaient l'intérieur des paupières.

Si j'avais su que les étoiles disparaîtraient, j'aurais passé beaucoup plus de temps dehors, avec le télescope.

Nous étions sur le lit, les couvertures froissées autour de nous. Filtrée par les flocons qui tombaient tranquillement, la lumière matinale argentée ne réchauffait pas beaucoup la chambre. Nous n'avions quasiment pas dormi, sans jamais quitter le lit – pour des raisons évidentes. Pelotonné contre moi, Nathaniel mêlait ses jambes aux miennes, laissant son doigt dériver sur ma clavicule, en rythme avec la musique émise par notre petite radio à piles.

Je me suis étirée sous ses soins attentifs, puis j'ai tapoté son épaule. « Bien, bien… mon “Sixty Minute Man” à moi. »

Il a gloussé, son souffle chaud m'a picoté le cou.

« Ça veut dire que j'ai droit à quinze minutes supplémentaires de baisers ?

— Seulement si tu fais du feu.

— C'est déjà fait, non ? »

Il s'est quand même redressé, avant de quitter le lit.

Nous prenions quelques vacances bien méritées, après un travail acharné sur le dernier lancement du Comité consultatif national pour l'aéronautique. Si je n'avais pas œuvré comme mathématicienne au NACA, je n'aurais jamais vu Nathaniel réveillé, ces deux derniers mois.

J'ai ramené les couvertures sur moi, avant de m'installer sur le flanc pour mieux l'observer. Il était mince, son passage à l'armée pendant la guerre l'avait un peu sculpté. J'aimais beaucoup voir ses muscles rouler sous sa peau. Il s'est emparé d'une bûche parmi les stères empilés sous la grande baie vitrée. La neige l'encadrait parfaitement, nimbant sa silhouette d'une lumière métallique qui se reflétait dans ses mèches blondes.

Et soudain, l'extérieur s'est embrasé.

Tous ceux qui se trouvaient près d'une fenêtre dans un rayon de huit cents kilomètres autour de Washington D.C., à 9 h 53, le 3 mars 1952, se souviennent de cette lumière. D'abord rouge, puis blanche, si violente qu'elle noyait même les ombres. Nathaniel s'est raidi, la bûche entre les mains.

« Elma ! Ferme les yeux ! »

J'ai obéi. Cette lumière. C'était forcément une bombe atomique. Les Russes n'étaient pas trop contents depuis l'entrée en fonction du président Dewey. Seigneur. L'épicentre devait se situer dans la région de D.C. Combien de temps avant que l'onde de choc nous atteigne ? Nous avions tous les deux assisté à des essais atomiques, à Trinity, mais les chiffres avaient déserté mon crâne. Washington était assez loin pour que la chaleur générée par l'explosion nous épargne, mais cela déclencherait la guerre que nous redoutions tous.

Je suis restée plantée là, sur le lit, les yeux fermés. La lueur s'est atténuée.

Il ne s'est rien passé. La musique ne s'est même pas interrompue. Si la radio continuait à émettre, il n'y avait aucune perturbation électromagnétique. J'ai rouvert les yeux. « Bon. » J'ai désigné la radio du pouce. « Manifestement pas une bombe A. »

Nathaniel s'était écarté de la fenêtre, sans pour

autant lâcher la bûche. Il l'a agitée entre ses mains, les yeux rivés sur la vitre. « Toujours aucun bruit. Ça fait combien de temps ? »

La radio continuait à passer « Sixty Minute Man ». Quelle était l'origine de cette lumière ? « Je n'ai pas compté. Un peu plus d'une minute ? » J'ai frissonné en multipliant de tête la vitesse du son par le nombre de secondes écoulées. « 340 mètres par seconde. Donc… l'épicentre se situe au moins à 30 kilomètres ? »

Nathaniel s'apprêtait à enfiler un pull. Il s'est interrompu, les secondes se sont écoulées. Cinquante kilomètres. Soixante. Soixante-dix. « C'est… c'était une grosse explosion. Très brillante. »

J'ai inspiré avec précaution, avant de secouer la tête. J'avais très envie que ce soit vrai, sans en être tout à fait persuadée. « Ce n'était pas une bombe A.

— Je suis ouvert à toute théorie. »

Nathaniel a enfilé son pull en laine. L'électricité statique lui a hérissé les cheveux sur la tête.

La musique a changé. « Some Enchanted Evening ». Je suis sortie du lit, j'ai attrapé le soutien-gorge et le pantalon dont je m'étais débarrassée la veille. La neige tourbillonnait derrière la vitre.

« Bon… la radio n'a même pas été interrompue, c'était forcément bénin… ou très localisé, du moins. Ça pourrait être un dépôt de munitions.

— Ou un météore…

— Oui ! » Bonne remarque. Ça expliquait pourquoi la radio n'avait pas été coupée. C'était un événement localisé. J'ai poussé un soupir de soulagement. « On était peut-être juste en dessous de la trajectoire de rentrée. D'où l'absence d'explosion.

Nous n'avons vu que sa combustion. Pleine de lumière et de fureur, et qui ne signifie rien… »

Les doigts de Nathaniel ont effleuré les miens. Il m'a ôté des mains les bretelles de mon soutien-gorge. Il a verrouillé le fermoir, avant de laisser courir ses doigts sur mes omoplates, puis sur mes avant-bras. Ses mains étaient chaudes, contre ma peau. Je me suis collée à lui, sans cesser de réfléchir à cette lumière. Un flash *tellement* brillant. Il m'a serrée un peu, avant de me libérer.

« Oui.

— Oui, c'était un météore ?

— Oui, on devrait rentrer. »

J'avais très envie de croire qu'il s'agissait juste d'un coup de chance, mais j'avais vu la lumière, malgré mes yeux fermés. Pendant qu'on s'habillait, la radio enchaînait les chansons, toutes plus gaies les unes que les autres. C'est sans doute pour ça que j'ai opté pour mes chaussures de randonnée en lieu et place des mocassins… au fond de moi, une petite voix s'attendait à ce que la situation s'aggrave. Nathaniel et moi n'avons fait aucun commentaire là-dessus, mais à chaque fois qu'une chanson s'achevait, je regardais la radio, impatiente qu'on nous apprenne enfin ce qui s'était passé.

Le sol du chalet a tremblé.

J'ai d'abord cru qu'un poids lourd avait frôlé la maison, mais nous étions au milieu de nulle part. Sur la table de nuit, le merle en porcelaine a vacillé, avant de basculer. En tant que physicienne, j'aurais cru pouvoir identifier immédiatement un tremblement de terre. Mais nous étions dans les Poconos, une région géologiquement très stable.

Nathaniel ne s'est pas inquiété outre mesure. Il m'a saisi la main, puis m'a tirée vers la porte d'entrée. Le sol s'est soulevé, roulant sous nos pas. Nous nous sommes accrochés l'un à l'autre, comme deux danseurs saouls, dans une sorte de fox-trot. Les murs se sont repliés sur eux-mêmes et puis… et puis toute la maison s'est effondrée. Je suis à peu près sûre d'avoir hurlé.

Quand la terre a cessé de trembler, la radio fonctionnait encore. Le haut-parleur grésillait, sans doute abîmé, mais les piles la maintenaient en marche. Nathaniel et moi étions allongés l'un contre l'autre, cernés par les restes du cadre de la porte. Un air froid tourbillonnait autour de nous. J'ai épousseté son visage, couvert de poussière.

Mes mains tremblaient.

« Ça va ?

— J'ai la trouille. » Ses yeux bleus étaient écarquillés, mais les deux pupilles avaient la même taille, alors… c'était bon signe. « Et toi ? »

J'ai attendu quelques secondes avant de répondre presque automatiquement : « Ça va, oui. » J'ai inspiré un grand coup, puis j'ai fait un rapide état des lieux. Mon corps était gorgé d'adrénaline, mais je ne m'étais pas uriné dessus. « J'aurai mal demain, mais rien de grave, je pense. Pour moi, je veux dire. » Il a hoché la tête, tendant le cou pour mieux examiner la petite cavité dans laquelle nous nous trouvions. Le soleil brillait par une brèche, là où l'un des panneaux en contreplaqué du plafond s'était effondré sur les restes du seuil. Ça nous a pris un peu de temps, mais nous avons pu dégager les débris pour nous sortir de là… et tituber au milieu des restes du chalet.

Si j'avais été seule… eh bien, si j'avais été seule, je n'aurais jamais atteint la porte à temps. J'ai serré les bras contre mes côtes, secouée de frissons malgré mon pull.

Nathaniel m'a vue trembler. Il a examiné les gravats.

« On devrait trouver une couverture.

— La voiture… » Je me suis retournée en priant pour que rien ne lui soit tombé dessus. C'était notre unique moyen de transport vers l'aérodrome où nous attendait notre avion. On nous l'avait prêtée. Dieu merci, elle était là, intacte, bien garée dans l'allée. « Aucune chance de retrouver mon sac dans les décombres. Je dois pouvoir la démarrer avec les fils.

— Quatre minutes ? » Nathaniel a trébuché dans la neige. « Entre l'éclair et le tremblement de terre…

— À peu près, oui. » J'ai fait tourner les chiffres et les distances dans ma tête, et lui aussi, j'en suis certaine. Mon cœur battait la chamade, toutes mes articulations me faisaient mal, autant me raccrocher à la douce certitude des mathématiques. « Donc… l'épicentre de l'explosion se situe à au moins quatre cent cinquante kilomètres.

— L'onde de choc devrait nous atteindre… trente minutes après l'explosion ? Plus ou moins. » Malgré son calme apparent, Nathaniel m'a ouvert la portière passager d'une main tremblante. « Ça veut dire qu'il nous reste quoi ? Quinze minutes ? »

L'air glacé me brûlait les poumons. Quinze minutes. Toutes ces années de calcul pour des essais de fusées me sont revenues avec une terrifiante clarté. Je pouvais facilement calculer le rayon de l'onde de choc d'un V2, la puissance d'un combustible de fusée. Mais ça… ça n'avait rien à voir avec une série de chiffres alignés sur une feuille de papier. Et je manquais de données pour obtenir un résultat fiable. Je n'avais qu'une seule certitude : tant que la radio continuait à diffuser ses programmes, ce n'était pas une bombe A. Mais quelle que soit la nature de l'explosion, c'était gigantesque.

« Tâchons de descendre en aval, aussi loin que possible, avant que le souffle nous rattrape. »

L'éclair avait brillé au sud-est. Dieu merci, nous étions sur le versant ouest de la montagne… mais au sud-est, il y avait Washington, Philly, Baltimore… des centaines de milliers d'habitants.

Dont ma famille.

Je me suis installée sur le siège en vinyle froid, avant de me pencher vers la colonne de direction pour déloger les câbles. C'était tellement plus facile de me concentrer sur quelque chose de concret – faire démarrer une voiture sans clé, par exemple –, que sur l'extérieur, quoi qu'il soit en train de se passer.

Dehors, l'air a sifflé, craqué. Nathaniel s'est penché par la fenêtre.

« Merde.

— Quoi ? » J'ai sorti la tête du tableau de bord et scruté le paysage à travers la vitre, au-delà des arbres et des flocons. Des traînées de flammes et de fumée zébraient le ciel. Un météore aurait fait des dégâts en explosant dans le ciel. Une météorite, alors ? L'objet avait bel et bien touché la Terre, expulsant une énorme quantité de matière dans le trou qu'il avait foré dans l'atmosphère. Des éjectas. On voyait clairement des morceaux de roche retomber en pluie, comme des boules de feu. Ma voix s'est brisée, mais j'ai tenté de garder un ton désinvolte. « Bon… au moins tu avais tort sur un point, ce n'était pas un *météore…* »

J'ai fait démarrer la voiture, Nathaniel a passé les vitesses et s'est dirigé vers la vallée. Nous ne pourrions jamais atteindre notre avion avant l'onde de choc. Pourvu que le hangar le protège suffisamment. Quant à nous… plus on mettait de montagne entre nous et l'impact, mieux c'était. Une explosion aussi brillante, à plus de quatre cent cinquante kilomètres… quand elle nous atteindrait, l'onde de choc serait tout sauf agréable.

J'ai allumé la radio, sans espérer autre chose que des parasites, mais la musique a empli l'habitacle. J'ai changé de fréquence, n'importe laquelle, pour peu qu'on nous explique ce qui se passait. Mais il n'y avait que de la musique. Au fil des kilomètres, la voiture s'est lentement réchauffée, mais je n'ai pas cessé de trembler.

Je me suis laissée glisser sur le siège pour me coller à Nathaniel.

« Je suis en état de choc, je crois.

— Tu arriveras à piloter ?

— Tout dépend de la quantité d'éjectas dans l'atmosphère quand on arrivera à l'aérodrome. » Pendant la guerre, j'avais souvent volé dans des conditions limites, même si, officiellement, je n'avais jamais effectué de mission de combat. Ce n'était qu'une spécification technique pour rassurer les gens quant à la présence de femmes dans l'armée. En considérant les éjectas comme un tir antiaérien, j'avais au moins un cadre de référence pour mesurer ce qui nous attendait. « Il faut que j'empêche ma température corporelle de chuter. »

Nathaniel a passé le bras autour de mes épaules, avant d'arrêter la voiture du mauvais côté de la route, sous un escarpement rocheux. Cet abri de fortune nous préserverait du pire de l'onde de choc.

« On ne trouvera pas mieux, en attendant...

— Bien vu. »

Difficile de rester calme, avec ce qui s'annonçait. J'ai posé la tête sur l'épaule de Nathaniel. La laine rêche de sa veste m'a piqué la peau. Il ne servait à rien de paniquer, et nous ignorions encore à quoi nous attendre.

À la radio, la chanson s'est arrêtée d'un coup. Je ne me souviens plus laquelle c'était. Je me souviens juste du silence, abrupt. Et puis, enfin, l'annonce. Il leur avait fallu presque une demi-heure avant de rendre compte des événements. Pourquoi si longtemps ?

Je n'avais jamais entendu Edward R. Murrow aussi secoué. « Mesdames et messieurs... mesdames et messieurs, nous interrompons ce programme pour vous informer... d'une grave nouvelle. Peu après 10 heures, ce matin, un... ce qui ressemble à un météore a pénétré l'atmosphère terrestre. L'objet s'est abattu dans l'océan, au large du Maryland, générant une immense boule de feu, un tremblement de terre et d'importantes destructions. Les personnes habitant la côte Est dans son ensemble sont priées d'évacuer immédiatement la zone et de gagner l'intérieur des terres, en raison des risques de raz de marée imminents. La population non concernée doit rester chez elle pour faciliter la circulation des secours et des véhicules d'urgence. » Il s'est tu un instant. Le grésillement du bruit blanc a laissé le temps à la nation entière de reprendre son souffle. « Nous passons l'antenne à Philip Williams, correspondant à Philadelphie de notre filiale WCBO, qui se trouve sur place. »

Pourquoi un correspondant de Philadelphie, et non un journaliste de D.C. ? Ou de Baltimore ?

Au début, j'ai cru que les parasites étaient plus forts, et puis j'ai pris conscience que j'entendais le bruit d'un gigantesque incendie. Au bout d'un moment, j'ai compris qu'ils avaient eu du mal à trouver un professionnel encore en vie. Le plus proche était à Philadelphie.

« Je suis actuellement sur la Route 1, à une centaine de kilomètres au nord de l'impact. Impossible de nous approcher davantage, même par avion, à cause de la chaleur extrême. Quand nous avons survolé la zone, je n'ai vu qu'une immense étendue dévastée. On dirait qu'une gigantesque main a balayé la capitale, emportant avec elle tous les hommes et toutes les femmes qui habitaient ici. Pour le moment, nous ignorons ce qu'est devenu le président, mais… » Mon cœur s'est serré quand sa voix s'est brisée. Pendant la guerre, j'avais déjà entendu Williams livrer des comptes rendus sans émotion apparente. Plus tard, quand j'ai su jusqu'où il s'était approché, j'ai été impressionnée qu'il ait réussi à tenir un micro. « … mais de la ville de Washington, il ne reste plus rien. »

2

ANNONCE: Ici BBC World News, 3 mars 1952. Voici les dernières informations, avec Robert Robinson. Aux premières heures du matin, une météorite s'est abattue à proximité de la capitale des États-Unis d'Amérique, générant une explosion plus puissante que les bombes d'Hiroshima et de Nagasaki. La tempête de feu subséquente a anéanti Washington D.C. et sa banlieue dans un rayon de plusieurs centaines de kilomètres.

Après avoir eu – enfin – des nouvelles à la radio, j'ai poursuivi mes calculs de tête. C'était plus facile que de réfléchir aux conséquences. Nous vivions à D.C., nous connaissions beaucoup de gens, là-bas. Et mes parents étaient…

Depuis Washington, le souffle mettrait un peu plus de vingt-quatre minutes à nous atteindre. J'ai tapoté l'horloge du tableau de bord.

« Ça ne devrait plus tarder.

— Oui. » Mon mari a enfoui son visage dans ses

mains, puis s'est affaissé sur le volant. « Tes parents, ils…

— Ils étaient chez eux, oui. »

Je tremblais toujours. Ma respiration était trop creuse, trop saccadée. J'ai serré les mâchoires, avant de retenir mon souffle quelques instants, les yeux fermés.

Le siège a gémi quand Nathaniel a passé ses bras autour de moi, m'attirant à lui. Il a posé sa tête contre la mienne, m'enfermant dans un doux cocon de tweed et de laine. Nettement plus âgés que les miens, ses parents étaient décédés quelques années auparavant. Il savait très bien ce dont j'avais besoin, alors il m'a serrée contre lui.

« Je pensais… je veux dire… Grand-mère a cent trois ans. Mais papa, je le croyais immortel. »

Nathaniel a inspiré un grand coup, comme si on l'avait frappé à la poitrine.

« Quoi ? »

Il a soupiré, puis m'a serrée un peu plus fort. « Il y a eu des alertes au raz de marée.

— Oh, Seigneur. »

Grand-mère vivait à Charleston. Pas dans une maison donnant sur la plage, non, mais la ville longeait la côte, elle était très basse. Et il y avait aussi mes tantes, mes oncles, mes cousins… et Margaret qui venait juste d'avoir un bébé. J'ai voulu me redresser, mais les bras de Nathaniel s'étaient refermés autour de moi.

« Il nous reste combien de temps ? Le météore est tombé un peu avant 10 heures. Mais quelle taille avait-il ? Et la profondeur de l'eau… il me faut une carte, je dois…

— Elma. » Nathaniel m'a serrée à nouveau. « Elma, tais-toi… tu ne peux pas calculer ça.

— Mais… Grand-mère…

— Je sais, chérie. Je sais. Quand on sera dans l'avion, on appellera pour sav… »

L'onde de choc a émietté toutes les fenêtres de la voiture. Elle a rugi, enflé encore. Ma poitrine a tremblé comme une fusée quittant son pas de tir. Les vibrations m'ont compressé la peau, noyant ma conscience dans une succession de vagues monstrueuses, suivies par d'autres explosions, plus faibles, les secondaires, les tertiaires… Je me suis cramponnée à Nathaniel, lui-même accroché au volant. La voiture s'est ébranlée, elle a glissé le long de la route.

Le monde a hurlé, grondé, le vent gémissait par les cadres fracassés des fenêtres.

Quand le chaos a cessé, la voiture avait atteint le milieu de la chaussée. Tout autour de nous, des arbres gisaient en rangs, comme alignés par un géant. Certains avaient résisté, toujours debout, mais déshabillés de leur manteau de neige et de feuilles.

Le pare-brise avait entièrement disparu. Côté conducteur, la fenêtre latérale reposait sur nos têtes, une épaisse feuille étoilée en verre trempé. Je me suis dégagée, Nathaniel m'a aidée à la repousser vers la portière. Du sang perlait aux nombreuses égratignures constellant son visage et ses mains.

Il a tendu le doigt vers moi. « Tu saignes. » Sa voix était comme étouffée. On aurait dit qu'il était sous l'eau. Il a froncé les sourcils après m'avoir parlé.

« Toi aussi, tu saignes. » L'écho de ma propre voix m'a surprise. « Un problème aux tympans ? »

Il a acquiescé, puis s'est frotté le visage, étalant le

sang en traînées écarlates. « Au moins, on n'entendra plus de mauvaises nouvelles. »

J'ai ri. Parfois, il le faut, même si la situation n'a rien de drôle. Je me suis penchée pour éteindre la radio. Ma main s'est arrêtée sur le bouton.

Plus de musique. Rien à voir avec la surdité temporaire liée à l'onde de choc. La radio était silencieuse.

« Ils ont perdu leur tour émettrice.

— Cherche une autre station. » Nathaniel a passé la première et nous avons fait quelques mètres. « Non. Attends. Désolé. Il va falloir y aller à pied. »

Même avec une voiture en parfait état, il y avait trop d'arbres sur la route. Impossible de passer. L'aérodrome n'était pas à plus de quatre kilomètres et, l'été, il nous arrivait souvent de couvrir cette distance à pied. On atteindrait peut-être – *peut-être* – Charleston avant l'arrivée du raz de marée sur la côte. Si l'avion était en état de voler. Si les fumées n'étaient pas trop denses. Si nous avions assez de temps. Les probabilités jouaient contre nous, mais que faire, à part espérer ?

Nous sommes descendus de voiture, puis nous avons marché.

Nathaniel m'a aidée à m'asseoir sur un tronc d'arbre. J'ai glissé dans la boue, et s'il ne m'avait pas fermement tenue par le bras, j'aurais fini par terre. J'essayais de me dépêcher, mais me casser un bras ou me rompre le cou n'arrangerait rien.

Nathaniel a grimacé en contemplant la neige fondue.

« La température augmente…

— J'aurais dû emporter un maillot de bain. »

Je lui tapotais le bras alors que nous avancions. J'affichais une certaine désinvolture, dans l'espoir de faire bonne figure, ce qui pousserait Nathaniel à moins s'inquiéter pour moi. En théorie.

Mon épuisement était tel que j'avais cessé de trembler. Il n'y avait aucun chant d'oiseau, rien. Était-ce à cause de mes tympans blessés ? Avaient-ils tous cessé de chanter ? La route était bloquée à peu près partout, mais on s'orienterait plus facilement en la suivant. Nous ne pouvions pas nous permettre de nous perdre en coupant à travers champs. C'était une progression lente et, malgré la chaleur générée par l'explosion, nous n'étions pas assez habillés pour tenir très longtemps dehors.

« Tu crois vraiment que l'avion sera encore là-bas ? » Les coupures qui zébraient le visage de Nathaniel avaient cessé de saigner, mais le mélange de sang et de terre lui donnait presque une apparence de pirate. Un pirate vêtu de tweed.

J'ai contourné le sommet feuillu d'un arbre arraché.

« À tout prendre, l'aérodrome est plus proche que la ville, et puis nous… »

Un bras gisait sur la route. Pas de cadavre. Juste un bras nu. Il se terminait sur une épaule rougeâtre, déchiquetée. Il appartenait probablement à un homme, un blanc d'une trentaine d'années. Les doigts se repliaient délicatement vers le ciel.

« Bon Dieu. »

Nathaniel s'est arrêté à côté de moi. Ni lui ni moi n'étions très délicats, et les catastrophes successives créaient une sorte de brouillard hébété en nous. Je me suis approchée du bras, avant d'examiner la colline. Seuls quelques arbres tenaient encore debout, mais leurs frondaisons, même dénudées, masquaient l'horizon d'un lacis de branches.

« Ohé ? »

Nathaniel a placé ses mains en coupe autour de sa bouche, puis il a crié : « Ohé ! Il y a quelqu'un ? »

La colline restait silencieuse, à peine troublée par le vent qui agitait les branches.

Au front, j'avais vu bien pire qu'un simple membre sectionné. Même en convoyant des avions. La situation actuelle n'avait rien à voir avec une guerre, mais il y aurait de nombreuses victimes. Enterrer ce bras ne servirait à rien. Pourtant, l'abandonner ici nous semblait… injuste.

J'ai pris la main de Nathaniel.

« *Baruch dayan Ha'emet.* »

Son baryton rugueux a rejoint ma propre voix. Notre prière était moins pour cet inconnu, qui n'était probablement pas juif, que pour tous les morts qu'il incarnait. Pour mes parents, pour les milliers – les centaines de milliers – de personnes qui avaient perdu la vie aujourd'hui.

Et là, je me suis enfin mise à pleurer.

Il nous a fallu quatre heures pour atteindre l'aérodrome. En été, on effectuait le même chemin en moins d'une heure. Les douces montagnes de Pennsylvanie sont à peine plus abruptes que des collines.

Mais cette marche-là s'est révélée… difficile.

Nous avons vu pire que le bras. Nous n'avons croisé personne en descendant vers l'aérodrome. Les arbres avaient mieux résisté, par ici, même si les essences aux racines moins profondes étaient toutes abattues. Soudain, j'ai repris espoir pour la première fois depuis l'explosion : nous avons entendu une voiture.

Le ronronnement du moteur provenait d'une rangée d'arbres, droit devant nous. Nathaniel a croisé mon regard, et nous avons décidé de courir le long de la route. Il fallait enjamber les branches et les troncs, éviter les débris, les animaux morts, tout en dérapant dans la gadoue et la cendre. Le bruit de moteur augmentait progressivement.

Nous avons enfin émergé des derniers obstacles, de l'autre côté de la piste d'atterrissage. C'était une simple piste, littéralement, mais M. Goldman avait connu Nathaniel enfant. Il gardait la bande de terrain bien plane pour nous. Le hangar s'était replié, formant un angle bizarre, mais il tenait encore debout. Nous avions beaucoup, beaucoup de chance.

La piste n'était qu'une longue étendue d'herbe tondue à ras, sur un plateau cerné d'arbres. Orientée plus ou moins d'est en ouest, elle s'alignait dans le sens de l'explosion. Soufflés parallèlement, les arbres la laissaient libre.

La route longeait l'extrémité est de la bande, puis tournait pour la suivre vers le nord. Là, partiellement masqué par les arbres et les branchages, nous avons découvert le véhicule dont on entendait le moteur.

C'était le pick-up rouge de M. Goldman. Un Ford. Nathaniel et moi avons accéléré le pas. Dans le virage, un gros arbre bloquait la route. La voiture s'y était encastrée, comme si M. Goldman avait essayé de repousser l'obstacle sur le bas-côté.

« Monsieur Goldman ! » a crié Nathaniel en agitant les bras.

Les fenêtres du pick-up avaient toutes disparu, le conducteur était affalé contre la portière. Il n'était peut-être qu'inconscient. J'ai couru. Nathaniel et moi avions eu le temps de nous préparer à l'onde de choc. Nous étions un peu à l'abri, presque prêts, quand elle nous avait rattrapés.

Mais M. Goldman…

J'ai ralenti en m'approchant du véhicule. Nathaniel m'avait souvent raconté des anecdotes sur son enfance au chalet, sur les bonbons à la menthe que M. Goldman lui offrait toujours.

Il était mort. Pas la peine de le toucher, ni de prendre son pouls. La branche d'arbre qui lui traversait le cou réglait la question.

3

ANNONCE : Ici BBC World News, nous sommes le 3 mars 1952. Voici les dernières informations, avec Raymond Baxter. Alors que les incendies continuent à faire rage sur la côte Est des États-Unis, d'autres pays commencent à ressentir les premiers effets de la météorite qui s'est abattue ce matin. Des raz de marée ont été signalés au Maroc, au Portugal et en Irlande.

En tant que membre du Service de pilotes féminines de l'armée de l'air[1] pendant la Seconde Guerre mondiale, j'avais souvent eu l'occasion d'effectuer des missions de transport sur des appareils à peine capables de voler. Mon petit Cessna était en bon état. Plus que certains avions que j'avais pourtant fait décoller en tant que WASP. Couvert de poussière, oui, égratigné, mais après la check-list de pré-vol la plus vigilante de l'histoire de l'aviation, nous nous sommes envolés.

1. Le Women Airforce Service Pilots, le WASP (« guêpe », en anglais).

Juste après avoir quitté le sol, j'ai viré à gauche, cap au sud, vers Charleston. Nous savions tous les deux que c'était probablement vain, mais il fallait au moins essayer. Alors que l'avion décrivait sa boucle, mes derniers espoirs irrationnels se sont volatilisés. À l'est, l'horizon n'était qu'un immense rempart sombre de poussière et de fumée, éclairé d'en bas par une fournaise infernale. Si vous avez déjà vu un incendie de forêt, vous visualisez un peu le phénomène. Le feu s'étirait d'un bout à l'autre de l'horizon, épousant la courbure de la Terre, comme si la croûte avait disparu, laissant bouillonner l'enfer. Des traînées de feu parcouraient le ciel alors que les éjectas continuaient à s'abattre au sol. Tenter de passer cette muraille serait de la démence pure.

Au pied des montagnes, tout était aplati. L'onde de choc avait soufflé les arbres en rangées étrangement nettes. Dans le siège passager, malgré le rugissement du moteur, j'ai entendu Nathaniel gémir.

J'ai dégluti, puis ramené l'avion vers l'ouest.

« On a deux heures de carburant. Des idées ? »

Lui aussi, il avait tendance à se ressaisir s'il avait une tâche sur laquelle se concentrer. À la mort de sa mère, il avait construit tout seul une terrasse dans notre jardin, et pourtant, il ne maniait pas très bien le marteau.

Il s'est frotté le visage, avant de se redresser.

« Voyons qui nous avons là. » Il a tendu la main vers la radio, toujours réglée sur la fréquence de la tour de contrôle de Langley. « Langley, ici Cessna

Quatre Un Six Baker. Demande assistance trafic VFR[1]. À vous. »

Seuls les parasites lui ont répondu.

« À toutes les fréquences, Cessna Quatre Un Six Baker demande assistance trafic VFR. À vous. »

Il a essayé toutes les fréquences radio, espérant capter un signal. Ensuite, il a répété son appel sur chaque canal pendant que je pilotais.

« Essaie l'UHF. »

En tant que pilote civile, une radio VHF me suffisait, mais Nathaniel travaillait au NACA. On nous avait installé une UHF pour qu'il puisse écouter directement les pilotes en vols tests. Nous n'avions jamais encombré les canaux militaires en diffusant quelque chose, mais aujourd'hui ? Aujourd'hui, je voulais simplement qu'on nous réponde. En bas, le paysage était moins dévasté à mesure que nous progressions vers l'ouest, mais seulement en comparaison avec ce que nous laissions derrière nous. L'onde de choc avait couché les arbres, certains bâtiments s'étaient effondrés. Quelques-uns brûlaient, sans personne pour les éteindre. Qu'avaient pu ressentir tous ces gens, incapables de comprendre ce qui leur arrivait ?

« Cessna non identifié, Sabre Deux Un, tous les appareils non prioritaires doivent rester au sol. »

Cette voix humaine bien vivante m'a fait pleurer, mais ce n'était pas le moment d'avoir la vision troublée. J'ai cligné des yeux pour chasser les larmes et je me suis concentrée sur l'horizon.

« Bien reçu, Sabre Deux Un, Cessna Quatre Un

1. Visual Flying Rules : navigation aérienne à vue.

Six Baker, demande d'informations pour une piste d'atterrissage dégagée. Cap deux sept zéro.

— Un Six Baker, bien reçu. Je suis juste au-dessus de vous. D'où vous sortez, bordel ? »

Sa voix avait le timbre sifflant caractéristique du masque à oxygène. On entendait le faible gémissement du moteur à réaction. J'ai pivoté la tête, puis regardé au-dessus, distinguant à peine le F-86 et son ailier, un peu plus loin. Ils gagnaient sur nous. Il leur faudrait décrire un cercle. Leur vitesse dépassait de loin celle de mon petit Cessna.

« Du bordel, oui, c'est à peu près ça. » Nathaniel s'est frotté le front de sa main libre. « On était dans les Poconos quand la météorite s'est abattue.

— Seigneur. Un Six Baker. Je viens de survoler la zone. Comment avez-vous pu vous tirer de là ?

— Aucune idée. Bon… où devons-nous atterrir ?

— Attendez une seconde. Je vérifie si je peux vous escorter jusqu'à Wright-Patterson.

— Reçu. Est-ce que ça aiderait de mentionner le fait que je suis capitaine de l'armée en retraite… et que je travaille encore pour le gouvernement ?

— Pour le gouvernement ? Pitié, dites-moi que vous êtes sénateur. »

Nathaniel a ri. « Non, simple spécialiste des fusées, au NACA. Nathaniel York.

— Les satellites ! Voilà pourquoi vous me disiez quelque chose. Je vous ai entendu à la radio. Commandant Eugene Lindholm, à votre service. » À l'autre bout de la ligne, l'homme a gardé le silence pendant quelques minutes. Puis la radio a grésillé à nouveau. « Vous avez assez de carburant pour rallier Wright-Patterson ? »

Pendant la guerre, j'avais volé jusqu'à cette base aérienne à plusieurs reprises, pour y convoyer des avions. Elle se trouvait à environ deux cent trente kilomètres de notre position. J'ai acquiescé en modifiant le cap pour nous y diriger.

Nathaniel a hoché la tête à son tour, avant de reprendre le micro.

« On en a assez, oui.

— Parfait. Vous serez à l'heure pour le dîner. Non que ce soit très excitant, hein. »

Mon estomac a protesté à la mention de nourriture. Nous n'avions rien mangé depuis la veille au soir, et j'ai soudain éprouvé une faim vorace. Même de l'eau plate m'aurait comblée.

Quand Nathaniel a coupé la communication, il s'est renfoncé dans son siège en soupirant.

« On dirait que tu as un fan. » Il a reniflé. « On aurait dû la voir venir.

— Quoi ?

— La météorite. On aurait dû la voir venir.

— Ce n'était pas ton boulot.

— Mais nous étions à l'affût de tout objet risquant d'interférer avec les satellites. On aurait dû le repérer, ce foutu astéroïde. Si proche de nous.

— Un albédo très faible. Une trajectoire alignée sur celle du Soleil. Un petit…

— On aurait *dû* l'identifier !

— Et ? Tu aurais fait quoi ? »

Le vacarme du moteur faisait vibrer mon siège et couvrait le sifflement de l'air, dehors. Nathaniel agitait nerveusement les genoux. Il s'est redressé, puis s'est emparé d'une carte.

« On dirait que tu vas devoir incliner ton cap vers le sud-ouest. »

C'était déjà fait, et nous avions une escorte… mais si Nathaniel se sentait utile en jouant les copilotes, tant mieux, qu'il me guide là-bas. Les traînées lumineuses des éjectas cisaillant le ciel nous rappelaient à quel point nous étions impuissants. Je les voyais très bien, mais jamais assez vite pour y réagir, alors j'ai gardé les mains sur le manche et j'ai continué à piloter.

La morsure constante de la faim avait un avantage, elle compensait très bien le ronronnement de l'avion pour me maintenir éveillée. Ça et l'épouvantable voix de baryton de Nathaniel. Mon mari était beaucoup de choses, mais certainement pas chanteur. Oh, il savait tenir une mélodie – dans un seau rempli de gravier.

Heureusement, il en avait conscience. Il a opté pour un répertoire comique pour m'empêcher de m'endormir, beuglant comme un bouc en rut. Transporté par son vibrato, il tapait même du pied sur le plancher de l'avion.

Oh, do you remember Grandma's Lye Soap?
Good for everything, everything in the place.
The pots and kettles, and for your hands, and for your face?

En bas, merveille, l'aérodrome de Wright-Patterson nous est enfin apparu. Ses balises lumineuses clignotantes l'identifiaient clairement comme un terrain militaire. Une verte, deux blanches.

Mrs O'Malley, down in the valley
Sufferd from ulcers, I comprends[1]*…*

« Sauvés ! » J'ai ajusté l'altitude. « Faisons-leur savoir que nous arrivons. »

Nathaniel a souri, avant d'empoigner le micro.

« Sabre Deux Un, ici Un Six Baker. Qu'y a-t-il au menu, à la base ? »

La radio a grésillé, le commandant Lindholm a gloussé.

« Tout ce que vous craignez. Et bien plus encore.

— C'est mauvais à ce point ?

— Je n'ai pas dit ça, monsieur. Mais si vous êtes très gentils avec moi, je consentirai peut-être à partager ce que m'a préparé ma femme. »

J'ai ri de concert avec Nathaniel, bien plus que ne le méritait cette blague.

Nathaniel a réglé la fréquence radio sur celle de la tour de contrôle, mais avant qu'il approche le micro de ses lèvres, une autre voix a grésillé.

« Appareil au cap deux six zéro, deux mille cinq cents mètres, ici la tour de Wright-Patterson. Identifiez-vous.

— Tour de Wright-Patterson, ici Cessna Un Six Baker à deux mille cinq cents mètres, demandons l'autorisation d'atterrir. »

Nathaniel m'avait suffisamment servi de copilote pour connaître la procédure. Il a baissé le micro un instant, puis l'a relevé en souriant.

1. Libre adaptation de « It's in the book Grandma's lye soap », chanson populaire de John Standley et Art Thorson.

« Tour de contrôle, Sabre Deux Un est juste derrière nous.

— Tour de contrôle, ici Sabre Deux Un. Nous escortons Un Six Baker, demande d'atterrissage immédiat. »

J'ai ricané. Ça devait agacer un pilote de chasse de chaperonner un petit avion ridicule comme mon Cessna.

« Un Six Baker et Sabre Deux Un, ici tour de contrôle. Atterrissage autorisé. Gardez vos distances. Attention, on nous signale des… »

Un trait de lumière a jailli sous le nez de l'avion. Un craquement a secoué toute la carlingue, comme si une bombe avait explosé. L'appareil s'est mis à trembler. J'ai lutté pour le stabiliser…

Et soudain, j'ai distingué l'hélice. Le flou quasi invisible n'était plus qu'une barre cisaillée. Il en manquait une partie. Disparue. Il m'a fallu un moment pour comprendre ce qui s'était passé. L'éclair lumineux… c'était un éjecta. Il avait touché le nez du Cessna, emportant une partie de l'hélice avec lui.

Les vibrations du moteur faisaient trembler le manche dans ma main, secouant le siège dans mon dos. Les choses ne pouvaient que s'aggraver. Le moteur entier risquait de se détacher. J'ai coupé les gaz avant de lancer la séquence de sécurisation du moteur – l'éteindre, donc.

Bon sang. Je n'atteindrai jamais la base.

« Il me faut une piste d'atterrissage. Maintenant. »

Au moins, nous survolions une terre agricole, même si la neige risquait de dissimuler le terrain. J'ai tiré la manette des gaz jusqu'au bout et le moteur s'est tu. On n'entendait plus que le gémissement du vent autour de nous. Les restes de l'hélice tournaient lentement.

« Quoi... ?

— On plane. »

Si l'éjecta avait touché une aile, nous aurions été en bien plus mauvaise posture, mais le Cessna est un sacré bon planeur. Par contre, je n'aurais pas de seconde chance pour l'atterrissage.

Une route coupait à travers champs. C'était sans doute une meilleure option, mais des clôtures la bordaient. D'accord. Les champs, donc. J'ai viré pour bien m'aligner en approche.

Du coin de l'œil, j'ai vu que Nathaniel n'avait pas lâché le microphone. En tant que WASP, j'avais eu mon lot d'avaries de moteur. Pour lui, c'était une première. Il a porté la radio à sa bouche, et sa voix neutre m'a gonflé de fierté.

« Tour de contrôle, ici Cessna Quatre Un Six Baker. Urgence. Nous avons une avarie moteur et nous tentons un atterrissage forcé dans un champ... hmm... »

Il a feuilleté une carte.

« Cessna Quatre Un Six Baker, ici tour de contrôle. Nous vous avons en visuel. Concentrez-vous sur votre atterrissage. Sabre Deux Un, virez pour assister à l'atterrissage et notez leurs coordonnées.

— Tour de contrôle, ici Sabre Deux Un. Je suis dessus. »

Le rugissement de l'avion à réaction nous a dépassés alors que le commandant Lindholm et son ailier décrivaient une large boucle en nous survolant.

Mon sang battait à mes tempes, remplaçant le bruit du moteur. J'avais déjà fait des atterrissages en planeur, mais jamais avec mon mari. Après tout ce que nous avions traversé aujourd'hui, pas question d'être responsable de sa mort. Pas question. « Tu es bien attaché ?

— Hmm… oui. » Il a fixé sa ceinture en me répondant. J'avais bien fait de demander. « Je peux faire… quelque chose ?

— Oui. T'accrocher. » J'ai incliné la tête et consulté l'altimètre. « Autre chos…

— Ne parle pas. »

Il voulait simplement m'aider, mais je n'avais pas le temps. Il fallait ralentir l'avion autant que possible avant de toucher le sol, mais pas trop non plus, pour ne pas rater le champ. Le sol montait vers nous, passant d'une vaste étendue blanche à des champs enneigés miniatures, puis, sans transition, à taille réelle, juste en dessous. J'ai maintenu le nez de l'appareil pour que la roue de queue touche en premier.

La neige a mordu le pneu, ce qui nous a encore ralentis. J'ai fait tout ce que j'ai pu pour maintenir le nez de l'avion levé. Quand les roues latérales ont fini par toucher, l'une d'elles a ripé dans un sillon masqué par la neige. L'avion a tressailli. J'ai empoigné le manche pour maintenir les ailes à niveau, les pieds sur le palonnier, tâchant d'orienter l'appareil dans la direction du vent.

Nous avons continué à tourner, jusqu'à repartir dans la direction d'où nous venions. L'avion s'est enfin arrêté. Autour de nous, le monde était immobile et silencieux.

L'air a quitté mes poumons d'un coup, en sifflant. Je me suis affalée sur mon siège.

Un moteur de jet a grondé au-dessus de nous, la radio est revenue à la vie. La voix du commandant Lindholm a envahi la cabine.

« Un Six Baker, bien joué ! Tout va bien, vous deux ? »

Nathaniel s'est redressé, puis il a tendu la main vers le micro. Ses doigts tremblaient. « Nous ne sommes pas morts, tout va bien. »

La masse gélatineuse de haricots rouges et de boulettes de viande douteuse aurait pu être le meilleur repas au monde. Trop salés, les haricots avaient un arrière-goût douceâtre et piquaient l'intérieur de ma bouche, mais j'ai fermé les yeux et je me suis détendue, assise sur le banc rigide de la cantine de l'Air Force. Elle était étrangement vide, l'essentiel du personnel de la base ayant été déployé pour assister les missions de secours. Des verres ont cliqueté sur la table, apportant la délicieuse odeur du chocolat.

Quand j'ai rouvert les yeux, le commandant Lindholm s'installait sur le banc, en face de nous. L'image que je m'étais faite de lui n'avait rien à voir avec la réalité. Je m'attendais à un homme plus jeune, de type scandinave, blond, baraqué.

Le véritable commandant Lindholm était noir, plus jeune que sa voix ne le laissait penser. C'était un homme vigoureux à l'orée de la quarantaine, les cheveux noirs aplatis par son casque. La ligne rouge de son masque facial traçait un triangle autour de son nez et de son menton. Il nous apportait du chocolat chaud.

Nathaniel a levé sa fourchette en examinant les trois tasses fumantes sur la table. Il a dégluti.

« C'est du chocolat ?

— Ouais, mais ne me remerciez pas. C'est un pot-de-vin. Pour que vous me parliez de ces fusées. » Lindholm a poussé deux des tasses vers nous. « Les réserves personnelles de ma femme. Rien à voir avec les trucs de l'Air Force.

— Si vous n'étiez pas déjà marié… »

Ma main s'est refermée autour de la tasse chaude avant même que je prenne conscience de mes propos. Pourvu que ça ne l'offense pas.

Il a éclaté de rire, Dieu merci.

« J'ai un frère, cela dit… »

Mon cœur s'est serré. J'avais réussi à m'ôter la famille de l'esprit pour continuer à avancer, mais j'avais un frère moi aussi. Hershel vivait en Californie. Il devait me croire morte. J'ai inspiré un grand coup, sans dissimuler mon agitation, mais j'ai réussi à sourire en redressant la tête.

« Il y a un téléphone quelque part ? En longue distance ? »

Nathaniel a posé la paume de sa main sur mon dos.

« Sa famille habite à D.C.

— Oh… Je suis désolé, madame.

— Mais mon frère… il est en Californie.

— Suivez-moi, madame. » Il a jeté un bref coup d'œil à Nathaniel. « Vous n'avez personne à prévenir, monsieur ? »

Nathaniel a secoué la tête.

« Il n'y a pas d'urgence. »

J'ai suivi le commandant Lindholm dans des

couloirs que j'ai à peine enregistrés. Nathaniel nous emboîtait le pas. Quelle idiote j'avais été. Savoir Hershel en Californie avec sa famille m'avait rassurée, mais avais-je seulement songé au fait que, pour lui, j'étais certainement morte ? Il n'avait aucune raison de croire que je ne me trouvais pas à Washington au moment de l'impact.

Le commandant Lindholm m'a désigné un petit bureau, rangé militairement. Rien ne perturbait les angles droits, à part une photo de jumeaux encadrée, ainsi qu'un dessin des États-Unis épinglé sur un mur. Nathaniel a fermé la porte. Il est resté dehors, avec Lindholm.

Un téléphone noir utilitaire trônait sur le bureau, mais il disposait d'un cadran rotatif. Je n'aurai pas besoin d'une opératrice. Le récepteur était chaud et lourd. J'ai composé le numéro d'Hershel, concentrée sur le cliquetis du cadran qui enchaînait les numéros. Chaque signal envoyait une impulsion dans les lignes et me donnait le temps de me réfugier dans un calme mécanique.

Je n'ai obtenu qu'un murmure frénétique. Occupé. Rien d'étonnant à ça. Toutes les lignes l'étaient forcément. J'ai recommencé la manœuvre. Mon sentiment d'urgence battait en rythme avec le signal *occupé*.

Je venais de raccrocher une deuxième fois quand Nathaniel a rouvert la porte.

« On a de la visite. Ça va ?

— C'est toujours occupé. » Je me suis essuyé le visage, étalant probablement plus la saleté. Je pouvais toujours envoyer un télégramme, mais les réseaux militaires seraient sans doute verrouillés. « Je réessaierai plus tard. »

Il y avait beaucoup de choses à dire sur la situation. Être en vie, indemne. J'étais crasseuse, salie par la suie et le sang coagulé, mais j'étais en vie. Mon mari était en vie. Mon frère et sa famille étaient en vie. C'était une bénédiction, pas la peine de me le rappeler. Il suffisait de penser à tous ces morts, aujourd'hui.

Et pourtant, quand un colonel de l'Air Force est entré dans la pièce, je me suis surprise à me recoiffer, comme si ça changeait quelque chose. Ensuite, j'ai vu plus que le grade, j'ai reconnu l'homme. Stetson Parker. Dieu merci, j'avais le visage assez dégoûtant pour ne pas me soucier de maintenir une expression neutre.

Ce connard avait donc été promu. Pas étonnant : il charmait tous ceux qui étaient au-dessus de lui, ou ceux dont il avait besoin… comme il le faisait en ce moment même en tendant la main directement vers Nathaniel.

« Docteur York. Croyez-moi, c'est un vrai soulagement de savoir que vous êtes en lieu sûr, désormais. »

Malgré l'enthousiasme de Lindholm pour les fusées, on oubliait facilement que Nathaniel était célèbre grâce aux lancements des satellites. Nous étions parvenus à battre les Russes en plaçant un engin en orbite, non pas une, mais trois fois. Et mon mari, extraordinairement attirant et charmant – un fait que j'analyse objectivement –, incarnait le visage du programme spatial du NACA.

« Le commandant Lindholm s'est parfaitement

occupé de nous. Ravi de vous rencontrer, colonel… ? »

L'homme avait un nom sur son uniforme, mais les présentations s'imposaient.

« Où avais-je la tête ? Je suis tellement content de vous avoir avec nous. » Parker a affiché son sourire habituel de lèche-cul. « Colonel Stetson Parker, j'ai l'honneur de commander ces lieux. Bien que… compte tenu des récents événements, je commande manifestement bien plus que ça. »

Il ne passerait jamais à côté de l'occasion de le souligner, évidemment, pour bien faire comprendre à quel point il était important. Je me suis approchée en lui tendant la main.

« Ravie de vous revoir, colonel Parker. »

Il a haussé les sourcils, surpris.

« Pardon, madame, vous êtes plus physionomiste que moi.

— Oh, quand on s'est rencontrés, j'étais encore Elma Wexler. L'une des pilotes du WASP. »

Son visage s'est légèrement raidi.

« Ah. La fille du général. Oui, je me souviens de vous.

— Félicitations pour votre promotion. » Je lui ai lancé mon plus beau sourire sournois. « Vous avez dû travailler dur pour l'obtenir.

— Merci, madame. » Il a souri à nouveau, posant la main sur l'épaule de Nathaniel. « Et je suppose que la petite dame a bénéficié elle aussi d'une promotion, n'est-ce pas, en devenant Mme York ? »

Mes dents m'ont fait mal, mais j'ai réussi à garder mon sourire.

« Vous mentionniez à l'instant que vous ignoriez

qui était votre supérieur. Que pouvez-vous nous dire de la situation ?

— Ah… » La question l'a remis en place, et son changement d'attitude était presque sincère. Il a désigné des sièges, de l'autre côté du bureau. « Asseyez-vous, s'il vous plaît. »

Parker a opté pour le fauteuil du bureau, et c'est là que j'ai remarqué la plaque portant son nom, bien au centre. Il avait des jumeaux, donc. Surprenant. Je me suis demandé qui avait bien pu l'épouser. Il a croisé les doigts, avant de pousser un long soupir.

« Une explosion…

— Une météorite.

— C'est ce que disent les informations, oui, mais Washington a été anéanti. Moi je parie sur les Russes. »

Nathaniel a incliné la tête.

« A-t-on mesuré des traces de radioactivité ?

— On n'a envoyé personne assez près de l'impact pour vérifier. »

L'imbécile. Je lui ai mis les points sur les i.

« Des éjectas retombent un peu partout. La radioactivité est facilement mesurable. De plus, une bombe atomique n'entraîne pas ce genre de phénomène, non, les éjectas surviennent quand une météorite traverse l'atmosphère et que la matière soulevée par l'impact est aspirée dans l'espace, avant de retomber sur Terre. »

Parker a plissé les yeux.

« Eh bien, sachez une chose : le Congrès des États-Unis était en séance. La Chambre des représentants et le Sénat. Notre gouvernement fédéral a été presque entièrement annihilé. Le Pentagone, Langley… alors, même s'il s'agit d'un acte de Dieu, vous croyez vraiment que les Russes n'essaieront pas d'en tirer profit ? »

C'était… c'était terriblement bien dit. Je me suis renfoncée dans mon siège et j'ai croisé les bras sur ma poitrine. L'atmosphère s'est refroidie.

Nathaniel a embrayé.

« Donc, l'armée envisage des représailles ? »

Il n'a pas insisté sur *l'armée*, mais il a clairement sous-entendu qu'un simple colonel ne prendrait pas la tête des opérations, quoi qu'il arrive.

« La prudence l'exige, docteur York… » Il s'est tu quelques instants, mais son hésitation était tellement calculée qu'on pouvait presque le voir compter les secondes. « Vous avez collaboré au Projet Manhattan, c'est exact ? »

Nathaniel s'est raidi, à côté de moi. Le Projet Manhattan l'avait excité d'un point de vue scientifique, mais terrifié dans tous les autres domaines.

« Oui, mais je travaille sur l'exploration spatiale, désormais. »

Parker a balayé cette idée.

« Je suis navré de vous imposer ça après une matinée aussi difficile, mais puis-je vous convier à une réunion ?

— Je ne suis pas sûr d'avoir quoi que ce soit à offrir.

— Dans le domaine des fusées, vous êtes le plus calé des scientifiques, désormais. »

Personne n'avait besoin de lui rappeler combien d'employés du NACA avaient sans doute péri, aujourd'hui. J'ai posé la main sur le genou de

Nathaniel pour l'apaiser, comme il m'avait apaisée. Le NACA n'était pourtant pas le seul programme de fusées.

« Sans vouloir sous-évaluer le travail de mon mari, Wernher von Braun travaille au Projet Sunflower, au Kansas. »

Parker a reniflé, puis m'a lancé un regard navré. Pendant la guerre, à cause de mon père, il avait dû faire preuve de politesse avec moi, chose qu'il détestait. Et voilà qu'il lui fallait maintenant se montrer poli avec la femme du Dr York.

« Madame, c'est gentil à vous de vouloir nous aider, mais j'espère que vous comprendrez qu'il m'est impossible d'impliquer un ancien nazi comme von Braun dans une affaire de sécurité nationale. » Puis il a reporté son attention sur Nathaniel, m'ignorant complètement. « Qu'en dites-vous, docteur York ? Nous voulons simplement savoir quelles sont nos options pour garantir la sécurité de l'Amérique. »

Nathaniel a soupiré, avant d'arracher un fil de son pantalon.

« Très bien. Mais pas sûr que je sois très brillant, aujourd'hui. »

Alors qu'il se levait, je me suis redressée pour l'accompagner. Parker a levé la main en secouant la tête.

« Pas la peine, madame. Vous pouvez vous reposer dans mon bureau pendant que le commandant Lindholm va s'occuper de vos quartiers.

— Nous avons une chambre libre chez nous, si vous préférez éviter le CT. »

J'étais flattée – non qu'il me propose un endroit

où dormir, mais qu'il utilise l'acronyme du casernement temporaire au lieu de me traiter comme une vulgaire civile.

« C'est très aimable à vous. Si cela ne dérange pas votre femme, commandant.

— Je suis certain que ça ne la dérangera pas, madame. »

Le sourire de Parker était étonnamment chaleureux.

« Vous êtes entre de bonnes mains. Sa femme fait une tarte absolument délicieuse. »

J'admets avoir été surprise par l'évidente sincère camaraderie qui liait les deux hommes. Mes rapports avec Parker avaient toujours été pénibles, au minimum. J'espérais de tout cœur que le commandant Lindholm ne se révélerait pas déplaisant, sous ses dehors charmants.

« Merci. Maintenant que ce détail est réglé, nous pouvons nous rendre à cette réunion. »

Non que j'aie envie d'assister à une réunion, mais j'étais prête à tout pour me sentir utile.

« Ah… je suis désolé, madame. » Parker a tiré sur sa cravate. « J'aurais dû vous avertir que sa participation au Projet Manhattan procure au Dr York tous les niveaux d'accréditation nécessaires. Vous comprenez. »

Accréditation mon cul. Il n'y avait plus aucune hiérarchie, encore moins de niveaux d'accréditation. Mais si j'exprimais mon opinion à voix haute, il n'en sortirait rien d'utile. Je me suis renfoncée dans mon siège. Comme une gentille fille, j'attendrai assise, je laisserai mon mari faire le travail et je prierai très fort pour que cette histoire délirante n'entraîne pas le monde dans un conflit nucléaire.

4

IRAN : 90 MORTS
DANS UN TREMBLEMENT DE TERRE

TÉHÉRAN, 3 mars 1952 (REUTERS). Quatre-vingt-dix personnes ont été tuées et cent quatre-vingts autres blessées lors d'un tremblement de terre dans les régions de Lar et de Bastak, dans le sud de l'Iran. Radio Téhéran annonce aujourd'hui que la catastrophe est une conséquence directe de l'impact du météore en Amérique du Nord.

Le soleil se couchait dans un halo vermillon ponctué de cuivre et de traînées d'or sombre. Avec un ciel aussi rouge qui s'étirait d'un bout à l'autre de l'horizon, on se serait cru sur Mars. La nuance carmin noyait tout, même la clôture blanche de la maison du commandant Lindholm, qu'on aurait juré luisante de sang.

En temps normal, j'ai horreur de m'imposer chez les autres, mais Parker m'avait agacée. Et franchement, j'étais trop épuisée pour réfléchir. Avoir quelqu'un pour me guider me simplifiait la vie. Par ailleurs, on aurait besoin des CT pour loger des réfugiés.

Nathaniel était toujours accaparé par cette réunion. Il en était sorti le temps de me dire de partir, et je n'avais vraiment aucune raison valable de rester à la base – à part la certitude absolue que, si je partais, jamais je ne le reverrais. En général, on ne prononce pas ce genre de choses à voix haute. Pas aujourd'hui, en tout cas.

En descendant de la Jeep, les taches sur mes vêtements m'ont paru s'aggraver. J'entendais presque ma mère. *Elma ! Mais qu'est-ce que les gens vont penser ?*

Je me suis agrippée à la portière de la Jeep pour mieux ravaler mon chagrin. J'avais au moins eu le temps de me nettoyer le visage. Je me suis reprise, avant de suivre le commandant Lindholm derrière la clôture, le long d'une petite allée bien entretenue, jusqu'au porche. La porte s'est ouverte alors que nous grimpions les quelques marches ; une femme potelée en robe bleu ciel est sortie.

Sa peau n'était pas plus sombre que celle de Nathaniel en été, ses traits doux et ronds. J'ai pris conscience, avec étonnement, que je n'étais encore jamais entrée chez une Noire. Les cheveux bouclés de Mme Lindholm étaient coiffés en couronne bouffante, ils encadraient les courbes de ses joues d'un brun clair. Derrière ses lunettes, ses yeux soulignés de rouge étaient plissés d'inquiétude.

Elle a ouvert la porte en grand, une main posée sur son ventre.

« Oh ma pauvre. Entrez vite.

— Merci, madame. » Un linoléum impeccable en fausses briques m'a accueillie à l'intérieur. Mes chaussures étaient si sales que leur couleur originale avait disparu. « Laissez-moi juste enlever mes chaussures.

— Ne vous en faites pas pour ça. »

Je me suis quand même assise sur les marches pour les retirer. Maman aurait eu honte de moi si j'avais maculé de boue la maison de mon hôte.

« Mon mari apportera assez de saleté pour nous deux à son arrivée. »

Elle s'est esclaffée.

« Les maris… tous les mêmes.

— Dites, je suis là, hein. » Le commandant Lindholm s'est arrêté sur les marches, à côté de moi. « Mais si vous avez besoin de quoi que ce soit, dites-le-nous. Et je veillerai à ce que le Dr York rentre sain et sauf.

— Merci. » Si j'assistais encore à la moindre manifestation de gentillesse, je risquais de m'effondrer. Je me suis concentrée sur l'autre chaussure. Même mes bas étaient sales, et mes pieds ne valaient guère mieux.

Mme Lindholm a fait quelques pas sous le porche.

« J'ai élevé trois fils. Croyez-moi, la boue ne me pose aucun problème. »

Pas de larmes. Pas encore. Une respiration hachée les empêchait de sortir. J'ai ravalé le sel. La main crispée sur la balustrade, je me suis redressée sur mes pieds nus.

« Je ne sais comment vous remercier.

— Oh, je n'ai encore rien fait. » Elle a approché la main de mon dos, sans toutefois me toucher, puis m'a guidée chez elle. « Bon… je soupçonne que la première chose qui vous ferait plaisir, c'est un bon bain chaud.

— J'en suis au point où une douche froide me conviendrait tout aussi bien. »

La porte d'entrée donnait directement sur son salon. Les meubles étaient disposés sagement en angles droits, et même les bibelots étaient cadrés par les bords des rayonnages et des tables. La pièce sentait la cannelle et le détergent au citron.

« Pour une douche froide, vous auriez pu rester à la caserne. » Mme Lindholm a traversé son salon, avant d'ouvrir la première porte à sa droite. Une baignoire à pieds occupait la presque totalité de la salle de bains. « J'ai du bain moussant. Lavande et rose.

— Il faudrait que je prenne une douche avant, je pense. »

Elle a ajusté ses lunettes, mesurant le mélange de terre crasseuse qui maculait mes vêtements et ma peau.

« Hmm… d'accord. Mais après ça, au bain, vous m'entendez ? Sinon, vous ne serez que douleurs et courbatures demain.

— Bien, madame. »

Elle n'avait pas tort. Compte tenu des circonstances, j'aurais été étonnée de pouvoir sortir du lit, demain.

« Parfait. Voici vos serviettes, ainsi qu'un pyjama appartenant à mon fils aîné. » Elle a posé la main sur le vêtement de flanelle rouge. « Mes chemises de nuit seraient trop grandes pour vous. Posez simplement vos vêtements sur la table, je les ferai nettoyer. »

Alors qu'elle quittait la pièce, j'ai hoché la tête, espérant qu'elle le prenne pour un merci.

Elle devrait laver mes vêtements, sinon je n'aurais rien à me mettre. Pas au sens d'une jeune fille désespérée qui doit se rendre au bal, mais bien au sens strict. Nous étions des réfugiés. Notre maison. Nos emplois. Nos amis. Notre banque. Tout avait été détruit par la chute de la météorite.

Et si Nathaniel n'avait pas été un spécialiste des fusées – si Parker n'avait pas eu besoin de lui –, où serions-nous ce soir ? J'avais beaucoup pensé aux gens comme M. Goldman, mais pas à ceux qui avaient survécu. Qu'en était-il des centaines de milliers de personnes au cœur de la désolation ? Qu'allaient-ils faire ?

Un nuage de vapeur m'a précédée quand j'ai quitté la salle de bains. J'ai remonté le couloir dans mon pyjama emprunté. Le pantalon était parfait, car j'avais de longues jambes, mais les manches m'arrivaient au bout des doigts. Je les ai roulées en marchant, et la myriade de petites écorchures qui constellaient mes phalanges m'a fait mal en frottant contre le tissu. Toute pensée avait déserté mon esprit.

J'étais sans doute encore en état de choc. Il fallait s'y attendre, je suppose, mais, au moins, les tremblements avaient cessé. J'avais maintenant l'impression de naviguer dans un brouillard ouaté.

Dans le salon, la télévision était allumée, le son réglé très bas. Mme Lindholm avait rapproché son fauteuil de l'écran. Elle était penchée en avant, juste devant le récepteur, les mains serrées sur un mouchoir.

Restitué en images noir et blanc tremblotantes, Edward R. Murrow occupait son nouveau bureau, avec son éternelle cigarette. Il évoquait les événements de la journée.

« … le dernier bilan des victimes du météore s'élève aujourd'hui à soixante-dix mille morts, même si cette estimation risque fort d'augmenter. Cinq cent mille personnes sont désormais sans abri dans les États du Maryland, du Delaware, de Pennsylvanie, de New York, du New Jersey et de Virginie, jusqu'au Canada. Au sud, la liste s'allonge jusqu'à la côte Est de la Floride. Ces images ont été prises d'avion, environ cinq heures après le désastre. Vous contemplez, mesdames et messieurs, le site de notre ancienne capitale. »

L'écran montrait un plan d'eau, bouillonnant comme un geyser. J'ai inspiré péniblement alors que la caméra effectuait un panoramique jusqu'à l'horizon, et l'échelle m'est apparue clairement. La limite de terre noire formait un anneau brûlé de plusieurs centaines de kilomètres de diamètre. Sur la côte, la baie de Chesapeake n'avait pas seulement inondé ses berges. Les berges étaient anéanties. J'ai observé la mer.

Elle fumait.

J'ai expiré d'un coup, comme si on m'avait frappée au ventre.

Mme Lindholm a pivoté dans son fauteuil. Je l'ai presque vue ravaler sa tristesse et son chagrin pour rester une hôtesse impeccable.

« Oh ! Vous avez l'air de vous sentir un peu mieux.

— Je… oui… »

J'ai fait un pas vers la télévision, à la fois horrifiée et fascinée.

« L'état d'urgence a été décrété sur toute la côte Est. L'armée, la Navy, l'Air Force et la Croix-Rouge sont mobilisées. Elles apportent de l'aide aux réfugiés dans le besoin. »

Le paysage a été coupé, remplacé par une équipe de secouristes rassemblant des réfugiés. En arrière-plan, une petite fille brûlée aux bras trottait à côté de sa mère. Encore une coupe, les restes d'une école primaire. Des cadavres d'enfants… la météorite était sans doute tombée en pleine récréation. Je croyais que tout ce que je pouvais imaginer serait pire que la réalité. J'avais tort.

Mme Lindholm a éteint la télévision.

« Allez. Pas la peine de vous infliger ça. Il vous faut un bon dîner.

— Oh… je ne veux pas vous déranger.

— Aucun risque. J'aurais interdit à Eugene de vous ramener ici si ça nous dérangeait. »

Elle a glissé le mouchoir dans la ceinture de sa robe en se levant.

« Venez avec moi à la cuisine, je vais vous remplumer un peu.

— Je… merci. »

Malgré mon statut d'invitée-surprise, mon instinct de politesse luttait contre la simple urgence de me nourrir, même si je n'avais pas faim. De plus, si cette femme était comme ma mère – je me suis essuyé rapidement les yeux –, si elle était comme ma mère, refuser sa nourriture insultait son hospitalité.

Sous mes pieds nus, le lino de la cuisine était frais. Une peinture vert menthe teintait les murs, des placards d'un blanc immaculé dominaient des plans de travail impeccables. Avait-elle tout nettoyé quand on l'avait avertie de mon arrivée ? Sa maison était-elle toujours parfaitement tenue ? Quand elle a ouvert le réfrigérateur, j'ai choisi la deuxième option.

Elle devait avoir une amie représentante pour Tupperware, ou peut-être l'était-elle elle-même. La nourriture était rangée dans des boîtes pastel assorties. Si je n'avais pas décelé en elle ce bref moment de choc et de chagrin, devant la télévision, Mme Lindholm aurait pu sortir tout droit d'une publicité pour General Electric.

« Et maintenant… que diriez-vous d'un sandwich au fromage et au jambon ?

— Oh… peut-être… juste au fromage ?

— Après une journée pareille ? Il vous faut des protéines. »

Maman disait toujours qu'il fallait en finir vite avec ce détail, dans une conversation.

« Nous sommes juifs. »

Elle s'est raidie, sourcils haussés.

« Vraiment ? Eh bien… je ne l'aurais pas deviné en vous voyant. »

C'était bien attentionné. Ça l'était, vraiment. Je devais le croire, parce que j'étais invitée chez elle, je n'avais nulle part où aller. J'ai dégluti, puis souri.

« Donc le fromage, ça ira très bien.

— Et du thon ?

— Ce serait parfait, si ça ne vous pose pas de problème. »

Ni Nathaniel ni moi n'étions issus de familles pratiquantes qui mangeaient casher, mais après le début de la guerre j'avais cessé de manger du porc et des coquillages.

Cette discipline, entre autres, m'aidait à me souvenir d'où je venais. Et pourquoi c'était important.

« Aucun. » Mme Lindholm a sorti une boîte rose pâle du frigo. « Eugene prend souvent du thon pour son déjeuner, j'en garde toujours au frais pour lui.

— Je peux faire quelque chose pour vous aider ?

— Asseyez-vous. » Encore une boîte, verte, cette fois. Elle a rejoint la première. « Ce serait plus long de vous expliquer où je range les ingrédients que de le faire moi-même. »

À côté du réfrigérateur, un téléphone d'un brun terne pendait au mur. Soudain, la vision du récepteur m'a submergée d'une culpabilité irrépressible.

« Puis-je… je suis navré de m'imposer comme ça, mais puis-je me servir de votre téléphone ? C'est un appel longue distance, mais je… »

Je me suis tue, incapable de savoir quand je pourrais la rembourser.

« Bien sûr. Vous voulez que je vous laisse tranquille ?

— Non, ça ira très bien. » C'était un mensonge. Je voulais désespérément qu'on me laisse tranquille, mais je ne voulais pas déranger davantage. « Merci. »

Elle a posé les sauces pour le sandwich sur le plan de travail, avant de tendre le doigt vers le téléphone.

« Ne vous inquiétez pas, ce n'est pas une ligne partagée, personne ne vous écoutera. C'est l'un des avantages quand on est chez un commandant, n'est-ce pas ? »

Je me suis approchée du téléphone. J'aurais tellement préféré qu'il se trouve dans une autre pièce, ou avoir le courage de l'avouer à Mme Lindholm. Après avoir composé le numéro, j'ai attendu. Encore ce fichu bruit. Occupé. J'ai réussi à ne pas jurer. Eh bien… pas à voix haute, en tout cas.

J'ai réessayé, le téléphone a sonné.

Une vague de soulagement a sapé toutes mes forces, j'ai dû m'appuyer contre le mur. À chaque sonnerie, je priais. *S'il vous plaît, faites qu'ils soient à la maison. S'il vous plaît, qu'ils soient à la maison. S'il vous plaît…*

« Allô ? Résidence Wexler. »

La voix de mon frère était calme, professionnelle. La mienne s'est brisée.

« Hershel ? C'est Elma. » Un hoquet de surprise, puis les parasites d'un appel longue distance. « Hershel ? »

Je n'avais jamais entendu mon frère sangloter auparavant. Pas même quand il s'était entaillé le genou jusqu'à l'os.

Derrière, j'ai entendu Doris, sa femme, poser une question. Sans doute *que se passe-t-il ?*

« Elma. Non, non… elle est vivante. Oh, Dieu soit loué, elle est vivante. » Sa voix est revenue dans le récepteur. « On a vu les nouvelles. Que… et maman et papa ?

— Non. » J'ai appuyé la main sur mes yeux et j'ai posé le front contre le mur. Derrière moi, Mme Lindholm faisait le sandwich avec un calme surnaturel. J'ai dû lutter pour faire sortir les mots de ma gorge. « Nathaniel et moi avions quitté la ville. Maman et papa étaient à la maison. »

Son souffle a tremblé dans mon oreille.

« Mais Nathaniel et toi êtes en vie.

— Est-ce que tu sais si… Charleston s'en est sorti comment ?

— La ville a été frappée par un raz de marée, mais pas mal de gens ont pu évacuer. » Puis il a répondu à la vraie question, non formulée. « On n'a aucune nouvelle de Grand-mère, ni des tantes.

— Bon… j'ai eu du mal à t'avoir, déjà. »

Doris a dit quelque chose, la voix d'Hershel s'est éloignée un moment.

« Quoi ? Oui… oui, je vais demander. »

Sa femme avait toujours été la plus organisée des deux, même quand il lui faisait la cour. J'ai souri, voyant très bien la liste qu'elle lui montrait probablement.

« Où es-tu ? De quoi as-tu besoin ? Tu es blessée ?

— Nous sommes à la base de Wright-Patterson, dans l'Ohio. Et… en fait, nous logeons actuellement chez les Lindholm, qui nous hébergent pour la nuit. Ne t'inquiète pas. On s'occupe bien de moi. » J'ai jeté un coup d'œil par-dessus mon épaule. Mme Lindholm avait découpé le sandwich en quatre quartiers précis. Elle ôtait la croûte. « Je… je devrais sans doute raccrocher, j'appelle de chez elle.

— La prochaine fois, appelle en PCV.

— Je rappellerai demain, si les lignes ne sont pas toutes occupées. Embrasse Doris et les enfants. »

Après avoir raccroché, j'ai maintenu la tête contre le mur, comme si la peinture menthe pouvait me rafraîchir le front. Je crois que ça n'a duré qu'un instant.

L'une des chaises a grincé. Mme Lindholm s'était

assise. J'ai repris contenance en me redressant. Papa disait toujours que la tenue était importante pour un officier et pour une dame.

« Merci. Mon frère était très inquiet.

— Je le serais moi aussi. »

Elle avait posé le sandwich sur un plateau clair, centré sur un set de table. Un verre d'eau où perlaient de fines traces de condensation trônait à côté de l'assiette.

La normalité de la cuisine, le tic-tac de l'horloge murale, le murmure du réfrigérateur et cette gentille femme avec ses sandwichs, ses sets de table et ses pyjamas en flanelle… tout cela était tellement loin du monde que je venais de traverser. Ici, les images des enfants brûlés diffusées à la télévision pouvaient aussi bien provenir de Mars.

La chaise a craqué quand je me suis assise, mes articulations m'ont fait mal. Comme on me l'avait appris, j'ai placé la serviette sur mes genoux, puis j'ai attrapé le premier quartier du sandwich. J'avais eu de la chance. Nous avions eu un avion, un moyen de nous enfuir.

« Le sandwich vous convient ? »

J'en avais mangé un quart sans même m'en rendre compte. Ma bouche était remplie de poisson mort et de cornichons pourris. J'ai souri à l'intention de mon hôtesse.

« Délicieux. »

5

UN RAZ DE MARÉE FRAPPE LE VENEZUELA

CARACAS, Venezuela, 4 mars 1952 (AP) – Un raz de marée, très certainement causé par le météore tombé sur la côte Est de l'Amérique du Nord, a frappé le port de Vela de Coro, causant des dégâts importants, selon les informations gouvernementales. D'après les premiers rapports, les navires mouillés dans la rade de ce port situé dans l'ouest du pays ont été coulés, et de nombreuses habitations en front de mer ont été emportées. Le bilan humain n'est pas encore connu.

J'avais dû m'endormir sur le canapé. Je me suis réveillée au contact de Nathaniel qui me caressait le front. La lumière de la cuisine éclairait faiblement le salon plongé dans la pénombre et se reflétait sur sa chemise blanche. Il était propre, lavé. Un court instant, désorientée, j'ai cru avoir rêvé tout ça.

« Salut… » Il a souri, chassant quelques mèches de mon front. « Tu veux dormir ici ou tu préfères la chambre ?

— Quand est-ce que… tu es rentré ? »

Je me suis redressée, puis j'ai levé la tête. Mme Lindholm avait ramené un plaid sur mes épaules. La télévision n'était qu'une silhouette sombre, dans un coin.

« À l'instant. Le commandant Lindholm m'a raccompagné. » Il a hoché la tête vers la cuisine. « Il se prépare un sandwich.

— Tu as mangé quelque chose ? »

Il a acquiescé.

« On nous a nourris, pendant cette réunion. »

Nathaniel m'a tendu la main pour m'aider à me remettre debout. Toutes les entailles, les bleus et les douleurs de la journée se sont ravivés dans le noir. Mes mollets me brûlaient à chaque pas. Même mes bras ont protesté, quand j'ai replié le plaid. Pouvais-je reprendre une aspirine ?

« Quelle heure est-il ?

— Presque minuit. »

S'il venait à peine de rentrer, la situation était grave. Impossible d'interpréter ses traits, dans la pénombre. Dans la cuisine, le commandant Lindholm a raclé son couteau sur son assiette. J'ai reposé le plaid sur le canapé.

« Retournons dans la chambre. »

Il m'a suivie dans le couloir faiblement éclairé, vers la chambre où Mme Lindholm nous avait installés. C'était celle de leur fils aîné, Alfred, qui faisait ses études d'ingénieur à Caltech. Il y avait des fanions « Léopards » de son lycée, mais le Meccano à moitié terminé et la collection intégrale de Jules Verne auraient pu sortir tout droit de ma propre chambre d'enfant. Le reste de la décoration alternait entre le rouge et les carreaux écossais. La touche de sa mère, à coup sûr.

Puis la porte s'est refermée. Nathaniel a tendu la main vers l'interrupteur, mais j'ai arrêté son geste. Je voulais profiter encore quelques instants de la pénombre, dans la sécurité de la nuit. Ici, tous les deux, sans radio, sans téléphone, nous pouvions simplement prétendre dormir chez des amis. Mon mari m'a serrée dans ses bras, je me suis collée à lui, calant ma joue sur sa poitrine.

Nathaniel a posé son menton sur ma tête, puis il a passé ses mains dans mes cheveux encore humides. Il dégageait une odeur de savon à la menthe à laquelle je n'étais pas habituée.

Je me suis serrée contre lui.

« Tu t'es lavé à la base ? »

Son menton a frotté ma nuque alors qu'il acquiesçait.

« Je me suis endormi sur place, alors ils ont décidé de faire une pause. J'ai pris une douche pour me réveiller. »

Je me suis un peu écartée pour mieux l'observer. Les ombres semblaient plus profondes, autour de ses yeux. Les salauds. Le maintenir éveillé, après tout ce qu'il avait traversé ?

« Pourquoi ne pas t'avoir immédiatement renvoyé à la maison ?

— On me l'a proposé. » Il a serré mes épaules, avant de me relâcher, puis il s'est approché du lit en déboutonnant sa chemise. « J'avais peur que le colonel Parker fasse une bêtise, si je partais. Il peut encore la faire, d'ailleurs.

— Ce type est un schmuck. »

Nathaniel a cessé de se déshabiller, la chemise aux coudes.

« Tu disais que tu le connaissais…

— Il était pilote, pendant la guerre. Il commandait un escadron. Et il détestait, détestait, détestait que des femmes pilotent ses avions. Vraiment. Il avait les mains baladeuses, en plus. »

Rétrospectivement, je n'aurais pas dû mentionner ce détail à mon mari. Il était trop épuisé pour ça. Il s'est raidi d'un coup, j'ai cru qu'il allait déchirer sa chemise.

« Quoi ? »

J'ai levé les mains pour l'adoucir.

« Pas avec moi. Et pas avec les femmes de mon escadron. » J'avais eu une petite conversation sur ce sujet, avec papa. « L'avantage d'être la fille du général. »

J'ai haussé les épaules.

Il a ricané, avant de poursuivre son effeuillage.

« Ça explique beaucoup de choses. » Des éraflures et des bleus émaillaient son dos. « Je pense avoir réussi à le convaincre que ce n'était pas une bombe A, mais il reste persuadé que les Russes sont derrière le météore.

— Ils n'ont même pas réussi à placer un satellite sur orbite.

— C'est ce que j'ai souligné, oui. » Il a soupiré. « La bonne nouvelle, c'est que la chaîne de commandement n'est pas aussi rompue qu'il aime à le penser. Le général Eisenhower rentre d'Europe. Il devrait arriver demain matin, en fait. »

J'ai pris la chemise de Nathaniel et je l'ai suspendue au dos d'une chaise.

« Ici ? À Wright-Patterson ou en Amérique ?
— Ici. C'est la base militaire intacte la plus proche. »

Les chiffres prenaient tranquillement leur ampleur entre nous. Nous étions à plus de sept cents kilomètres de l'impact.

Le lendemain matin, j'ai compris pour la première fois à quoi ressembleraient nos vieux jours. Nathaniel pouvait à peine sortir du lit de lui-même. Pendant le tremblement de terre, la plupart des débris lui étaient tombés dessus. Son dos était constellé d'hématomes et de contusions qui auraient mérité de figurer dans l'un des manuels médicaux de maman, plutôt que sur un spécimen bien vivant.

Je ne valais guère mieux. La seule fois où je m'étais sentie plus mal, c'était pendant une grippe. Je pouvais me lever, pourtant, et j'étais à peu près sûre que ça irait mieux dès que j'aurais commencé à bouger.

Nathaniel a dû s'y reprendre à deux fois pour s'asseoir au bord du lit.

« Tu devrais te reposer. »

Il a secoué la tête.

« Je ne peux pas. Je ne veux pas que Parker influence le général Eisenhower. »

Mon idiot de mari a levé une main, et je l'ai remis debout.

« À mon avis, le général Eisenhower n'est pas du genre à se laisser influencer par un imbécile.
— Même les génies agissent bêtement, quand ils ont peur. »

Il a grogné en se levant, ce qui ne m'a pas vraiment mise en confiance. Mais je connaissais bien

Nathaniel, et il était du genre à travailler jusqu'au cimetière. Il a tendu la main vers sa chemise en grimaçant.

J'ai ramassé le peignoir qu'on lui avait prêté.

« Tu veux te laver d'abord ? Ça devrait te détendre un peu. »

Il a hoché la tête et a bien voulu que je l'aide à enfiler son peignoir, avant de gagner le couloir. Je suis allée dans la cuisine, occupée par Mme Lindholm. L'arôme caractéristique du bacon m'a frappée avant que je franchisse le seuil.

Je me suis préparée mentalement à *cette* conversation à chaque repas. C'étaient des gens gentils. Sans eux, nous dormirions dans un champ. Bon… un peu trop mélodramatique, comme idée. Nous aurions dormi dans l'avion, mais même. Ensuite, j'ai entendu leur discussion, et l'affaire du bacon est devenue insignifiante.

« … n'arrête pas de penser à mes copines d'école. Pearl était à Baltimore. »

La voix de Mme Lindholm s'est brisée.

« Pour le moment, nous ne… »

« Pardon, je suis trop émotive. Tu veux de la confiture de mûres ou de fraises, avec des tartines ? »

J'ai décidé d'apparaître une fois le sujet de conversation redevenu inoffensif. Mme Lindholm s'activait au-dessus du plan de travail, le dos tourné. Elle a passé la main sous ses yeux.

Le commandant Lindholm était attablé dans la cuisine. Dans sa main droite, une tasse de café fumait tranquillement. De l'autre, il tenait un journal, mais regardait sa femme, les sourcils froncés.

À mon entrée, il a tourné la tête, affichant un sourire comme un masque.

« J'espère qu'on ne vous a pas réveillée, hier soir.

— Nathaniel m'a réveillée, mais c'était très bien comme ça, sinon j'aurais droit à un sacré torticolis. »

Nous avons enchaîné les plaisanteries d'usage, le temps qu'il me tende un café.

Dois-je expliquer l'immense bonheur d'une tasse de café ? La vapeur profonde et douce qui s'élevait du mug m'a réveillée avant que la première goutte, délicieuse et amère, effleure mes lèvres. Amère, mais pas seulement, portée par les vagues caressantes d'une sombre intensité. J'ai soupiré, avant de me détendre sur ma chaise.

« Merci.

— Qu'est-ce que vous prenez, au petit déjeuner ? Des œufs ? Du bacon ? Des toasts ? » Mme Lindholm a sorti une assiette du placard. Ses yeux étaient à peine rouges. « J'ai des pamplemousses. »

Jusqu'où les pamplemousses de Floride poussaient-ils ?

« Des œufs et des toasts, ce sera parfait, merci. »

Le commandant Lindholm a replié son journal et l'a posé sur la table.

« C'est vrai. Myrtle a mentionné que vous étiez juifs. Vous êtes arrivés pendant la guerre ?

— Non, monsieur. Oh… » J'ai levé les yeux alors que Mme Lindholm déposait une assiette avec des œufs et des toasts devant moi. Elle avait frit les œufs dans la graisse du bacon. Ils sentaient très bon. Bon sang. J'ai pris le temps de beurrer mes toasts pour rassembler mes pensées. « Ma famille est arrivée au début du XVIIIe siècle et s'est installée à Charleston.

— Ah bon ? » Il a pris une gorgée de café. « Je n'avais jamais rencontré de Juifs, avant la guerre.

— Oh, vous en avez croisé à coup sûr, mais ils dissimulent leurs cornes.

— Ah, ah ! » Il s'est frappé le genou. « Un point pour vous.

— En fait, ma grand-mère… » Le toast et le beurre requéraient toute mon attention. « Ma grand-mère et ses filles parlaient encore le yiddish, chez elles. »

Mme Lindholm s'est installée dans la chaise à côté de moi. Elle m'a regardée comme si j'étais une œuvre d'art, au musée.

« Moi non plus, je n'en avais jamais rencontré. » Un léger pli a creusé les rides de son front. « Et… eh bien, vous avez mentionné Charleston, ils avaient l'accent du Sud ? »

J'ai repris cet accent que j'avais appris à dissimuler à Washington pour dire : « Vous voulez v'nir nous rendre visite pour Roch Hachana ? Mazel tov, à vous tous ! »

Ensuite, j'ai passé en revue tout le yiddish que je connaissais, avec mon accent sudiste poussé au maximum. Ils en ont ri à en pleurer. Pourtant, cet accent ne m'avait jamais semblé bizarre, quand j'étais plus jeune. Je croyais simplement qu'on parlait le yiddish comme ça, jusqu'à ce que nous commencions à fréquenter la synagogue de Washington.

Nathaniel est apparu sur le seuil. Il se déplaçait avec un peu plus de facilité.

« Ça sent bon, par ici. »

Mme Lindholm s'est levée d'un coup. Elle a préparé une assiette pour lui. Le commandant a fait la conversation, parlant de tout et de rien. Nous faisions désespérément comme si tout était normal. Mais sur la table, le journal montrait une photo de New York, transformée en Venise à moitié engloutie, où les rues n'étaient plus que canaux inondés, cernés de gratte-ciel aux fenêtres béantes.

Au bout d'un moment, le commandant Lindholm a consulté l'horloge murale. Dix heures pile. Il a repoussé sa chaise.

« Bon, on ferait mieux de se mettre en route. »

Nathaniel s'est aussitôt levé.

« Merci pour le petit déjeuner, madame Lindholm.

— Avec plaisir. »

Elle a embrassé son mari sur la joue.

« C'est agréable d'avoir quelqu'un à qui parler, en lieu et place de la une du journal. »

Il a ri. On voyait facilement pourquoi il était tombé amoureux d'elle.

« Qu'est-ce que vous avez prévu pour la journée, mesdames ?

— Eh bien… » Elle a ramassé son assiette et celle de Nathaniel. « Je pensais emmener Mme York en ville, pour faire du shopping.

— Du shopping ? » J'ai ramassé les autres assiettes en la suivant vers le plan de travail. « J'envisageais de retourner à la base avec Nathaniel. »

Elle a incliné la tête et m'a dévisagée comme si j'avais soudain parlé en grec.

« Mais vous avez tous les deux besoin de vêtements. J'ai lavé les vôtres, mais on ne peut plus rien en tirer, à part des chiffons. »

Nathaniel avait dû remarquer mon air abattu, sans le comprendre. Ce n'était pas l'argent qui m'inquiétait. Le monde venait de s'effondrer et moi, j'allais faire du shopping !

« Tout va bien, Elma. Le colonel Parker nous a fourni des coupons pour des vêtements, jusqu'à ce que mon statut soit officiellement réglé. Alors, prends la journée et va faire du shopping. Il n'y a rien que tu puisses faire à la base, de toute façon. »

C'était bien le problème. Je ne pouvais rien faire.

Mme Lindholm a garé son Oldsmobile devant un magasin de Dayton, en centre-ville. Au-dessus de la devanture, l'auvent était déchiré. Une fine couche de crasse recouvrait les vitrines de la boutique, qui présentaient un assortiment de jolies robes aux teintes vives. Je suis sortie de la voiture et j'ai observé la rue. Les gens vaquaient à leurs occupations comme s'il ne s'était rien passé, hier.

Non… ce n'était pas tout à fait vrai. Les petits groupes qui bavardaient semblaient plus proches les uns des autres, plus qu'en temps normal. Chez le barbier d'à côté, le drapeau était en berne. Et la poussière qui salissait les vitrines du magasin recouvrait tout. J'ai frissonné en levant les yeux vers l'étrange voile ocre, dans le ciel.

Mme Lindholm a remarqué mon état et l'a mal interprété.

« Entrons avant que vous n'attrapiez la mort.

— Oh, je l'évite assez bien, en ce moment. »

Le visage de Mme Lindholm a pâli.

« Je suis désolée ! J'oublie ce que vous avez enduré. »

Mon humour ne fonctionne pas toujours pour arrondir les angles. C'était le cas, ici.

« Non, ne vous inquiétez pas, ça va. C'est juste… c'est moi qui devrais m'excuser. Ce n'était pas une blague de très bon goût.

— Non, c'est ma faute.

— Vraiment, non. Vous n'avez à vous excuser de rien.

— Je n'ai pas réfléchi.

— Je… » J'ai plissé les yeux. « Dois-je vous rappeler que je suis du Sud ? Vous ne gagnerez jamais une bataille de politesse contre moi. »

Elle a éclaté de rire, et les gens sur le trottoir se sont retournés comme si elle avait juré en public.

« On fait la paix ?

— Absolument. » J'ai désigné la porte. « On entre ? »

Tout en riant, elle a ouvert le battant et fait tinter la cloche. La vendeuse, une femme noire dans la soixantaine, avec des cheveux d'un blanc immaculé, se tenait près d'une radio, écoutant avec attention. Au son de la cloche, elle a regardé autour d'elle, même si son regard s'est attardé sur la radio.

« … conséquence directe de la chute du météore, hier, les incendies s'étendent aujourd'hui sur plus de quatre-vingt-dix mille hectares… »

Elle a souri, comme si elle venait juste de se rappeler comment faire.

« Je peux vous aider ? »

Puis son regard s'est posé sur moi. Elle a à peine froncé les sourcils – juste une petite crispation dans son sourire.

La saleté qu'aucun lavage ne nettoierait jamais m'a entièrement recouverte. J'avais sans doute l'air d'une clocharde. Maman aurait eu honte de moi.

J'ai dégluti. Je préférais retourner à la voiture, mais cela aurait gêné Mme Lindholm, alors je suis restée là, paralysée, sur le seuil.

Mme Lindholm m'a désignée du pouce.

« Mon amie était un peu plus à l'est, hier. »

À l'est. Devant cet euphémisme, les yeux de la vendeuse se sont écarquillés, son expression a bifurqué vers la pitié.

« Oh, ma pauvre. » Ensuite, la curiosité a pris le relais, comme un prédateur attiré par le sang. « Où étiez-vous ?

— Aux Poconos. »

Mme Lindholm a sorti une robe bleu marine du présentoir pour mieux l'examiner.

« Elle n'a plus rien, à part ses vêtements sur le dos. »

Une femme entre deux âges est apparue entre les présentoirs à vêtements.

« Vous y étiez vraiment ? Vous avez vu le météore ?

— La météorite. Les météores se fragmentent avant l'impact. »

Comme si les gens se souciaient de cette précision scientifique. Je crois que c'est la dernière fois que j'ai corrigé quelqu'un sur le sujet. « Météorite », par un curieux hasard linguistique, c'est presque mignon.

« Mais non, on était à plus de quatre cents kilomètres. »

Elle m'a dévisagée, comme si mes coupures et mes bleus lui indiqueraient l'endroit précis, sur une carte.

« J'ai de la famille, dans l'Est.

— Moi aussi, j'en avais. »

J'ai attrapé une robe sur le présentoir et j'ai fui vers la cabine. La porte à persiennes s'est refermée derrière moi, me protégeant de leurs regards, mais pas de leur conversation. Je me suis effondrée sur le petit banc matelassé, avant d'écraser mes deux mains sur ma bouche. Respirer me faisait mal, mes poumons luttaient pour obtenir plus d'air. *3,14159265…*

« Ils sont chez moi depuis hier soir. Ils ont perdu toute leur famille, sauf un frère, à ce que j'ai compris.

— C'est horrible. »

… 35897932384… Tout le monde connaissait quelqu'un *à l'est*. Je n'étais pas la seule à avoir perdu des proches.

La vendeuse a enchaîné : « Ils ont dit à la radio qu'il fallait s'attendre à plus de réfugiés du météore, à Wright-Patterson. »

Des *réfugiés du météore*. C'était exactement ça. J'étais simplement la première, ici. Si mes larmes devaient absolument couler, pitié, que ce ne soit pas dans une cabine d'essayage.

« C'est ce que mon mari avait prévu. » On aurait dit que Mme Lindholm était juste derrière moi. « J'irai à l'hôpital de la base dans l'après-midi pour faire du bénévolat.

— C'est tellement généreux de votre part. »

Du bénévolat. Moi aussi, je pouvais en faire. Je pouvais me porter volontaire pour transporter des réfugiés par avion vers l'ouest, ou faire des bandages, n'importe quoi. Je l'avais fait pendant la guerre, il n'y avait aucune raison que je ne puisse pas recommencer.

« C'est CBS que vous avez à la radio, là ? »

Je me suis essuyé les yeux avant de me lever, la main tendue vers la robe que j'avais choisie au hasard. C'était un modèle à pois, manifestement taillé pour un crayon, pas pour moi.

« Hmm… ils disent qu'on vient de retrouver le seul membre du gouvernement à avoir échappé au météore. Je vais monter le son, si ça ne vous dérange pas, mesdames. »

Dans le miroir, on aurait dit qu'une goule avait décidé de s'habiller. Je pensais ressembler à une clocharde, mais non. À me voir, on aurait juré que je n'avais pas entièrement survécu à l'impact. Mes yeux étaient noircis. J'avais des coupures au visage et partout sur les bras. Quelque chose m'avait entaillé le front, laissant une belle cicatrice. Mais j'étais vivante.

« … plusieurs raz de marée ont aussi inondé les Caraïbes, laissant de nombreux pays sans eau, ni électricité. On murmure que la dévastation se chiffrerait en centaines de milliers… »

J'ai ouvert la porte de la cabine d'essayage et tâché de couvrir la radio.

« Quelle idiote, ce n'est pas la bonne taille. »

La vendeuse est arrivée pour m'aider, nous avons passé en revue les tailles disponibles et les tendances actuelles pendant que les informations continuaient leur litanie, en bruit de fond. J'avais l'impression de jouer du violon pendant que Rome brûlait autour de nous.

6

L'INDE PROPOSE SON AIDE À MME ROOSEVELT

Les questions des journalistes soulignent l'amitié croissante entre l'Inde et les États-Unis.

THE TIMES

NEW DELHI, Inde, 4 mars 1952. Les questions posées à Mme Franklin D. Roosevelt par les journalistes de la presse écrite à l'occasion d'un déjeuner donné en l'honneur de la veuve de l'ancien président ont souligné l'ampleur de la dévastation aux États-Unis, après la chute d'une météorite un peu plus tôt dans la semaine. Initialement prévu comme une simple réunion, ce déjeuner organisé par l'association des organes de presse s'est concentré sur les meilleurs moyens d'offrir une aide concrète aux États-Unis.

Quand Mme Lindholm m'a déposée au QG, le ciel était couvert d'une vaste nappe argentée.

« Vous êtes sûre de ne pas vouloir rentrer à la maison pour vous reposer ?

— Merci, mais je me sens vraiment mieux quand je suis active. »

La déception l'a un peu crispée, mais elle n'a pas discuté. C'était tout à son honneur.

« Très bien, je serai à l'hôpital de la base, si vous avez besoin de moi. N'oubliez pas de grignoter quelque chose.

— Oui, madame. »

J'ai agité la main alors qu'elle s'éloignait au volant de sa voiture. La séance de shopping s'était bien passée, et oui, je reconnais que je me sentais mieux dans des vêtements propres, avec un peu de maquillage pour dissimuler le pire des ecchymoses, mais j'avais vraiment eu l'impression de faire semblant, là-bas. Dans tous les magasins, une radio ou une télévision diffusait des informations. L'État du Delaware n'existait plus, pour faire court. Le seul membre du gouvernement à avoir survécu était le ministre de l'Agriculture.

De nombreux réfugiés attendaient leur évacuation. Je savais piloter. Donc, j'ai lissé ma toute nouvelle robe bleu marine, resserré sa ceinture rouge vif, avant d'entrer dans le bâtiment pour débusquer le colonel Parker. Je ne misais pas beaucoup sur lui, notez bien, mais au moins il connaissait mes antécédents de pilote.

J'ai frappé à sa porte, légèrement entrouverte. Il était assis à son bureau, penché sur un mémo. Je jure que ses lèvres remuaient pendant sa lecture. Il avait désormais une petite tonsure en haut du crâne, grande comme une pièce de cinquante cents. Je me suis demandé s'il en avait conscience.

Il m'a regardée sans se lever.

« Madame York ?

— J'ai entendu aux informations que l'Air Force mobilisait ses troupes pour transporter les réfugiés. »

Je suis entrée m'asseoir, sans y avoir été invitée. Je ne voulais pas que l'idée de laisser une femme debout le mette mal à l'aise.

« C'est exact, mais ne vous inquiétez pas, cela ne concerne pas votre mari.

— Dans la mesure où il ne fait pas partie de l'Air Force et qu'il n'est pas en service actif, ça ne me surprend pas. » J'ai expiré lentement pour chasser mon irritation croissante. « Je me demandais si moi, je pouvais être utile. La plupart de vos hommes sont encore en Corée. Une pilote en plus, ce n'est pas rien.

— Eh bien, euh… c'est très aimable à vous, mais ce n'est vraiment pas un endroit pour une dame.

— Il y a plein de femmes parmi les réfugiés. Et comme j'ai une expérience de première main… »

Il a levé un doigt pour me faire taire.

« J'apprécie votre zèle, mais ce ne sera pas nécessaire. Le général Eisenhower rappelle nos soldats, et nous avons des aides de l'ONU.

— Et la Corée ?

— Le cessez-le-feu vient d'être signé. » Il a effleuré des papiers sur son bureau. « Et maintenant, si vous voulez bien m'excuser…

— Pourtant, tant qu'ils ne sont pas rentrés à la maison, vous êtes à court de pilotes.

— Vous envisagez de vous engager dans l'Air Force ? Dans le cas contraire, je ne peux pas vous laisser piloter nos appareils. » Il a fait semblant de le regretter. « Et comme votre avion a été endommagé… je crains que vous n'ayez rien à faire ici.

— Bon. » Je me suis levée. Pas lui. « Merci de votre attention.

— Je vous en prie. » Il a baissé les yeux vers le mémo. « Vous devriez essayer infirmière. Je crois comprendre que c'est une bonne occupation, pour les femmes.

— Comme c'est intelligent. Merci encore mille fois, colonel Parker. »

Il avait raison. C'était ça qui m'énervait le plus. Je voulais être utile, mais mes compétences ne servaient à rien. Sans avion, qu'étais-je censée faire ? Poser le problème en équation jusqu'à épuisement ?

Je n'aurais pas pu trouver pire moment pour débarquer à l'hôpital de la base – ou meilleur, en fonction du point de vue. Un avion rempli de réfugiés venait tout juste d'atterrir, les services étaient débordés. On avait installé des tentes à l'extérieur en guise de zone de tri, déjà pleines à craquer. Certaines personnes y attendaient depuis deux jours. Brûlures, déshydratation, lacérations, os brisés, état de choc…

On m'a confié un plateau de gobelets en papier remplis d'une solution de sels minéraux. Ensuite, on m'a demandé de les distribuer. Ce n'était pas grand-chose, mais c'était mieux que rien.

« Merci, madame. » La blonde a pris un gobelet sans quitter des yeux la queue, jusqu'aux docteurs. « Savez-vous ce qui nous attend, ensuite ? »

Son voisin, un homme plus âgé, s'est agité sur sa chaise. Son œil noirci était gonflé, presque fermé. Les croûtes de sang qui lui salissaient les narines montraient qu'il avait abondamment saigné du nez.

« On va nous envoyer dans des camps, je suppose.

J'aurais mieux fait de rester là où j'étais, au lieu de venir ici. »

Un camp. Le terme avait une connotation sinistre, et ce genre de propos n'aiderait personne. J'ai tendu mon plateau vers le vieil homme.

« Un verre, monsieur ? Ça vous redonnera un peu de force. »

Seigneur. C'était la voix de ma mère quand elle jouait au docteur. Gentille et vive.

Il a reniflé en croisant les bras, mais son geste l'a fait grimacer.

« Vous n'êtes pas infirmière, vous. Pas avec cet accoutrement. »

Un point pour lui. Je lui ai quand même souri.

« Vous avez raison, je donne un coup de main. »

Il a ricané, une bulle de sang frais a éclaté dans l'une de ses narines. Puis un flot s'est remis à dégouliner.

« Oh, merde.

— Basculez la tête en arrière. » J'ai regardé autour de moi. Il fallait trouver quelque chose pour arrêter le sang. La jeune femme a pris mon plateau. « Pincez les ailes de votre…

— Je sais. C'est pas la première fois que ça m'arrive. »

Mais il a fait comme je disais.

De l'autre côté de l'allée, un type blafard en costume déchiré a dénoué sa cravate et me l'a tendue. Les verres de ses lunettes étaient fendus, ses yeux étaient vitreux.

« Merci. » J'ai appuyé la soie contre le nez du vieil homme. « C'est le plus beau bandage que j'aie jamais eu le plaisir d'utiliser. »

L'homme a pris le relais, les yeux fixés au plafond. « Vous essayez de me distraire.

— En effet. »

Je me suis penchée au-dessus de lui pour examiner ses yeux.

« De quoi aimeriez-vous parler ? »

Il a pincé les lèvres.

« Vous êtes ici… alors vous devez être au courant. C'est grave à quel point ?

— Je crois… » J'ai regardé les gens affligés, partout autour de nous. « Je crois que ce n'est peut-être pas le meilleur endroit pour avoir cette discussion. Disons que vous vous en sortez mieux que beaucoup d'autres. Un autre sujet ?

— Très bien. » Il a souri un peu, j'ai eu la sensation qu'il aimait bien son rôle de vieil irascible. « Que pensez-vous de Charles F. Brannan ?

— Qui ça ?

— Le ministre de l'Agriculture. » Il a tourné la cravate pour nettoyer une croûte. « Apparemment, il faisait le tour des fermes au Kansas quand le météore est tombé. Si on ne retrouve personne d'autre dans la ligne de succession, on dirait bien que c'est lui, notre nouveau président. »

L'homme d'affaires qui nous avait donné sa cravate a ajouté :

« Président intérimaire.

— Ah. Il y a matière à débat, non ? » Le vieil homme regardait toujours le plafond. « Les spécialistes en droit constitutionnel ont passé un sacré bout de temps à discuter de ce que ça signifiait réellement. »

Sous toute sa crasse, le vieil homme portait une

veste en tweed, le modèle classique, avec des protège-coudes en cuir.

« Où enseigniez-vous ?

— Au Citadel[1].

— À Charleston ? » J'avais parlé trop fort. Des gens s'étaient retournés pour nous regarder. J'ai dégluti, puis repris. « Vous étiez à Charleston ? »

Le vieil homme a légèrement baissé la tête, m'examinant de son œil valide.

« Vous aviez des proches là-bas ?

— C'est ma ville natale…

— Je suis désolé… » Il a secoué la tête. « J'étais de sortie avec des élèves. Loin dans les terres. Quand nous sommes rentrés, eh bien… je suis vraiment désolé. »

J'ai hoché la tête, la mâchoire serrée. Je n'apprenais rien de nouveau. Le radius de l'onde de choc de la météorite, le raz de marée… tout cela ne laissait que peu de chances. Mais tant que je n'avais aucune certitude, je pouvais toujours espérer. Et ça me tuait.

En remontant l'escalier de la synagogue, j'ai pris conscience que franchir cette porte avait une portée symbolique : admettre la mort de ma famille.

Cette idée m'a stoppée net sur les marches, je me suis accrochée à la balustrade poussiéreuse. Ma famille n'était plus. Je me rendais à la synagogue pour commencer le rite du deuil.

Papa ne reprendrait plus jamais sa trompette. Maman ne terminerait jamais son couvre-lit géant. Tout cela n'était plus que cendres.

1. The Citadel, établissement supérieur militaire, en Caroline du Sud.

Mes yeux se sont fermés d'eux-mêmes, effaçant les briques et les petits arbres rabougris qui entouraient les escaliers. Derrière le voile sombre de mes paupières, mes yeux brûlaient. La crasse que je sentais sous mes doigts était la même qui salissait tout, en ville. De la cendre. Du résidu d'éjectas.

« Vous allez bien ? »

La voix d'un homme âgé, avec une pointe d'accent allemand. Juste derrière moi.

Je me suis retournée en souriant. Mes yeux devaient être rouges.

« Pardon. Je ne voulais pas bloquer le passage. »

Une marche plus bas, l'homme était à peine plus âgé que moi. Son visage, par contre, avait gardé une maigreur que j'ai immédiatement reconnue. Un survivant de l'Holocauste.

« Vous… aviez de la famille ? »

Seigneur. Épargne-moi la sollicitude des inconnus. J'ai contemplé l'horizon, la lueur ambrée au-dessus des plaines de l'Ohio.

« Oui. Donc… je dois parler au rabbin. »

Il a hoché la tête et m'a dépassée pour me tenir la porte.

« Je suis ici pour la même raison.

— Oh, je suis désolée. »

Quelle schlub égocentrique j'étais ! Il y avait d'autres Juifs, à Charleston. Et à New York, les dégâts semblaient importants. Quant à Washington… combien d'entre nous avaient péri en ne laissant personne derrière eux pour allumer les bougies yahrzeit et réciter le kaddish ?

Il a tristement haussé les épaules en m'invitant à entrer. J'ai pénétré dans le foyer. Derrière les portes ouvertes, je distinguais tout juste la lumière réconfortante de la flamme éternelle suspendue devant l'arche, tel un rappel.

Cet homme… il avait dû fuir l'Allemagne et se croire en sécurité. Et le météore s'était abattu. Pourtant, il avait survécu. Tout comme moi.

C'était ce que nous faisions. Nous survivions.

Et nous nous souvenions.

C'est difficile d'observer la Chivah dans la maison d'un Gentil. Je m'étais menti à moi-même et j'avais décrété que notre chambre était notre « maison », car je n'avais pas le courage d'expliquer à Mme Lindholm qu'il fallait absolument couvrir les miroirs et nous asseoir sur des tabourets bas.

Quand Nathaniel est entré, j'étais assise à même le sol de notre chambre, un ruban déchiré épinglé à ma chemise. Je n'avais pu me résoudre à déchirer la chemise elle-même ; j'avais le cœur bien assez triste pour le faire, mais je ne voulais pas avoir à expliquer pourquoi je déchirais un vêtement que nous venions juste d'acheter.

Il s'est arrêté, son regard s'est posé sur le ruban. Ses épaules se sont affaissées, comme si le fait que j'accomplisse seule le rite de la déchirure l'emplissait de chagrin.

Il s'est assis par terre, à côté de moi, pour me prendre dans ses bras. La coutume de ne pas adresser la parole à l'endeuillé, sauf si ce dernier parle le premier, n'avait jamais vraiment eu de sens. De toute façon, je n'aurais pas pu parler, même si j'avais essayé. Et lui non plus, je suppose.

Après une semaine de Chivah, j'ai ouvert l'annuaire pour appeler tous les mécaniciens aéronautiques. Aucun n'avait les pièces, et personne n'avait le temps de réparer mon avion. Mais il fallait bien que je fasse quelque chose.

J'avais survécu. Il devait y avoir une raison à ça. Un but, un sens… n'importe quoi. J'ai pris sur moi d'accompagner Mme Lindholm tous les jours pour faire des bandages, vider les bassins et servir la soupe aux réfugiés, avion après avion.

Ils ne cessaient d'affluer. J'ai rappelé d'autres mécaniciens. Encore et encore.

L'un d'eux a fait la vague promesse de commander une hélice, s'il avait le temps. Si Nathaniel avait passé une seule journée à la maison, je lui aurais demandé de passer l'appel à ma place.

Mais chaque soir, il rentrait encore plus tard que moi. Le vendredi soir, deux semaines après la chute du météore, il est rentré bien après le coucher du soleil. Nous n'avions jamais vraiment observé le shabbat avant la catastrophe, mais d'une certaine façon, après… j'avais besoin de quelque chose. Une forme de continuité.

J'ai accueilli Nathaniel à la porte et je l'ai débarrassé de son manteau. Le commandant Lindholm – Eugene – et Myrtle étaient à l'église, un rendez-vous de prière. Nous avions la maison pour nous.

« Tu n'es pas censé travailler après le coucher du soleil.

— Je suis un mauvais Juif. » Il s'est penché pour m'embrasser. « Mais j'étais très occupé à convaincre des généraux que non, les Russes n'ont pas pu nous balancer un météore.

— Même. »

J'ai suspendu son manteau à la patère, sur la porte.

« Le problème, c'est que Parker a suggéré cette idée à quelqu'un… à plusieurs personnes, manifestement… et l'idée a fait son chemin chez les militaires : "J'ai cru comprendre qu'il était possible que ce soit une action offensive des Russes…"

— Pfff. » J'ai indiqué la cuisine, où les Lindholm avaient laissé les lumières allumées. « Il reste du poulet et des patates, si tu n'as rien mangé.

— Tu es une déesse.

— Tu es vraiment un mauvais Juif ! »

Je l'ai traîné vers la cuisine en riant.

Il s'est laissé tomber sur une des chaises avec un gémissement, avant de glisser vers l'avant pour poser sa tête sur la table.

« Elma, je ne sais pas combien de temps je vais survivre à ces réunions. Je répète la même chose, encore et toujours. Dieu merci, l'assemblée de l'ONU a été convoquée, sinon je ne sais pas où nous en serions aujourd'hui.

— Je peux faire quelque chose pour t'aider ? » J'ai ouvert la porte du réfrigérateur, repéré l'assiette que je lui avais préparée.

Il s'est redressé.

« En fait… oui. Si tu as le temps.

— En abondance.

— Tu pourrais calculer la taille de la météorite ? »

Sa voix s'est un peu brisée alors qu'il posait la question. Il a dû faire une pause, le regard fixé sur la table.

Normalement, ce genre de calcul était effectué par ses collègues, à Langley. J'ai fait semblant de m'occuper de l'assiette pour lui laisser le temps de se reprendre. Nous avions tous les deux tendance à craquer dans les moments les plus incongrus, et les larmes nous épuisaient. Parfois, la meilleure solution consistait à les ignorer.

Nathaniel a pincé les lèvres pour simuler un sourire, ce qui a donné une vague grimace. Il s'est éclairci la gorge.

« Avec cette information, en principe, je pourrai leur prouver qu'il est rigoureusement impossible de déplacer ce genre d'astéroïdes. Russes ou pas. »

J'ai posé l'assiette devant lui, puis l'ai embrassé dans le cou.

« Oui. Je suppose que tu peux m'obtenir les cartes du gouvernement ?

— Dis-moi ce dont tu as besoin. »

C'était curieux. J'aidais Myrtle avec les réfugiés toute la semaine, mais comme ils ne cessaient d'affluer, de plus en plus amochés, j'avais l'impression que rien ne changerait jamais – que cela n'avait aucune incidence sur rien. Et je continuais à me demander pourquoi j'avais survécu. Pourquoi moi ? Pourquoi pas quelqu'un d'autre ? Quelqu'un de plus utile ?

Je sais. Je sais que ce n'est ni raisonnable ni logique, et oui, j'aidais bel et bien les autres, mais… mais n'importe qui aurait pu se charger de ce travail. J'étais un simple pion interchangeable.

Mais faire des calculs ? C'était pour moi. Avec la pure abstraction des nombres, j'étais dans *mon* élément. Ça, je pouvais faire.

7

LA DÉFENSE CIVILE UTILISE DU MATÉRIEL DE RADIO AMATEUR

PHILADELPHIE, Pennsylvanie, 17 mars 1952. Afin de coordonner les efforts des secouristes après la chute du météore, les agences de protection civile emploient plusieurs types d'appareils de communication d'urgence pour transmettre leurs messages dans la zone sinistrée. En plus du téléphone, les agents disposent de consoles portables de transmission radio, de talkies-walkies, de matériel militaire et de radios. Tous ces outils sont transportés par des conducteurs bénévoles chargés de mettre en place des moyens de communication alternatifs.

Je travaillais tous les soirs sur les calculs de Nathaniel. Le réconfort des chiffres m'aidait à faire abstraction des réfugiés du jour. Aujourd'hui, j'avais servi de la soupe à un groupe de Girl Scouts, avec leurs chefs. Elles étaient de sortie le jour de la chute du météore. Par chance, elles faisaient de la spéléo dans les Crystal Caves. Elles avaient senti le tremblement de terre, ce qui leur avait déjà suffi. Un peu plus tard, elles avaient regagné la surface… où tout avait disparu.

Les chiffres, donc. Les chiffres me réconfortaient. Les calculs m'apportaient ordre et logique. Tous ces événements disparates avaient un sens bien précis.

J'avais trouvé un peu de paix au milieu du chaos dans un autre endroit : la cuisine. Il avait fallu une semaine pour que Myrtle me fasse confiance sur ce point. Deux jours plus tard, j'avais réussi à la persuader de me laisser préparer le dîner. Et maintenant, on alternait.

Nos repas étaient-ils casher ? Pas le moins du monde. Aucune importance, de mon côté. Ce soir, j'avais décidé de faire une tourte au poulet. J'ai ouvert le tiroir près de l'évier, en quête d'un verre doseur.

La garniture mijotait, laissant planer dans toute la maison un arôme savoureux d'oignon et de thym. En un sens, cuisiner ressemblait beaucoup aux mathématiques. Il fallait respecter les proportions pour que l'ensemble tienne.

Je me suis approchée du réfrigérateur en jetant un coup d'œil dans le salon. Myrtle était assise sur le canapé, les pieds sur les cuisses d'Eugene. Il les massait doucement, tandis qu'elle sirotait un verre de vin.

« … rien que tu puisses faire ?

— Désolé, bébé. J'ai essayé. » Il a grimacé, puis incliné la tête pour mieux passer son pouce sur la plante du pied. « Je ne peux aller nulle part si on ne m'y envoie pas.

— Il n'y a que… des Blancs, avion après avion. Où sont les nôtres ? Qui leur porte secours ? »

Comment avais-je pu ne pas m'en rendre compte ? Je me suis figée devant le réfrigérateur, la main sur la poignée, passant mentalement en revue la longue cohorte des réfugiés, sans y trouver le moindre visage noir.

« Et même si l'état-major nous envoyait récupérer les nôtres dans les quartiers… tu connais la suite. Nous les ramenons, et après ? On les parquerait dans des camps différents. »

Elle a soupiré.

« Je sais… je sais. J'en parlerai à l'église. Je verrai s'il est possible de nous organiser nous-mêmes pour les secourir. »

Le verre doseur à la main, j'ai gagné le seuil du salon.

« Excusez-moi. »

Myrtle a levé les yeux. On aurait dit qu'un masque remplaçait son expression précédente. Elle m'a souri.

« Vous avez besoin d'aide pour trouver quelque chose ?

— Oh… non. Je… je n'ai pas pu m'empêcher de vous entendre. Vous… vous voulez que Nathaniel en parle ? »

Eugene et Myrtle ont échangé un regard que je n'ai pas réussi à déchiffrer, puis le commandant a secoué la tête.

« Merci, madame. On réglera ça nous-mêmes. »

Après le dîner, je me suis retirée dans le bureau de Lindholm. J'avais éparpillé des papiers un peu partout en essayant de rassembler les données dans l'ordre adéquat. J'ai ouvert le tiroir pour en sortir le petit carnet de notes dont on se servait comme registre pour noter les coups de fil, dans l'idée de leur rembourser mes appels longue distance. J'ai soulevé le combiné, puis composé le numéro professionnel de mon frère.

« United States Weather Bureau, Hershel Wexler à l'appareil.

— Salut, c'est Elma. Tu as une seconde, pour une question météo ?

— C'est la définition exacte de mon travail. Qu'y a-t-il ? »

Des feuilles de papier se sont froissées, à l'autre bout du fil.

« Tu envisages un pique-nique ?

— Hein ? Non. » J'ai rapproché les équations sur lesquelles je planchais. « J'aide Nathaniel à trouver la taille de la météorite, sa composition et… la baie de Chesapeake a bouillonné pendant trois jours. Je pourrais trouver toute seule, mais je me dis qu'il existe forcément une équation qui me donnera la température nécessaire pour faire bouillir un plan d'eau aussi grand que ça.

— Intéressant… donne-moi une seconde. » Derrière lui, j'entendais un téléscripteur cracher les rapports en provenance de stations météo disséminées partout dans le monde. « Tu as la profondeur et le volume d'eau, j'imagine ?

— Profondeur moyenne : six mètres cinquante. Soixante-huit trillions de litres.

— OK. Donc… en mars, la température de la baie de Chesapeake tourne autour des sept degrés. Donc il nous faudrait quatre-vingt-treize degrés de plus pour… » Un tiroir s'est ouvert, le timbre de sa voix a changé. Je le visualisais très bien, le téléphone calé entre sa joue et son épaule, les sourcils froncés, penché sur sa règle à calcul. Ses béquilles devaient être posées à côté de lui, ses lunettes au bout du nez pour l'aider à y voir clair. Il se mordillait certainement la lèvre inférieure, tout en marmonnant. « … divisé par la masse molaire de l'eau… et ça me donne 1,54 × 1 020 joules… hmm hmm… en additionnant les deux… hmm… 1,84 × 1 020 joules… il faudrait… il faudrait une température d'à peu près deux cent soixante-dix degrés.

— Merci. » J'ai dégluti, faisant de mon mieux pour ne pas montrer à quel point ce résultat m'effrayait. « Tu pouvais me donner la formule, tu sais ?

— Hein ? Et admettre que ma petite sœur est meilleure en maths que moi ? » Il a ricané. « J'ai un ego, merci. »

Je pouvais désormais inclure la température dans une équation qui tenait compte de l'angle de pénétration approximatif, ce qui *devait* me donner une idée de la composition, en fonction de ce qui pouvait se réchauffer à deux cent soixante-dix degrés en traversant l'atmosphère. Le résultat manquerait de précision, mais ce serait bien assez pour Nathaniel.

« Tu disais que tu cherchais à connaître la composition du météore ? »

Son timbre a encore changé alors qu'il approchait le combiné de sa bouche.

« Oui. En tenant compte de la taille du cratère – vingt-neuf kilomètres – et du déplacement d'eau initial, j'obtiens une estimation assez bonne de la taille de la météorite. » J'ai commencé à creuser les chiffres qu'il m'avait fournis. « En principe, on enverra des plongeurs vérifier sa composition exacte, mais pour l'instant, les institutions se concentrent sur les recherches et les réfugiés… »

Ce qui m'a fait penser à Eugene et Myrtle.

« Tu pourrais peut-être répondre à une question pour moi.

— Je refuse de faire tes devoirs de maths. »

Il a ricané.

« Comment s'en sort Nathaniel ?

— Oh… » J'ai soupiré, vérifiant que la porte était bien fermée. « Il est épuisé, frustré, et tout est plus ou moins classé secret défense, alors… je continue à penser que tout ira mieux quand ce sera terminé, mais…

— Mais ça ne se terminera jamais.

— Non. » Je me suis massé le front. « Comment ça se passe, chez toi ?

— On commence à peine à croiser des réfugiés, mais sinon, c'est comme d'habitude. » Il a soupiré. « Ça changera quand les schémas météorologiques changeront.

— Changeront comment ?

— Je ne suis sûr de rien, mais je travaille dessus. Tous ces sédiments dans l'atmosphère, toutes ces fumées, cette vapeur… » Je l'ai presque vu retirer ses lunettes en soupirant. « Tu peux peut-être répondre à une autre question, pour moi.

— Non, je t'ai déjà dit que je refusais de faire tes devoirs de maths.

— Et pourtant, c'est précisément ce que tu fais… Quel volume d'eau a été déplacé, d'après toi ?

— Je te donnerai une valeur approximative dès que je connaîtrai la taille du machin. Pourquoi ?

— Si tu projettes autant d'eau dans l'atmosphère, ça influe forcément sur la météo. J'essaie de prédire à quoi ressemblera la saison cyclonique, après ça. »

J'ai souri, comme si Hershel était assis en face de moi.

« D'accord, très bien. Je ferai tes devoirs de maths, mais notre accord tient toujours ?

— Oui. » Il a ri. « Je te prêterai mes comics, mais il va falloir que tu nous rendes visite, tu sais…

— Dès qu'on en aura terminé ici. »

Quand Nathaniel en finirait avec ses réunions, je lui proposerai d'aller vivre en Californie.

J'ai écarté les feuilles de calculs, la tête entre les mains. Merde. Il m'avait fallu deux soirs pour aligner toutes les variables. Et maintenant ? J'avais vérifié trois fois le résultat. S'il y avait une erreur, je ne la voyais pas. J'avais appelé Hershel, mais c'était bien après les horaires de bureau. Ils étaient sortis pour la soirée. Pas sûr que leur baby-sitter ait transmis mon message.

Après avoir repoussé ma chaise, je me suis levée, pour mieux tourner en rond dans le bureau. Une casserole refroidissait sur la table, à côté de moi. Myrtle l'avait apportée à un moment dans la soirée. La fourchette était sale, la nourriture à moitié terminée. Et je n'avais aucun souvenir d'avoir mangé.

Une douleur palpitait de mon œil droit au sommet de ma tête. J'avais besoin de Nathaniel. J'ai rassemblé les feuilles, mes calculs préliminaires suite à la chute de la météorite, et les développements plus clairs que j'avais retravaillés. Il serait encore au QG. Je pouvais… quoi ? Le tirer d'une réunion ? Rien sur ces pages ne changerait si j'attendais son retour.

Mais j'avais besoin de mon mari, j'avais besoin de lui maintenant. Masser la douleur au-dessus de mon œil m'a fait un peu de bien. Si mes calculs n'étaient pas faux, l'une des données de base devait l'être. L'un des rapports avait dû exagérer les chiffres. Je devais me tromper.

J'ai attrapé l'assiette pour la ramener dans la cuisine. La maison était plongée dans l'obscurité, à part la lumière au-dessus de la cuisinière. Nathaniel ne tarderait pas à rentrer. Il suffisait d'attendre. Je pouvais faire preuve de patience.

J'ai vidé le reste de la casserole dans la poubelle, avant de me charger de la vaisselle. Les Lindholm avaient une machine à laver flambant neuve, mais l'eau chaude sur mes mains m'apaisait. Après avoir posé la vaisselle dans l'égouttoir, je suis restée plantée là un bon moment, laissant l'eau couler entre mes doigts.

La porte d'entrée s'est ouverte. Dieu merci. Je me suis essuyé les mains sur le torchon et j'ai filé vers Nathaniel. Il a souri en m'apercevant, avant de se pencher pour un baiser.

« Salut, beauté.

— Il faut que je te montre quelque chose. » J'ai grimacé. « Pardon. Je veux dire… comment s'est passée ta journée ? Tu les as convaincus que les Russes n'en avaient pas après nous ?

— Pas tout à fait. Et maintenant, le président Brannan veut relancer le NACA pour surveiller d'autres astéroïdes. » Il a défait sa cravate. « Qu'est-ce que tu voulais me montrer ?

— Ça peut attendre demain matin. »

J'essayais d'être une bonne épouse, malgré mon inquiétude. Franchement, lui faire part de mes résultats ce soir ne servirait à rien, à part l'empêcher de dormir, comme moi.

« Elma. Non. Je n'ai pas envie de prendre des coups toute la nuit.

— Des coups ?

— Ouais. Quand tu es remontée comme ça, tu gigotes, et tu me donnes des coups de pied dans ton sommeil.

— Je… » Comment contester ce qu'on fait dans son sommeil ? « Et ça te fait mal ?

— Disons que je préfère savoir de quoi il s'agit. »

D'accord, pas la peine de me faire prier. Je lui ai pris la main pour le traîner dans le bureau.

« J'ai cherché à calculer l'énergie nécessaire pour déplacer le météore, pour prouver que les Russes n'avaient aucun moyen de le faire. »

Il s'est figé sur le seuil.

« Pitié, ne me dis pas qu'ils avaient les moyens de le faire.

— Non. » D'une certaine façon, il aurait mieux valu. Je suis restée là, devant le bureau, le regard fixé sur les feuilles couvertes de calculs. « Non, mais je pense qu'on se dirige tout droit vers une extinction de masse. »

8

LES PRIX DES CÉRÉALES S'EFFONDRENT

CHICAGO, 26 mars 1952 (AP). Le cours des céréales a chuté aujourd'hui de manière significative à la chambre de commerce, suite au krach de la séance précédente. Les courtiers estiment que le ralentissement d'hier et d'aujourd'hui est la conséquence directe du blocage des exportations de maïs et d'avoine, suite aux dégâts dans les ports de la côte Est.

Je n'avais qu'un souhait, me tromper. Dieu m'en est témoin. Nathaniel s'est installé au bureau des Lindholm, puis s'est penché sur sa règle à calcul pour vérifier mes résultats. Le plan de travail était encombré d'encyclopédies, d'almanachs, d'atlas et des journaux de la semaine passée, détaillant les dégâts les plus visibles.

Je me suis appuyée contre le mur, près de la fenêtre, sans cesser de mâchonner l'intérieur de ma lèvre. Dehors, la nuit tournait lentement à l'argenté. Un café de plus, et je sauterais au plafond.

Depuis plus d'une heure, Nathaniel ne m'avait posé aucune question. À chaque fois que son crayon grattait le papier, j'espérais de toute mon âme qu'il avait repéré une erreur, corrigeant un exposant, un différentiel, n'importe quoi. Vraiment n'importe quoi.

Plus tard, il a fini par écarter sa règle à calcul, avant de caler sa tête entre ses doigts. Son regard ne quittait pas la dernière page.

« Il faut quitter cette putain de planète.

— Nathaniel ! »

Pourquoi lui reprocher son juron, je ne saurais le dire.

« Pardon. » Il a soupiré, posant son visage contre ses avant-bras. Sa voix était comme étouffée, sur la table. « J'avais tellement envie que tu te sois trompée.

— Mes données de départ sont peut-être fausses.

— Si elles le sont à ce point, il faut virer quelqu'un à l'*Encyclopedia Americana.* » Il s'est redressé, puis s'est gratté le visage en grimaçant. « Je croyais qu'on pouvait s'estimer heureux que la météorite soit tombée dans l'océan.

— C'est la vapeur, le problème. » J'ai traversé la pièce pour m'asseoir sur le bureau, mais Nathaniel m'a attrapé le poignet, m'attirant sur ses genoux. Je me suis penchée vers lui, posant ma tête contre la sienne. « Le climat va se refroidir un peu… et puis toute cette vapeur dans l'atmosphère… »

Il a hoché la tête. « Je verrai si je peux t'obtenir un entretien avec le président.

— Le président ? » Le cœur battant, je me suis un peu raidie. « C'est juste… la plupart de ces trucs ne relèvent pas de mon champ d'expertise et… on ferait mieux d'en parler à d'autres chercheurs.

— Bien sûr, mais pour le moment, ils nous ont collé un nouveau programme, à Wernher von Braun et à moi. Il s'agit de repérer d'autres astéroïdes potentiels et de les faire sauter avec des fusées. » Il s'est adossé à la chaise, grattant l'une des écorchures sur son menton. « Tu connais la bureaucratie militaire aussi bien que moi.

— Quand un programme démarre, difficile de l'arrêter. »

Il a acquiescé.

« Et nous allons perdre du temps sur un foutu faux problème. »

Je me tenais devant le placard, contemplant ma maigre garde-robe. Dès que j'optais pour une robe, mon estomac se nouait. Tout le monde me regarderait. Et si je choisissais la mauvaise ? Et si mes calculs étaient faux ? Mieux valait rester à la maison et ne pas accompagner Nathaniel à sa réunion avec le général.

« Elma ? Quelle cravate devrais-je… Tu n'es pas encore habillée ? »

Nathaniel s'est arrêté sur le seuil de notre chambre.

« Nous avons rendez-vous avec le général dans trente minutes. »

Il tenait une cravate dans chaque main.

« La bleue. Assortie à tes yeux. »

J'ai fermé la porte du placard, et le nœud dans mon estomac s'est immédiatement défait.

« Ça va ? »

Il a baissé ses cravates et s'est approché de moi pour me poser la main sur le front.

« Je suis juste un peu patraque. » J'avais mes règles, mais ce n'était pas ça, le problème. Je pouvais toujours m'en servir comme prétexte pour échapper à cette réunion. « Mais j'ai tapé tout le rapport pour toi, et tu comprends les équations aussi bien que moi.

— C'est très exagéré. » Il a posé la cravate verte sur le bureau. « S'ils posent des questions, je ne suis pas sûr d'être le plus qualifié pour leur répondre. »

Ils. Bien sûr, ils seraient nombreux. Accompagner Nathaniel à une réunion pour le soutenir, d'accord, discuter avec Parker, d'accord, mais m'adresser à plus de six hommes dans une petite salle, je… tous mes mauvais souvenirs sont remontés à la surface. Je me suis essuyé les paumes sur ma robe de chambre, toujours nerveuse, même si j'avais décidé de ne pas y aller.

« Le général a peu de chances de saisir les équations, de toute façon. Tu n'auras qu'à passer directement aux conclusions. »

Il a soupiré, avant de nouer la cravate autour de son cou.

« C'est ce que j'avais prévu de faire. Je voulais que tu sois là au cas où je ne saurais pas répondre à certaines questions. Comme la corrélation entre la vapeur atmosphérique et la hausse globale des températures. »

J'ai feuilleté l'un des rapports que j'avais tapés.

« Page quatre. Un graphique au dos détaille la hausse des températures sur les cinquante prochaines années. Donc, tu…

— Je sais.

— Ils le croiront si ça vient de toi. Pas si je l'explique, moi.

— Arrête. » Il s'est détourné du miroir. « Lequel de nous deux assistait le prof, à la fac ? Dès qu'il s'agit d'expliquer un problème, tu es brillante. »

Mon mari était un type bien. Il croyait en moi. Mais il avait aussi des œillères, parce qu'il mesurait mal à quel point les gens ignoraient mes propos, avant qu'il les soumette, lui.

« Peu importe. Je ne me sens pas bien, d'accord ? »

Nathaniel a opté pour un nœud Windsor, bien serré autour du cou.

« Pardon. C'est juste que… je comptais sur toi. Mais si tu ne te sens pas bien, tu ne te sens pas bien. »

Je me suis recroquevillée dans ma robe de chambre.

« J'ai… aujourd'hui… ce n'est pas le bon jour.

— C'est quand, le bon jour ? Depuis la météorite, on n'a pas passé une seule bonne journée.

— J'ai… c'est un problème de femme…

— Bien reçu. »

Il a froncé les sourcils, puis s'est frotté les yeux, avant de secouer la tête. Il a pris sa veste, sur le dos de la chaise.

« Bon, c'est juste une réunion préliminaire, après tout, avant de rencontrer le président… Tu seras plus en forme pour ça. »

Problème, je ne serai pas plus en forme, non. Rencontrer le président… ce serait infiniment pire… mais ce n'était pas pour aujourd'hui, au moins. Ce ne serait peut-être pas nécessaire, d'ailleurs. Mon niveau d'accréditation n'était sans doute pas assez élevé, quelque chose me sauverait forcément. Je n'aurai pas à affronter toute une assemblée d'hommes.

Je suis une femme intelligente. J'avais bien conscience de ne rien risquer, rien du tout. Vraiment.

Et pourtant… pourtant, entrer au lycée à l'âge de onze ans. Être la seule fille du cours de mathématiques. Systématiquement. Aller à la fac à quatorze ans. Subir la curiosité générale parce qu'on est douée en calcul mental. Se faire détester des garçons, détester au plus haut point, parce qu'on ne se trompe jamais en classe. Servir d'outil aux professeurs, les uns après les autres.

« Réfléchissez ! Même cette petite fille connaît la réponse. »

Quand j'ai quitté la fac, j'étais prête à tout pour éviter de prendre la parole en public. Je me suis éclairci la gorge.

« Tu l'as déjà rencontré ?

— Le président, ou Eisenhower ? Sinon, oui, dans les deux cas, mais très rapidement.

— Le général Eisenhower et papa jouaient au golf ensemble.

— Tu vois ? Voilà pourquoi j'ai besoin de toi, là-bas.

— Grâce à mon père ? À ce qu'il était ? Peu importe. » J'ai jeté le rapport sur le bureau. « Je ne peux pas y aller. »

Il a soupiré à nouveau, les yeux baissés.

« Je suis désolé. Je suis nerveux, ça me rend égoïste. »

Puis il s'est approché de moi pour me prendre dans ses bras.

« Tu as besoin de quelque chose, aujourd'hui ? Une théière bien chaude ? Du chocolat ?

— Des promesses creuses. Tu comptes le trouver où, ton chocolat ? »

Tous les ports de la côte Est étaient fermés. Les rayonnages du supermarché se clairsemaient déjà.

« J'en réquisitionnerai avec l'aide du général Eisenhower.

— Sous quel prétexte ?

— Le sort du monde dépend du bien-être de ma femme. » Il m'a embrassé le front. « Je ne suis même pas sûr d'exagérer. »

Il y a toujours un effet domino quand on prétend qu'on ne se sent pas bien. J'étais censée donner un coup de main à l'hôpital, après la réunion avec Eisenhower. Une fois Nathaniel parti, Myrtle a frappé à ma porte.

J'ai boutonné le dernier bouton de mon chemisier.

« Entrez. »

Myrtle a ouvert la porte du pied. Elle portait un plateau avec des petits crackers et un verre de soda.

« Nathaniel m'a dit que ça n'allait pas trop.

— Oh... c'est juste, vous savez, des trucs de femme. » J'ai rentré ma chemise pour ne pas avoir à l'affronter. « Le pire est passé, je pense.

— Je sais que les femmes sont toutes différentes, mais à chaque fois, les miennes me clouent au lit une journée entière. » Elle a posé le plateau sur le petit bureau, dans notre chambre.

« Je vous apporte de quoi apaiser votre mal de ventre. Il vous faut une bouteille d'eau chaude ? Ou… j'ai du bourbon, si ça peut aider. »

Quelle chance nous avions eu de tomber sur des gens comme eux. Mes yeux se sont embués. C'était un signe : mes règles m'affectaient, en définitive.

« Vous êtes la gentillesse incarnée. » J'ai passé mes doigts sous mes yeux. « Honnêtement, ça va beaucoup mieux. En général, ça ne me dérange pas trop. Je suppose que… »

J'ai agité la main, espérant qu'elle termine d'elle-même en s'inventant une histoire.

« Tout ce stress et… eh bien, tout ce par quoi vous êtes passée ces deux dernières semaines. » Elle m'a tendu le verre de soda. « Pas étonnant que vous soyez dans un sale état.

— Je vais très bien. » Mais j'ai accepté le soda, et même le contact glacé du verre m'a fait du bien. « Vraiment. Et vous ? Des progrès avec votre église, sur le front des réfugiés ? »

Myrtle a hésité, puis s'est humecté les lèvres.

« En fait… oui. Peut-être. Nous avons une idée, mais cela implique… de vous demander un service. »

Oh, Seigneur. La possibilité d'être utile ?

« Oui. Ce que vous voudrez. Après tout ce que vous avez fait pour nous, ma réponse est oui.

— Ne vous inquiétez pas, vous n'aurez rien à faire. » Elle a rectifié la position du plateau sur le bureau pour bien l'aligner. « Eugene m'a dit que vous aviez un avion…

— Il est endommagé, mais oui. »

Elle a hoché la tête, comme si elle le savait déjà. « S'il pouvait le faire réparer, pourrait-il vous l'emprunter ?

— Bien sûr. » C'était un peu mesquin de ma part, mais j'étais déçue par la modestie de la requête. « Mais j'ai contacté tous les mécaniciens de la région, personne ne peut m'aider. »

Elle m'a lancé un petit sourire.

« Vous avez contacté tous les mécaniciens *blancs*. Les bons spécialistes ne sont pas tous dans l'annuaire. Eugene pourra le faire réparer. »

Savait-elle depuis le début qu'il y avait d'autres mécaniciens, ou n'y avait-elle simplement pas pensé jusqu'à aujourd'hui ? Quoi qu'il en soit, je ne pouvais pas lui en vouloir. Je lui devais une fière chandelle et elle, elle ne me devait rien.

« C'est un petit Cessna. Quatre passagers, seulement. On ne pourra pas ramener beaucoup de réfugiés.

— Oh… je sais. Nous avons d'autres idées. » Elle s'est raidie, avant de taper dans ses mains. « Je parle, je parle, mais vous ne vous sentez pas bien. Reposez-vous toute la journée, même si vous vous sentez mieux. Je laisserai un peu de poulet mijoter pour plus tard. Sans bacon.

— Merci, mais vraiment, je…

— Tout va bien. Je sais. Vous êtes comme Eugene. Si je ne m'y connaissais pas, je jurerais que vous êtes un homme.

— Un truc de pilote, je suppose. » J'ai haussé les épaules. « On nous cloue au sol dès qu'on est malades.

— Eh bien… je n'ai pas de fille, mais vous êtes

bel et bien clouée au sol, jeune femme. À mon avis, c'est la seule façon de vous ralentir un peu… et de prendre soin de vous. »

Ralentir ? Je ne servais à *rien* depuis la météorite. J'aurais mieux fait d'accompagner Nathaniel. J'aurais sans doute été plus utile, là-bas.

« Qu'est-ce que vous faites dans la cuisine ? » Myrtle venait de rentrer. Elle portait encore son chapeau et ses gants.

Avec ma poignée de laitue au-dessus du saladier, je me suis sentie coupable. « Je fais à dîner…

— Ma fille, vous êtes censée vous reposer. » Sa diction de ménagère distinguée disparaissait parfois, quand on l'irritait. J'ai eu l'impression d'entendre une version plus honnête d'elle. Myrtle a arrangé deux ou trois choses sur l'une des tables latérales, avant de me rejoindre en agitant les mains. « Allez, maintenant. Au lit.

— Je vais très bien. J'ai eu quelques crampes, mais vraiment… » J'ai mis le reste de la salade dans le saladier, avant de la remuer avec – peut-être – un peu plus d'énergie que nécessaire. Pourquoi n'avais-je pas pris sur moi et accompagné Nathaniel ?

« Je n'avais rien à faire, et vous avez travaillé toute la journée. »

Dehors, le moteur de la Jeep du commandant Lindholm m'a signalé qu'au moins l'un des hommes était de retour. Par la fenêtre, on ne voyait pas très bien le véhicule. Nathaniel était-il encore retenu par une réunion ? Une de plus ? J'aurais dû y aller. Quelle idiote.

Myrtle a ouvert le placard, attrapant un tablier.

« Bon, dites-moi ce que je peux faire.

— Hmm… vérifiez les tagliolini. Il faut peut-être enlever le papier d'aluminium. »

La porte d'entrée s'est ouverte au milieu d'une conversation entre Nathaniel et Eugene. Dès que ce dernier en avait l'occasion, il bombardait Nathaniel de questions sur les fusées.

« … à Edwards. Pour l'Air Force.

— Oh, Seigneur… encore. » Myrtle a filé dans le salon. « Tu ne seras pas pilote d'essai. Pilote de chasse, c'était déjà difficile, mais il y avait une guerre mondiale en cours…

— Bébé… on ne fait que parler de leurs recherches sur les fusées. »

Nathaniel a ri, mal à l'aise.

« Nous comparons les installations entre Sunflower, au Kansas, et la base d'Edwards. C'est tout… hmm. Je ferais mieux d'aller voir comment va Elma.

— Elle est dans la cuisine. »

Nathaniel est apparu sur le seuil alors que j'attrapais une carotte pour la râper dans la salade. Il a posé une liasse de papiers sur la table de la cuisine.

« Salut. Tu te sens mieux ?

— Oui, merci. » Il fallait lui trouver un nouveau porte-documents, mais ce n'était pas vraiment au sommet de ma liste de priorités. J'ai empoigné la râpe, frottant sèchement la carotte sur sa surface rugueuse. « Comment ça s'est passé ?

— Bien. Dieu merci. » Il a défait sa cravate, puis s'est appuyé contre le plan de travail. « Je peux faire quelque chose ?

— Hmm… préparer un cocktail ?

— Avec plaisir. »

Nous avions regarni le placard à alcools des Lindholm dès que Nathaniel avait reçu sa première paie de l'armée. Et, oui, nous en stockions un peu sous le lit de notre chambre. Une monnaie d'échange. Au cas où les choses s'effondreraient pour de bon.

« Un martini, ça ira ?

— Parfait. » J'ai reposé la râpe, mélangeant les carottes et la laitue dans le saladier. Après mes calculs, à chaque fois que je préparais quelque chose, je me demandais si c'était la dernière année qu'on mangerait ça. Mais des carottes et de la salade… ces légumes survivraient aux années d'hiver postmétéorite. En principe. « Bon, Eisenhower en pense quoi ? Dis-moi que tu as brillé. »

Nathaniel a ricané en sortant le gin du congélateur.

« Eh bien, ton brillant, brillant mari… attends. »

Il s'est approché de la porte du salon, et j'ai failli lui hurler dessus. Quel suspense.

« Vous voulez tous un martini ? »

Leur conversation a cessé, Eugene a répondu « Seigneur, oui. Si ma femme m'autorise à…

— Merci, Nathaniel. Avec grand plaisir. Puis-je en avoir un double ? »

On aurait pu attraper des mouches avec la voix mielleuse de Myrtle.

Tout en gloussant, j'ai rincé la râpe dans l'évier. Au moins, pas de problème d'eau potable, ici. Certains réfugiés en avaient manqué plusieurs jours, avant de nous rejoindre. Bien sûr, les pluies acides n'avaient pas encore atteint le Midwest.

« Un double… excellente idée. »

Nathaniel s'est retourné en haussant les sourcils.

« C'est *moi* qui ai subi cette réunion, hein.

— C'est médical. Tu devrais en prendre un double, toi aussi. »

La sauce était déjà faite, mais je ne l'ajouterais qu'au dernier moment. Ce qui me laissait… ah, vérifier les tagliolini.

« Tu me parlais d'Eisenhower et de la façon dont tu as brillé.

— Ah. Oui. » Il a attrapé un pichet dans le placard. « Eh bien, après les avoir tous captivés, grâce à mon incomparable rhétorique et à mon admirable élocution, j'ai plongé Eisenhower dans un très long silence après lui avoir tendu ton excellent rapport. Dans son intégralité. Non qu'il comprenne tous les calculs, mais…

— Tu vois, je n'avais pas besoin de t'accompagner. »

Quand j'ai ouvert le four, la chaleur m'est montée au visage. Deux cent trente degrés. C'était nettement plus froid que l'atmosphère à Washington, chauffée à blanc par l'onde de choc.

« Eh bien… j'ai dû bluffer pour répondre à certaines de ses questions… » Nathaniel a mesuré le gin dans le pichet. « Mais il en sait assez sur les fusées, d'un point de vue militaire, pour comprendre que les Russes n'ont jamais eu les capacités technologiques pour modifier la trajectoire d'un astéroïde.

— Dieu merci. » J'ai retiré le papier d'aluminium des tagliolini pour faire dorer le fromage, puis j'ai refermé le four. « Et le climat ?

— Très agréable, aujourd'hui.

— Tu sais de quoi je parle.

— Je sais, oui. Mais justement. Quand le temps est agréable, c'est difficile de convaincre les autres qu'un changement climatique catastrophique s'annonce. »

La bouteille de vermouth trônait sur le plan de travail, à côté de lui.

« Par ailleurs, cela n'a aucune “signification militaire”, donc il n'a pas saisi l'urgence de la situation.

— Mais… c'était l'essentiel du rapport ! » J'aurais dû y aller. La prochaine fois. La prochaine fois, j'irais. « Donc… tu en parles au président. C'est ça, l'étape suivante ? »

Il a haussé les épaules, tout en prenant un peu de glace dans le congélateur.

« J'essaie. Eisenhower a dit qu'il ferait son possible, mais sans cette histoire de menace soviétique, l'urgence est ailleurs. Le président Brannan se concentre sur le rétablissement du gouvernement américain. C'est compréhensible.

— Pfff. » J'en suis restée coite, les mains sur les hanches. Et je me suis encore plus détestée d'avoir menti ce matin. Mais si j'avais été là… quoi ? Le général Eisenhower aurait-il vraiment écouté une femme lui parler mathématiques et climat ? En souvenir de mon père, il m'aurait peut-être accordé une minute, mais je n'aurais jamais pu le faire changer d'avis. « Je suis contente de t'avoir demandé un double, parce que s'ils ne font rien…

— Je sais. » Il a levé le levier si fort pour briser la glace qu'un morceau a sauté, avant de finir sur le carrelage. « Chaque chose en son temps. Ils n'attaqueront pas les Russes. Et ça, ça aurait été bien pire. »

Non, ça n'aurait pas été bien pire. Plus rapide, seulement.

9

LA POLLUTION DÉFIE LES FRONTIÈRES DE L'EUROPE

La Norvège alerte sur la problématique de la pollution atmosphérique

Par John M. LEE

OSLO, Norvège, 3 avril 1952. L'inquiétude européenne concernant la pollution atmosphérique liée à la chute du météore le mois dernier a récemment été évoquée en Norvège. Un scientifique de premier plan a déclaré : « Nos poissons d'eau douce et nos forêts sont directement menacés si la situation continue à s'aggraver. »

Après cette merveilleuse semaine consacrée aux calculs, j'ai repris le volontariat à l'hôpital en attendant des nouvelles du président. Le 3 avril, un mois jour pour jour après la chute du météore, l'un des vols quotidiens de réfugiés a atterri. On pensait qu'ils cesseraient d'affluer au bout d'un certain temps, mais il y en avait toujours plus. Les gens ayant survécu à la dévastation initiale avaient tenu bon, avant de comprendre que les infrastructures ne seraient pas rétablies avant très longtemps.

Je me tenais dans l'ombre de l'une de nos tentes de triage, alors que l'avion s'arrêtait en bout de piste. Des hommes en uniforme ont manœuvré une passerelle vers l'avion, tandis que docteurs et infirmières attendaient devant. Notre système était bien rodé, désormais.

La porte s'est ouverte, et la première réfugiée a émergé de la carlingue. Maigre comme un clou. Et noire. J'ai inspiré un grand coup, avant de me tourner instinctivement vers Myrtle. Depuis un mois, c'était la première Noire qui descendait d'un avion de réfugiés.

Myrtle tournait le dos à l'avion, elle disposait des bandages sur une table.

« Myrtle ? »

Derrière moi, un murmure de surprise a parcouru les docteurs et les infirmières.

« Hmm ? » Elle a regardé par-dessus son épaule. Ses genoux se sont dérobés, mais elle s'est rattrapée à la table. « Oh, Seigneur, Dieu soit loué, ça a marché. Merci mon Dieu. »

Quand je me suis retournée, il y avait toute une file d'hommes noirs, de femmes et d'enfants, avec quelques Blancs. De plus en plus, à mesure que les passagers quittaient l'appareil. Premiers à entrer, derniers à sortir. Les Noirs étaient montés à bord les derniers. Bien sûr.

Alors qu'ils s'approchaient, leurs traits nous sont apparus plus clairement. Maigres, oui. Mais aussi striés de minuscules plaies roses. Quelqu'un a gémi.

Peut-être moi. Nous avions déjà soigné ces plaies dues aux pluies acides, mais les dégâts étaient nettement plus visibles sur une peau sombre.

J'ai secoué la tête pour reprendre mes esprits, puis j'ai attrapé mon plateau chargé de gobelets de boisson riche en électrolytes. D'abord, l'hydratation. Quelqu'un d'autre leur apporterait des sandwichs. En me retournant vers Myrtle, j'ai demandé : « Je suppose qu'Eugene a finalement parlé à un responsable pour modifier les zones des missions de secours, c'est ça ?

— Non. » Son sourire a déserté son visage. « Non. Nous avons utilisé votre avion pour larguer des tracts au-dessus des quartiers noirs, leur indiquant où se rendre pour rejoindre les avions de réfugiés. Mais ils sont là, maintenant, et il y en aura d'autres, et nous rendons grâce à Dieu pour ça. »

Elle a ramassé un paquet de compresses, prête à affronter la vague qui s'annonçait.

Deux semaines plus tard, j'avais eu largement le temps de culpabiliser pour avoir évité la première réunion consacrée au problème du changement climatique. Saisie par l'impression tenace de piloter un avion en flammes, sans parachute, j'ai fini par accompagner Nathaniel à son entretien avec le président, son cabinet, quelques ministres, et une demi-douzaine d'hommes qui remplissaient Dieu sait quelles fonctions.

Je me suis concentrée sur d'infimes détails pour contrecarrer la peur. Par exemple, on avait passé beaucoup de temps à dissimuler le fait que cette salle de conférences était un abri souterrain. Les murs lambrissés de bois et la moquette vert pâle donnaient une teinte forestière à la pièce. Les rideaux devant les fausses fenêtres filtraient une lumière chaude et dorée.

J'ai serré ma liasse de papiers sur ma poitrine, avant d'entrer dans la salle avec Nathaniel. Des hommes cravatés en costume sombre étaient en pleine conversation, certains debout, d'autres assis. Quelques-uns étudiaient le tableau noir où l'on avait reporté mes calculs. Tous ont cessé de bavarder et se sont retournés vers le président par intérim Brannan qui se levait pour nous accueillir.

Il était bronzé, le visage creusé de petites fossettes autour des yeux, comme s'il souriait beaucoup. Pas aujourd'hui, cela dit. Une expression fatiguée lui affaissait la mâchoire, l'inquiétude creusait ses sourcils gris.

« Docteur York. Madame York. » Il a désigné un homme à côté de lui, rond et dégarni, vêtu d'un complet splendide, taillé sur mesure. « Je vous présente M. Scherzinger, le représentant des Nations unies. Je lui ai demandé d'assister à notre entretien.

— Enchanté. »

Il s'est incliné au-dessus de ma main en claquant des talons, mais ses yeux se sont attardés sur la petite cicatrice, au niveau de mes cheveux.

Ou, du moins, l'ai-je cru. J'étais peut-être un poil paranoïaque concernant mon apparence. J'avais essayé d'opter pour le juste milieu entre le professionnel et le démodé, mais ça n'avait sans doute aucune importance. J'étais la seule femme dans la pièce.

Un autre homme, avec des cheveux roux et pas de menton, s'est approché de nous.

« Nous commençons, monsieur le président ? Le temps du Dr York est précieux. »

Une façon détournée de nous expliquer que le président était très occupé.

« Bien sûr. Merci, monsieur O'Neill. »

Le président Brannan a désigné la salle de conférences.

J'ai gardé les yeux rivés sur le tableau, m'assurant qu'on y avait transféré correctement mes calculs. Une tâche plus facile que de penser à la présentation que le président attendait de nous. Président par intérim, du moins.

Les hommes se sont attablés, puis nous ont observés d'un air attentif. Mon cœur battait très vite, les feuilles de papier me collaient aux mains. À me voir, on aurait eu du mal à croire qu'il neigeait, dehors.

Heureusement, j'étais là en qualité d'assistante, au cas où Nathaniel ait besoin de calculs complémentaires pour clarifier la situation.

Un atterrissage forcé, une avarie de moteur ? Aucun problème. M'adresser à une pièce pleine de gens ? Non, merci.

Sur le moment, je n'espérais qu'une chose : en finir avec cet après-midi sans vomir. Par ailleurs, les données présentées par de jolies jeunes femmes étaient constamment traitées de la même façon. Autant laisser Nathaniel parler.

J'ai posé ma liasse de documents sur une petite table, entre les tableaux noirs. L'un d'eux était vierge, de nombreuses craies de différentes couleurs m'attendaient. J'en ai saisi une pour m'occuper les mains. Le froid cylindre blanc a absorbé la sueur de ma peau.

Mon mari s'est tourné vers la petite assemblée, prenant le temps d'obtenir toute son attention.

« Messieurs. Dans les semaines qui ont suivi la chute du météore, nous avons fait beaucoup d'efforts pour nous relever. Dans la zone atlantique, des centaines de milliers de personnes ont tout perdu. Dans certains pays, l'ordre social s'est effondré, il y a eu des émeutes, des pillages, des atrocités. Les populations se sont battues pour de bien maigres ressources. Aujourd'hui, mon devoir est de vous avertir que tout cela n'est pas le pire de nos problèmes. »

En écoutant son discours à la fois fluide et assuré, on comprenait facilement pourquoi le lancement du premier satellite avait fait de lui une sorte de vedette.

« Nombre de nos concitoyens craignent la chute d'un second météore. C'est naturel, et ça explique pourquoi nous sommes enterrés dans ce bunker. Mais… les chances d'un second événement de cette ampleur sont astronomiquement basses. Le danger représenté par les calculs que nous allons vous soumettre est nettement plus grave. Et inévitable. »

Il a eu un sourire sinistre, avant de hausser les épaules.

« Depuis des décennies, les chercheurs se demandent ce qui est arrivé aux dinosaures. Pourquoi ils se sont éteints. Ceci… ceci pourrait l'expliquer. »

Il s'est approché du tableau qui détaillait mes équations.

« Je ne m'attends pas à ce que vous compreniez l'ensemble de ces calculs, je dirai simplement qu'ils ont été vérifiés et validés par nos plus grands géologues, climatologues et mathématiciens. »

Les plus grands mathématiciens, c'était moi, mais je ne l'ai pas interrompu. Nathaniel s'est tu quelques instants, il a observé l'auditoire pour s'assurer que tout le monde l'écoutait. La lumière dorée des fausses fenêtres soulignait ses joues constellées de petites cicatrices. Avec son costume gris sombre, ses bleus ressortaient moins. Il affichait une authentique confiance en lui, comme s'il n'avait jamais été blessé.

Nathaniel a repris son souffle, avant d'effleurer le tableau.

« Messieurs, la Terre va se réchauffer. La poussière soulevée par le météore finira par se déposer. Mais la vapeur d'eau… voilà le problème. La vapeur d'eau piège la chaleur, qui augmente l'évaporation, qui ajoute encore plus de vapeur à l'atmosphère, qui, en retour, réchauffe encore la Terre, initiant un cercle vicieux qui, au final, rendra notre planète inapte à la vie humaine. »

Sur la droite, l'homme grassouillet au teint cireux a ricané.

« Il neige à Los Angeles, aujourd'hui. »

Nathaniel a hoché la tête, le doigt tendu vers lui.

« Précisément. Ces chutes de neige sont une conséquence directe du météore. La poussière et les fumées projetées dans l'atmosphère refroidiront la Terre pendant quelques années. Nous perdrons probablement des récoltes, et pas seulement aux États-Unis, partout dans le monde. »

Le président Brannan, que Dieu le bénisse, a levé la main avant de prendre la parole.

« À combien estimez-vous la baisse des températures ?

— Elma ? »

Nathaniel s'est à moitié tourné vers moi.

Mon estomac est remonté dans ma gorge, j'ai feuilleté mes papiers pour trouver celui qui m'intéressait.

« Globalement, entre vingt et quarante degrés. »

Vers l'arrière de la salle, quelqu'un a lancé : « On n'entend rien. »

En déglutissant, j'ai levé la tête de mes papiers, face à la salle. J'ai eu l'impression de crier pour couvrir le vacarme du moteur d'un avion.

« Entre vingt et quarante degrés.

— Ça me paraît impossible. »

L'homme a croisé les bras.

« Seulement les premiers mois. » Ils risquaient tous de se concentrer sur le mauvais problème. La baisse des températures serait déplaisante, certes, mais c'était du court terme. « Ensuite, nous aurons un climat un peu plus froid que la moyenne, entre deux et cinq degrés. Après, les températures commenceront à grimper.

— Deux à cinq degrés ? Hmm. Et ? En quoi c'est un problème ? »

Le président Brannan est intervenu.

« C'est plus qu'assez pour affecter gravement nos récoltes. Les périodes de pousses seront réduites de dix à trente jours, il faudra convaincre les fermiers de planter des espèces différentes, à d'autres époques de l'année. Pas simple. »

En tant qu'ancien ministre de l'Agriculture, ça n'avait rien de surprenant qu'il saisisse intuitivement les problèmes du changement climatique. Mais il se concentrait toujours sur le faux problème. Oui, nous allions affronter une mini-ère glaciaire, mais personne n'envisageait la hausse globale des températures.

« Des subventions agricoles, donc. »

Un autre homme, peut-être celui qui avait crié qu'il n'entendait rien, a pris la parole.

« Les subventions ont poussé les fermiers à changer de méthode, pendant la Grande Dépression.

— Toutes nos ressources seront vouées à la reconstruction. »

Pendant qu'ils discutaient, Nathaniel a reculé vers moi, avant de murmurer : « Tu leur montres la hausse des températures ? »

J'ai acquiescé, puis je me suis tournée vers le tableau, soulagée d'avoir quelque chose de concret à faire. La craie a glissé sur la surface, projetant de petits nuages de poussière sous mes coups. Mes notes n'étaient pas loin, au cas où je m'emmêlerais, mais, ces deux dernières semaines, j'avais vérifié si souvent ces calculs que je les visualisais les yeux fermés.

Quelques années de froid inhabituel, un retour à la normale, et puis… et puis les températures n'en finiraient plus de monter. La courbe était lente au début, jusqu'au point de basculement, où elle filait soudain vers le haut.

Nathaniel m'a laissée terminer, avant de s'avancer au bout de la table de conférences, où il a attendu, les mains jointes. Les conversations se sont calmées.

« En 1824, Joseph Fourier a décrit un phénomène qu'Alexander Bell a baptisé par la suite “effet de serre”. Les particules présentes dans l'air font que l'atmosphère retient la chaleur. Si le météore était tombé sur le continent, l'hiver aurait probablement été plus long. La boule de feu aurait été plus grande. Nous pensions que c'était une chance qu'il soit tombé dans l'océan… mais c'est pire. La Terre sortira de l'hiver, puis se réchauffera. Dans cinquante ans, il n'y aura plus de neige en Amérique du Nord. »

L'homme qui s'était plaint de la neige en Californie a ri.

« Je suis de Chicago, j'avoue que je ne vois pas trop où est le problème.

— Et cent pour cent d'humidité ? Des étés dont les températures frôleront les cinquante degrés ? Qu'en dites-vous ?

— Bah. Les météorologues ne savent même pas s'il pleuvra demain. Cinquante ans, c'est long. »

Le président Brannan a levé à nouveau la main. Il me dévisageait. Non. Pas moi, le tableau. Je me suis écartée. « Docteur York, que signifie cette hausse brutale, sur la courbe ?

— C'est… quand les océans commencent à bouillir. »

On aurait dit qu'un moteur à réaction avait aspiré tout l'air de la salle. Quelqu'un a grommelé : « Vous n'êtes pas sérieux. C'est… »

Le président Brannan a claqué la main sur la table.

« J'espère que vous admettrez tous que je connais un peu cette planète… et la façon dont elle se comporte. Nous tenons cette réunion parce que j'ai déjà parcouru les travaux du Dr York et que je mesure la gravité du problème. Nous ne sommes pas ici, messieurs, pour en débattre. Nous sommes ici pour décider de la marche à suivre. »

Dieu merci. Brannan n'était que président par intérim, jusqu'à ce que le Congrès le confirme à son poste, ce qui impliquait l'existence d'un Congrès, et des élections. Mais en attendant… tous les pouvoirs présidentiels étaient entre ses mains.

Il a scruté l'assemblée, avant de s'adresser à M. Scherzinger.

« Souhaitez-vous prendre la parole ?

— Certainement. » Scherzinger s'est levé, puis s'est approché de Nathaniel. « Messieurs, madame York. Nous avons un dicton, en Suisse. *Ne pas mettre tous ses œufs dans le même panier** [1]. Les Nations unies estiment aujourd'hui qu'il faut désormais regarder au-delà de notre planète. Il est temps de coloniser l'espace. »

1. Les phrases en italique suivies d'un astérisque sont en français dans le texte.

SECONDE PARTIE

10

L'ONU PLAIDE POUR UNE AIDE IMMÉDIATE À L'UKRAINE

De notre correspondant, THE NATIONAL TIMES

ROME, 20 février 1956. L'Organisation des Nations unies pour l'Alimentation et l'Agriculture [1] a demandé à tous les pays membres d'exposer rapidement le type d'assistance qu'ils peuvent apporter à l'Ukraine, ancienne république socialiste soviétique, menacée par la famine après la perte de ses récoltes, en raison des températures hivernales dues au météore. L'ONU a mandaté son directeur général pour apporter toute l'aide nécessaire, technique ou autre, qui relève de son autorité et de ses compétences, sur demande du gouvernement ukrainien.

Vous vous souvenez du jour où nous avons envoyé le premier homme dans l'espace ? Où étiez-vous ?

1. United Nations Food & Agriculture Organisation, plus connue sous l'acronyme FAO.

Moi j'étais l'une des deux calculatrices présentes dans la *dark room* de la Coalition aérospatiale internationale[1], au Mission Control[2] de Sunflower, dans le Kansas, avec mon papier millimétré et mes stylos à bille. Jusque-là, les lancements s'effectuaient en Floride, mais c'était avant le météore, avant l'intégration du NACA dans l'IAC. Pendant la guerre, la base de Sunflower disposait déjà des installations nécessaires au lancement des fusées. Il était logique de relocaliser l'ensemble à l'intérieur des terres, loin des côtes dévastées. À cinq kilomètres de là, le fruit de notre travail trônait sur le pas de tir : une fusée Jupiter, couronnée d'une capsule minuscule, dans laquelle on avait sanglé Stetson Parker, assis sur cent treize tonnes de carburant.

Charmant quand il l'estimait utile, Parker était un sacré bon pilote. Même moi, je devais bien l'admettre. À moins qu'on ait vraiment merdé, Parker serait le premier être humain dans l'espace. Et si on avait merdé, il mourrait. Des six astronautes du programme Artémis, c'était mon dernier choix, mais je préférais quand même qu'il survive.

Des rangées de consoles et d'écrans baignaient la salle d'une douce lueur, et les panneaux d'isolation phonique collés aux murs poussaient les gens à parler à voix basse. Sans grand succès, dans cette vaste pièce occupée par cent vingt-trois techniciens. L'atmosphère vibrait d'électricité statique. Des

1. International Aerospace Coalition, dont on conservera ici l'acronyme IAC.

2. Le centre de contrôle de mission, cœur des opérations de lancement, est traditionnellement appelé « Mission Control ».

hommes faisaient les cent pas dans les allées. En tant qu'ingénieur en chef, le pauvre Nathaniel était coincé à la Nouvelle Maison-Blanche, attendant que le président Brannan s'adresse à la presse. On avait préparé deux discours, au cas où.

De l'autre côté de la petite table lumineuse, en face de moi, Huilang « Helen » Liu jouait aux échecs avec Reynard Carmouche, l'un des ingénieurs français. Nous attendions. Helen, la seconde calculatrice, avait rejoint la Coalition aérospatiale internationale avec le contingent taïwanais. Dans son pays, elle était championne d'échecs, ce que M. Carmouche n'avait manifestement pas encore saisi.

Après le décollage, elle serait chargée d'extraire les chiffres du téléscripteur, puis de me les fournir pendant que j'effectuais les calculs pour confirmer que l'orbite avait bien été atteinte. Nous resterions éveillées pendant seize heures, mais je n'aurais jamais pu dormir, même si on m'avait payée. J'avais vraiment besoin de m'occuper les mains. Myrtle avait essayé de m'apprendre à tricoter, sans grand succès.

Depuis la petite plateforme surélevée au bout de la salle, le directeur des opérations a claironné : « Tout est paré pour le lancement. »

J'ai expiré lentement. La séquence de mise à feu m'était familière… et terrifiante à partir de maintenant. Peu importe le nombre d'engins lancés avec succès, cette fusée transportait pour la première fois une vie humaine. Comment ne pas penser à toutes les fusées qui avaient explosé sur le pas de tir ? À celles qui avaient atteint l'espace avec un singe en guise de passager, pour nous ramener au sol une créature morte ? Je n'aimais pas Parker, mais par Dieu, il était courageux.

Et j'étais profondément, intensément, jalouse de lui.

Le directeur de la mission a répondu. « Bien reçu, équipe de lancement. Nous avons un Go pour le lancement. »

Helen a délaissé sa partie d'échecs, approchant sa chaise du téléscripteur. J'ai positionné le papier millimétré devant moi.

« Standby pour ultime compte à rebours. Nous sommes à T moins dix… neuf… huit… sept… six… cinq… quatre… mise à feu. »

La voix de Parker a grésillé dans le haut-parleur, noyée par le rugissement de la fusée.

« Mise à feu confirmée.

— … deux… un… décollage. Nous avons le décollage. »

Quelques instants plus tard, le bruit de tonnerre de la fusée a submergé la salle comme une immense vague. L'onde m'a traversé la poitrine, malgré la distance. Même dans un bunker en béton. Et malgré les panneaux d'isolation phonique aux murs.

Je me suis mise à suer. Seul l'impact d'une météorite était plus fort que ça. Le bruit pouvait littéralement déchiqueter quelqu'un d'assez bête pour se tenir trop près du pas de tir.

« Décollage confirmé. Horloge manuelle activée. »

J'ai ramassé mon crayon, posant la mine sur le papier millimétré.

« Ici *Hercule 7*. Propulsion normale. 1,2 g. Pression dans la cabine, 0,965 bar. Oxygène opérationnel. »

Alors que la fusée s'élevait dans l'atmosphère, le téléscripteur s'est animé, délivrant les données des stations de surveillance, disséminées dans le monde entier. Helen a commencé à entourer des chiffres alors que le texte sortait de la machine. Elle a libéré la première feuille de papier, puis l'a fait glisser sur la table.

Je me suis plongée dans les calculs. Les chiffres bruts traitaient de position et de portance, mon travail consistait à les organiser pour déterminer le vecteur vitesse de la fusée, alors qu'elle quittait la Terre. Je voyais mentalement son ascension douce et gracieuse, et je la reportais sur une feuille de papier millimétré, pour les hommes derrière moi.

« Quelques vibrations. Le ciel s'assombrit. »

Parker commençait à quitter l'atmosphère. À chaque feuille de papier donnée par Helen, l'arc que je traçais s'élevait normalement, dans les limites des paramètres de la mission. Le rugissement de la fusée avait décru, laissant la place à un silence sinistre. Autour de nous, les voix masculines des ingénieurs affairés enchaînaient les questions et les réponses, avec calme et concentration.

« Guidage, rapport ? »

Helen a lu à voix haute les chiffres de ma page, son léger accent taïwanais trahissant son excitation. « Vitesse : 2 350 mètres par seconde. Angle d'élévation : quatre minutes d'arc. Altitude : 101,98 kilomètres. » Sa voix était étonnamment aiguë, au beau milieu des ténors et des barytons de Mission Control.

Eugene Lindholm, affecté à la console com, a transmis les chiffres à Parker. Qui a vite répondu : « Bien reçu. C'est beaucoup plus calme, à présent. »

Le téléscripteur cliquetait sans arrêt ; Helen a fait glisser une autre page vers moi. J'ai mordu ma lèvre inférieure alors que mon crayon volait sur la feuille. 6 420 mètres par seconde. La coupure moteur du premier étage n'allait pas tarder.

À la radio :

« Coupure.

— Confirmez la coupure moteur.

— Je vois le propulseur d'appoint tomber. »

J'ai regardé l'horloge, égrainant les secondes avec les autres. Trente secondes après le largage du propulseur, la tour de sauvetage serait larguée. Après, Parker serait entièrement livré à lui-même.

« Largage de la tour OK.

— Confirmez le largage de la tour. »

L'élan emportait Parker plus haut. Fournie par Helen, la page suivante m'a fait sourire. 8 260 mètres par seconde. Bonnnnnjooour vitesse orbitale. Mais j'ai tout de même posé les calculs sur la page, pour montrer mon travail.

« Le périscope sort. Retournement initialisé.

— Confirmez le retournement. »

Derrière moi, M. Carmouche a demandé : « Pourquoi souriez-vous ? »

J'ai secoué la tête, posant un autre point sur le papier millimétré à deux cent quatre-vingts kilomètres d'altitude. Envoyer Parker dans l'espace était la première étape. Atteindre l'orbite impliquait une altération de sa trajectoire, et ça ne dépendait que de lui.

« Je passe en manuel. » La radio a continué à grésiller alors qu'il laissait le canal ouvert. « La vue est… si seulement vous pouviez voir ça.

— Bien reçu. Confirmation qu'on aimerait tous voir ça. »

Qui ne l'aurait pas voulu ? Si Parker réussissait à se placer en orbite, nous nous rapprocherions d'une station spatiale, ce qui nous faisait franchir un pas vers une base lunaire. Et ensuite, Mars, Vénus, le reste du Système solaire.

Helen m'a donné une autre feuille crachée par le téléscripteur. J'ai suivi la position de Parker grâce aux décalages de fréquence Doppler. La fréquence de ces ondes indiquait la position de la fusée au-dessus de la Terre. J'ai raccordé ces chiffres à mes calculs initiaux, puis je les ai vérifiés à nouveau, par acquit de conscience. Après, j'ai pivoté sur mon siège, la page brandie bien haut. « C'est fait ! Il est en orbite. »

Des hommes pourtant adultes ont sauté dans tous les sens en hurlant comme des gamins au stade. L'un d'eux a jeté ses papiers en l'air, les feuilles se sont éparpillées un peu partout. Quelqu'un m'a claqué l'épaule, j'ai senti une soudaine pression chaude et humide contre ma joue. Je me suis écartée. Les lèvres de M. Carmouche tremblaient encore de ce baiser.

« Il va falloir le ramener. » Je me suis essuyé la joue, puis j'ai positionné la mine de mon crayon sur le papier. De l'autre côté de la table, Helen a croisé mon regard, avant de hocher la tête. Ensuite, elle m'a tendu la feuille suivante.

La lumière du couloir qui donnait sur notre appartement de location a éclairé le lit. Je me suis retournée au moment où Nathaniel entrait, emmitouflé dans son manteau. L'ampoule de la salle de bains s'est réfléchie sur ses chaussures et sur la neige encore fraîche dans les revers de son pantalon.

« Je ne dors pas. » C'était à peu près exact. J'avais laissé le lit escamotable ouvert avant de me rendre à Mission Control, ce matin. Je savais que nous serions tous les deux trop épuisés pour l'ouvrir après le lancement. « Félicitations.

— À toi aussi. »

Il a retiré son manteau, puis l'a suspendu à la patère de la porte d'entrée. Le prix de l'immobilier à Kansas City avait atteint des hauteurs stratosphériques après l'annonce du président Brannan, relocalisant la capitale au centre du pays. Entre ça et les réfugiés qui avaient besoin d'un logement, notre salaire de fonctionnaires ne nous permettait pas de nous offrir plus qu'un studio. Et franchement, j'étais contente de ne pas avoir à gérer un logement plus grand.

J'ai allumé la lampe de la table de chevet, avant de m'asseoir.

« Tu as été parfait, à cette conférence de presse.

— Si par "parfait" tu entends que j'ai bien mouché cet imbécile de reporter qui estime que tout le programme est inutile, alors oui. Oui, vraiment. » Il a haussé les épaules en dénouant sa cravate. « J'aurais préféré être à Mission Control. Je t'ai entendue à la radio, quand ils ont récupéré Parker après son amerrissage. Et moi qui pensais que tu n'aimais pas ce type.

— Comment tu sais que c'était moi ?

— Un, ça fait cinq ans qu'on est mariés. Deux… » Il s'est débarrassé de ses chaussures. « Tu étais l'une des deux seules femmes présentes, et, à ma connaissance, tu ne parles pas taïwanais.

— *Li ki si.* » Helen m'avait appris à jurer, très pratique avec certains ingénieurs. Et mon mari, de temps en temps. « Peu importe. J'ai le droit d'être excitée par le succès de la mission, et je ne suis pas méchante. Pas assez pour souhaiter sa mort, du moins. Tout juste.

— Hmm. » Il a traversé la pièce et s'est penché pour m'embrasser, exhalant une odeur d'excellent scotch. « Pas assez méchante, mais tout juste ? Oui, je suis assez d'accord avec… aïe ! Tu vois ? »

J'ai tendu la main pour déboutonner son col.

« Je pense… » Le bouton suivant a suivi, exposant sa clavicule, le haut de son débardeur. « … que ça dépend de la définition du terme “méchante”. »

Nathaniel a laissé courir son doigt le long du décolleté de ma chemise de nuit.

« Je serais ravi d'entendre ta définition.

— Eh bien… » J'ai atteint le dernier bouton, dégageant la chemise de son pantalon. « Si une femme apprenait quelque chose, lors d'une conférence de presse. Quelque chose que son mari aurait vraiment dû lui dire. »

La main de Nathaniel s'est arrêtée sur la bretelle de ma chemise de nuit.

« Exemple intéressant. » Il a baissé la bretelle, puis s'est penché pour embrasser mon épaule nue. « Il me faut plus de données. »

J'ai inspiré, inhalant le musc de son après-rasage, et la douceur terreuse d'un cigare de luxe.

« Le fait qu'on élargisse l'accès au corps des

astronautes, par exemple, jusque-là réservé aux seuls pilotes d'essai. »

Le visage pressé contre ses cheveux, j'ai tout de même trouvé sa ceinture. En dessous, le tissu se tendait déjà.

Mon Dieu, qu'est-ce que j'aimais les lancements réussis. Nathaniel s'est frayé un chemin de mon épaule à la base de mon cou. Des ondes chaudes m'ont traversée jusqu'aux orteils.

« Disons qu'élargir l'accès au corps des astronautes dépendait du succès d'une certaine mission. La rétention d'information concernant cette ouverture doit-elle être considérée comme "méchante", si sa motivation première était justement d'empêcher une certaine femme de s'emballer un peu vite ?

— Hmm… une femme qui s'emballe un peu vite. » J'ai ouvert la braguette de son pantalon, les mains de Nathaniel se sont crispées sur mon avant-bras.

« Et ce jugement serait-il adouci par un certain porte-documents contenant une demande de candidature ? Destinée à quelqu'un qui, par exemple, était pilote pendant la Seconde Guerre mondiale, avec suffisamment d'heures de vol au compteur, à la morphologie adéquate ? Ah… oh… oh Seigneur. » Il s'est éclairci la gorge. Son souffle me brûlait le cou. « Je prends ça pour un oui.

— Confirmé. Méchanceté atténuée. Mais… » Je me suis laissée glisser sur le lit, avant d'ôter ma chemise de nuit. Entre les bras repliés au-dessus de ma tête et la fraîcheur nocturne, mes seins ont immédiatement attiré son attention. « C'est le genre de chose qu'on fait pour protéger une enfant. Suis-je une enfant ?

— Seigneur. Non. » Il s'est débarrassé de sa chemise et de son débardeur. La lampe de chevet a souligné les courbes et les creux de son abdomen. Après le météore, Nathaniel s'était mis au sport. Il n'était pas le seul. Beaucoup de gens avaient la vague idée de mieux se préparer aux scénarios de type *et si ?* Et mon Dieu… j'appréciais beaucoup le résultat.

J'ai repoussé ma chemise de nuit sur le côté. Nathaniel ne m'a pas quittée des yeux, et sa bouche s'est légèrement ouverte, comme si son cerveau consommait plus d'oxygène pour compenser cet afflux sanguin soudain, un peu plus bas.

« Alors, la question demeure, pourquoi ne pas tout dire à une adulte ? »

J'ai regretté la question presque aussitôt, parce qu'il s'est arrêté. Pile au moment où il enlevait son pantalon et ses sous-vêtements d'un seul mouvement. Du coup, j'ai eu le temps d'apprécier le V de son abdomen qui rejoignait son pelvis, et les poils sombres à sa base.

« Parce qu'ils comptaient annuler la totalité du programme au cas où le lancement échouerait. » Par échouer, il voulait dire : si Parker mourait. Nathaniel a fini d'ôter son pantalon. « La neige. Les gens pensent qu'il n'y aura pas de réchauffement. Alors… »

Je me suis approchée de lui, il est passé entre mes jambes, me repoussant sur le dos, avant de s'appuyer sur moi de tout son long. J'ai passé une cuisse autour de sa jambe en me serrant contre lui. Il a fermé les yeux.

« Le réchauffement aura lieu, c'est une certitude.

— Oui. »

Il s’est décalé pour glisser sa main entre nous. Ses doigts ont rapidement trouvé le point lumineux du plaisir, entre mes jambes et… il a lancé ma séquence d’allumage. Le reste attendrait.

« Oh… oh Seigneur. Nous avons un Go pour le lancement. »

11

L'IAC ACCÉLÈRE LE PROGRAMME DE FUSÉES

75 à 105 lanceurs décolleront sur un programme de trois ans, annonce le président de l'IAC

Par Bill BECKER
Correspondant, THE NATIONAL TIMES

KANSAS CITY, Kansas, le 3 mars 1956. La Coalition aérospatiale internationale envisage de lancer 75 à 105 fusées dans les trois prochaines années, dans l'espoir d'établir une colonie lunaire d'ici 1960.

« Où étiez-vous quand le météore s'est abattu ? Vous vous souvenez ? »

Dans la synagogue, notre rabbin a toisé la congrégation.

Les autres, je ne sais pas, mais mes yeux se sont dangereusement remplis de larmes. Bien sûr que je m'en souvenais.

Derrière moi, j'ai entendu une femme renifler. Je

me suis demandé où elle se trouvait, quatre ans plus tôt, le 3 mars 1952. Au lit avec son mari ? Préparait-elle le petit déjeuner pour ses enfants ? Ou faisait-elle partie des millions de gens à en avoir entendu parler bien plus tard ?

« Moi, je discutais avec un jeune couple récemment fiancé, qui anticipait avec joie son mariage. Ma secrétaire a frappé à la porte, chose qu'elle ne fait jamais. Elle a ouvert en pleurant. Vous connaissez tous Mme Schwab. L'avez-vous déjà vue triste ? "La radio", a-t-elle dit. »

Rabbi Neuberger a haussé les épaules, mais, d'une certaine façon, il éprouvait encore le chagrin qui avait endeuillé le pays.

« Pour moi, cet instant précis sera toujours le seuil entre l'avant et l'après. » Il a levé l'index. « Si ce jeune couple n'avait pas été dans mon bureau, je me serais laissé aller à la tristesse. Mais ils m'ont demandé s'ils pouvaient encore se marier. Le monde semblait toucher à sa fin. Devaient-ils se marier ? »

Il s'est penché en avant, un silence tendu s'est installé. Toute l'assemblée retenait son souffle.

« Oui. Le mariage est aussi un seuil entre l'avant et l'après. Nous en franchissons beaucoup, sans forcément les identifier. Le seuil n'est pas la question. Il y aura toujours des avant, des après. La question est : que faire une fois qu'on a franchi ce seuil ? »

Je me suis essuyé les yeux avec le pouce de mon gant, aussitôt taché de mascara.

« Vivez. Souvenez-vous. Voilà ce que notre peuple a toujours fait. »

Dehors, des cloches ont commencé à sonner dans la ville. Probablement dans tout le pays, et peut-être dans le monde entier. Je n'ai pas eu besoin de consulter ma montre pour savoir l'heure. 9 h 53.

J'ai fermé les yeux et, même dans les ténèbres, quatre ans plus tard, je voyais encore cette lumière. Oui. Je me rappelais où j'étais quand le météore était tombé.

Je n'avais même pas passé la première sélection.

Je me consolais avec une part de carrot cake à la cafétéria de l'IAC – au passage, je précise que le plus gros avantage *international* de la Coalition aérospatiale internationale, c'était le pâtissier français qui œuvrait à la cafétéria. Mais je digresse. Donc, le carrot cake et moi étions attablés avec Helen, Basira et Myrtle. Quand nous avions logé chez Myrtle, j'ignorais qu'elle avait travaillé comme calculatrice pendant la guerre, jusqu'à ce que l'IAC l'embauche, deux ans plus tôt.

Basira, qui nous venait d'Algérie, faisait une sale tête.

« … et là, il a essayé de m'expliquer comment on se servait d'une règle à calcul !

— Non… pour une équation différentielle ? » Myrtle, la seule autre Américaine de notre groupe, a couvert sa bouche, riant à en rougir. « Quel bouffon.

— Je sais ! » Basira a poursuivi avec un affreux accent américain : « Ouuaiis, ptite daaame, voici un instruuument vraimeennt précis. »

Helen cachait sa bouche entre ses doigts, gloussant comme une banshee taïwanaise – si ces trucs-là existent. « Dis-leur comment il la tenait ! »

Tout en reniflant, Basira a jeté un coup d'œil dans

la cafétéria, mais c'était l'heure de la relève de l'équipe du jour, l'endroit était presque désert. J'ai baissé ma fourchette, tâchant de deviner, et… ouaip. Elle a placé la main sur son ventre, comme si la règle à calcul était… eh bien… parée à décoller.

« J'peux vous moooontrer comment on s'en seert. »

J'ai éclaté de rire, imaginant Leroy Pluckett, avec ses rouflaquettes clairsemées et ses cravates criardes, essayer d'impressionner Basira. Avec sa taille imposante, son teint uniformément sombre, elle avait remporté haut la main le concours de Miss Outer Space, à la soirée d'hiver de la boîte, quelques mois plus tôt. De plus, son accent était à tomber.

La présence de ces femmes à mes côtés était une nouvelle source de réjouissance, pour moi. Le département calcul du NACA était entièrement constitué de femmes, certes, mais à cause de la ségrégation en vigueur à Washington, toutes étaient blanches. Si on m'avait annoncé quatre ans plus tôt que je serais l'une des deux seules Blanches dans mon groupe d'amies très proches, j'aurais éclaté de rire. J'en ai honte, aujourd'hui.

La Coalition aérospatiale internationale – voulue par le président Brannan après avoir convaincu l'ONU – avait tout changé. D'accord… le météore avait tout changé. Mais avoir un président quaker faisait beaucoup bouger la politique de recrutement, de bas en haut de l'échelle. En définitive, j'avais de la chance d'y avoir gagné des amies comme ça.

Helen s'est essuyé les yeux, avant de regarder derrière moi.

« Bonjour, docteur York…

— Bonsoir, mesdames. » Il a brièvement posé la main sur mon épaule, en lieu et place d'un baiser public. « Qu'est-ce qui vous fait rire comme ça ?

— Les règles à calcul. » Helen a croisé innocemment les mains sur son ventre. « Et leur usage. »

Ce qui nous a toutes fait hurler de rire. Le pauvre Nathaniel n'a pu que nous regarder, tout sourire, sans rien comprendre. Cela m'a rappelé qu'il faudrait lui parler du cas Leroy Pluckett. C'était une anecdote amusante, certes, mais je n'appréciais pas qu'il débarque dans notre département pour nous interrompre. Techniquement, les problèmes de personnel étaient du ressort de Mme Rogers, mais j'étais celle qui couchait avec l'ingénieur en chef, après tout, j'étais mieux placée pour régler ça que les autres.

Sans cesser de glousser, je me suis essuyé les yeux, avant de repousser ma chaise.

« Mon taxi est arrivé, on dirait.

— Tu ne finis pas ton cake ? »

Myrtle a tendu la main vers mon assiette.

« Il est tout à toi. »

Nathaniel a pris mon manteau sur le dossier de ma chaise, puis m'a aidée à l'enfiler. Ce mois de juillet était presque assez chaud pour s'en passer, mais pas tout à fait. L'été arrivait, plus vite qu'on ne l'aurait souhaité. J'ai agité la main vers mes amies.

« À demain. »

Un chœur d'au revoir nous a suivis dans la cafétéria, secoué de plusieurs éclats de rire. Nathaniel m'a pris la main.

« Tu sembles être de meilleure humeur.

— Eh bien… le gâteau aide. Et cette rose, que tu m'as offerte.

— Je suis content qu'elle t'ait plu. » Il a salué l'un des autres ingénieurs alors que nous remontions le couloir vers les portes d'entrée de l'IAC. « J'ai eu des infos susceptibles de te remonter le moral, aujourd'hui.

— Oh ? » Je me suis arrêtée devant la porte pour le laisser me l'ouvrir. « Raconte. »

Le soleil du soir fendait le parking, sans parvenir à réchauffer l'atmosphère glaciale. Je suis sortie en serrant mon manteau autour de moi, avant de rejoindre l'arrêt de bus aux côtés de Nathaniel. Derrière la clôture du campus de l'IAC, des gamins nous attendaient, avec des carnets à autographes, espérant apercevoir un astronaute. Ils ont repéré Nathaniel et se sont contentés de l'ingénieur en chef du programme spatial. Une fois de plus.

J'ai lâché sa main et je me suis écartée alors que les enfants l'entouraient. Dieu merci, ils ne s'intéressaient pas à la femme de l'ingénieur. On aurait dit une meute en plein festin, avec des carnets en guise de dents. Nathaniel y avait droit presque tous les soirs, et je le soupçonnais de travailler souvent très tard pour les éviter.

Après s'être débarrassé des gamins, Nathaniel a attendu que nous ayons parcouru une bonne centaine de mètres vers l'arrêt de bus pour reprendre notre conversation.

« Bon… » Il a regardé derrière nous. « Techniquement, ce n'est pas un secret d'État, car la liste finale des astronautes clarifiera tout ça, mais…

— Je ne dirai rien jusqu'à la publication de la liste définitive. »

Pas même la première sélection. Je n'avais pas visé la liste finale – pas vraiment –, mais avec mes heures de vol dûment validées, j'aurais aimé au moins passer la première sélection.

« Le directeur Clemons n'a sélectionné aucune femme. Pas une seule. »

Je me suis arrêtée net, puis je l'ai dévisagé. Le président de l'IAC, le directeur Norman Clemons – un homme avec qui j'avais travaillé pendant des années, un homme que je respectais – n'avait sélectionné aucune femme ? Mon souffle formait de brefs panaches devant moi, alors que ma bouche refusait de se fermer. « En quoi est-ce censé me remonter le moral ?

— Eh bien… parce que tu sais maintenant que ça n'a rien à voir avec toi. Non ?

— Aucun critère ne stipulait qu'il fallait être un homme. »

Nathaniel a hoché la tête.

« Clemons jure qu'il voyait ça plus ou moins comme une évidence. À cause du danger.

— Oh mon Dieu. J'ai supporté ce délire patriarcal pour les vols d'essai. Mais maintenant ? Nous essayons d'établir une *colonie*. Comment compte-t-il procéder, sans femmes ?

— Je crois… »

Il a hésité, détournant le regard vers la rue, les yeux plissés contre les assauts du vent. Parfois, Nathaniel ne pouvait vraiment pas me révéler certaines choses – classées secret défense –, et quand il se heurtait à ce mur, il avait toujours l'air vaguement constipé. Là, tout de suite, on aurait dit qu'il cherchait à me cacher une énormité.

« Quoi ? »

Il s'est humecté les lèvres, dansant d'un pied sur l'autre.

« Il y avait des… certaines inquiétudes quant aux contraintes, dans l'espace.

— Des contraintes ? Les femmes encaissent mieux les forces g que les hommes. Les WASP l'ont prouvé pendant la guerre, et… » Je me suis tue, alors que ses lèvres se serraient soudainement, comme si Nathaniel ravalait ses mots. « Tu te fous de moi. Ils craignent qu'on devienne hystériques dans l'espace ? »

Nathaniel a secoué la tête, désignant l'arrêt de bus. « J'espérais aller au dancing, ce soir. »

La mâchoire crispée, j'ai plongé les mains dans les poches de mon manteau. « Pourquoi pas au théâtre, pendant qu'on y est. » Si je devais parier sur celui qui avait nié l'aptitude des femmes au voyage spatial, j'avais déjà un candidat : Stetson Parker.

Je reconnais que Nathaniel avait raison sur un point : je n'étais plus triste, mais furieuse. Il ne l'avait peut-être pas prévu. Quand le week-end est arrivé, j'étais toujours en colère. Si j'avais fait de mon mieux, et échoué, les choses auraient été différentes. J'aurais pu me ressaisir, faire mieux la fois suivante.

Mais ça ? Ça me rendait dingue, parce que je n'y pouvais rien. Au cas où vous ne vous en seriez pas encore rendu compte, j'ai beaucoup de mal avec « l'impuissance ». Alors, je suis allée à l'aérodrome privé où se réunissait notre branche locale de l'Aéroclub 99s. La première règle de l'aéroclub était – bon, en fait, la première règle était *la sécurité d'abord*, mais juste après, c'était *Ground is for gripping. Planes are for planning*[1]. Les conversations en vol restaient en vol.

Voilà pourquoi j'ai lancé ce sujet de conversation particulier dans le hangar. Je tenais à ce qu'il en sorte quelque chose. Je voulais qu'on en parle. J'ai contemplé le cercle de femmes, autour de moi. Lors de la création du premier 99s, les fondatrices avaient choisi ce nom parce qu'il n'y avait que quatre-vingt-dix-neuf femmes pilotes aux États-Unis. Aujourd'hui, nous étions des milliers, réparties en plusieurs clubs, partout dans le pays, et toutes avec les mêmes ambitions – je l'aurais parié.

« Qui d'autre a candidaté pour le corps des astronautes ? »

Toutes ont levé la main, sauf Pearl, encore trop ronde après la naissance de ses triplés, et Helen, qui n'avait pas encore sa licence (je l'avais initiée au pilotage lors des célébrations du 4-Juillet, l'année dernière. Son père ne me l'avait toujours pas pardonné).

C'était au tour de Betty d'apporter des rafraîchissements, avant nos exercices de vol. Elle avait en plus préparé des biscuits à la poudre de betterave et au citron. J'avais fait preuve de scepticisme, quand elle nous en avait proposé pour la première fois, mais avec la pénurie, la betterave remplaçait plutôt bien le sucre. Ils étaient bien sucrés, un peu acides et

1. Jeu de mots impossible à transposer en français, qu'on pourrait traduire par : « La terre ferme, c'est du sérieux. Le vol, c'est tout le reste. »

délicieux. Elle a posé le plat sur la table de pique-nique en bois brut installée dans l'angle du hangar. Ses lèvres rehaussées d'un rouge à lèvres de cinéma ont formé une moue boudeuse.

« Je n'ai même pas passé la première sélection. »

J'ai attrapé un biscuit rose clair, dans le plat.

« Personne n'a passé la première sélection, ici. »

Les autres femmes se sont tournées vers moi, avec des expressions allant de la surprise au soupçon. Pearl a froncé son petit nez.

« Comment tu le sais ?

— Parce que… » J'ai cassé le biscuit en deux. « Ils n'ont accepté aucune femme.

— Pourquoi ? Pour quelles raisons ? »

Betty a ricané en soulevant ses seins, plutôt imposants.

« Évidemment, ça nous gêne pour piloter.

— Parle pour toi. »

Helen a passé les mains sur sa combinaison de vol, qui accentuait ses traits androgynes.

« Sans blague. Je croyais qu'ils voulaient établir une colonie. »

En hochant la tête, j'ai évité tout ce que Nathaniel avait simplement sous-entendu.

« Ils annonceront la liste définitive en conférence de presse, la semaine prochaine. »

Betty s'est ressaisie. Elle a tendu la main vers son sac.

« Tu m'en diras tant. »

Son carnet de notes de journaliste est apparu entre ses doigts.

Je me suis éclairci la gorge.

« Évidemment, je n'ai rien dit, mais ils inviteront certainement les principaux journaux, et…

— Que dalle. » Elle a contemplé son carnet. « Ils refileront probablement le sujet à Hart. Il obtient toujours les trucs internationaux les plus importants. Je le jure devant Dieu, si je dois encore couvrir une party, je…

— Tu obéiras et tu les remercieras pour le salaire qu'ils te versent chaque mois. »

Pearl a tordu ses gants dans ses mains.

Betty a soupiré.

« Tu aurais pu me laisser râler un peu, avant de me ramener à la réalité…

— Le truc, c'est que… », les ai-je interrompues, pointant mon biscuit sur Betty. « À ton avis, il remarquera que cette liste est entièrement composée d'hommes ? »

Elle a plissé les yeux, et je la voyais déjà formuler son pitch à son rédacteur en chef.

« Puis-je te citer comme "source bien informée", au sein de l'IAC ? Je ne donnerai pas ton nom.

— Je… je ne veux pas que… hmm… que *ma propre* source ait des ennuis. »

Betty s'est emparée de mon biscuit. « Si tu fais si peu de cas de mon… »

Je le lui ai repris, des miettes ont volé. En riant, j'ai fourré le morceau acide dans ma bouche.

« Je veux juste m'assurer que les paramètres sont clairs.

— Les paramètres sont clairs. Bien reçu. » Elle a attrapé son blouson de vol, avant de se lever. « On décolle ?

— Absolument. » J'ai fourré un autre biscuit dans

la poche de ma combinaison, puis je me suis tournée vers Helen. « Tu viens avec moi, ou tu préfères une autre fille ?

— Je ne veux pas rater ça. »

Mon petit Cessna 170b pouvait accueillir quatre personnes. Betty avait un Texan, mais il ne valait rien pour une conversation. Elle avait décidé que, compte tenu du sujet, elle commencerait ses exercices avec nous, ce qui nous éviterait la radio pour communiquer. Nous nous sommes entassées dans le cockpit, mettant le sujet de côté, le temps que je vérifie la check-list de pré-vol.

Les décollages ont toujours quelque chose de magique. Je connais des gens qui ont peur de voler. Ils disent que les décollages et les atterrissages sont les seuls moments difficiles, sans doute parce que c'est alors, vraiment, que l'action de voler se matérialise. J'aime la façon dont la vitesse me colle au siège. La pression, le rythme, on sent comme un poids, accentué par les vibrations du tarmac transmises par le manche, dans les mains, partout. Et puis, soudain, tout s'arrête. Et le sol disparaît.

Je n'ai jamais l'impression de m'élever, c'est le sol qui s'éloigne de moi, comme si j'étais légère, légère. C'est sans doute ça qui effraie les gens. Pas moi. Peut-être grâce à mon père, pilote de l'Air Force quand cette dernière était encore rattachée à l'armée de terre. Pour mes deux ans, il m'avait emmenée. Je n'en ai aucun souvenir. Par contre, je me rappelle très bien l'avoir supplié d'enchaîner vrille sur vrille quand j'étais un peu plus âgée.

Les autres enfants de mon âge ? Leurs papas leur apprenaient à conduire. Le mien, à piloter un avion.

Peu importe. Juste après le décollage, j'ai décrit une spirale paresseuse, loin de l'aérodrome, histoire de tâter un peu l'atmosphère. Betty occupait le siège du copilote, Helen était derrière nous.

Betty s'est tournée pour s'adresser à nous deux, criant pour couvrir le bruit du moteur.

« Bon. Les règles de l'aéroclub s'appliquent à partir de maintenant. Ai-je raison de penser qu'ils veulent faire de la Lune une base militaire ?

— D'après ce que Nathaniel ne dit pas, je pense qu'ils estiment que les femmes sont trop émotives pour aller dans l'espace. »

Betty a secoué la tête, et je suis à peu près certaine qu'elle a proféré un juron.

« Bien. C'est coton. Il faut changer ça.

— Comment ? »

Helen s'est penchée en avant, dans son siège.

« Je peux vendre ça à mon rédacteur en chef comme une forme de discrimination, mais ça ne prendra pas si je ne mentionne pas certaines femmes écartées d'office. » Elle m'a regardée. « Je peux faire en sorte de dissimuler mes sources, mais… je peux aussi demander à Hart de poser frontalement la question pendant la conférence de presse. »

Je l'ai regardée de travers.

« Comment ? Je veux dire… c'est très direct, non ?

— Monsieur le président, avec un corps d'astronautes entièrement composé d'hommes, le bloc communiste ne risque-t-il pas de percevoir ce projet comme un avant-poste militaire, et non une colonie ? »

Helen a levé la main, comme pour nous rappeler sa nationalité taïwanaise.

« Il répliquera en évoquant une coopération internationale. »

J'ai hoché la tête.

« À l'IAC, les employés viennent du monde entier. Taïwan, Algérie, Espagne, Brésil, France, Allemagne, Serbie, Haïti, Congo… »

Helen est intervenue.

« Belgique, Canada, Danemark, France, Islande, Italie, Luxembourg, Pays-Bas, Norvège, Portugal, Royaume-Uni…

— Et les USA. »

Betty a secoué la tête.

« Et aucun de ces pays n'est communiste.

— OK… ça n'évoque toujours pas cette histoire d'hystérie.

— Non, mais ça souligne le côté entièrement masculin du corps des astronautes… et ça nous donne un levier pour nous étonner de l'absence de femmes. » Elle a ricané. « C'est une année d'élection présidentielle. Eisenhower se présente contre Brannan. Je parie qu'un retour à la "normale", avec les femmes reléguées "aux travaux domestiques", sera l'une des clés du scrutin. »

Un froid glacial m'a envahie.

« Mais… mais le directeur de l'IAC ne dépend pas du président, il… »

Au moment même où ces mots quittaient ma bouche, je savais que je faisais preuve de naïveté. L'IAC avait beau être un effort international, le centre de lancement se trouvait sur le sol américain, nous avions plus d'influence sur le programme que toute autre nation, même avec un directeur britannique. Et j'avais vu la liste des astronautes. Plus des trois quarts d'entre eux étaient américains ou anglais. Et blancs, bien entendu.

« Tout le monde est bien sanglé ? »

Elles ont toutes les deux acquiescé, sans me demander pourquoi. Elles me connaissaient assez. J'ai redressé l'appareil pour prendre de l'altitude, puis j'ai fait un looping. La force centrifuge nous a collées à nos sièges. En bas, la Terre s'étalait en vaste tapis vert et brun. Il y avait juste assez de brume dans le ciel pour masquer la limite entre le sol et l'air. L'horizon disparaissait dans le blanc perlé du ciel. J'avais vu des images prises en orbite, la Terre transformée en globe bleu-vert. Je voulais flotter sans poids dans l'espace, fixer les étoiles dans toute leur brillante intensité. Si ces hommes mus par de vieux réflexes de domination nous ramenaient au Moyen Âge, j'allais… j'allais quoi ?

Je suis sortie du looping, avant d'effectuer plusieurs tonneaux. Un flou de vert et d'argent a tourbillonné autour de nous, telle une roue colorée dont nous étions le centre. Derrière moi, Helen a ri en battant des mains.

Après les tonneaux, j'ai passé en revue nos possibilités. La population perdait de vue le compte à rebours de l'effet de serre. C'était une catastrophe trop lente. Il fallait établir des colonies sur la Lune et sur les autres planètes, tant que nous en avions les ressources. S'ils nous sortaient l'excuse qu'établir une colonie était trop dangereux pour les femmes, à nous de prouver que nous étions tout aussi capables que les hommes.

« Tu penses qu'un meeting aérien entièrement composé de femmes intéresserait ton journal ?

— Bon Dieu, oui. » Betty a pointé son doigt sur moi. « Mais seulement si je peux citer ton nom.

— Je ne suis personne…

— Tu es mariée à l'ingénieur en chef de l'IAC. Et cette anecdote, quand vous avez volé juste après le météore, je peux m'en servir ? »

J'ai dégluti. Être au centre de l'attention était… nécessaire. Et je ne parlerais qu'à Betty. « D'accord, ça devrait aller. »

12

LES HOMMES DE L'ÈRE SPATIALE

Photographies de Sam FALK,
pour THE NATIONAL TIMES

26 MARS 1956. Les spécialistes des fusées – ceux qui conçoivent, dessinent, installent et lancent ces puissants engins pour emporter au loin des instruments de recherche – sont observés avec attention par notre pays. Ces hommes sont la clé de la nouvelle ère spatiale. Ils explorent de nombreux domaines, des carburants solides aux systèmes de calcul, des alliages inédits aux nouvelles techniques de communication. Le plus connu d'entre eux, le Dr Nathaniel York, est l'ingénieur en chef de la Coalition aérospatiale internationale.

La conférence de presse s'est exactement déroulée comme l'avait prévu Betty. Interrogé sur cette liste exclusivement masculine, Norman Clemons, directeur de l'IAC, a invoqué des « raisons de sécurité ». C'était « à peu près la même chose quand Colomb a découvert le Nouveau Monde. » Ou pendant l'expédition arctique de Shackleton. Ça n'avait jamais dérangé personne qu'aucune femme ne participe à ces expéditions. Pour lui, « l'effort international » prouvait qu'il s'agissait bien d'une expédition scientifique pacifique.

Certains magazines féminins, fondés pour soutenir le droit de vote des femmes, ont récupéré l'article de Betty pour exiger la présence de femmes dans la future colonie. Aucun homme n'y a prêté attention. Je sais… c'est choquant.

Basira s'est installée à notre bureau partagé, à l'IAC, juste en face de moi.

« Il est de retour. »

J'ai vérifié autour de moi que personne ne l'avait entendue. Non que ça change grand-chose. Les autres femmes du département étaient toutes plongées dans leurs calculs. Le grattement des crayons sur le papier et le frottement des curseurs en verre sur la bakélite des règles à calcul étaient ponctués par le cliquetis de notre calculateur mécanique Friden. Et même si quelqu'un l'avait bel et bien entendue, il n'y avait rien de honteux à signaler que le directeur Clemons était rentré de la zone d'essai.

Par ailleurs, la plupart d'entre elles savaient déjà ce que je comptais faire. J'ai hoché la tête, avant de refermer mon carnet de notes. Je l'ai posé sur le côté de mon bureau, le crayon bien aligné. Après avoir ouvert le tiroir de mon bureau, j'en ai sorti un second carnet de notes, étiqueté « WASP », qui renfermait les données que j'avais récoltées sur le Women Airforce Service Pilots de la Seconde Guerre mondiale.

En me levant, j'ai serré le carnet contre ma poitrine. Basira m'a souri.

« L'opération *Ladies First* est lancée. »

J'avais désespérément besoin d'un peu de soutien. Helen a levé les yeux du bureau qu'elle partageait avec Myrtle. Cette dernière s'est retournée en levant les pouces. J'ai hoché la tête à leur intention, puis j'ai quitté la pièce pour remonter le couloir vers le bureau du directeur Clemons.

Rien à craindre, en principe. Nous avions discuté à de nombreuses reprises, lors des traditionnels soirées et pique-niques organisés par l'institution. Dans la *dark room*, à chaque lancement, il était toujours là, présence calme et rassurante. Mais j'avais toujours mon propre travail en guise de bouclier. Ça ou Nathaniel.

Mes paumes laissaient des marques humides sur la couverture de mon cahier. J'ai fait une courte pause avant d'atteindre la porte du bureau de Clemons – toujours ouverte – pour m'essuyer les mains sur ma jupe. Aujourd'hui, j'avais opté pour un modèle simple, gris charbon, avec un chemisier blanc. J'espérais avoir une allure professionnelle. N'importe quel type d'armure était bienvenue.

J'ai dégluti avant de gagner la porte. La secrétaire, Mme Kare, a levé les yeux en souriant.

« Madame York. Que puis-je pour vous ?

— J'aurais voulu prendre rendez-vous avec le directeur. »

Quelle dégonflée. J'avais le cahier, et Clemons était *juste là*.

Il lisait, les pieds sur le bureau, son sempiternel cigare planté entre les dents. Un nuage de fumée dérivait autour de lui, tel un lancement raté. La couverture de son livre montrait une fusée sur fond de paysage rouge et poussiéreux. Ça ressemblait plus à un roman qu'à un manuel technique.

« Laissez-moi vérifier son agenda. »

Clemons a baissé son livre.

« Faites-la entrer.

— Oh… » J'ai dégluti. Son accent britannique d'une grande précision me donnait toujours l'impression de débarquer de ma cambrousse, les bottes couvertes de boue. « Merci, monsieur. »

Il a brandi son livre alors que j'entrais dans son bureau.

« Vous avez eu l'occasion de lire ça ?

— Non, monsieur.

— L'auteur décrit un capitaine York, qui ressemble étrangement à votre mari. » Il a désigné un siège. « Asseyez-vous, asseyez-vous. Vous n'avez jamais rencontré ce type, là, Bradbury ?

— Non, monsieur.

— Eh bien, je pense que c'est un fan. Son histoire d'ancienne civilisation martienne est un tissu d'âneries, mais tout ce qui aiguise l'appétit des gens pour l'exploration spatiale est bon à prendre. » Il a posé le roman sur son bureau. « Le Congrès américain est de plus en plus sensible aux questions de financement. Vous êtes là pour ça ? Il vous faut une autre machine IBM pour le département calcul ? Il y a des promotions. »

J'ai secoué la tête.

« C'est à Mme Rogers de prendre cette décision, mais si vous voulez mon avis… elles manquent de fiabilité.

— C'est ce que me répètent les ingénieurs. Elles surchauffent. » Il a grogné en secouant la tête. « Qu'est-ce qui vous amène, alors ?

— Oh… eh bien. Il s'agit de maintenir l'intérêt du public pour Mars, monsieur. Vous voyez… je voulais discuter de… la présence des femmes dans les prochaines missions.

— Des femmes ? » Il s'est penché vers moi, soudain très attentif. « Non, non. Si nous voulons maintenir l'intérêt du public, il nous faut les pilotes les plus qualifiés pour ces missions. Sinon, nos têtes tomberont.

— J'entends bien, mais si nous cherchons à établir des colonies viables, il faudra des familles, et cela implique de convaincre les femmes que c'est sans danger. » J'ai ouvert mon cahier à la page du diagramme statistique que j'avais dessiné un peu plus tôt. « Dans l'immédiat, il n'est pas question d'envoyer n'importe qui dans l'espace. Ni femme, ni homme, d'ailleurs. Mais à titre d'exemple, je me disais qu'on pouvait peut-être envisager certaines pilotes du WASP. Pendant la guerre, on comptait 1 027 femmes pour les seuls États-Unis, elles ont chacune accumulé en moyenne sept cents heures de vol. Et parmi elles, 792 ont largement dépassé les mille heures. Le pilote de chasse moyen, en revanche, n'atteint…

— Non.

— Je… Je vous demande pardon ?

— Pas question d'envoyer une femme dans l'espace. Si un homme meurt, bon… c'est tragique, mais le public l'accepte. Une femme ? Non. Le programme serait définitivement enterré. »

Je me suis levée, puis j'ai posé le carnet sur la table en le faisant pivoter pour lui montrer.

« Je pense néanmoins qu'on pourrait modifier la perception du public. Avec ces chiffres…

— Non. Ces femmes que vous mentionnez, elles ont convoyé des avions, elles n'ont jamais combattu. »

Les mains bien à plat sur les lignes réconfortantes du diagramme, j'ai inspiré lentement. Il parlait de combat comme s'il fallait en tenir compte lors d'une mission spatiale, mais il n'était pas question de combat pour établir une colonie. Je me suis dégonflée, comme d'habitude, et je n'ai pas pointé cette absurdité.

« Nous allons organiser un meeting aérien. Passez nous voir, vous jugerez sur pièces. Voilà un bon moyen de modifier la perception du public quant aux femmes pilotes. L'entraînement des WASP a été plus rigoureux que celui des hommes, en raison de la diversité des appareils dont nous avions la charge.

— J'entends vos arguments, mais j'ai un programme spatial à faire tourner. Je n'ai pas de temps à perdre avec vos bonnes œuvres. » Il a repris son roman, puis s'est remis à lire. « Bon après-midi, madame York. »

J'ai refermé le carnet en me mordant sèchement l'intérieur des lèvres. Je ne saurais dire si c'était pour m'empêcher de hurler ou de pleurer. Sans doute les deux.

Les semaines se sont enchaînées. J'ai mis de côté l'idée d'un meeting aérien, en partie par découragement, mais aussi parce que l'IAC travaillait jour et nuit sur un futur alunissage. Pendant que la branche américaine se penchait là-dessus, nos collègues européens se concentraient sur la conception d'une station spatiale orbitale. Les messages envoyés par téléscripteur traversaient sans cesse l'Atlantique à mesure que les scientifiques des fusées partageaient leurs résultats.

Nous accumulions les heures. Tous. Pourtant, chaque vendredi, Nathaniel et moi tâchions toujours de quitter le travail avant le coucher du soleil pour observer le shabbat. Ni lui ni moi n'étions particulièrement pratiquants, mais c'était une bonne discipline.

Je me suis appuyée au cadre de la porte de son bureau, alors que les ombres grises du soir obscurcissaient le parking, dehors. Nathaniel avait roulé les manches de sa chemise. Il consultait un document, sur son bureau.

J'ai frappé sur le battant intérieur.

« Tu es prêt ?

— Hmm ? » Il a levé la tête, puis s'est frotté les yeux. « J'ai une dernière chose à terminer. Ça t'ennuie d'attendre un peu ?

— Tu sais… j'espérais vraiment qu'on parvienne à partir avant le coucher du soleil, surtout en été. »

Nathaniel a fait pivoter sa chaise, vers le parking. « Quelle heure est-il ?

— Presque 21 heures. » Je suis entrée dans son bureau, j'ai posé mon sac à main et mon manteau sur une chaise. « Tu as fait une pause, au moins, aujourd'hui ?

— Ouais… j'ai déjeuné avec Clemons. » Il a reporté son attention sur son bureau, puis s'est emparé du papier qu'il examinait. « Elma, si tu évoluais en orbite, quelle serait la meilleure technique d'approche pour deux engins ? V-bar ou R-bar ?

— OK. Tout d'abord, un déjeuner de travail, ce n'est pas une pause. »

Je me suis penchée au-dessus de son épaule pour examiner le document qui le préoccupait tant. C'était un rapport intitulé *Techniques d'approche pour un rendez-vous orbital en pilotage manuel*… qui contenait manifestement plus de questions que de réponses.

« Bon… quelle est l'orbite envisagée ? »

Il a feuilleté le document.

« Hmm… attends. Disons six mille cinq cents kilomètres. »

J'ai posé les mains sur la naissance de son cou, le massant des pouces, tout en considérant la question. L'un des défis de la mécanique orbitale se résumait ainsi : plus on allait vite, plus haut on orbitait… et ainsi, plus on allait lentement. Sans équation ni modèle, c'était complètement contre-intuitif. Mon instinct de pilote penchait pour une approche V-bar, mais comment s'y fier ?

L'approche V-bar tirait son nom de la vitesse. On rattrapait la cible en volant dans la même direction qu'elle. J'ai plongé mes pouces dans les muscles qui longeaient le cou de Nathaniel. Sa tête s'est inclinée vers l'avant, jusqu'à ce que son menton touche sa poitrine.

Mais une approche R-bar pouvait fonctionner… si l'on retombait en orbite plus basse que la cible. Le vaisseau irait plus vite et rattraperait la cible. Une fois suffisamment proche, il suffirait de déclencher des propulseurs pour remonter vers l'autre appareil, ce qui consommerait moins de carburant.

J'avais donc une solution envisageable, mais compte tenu des petits grognements de plaisir émis par mon mari, je n'étais pas entièrement sûre qu'il m'entende. Son trapèze était noué jusqu'aux omoplates.

« Je penche pour une approche R-bar. Moins de carburant. Et la mécanique orbitale implique une action naturelle de freinage si les propulseurs nous lâchent. »

Nathaniel a redressé la tête pour parcourir la page.

« Tu vois… c'est bien ce que je pensais. Mais Parker préfère une approche V-bar. »

Mes mains se sont arrêtées d'elles-mêmes, avant de lisser sa chemise.

« Bon. Il est allé dans l'espace. Pas moi. En tant que pilote, son opinion me semble plus importante que la mienne.

— C'est en partie mon problème. Tout le monde accorde une grande importance à son opinion parce qu'il est un des six premiers à avoir intégré le programme Artémis. » Il a reposé le document sur le bureau. « Même si ça n'a rien à voir avec le pilotage, je veux dire… il continue avec ce délire soviétique – pardon, la "menace communiste".

— L'hiver les a frappés plus durement que nous. L'Union soviétique s'est dissoute, bon sang. Qu'est-ce qui lui prend ? »

Nathaniel s'est massé le front.

« L'Union soviétique a disparu, certes, mais la Russie est plus grande que jamais.

— Et affamée. » L'hiver engendré par le météore affectait durement les nations proches des pôles. « La Chine ne s'en tire pas mieux.

— À mon avis, il essaie de s'attirer les faveurs d'Eisenhower en… je ne sais pas, je pense tout haut, là. »

Avec les élections, les gens commençaient à perdre de vue les raisons qui nous poussaient à coloniser l'espace. Pas au point de contester l'importance d'un programme spatial. Pas encore.

Nathaniel n'était pas le seul à rester tard au bureau. Le lundi suivant, je me suis empêtrée dans une série d'équations de trajectoires translunaires. C'était fascinant, parce que j'essayais de déterminer le changement de gravité au moment précis où l'appareil quittait la sphère d'influence de la Terre pour celle de la Lune. Ça affectait tout, y compris la quantité de carburant requise. Quand Nathaniel et moi avons retrouvé notre minuscule appartement, j'avais la tête en bouillie.

Après avoir jeté le courrier du jour sur la table, je me suis laissée tomber sur le siège le plus proche. Mes doigts étaient noirs d'encre, mais je me suis quand même pris la tête entre les mains.

« L'espace me paraissait si romantique », ai-je soupiré.

Nathaniel a gloussé derrière moi, puis s'est penché pour m'embrasser la nuque.

« J'ai bien cru ne jamais pouvoir t'arracher au bureau, ce soir.

— Sanchez veut les calculs de carburant demain, pour ajuster les paramètres de charge utile. » J'ai massé mes tempes, espérant chasser la tension accumulée à manier des chiffres toute la journée. « Becky travaillait dessus, mais *quelqu'un* a signalé au directeur Clemons qu'elle était enceinte et… ça se voit à peine. Et puis ce n'est pas comme si on avait autre chose à faire que passer tout notre temps assises à un bureau.

— Oui. Et des allers-retours aux labos. Et des astreintes quand on lance un engin expérimental. Et des tests de carburants, et…

— Tu es tout aussi méchant. »

Je me suis redressée pour mieux le dévisager.

Il s'appuyait au plan de travail de la kitchenette, cravate dénouée, manteau à l'épaule.

« Oh, non… non, moi je l'aurais maintenue à son poste, tout en l'éloignant des sites d'essais, sans doute. Mais je comprends pourquoi le directeur a pris cette décision.

— Parce que, je cite : "la grossesse a des effets directs sur le cerveau féminin" ? »

Il a ricané.

« C'est un politicien. Pas un scientifique. S'il arrivait quelque chose à une femme enceinte employée par l'IAC, ça nuirait aux relations publiques. »

J'ai ouvert la bouche pour répliquer, puis je l'ai refermée. Il avait raison, hélas. Les politiciens tentaient déjà de récupérer des fonds alloués au programme spatial. Personne ne parvenait à concevoir l'ampleur du désastre à venir. En me tournant vers la table, j'ai attrapé une enveloppe.

« Je vais m'occuper du courrier.

— Tu régleras nos factures demain.

— Demain, je serai aussi fatiguée qu'aujourd'hui. »

Dans notre accord de mariage, je m'occupais des factures et je veillais à l'équilibre des comptes. Nous étions tous les deux très forts en maths, bien sûr, mais moi, je calculais tout de tête, alors que Nathaniel devait poser les opérations sur le papier. De fait, j'étais plus rapide.

Derrière moi, un placard s'est ouvert, suivi par le cliquetis familier des couverts.

« Pommes de terre sautées et… il nous reste un peu de bœuf. Du chili, ça te tente ? »

Oui. Oui, mon mari faisait la cuisine. Il ne connaissait pas beaucoup de recettes, mais il savait préparer les plats en tenant compte du rationnement. Son chili serait essentiellement constitué de haricots, mais il aurait du goût.

« Avec plaisir. »

Il y avait une lettre d'Hershel. Je l'ai mise de côté pour y répondre ce week-end. Si je m'y attelais ce soir, mon frère ne recevrait rien d'autre qu'une série de chiffres et de symboles. Facture d'électricité. Facture téléphonique. Les deux enveloppes ont rejoint une seconde pile, à honorer ce soir.

Une épaisse enveloppe blanche a attiré mon attention. Sans doute une invitation. On en recevait beaucoup, de différentes personnes qui tenaient à convier le Dr York à leur soirée. À chaque conférence de presse, il était en première ligne, expliquant trajectoires et paramètres des missions pour que tout le monde puisse les comprendre. Faire la même chose lors d'un dîner… c'était tout simplement pénible.

Mais… mais cette invitation portait l'adresse du

sénateur Wargin. Je connaissais sa femme : pendant la guerre, Nicole Wargin avait piloté dans les WASP. Et le sénateur Wargin soutenait le Dr Martin Luther King Jr. Sa politique progressiste mêlée aux intérêts de sa femme le rendrait peut-être attentif à mon propre cheval de bataille.

J'ai ouvert l'enveloppe pour en sortir un carton blanc à fort grammage.

Le sénateur Kenneth T. Wargin et son épouse sollicitent la plaisante compagnie du Dr York et de son épouse lors d'un dîner servi à 18 h 30, le 7 avril.

« Nathaniel ? »

J'ai pivoté sur ma chaise.

Il huilait une patate, les manches remontées.

« Hmm ?

— Le sénateur Wargin et sa femme nous invitent à dîner le 7. Je réponds oui ? »

Il a secoué la tête en reposant la patate sur le plan de travail.

« C'est pile une semaine avant le prochain lancement. Je serai épuisé. »

Je me suis levée pour m'appuyer au plan de travail, à côté de lui.

« C'est ton état naturel.

— Le tien aussi. »

Il a pris l'autre patate pour la huiler à son tour. Les muscles de ses avant-bras ont roulé sous sa peau. Un filet d'huile avait coulé juste au-dessus de son poignet gauche, qui luisait à chaque mouvement.

« C'est vrai. » J'ai posé le doigt sur le filet d'huile

et je l'ai fait lentement remonter vers l'intérieur de son bras. « Au moins, on n'aura pas à faire la cuisine.

— Et je me coltinerai tout un tas de conversations spirituelles.

— Oh, non… personne n'attend rien de spirituel de ta part. »

Il a ri, puis s'est penché pour m'embrasser.

« Pourquoi cette invitation en particulier ?

— On a volé ensemble, Nicole Wargin et moi. » Je me suis décalée pour passer derrière Nathaniel. L'entourant de mes bras, je me suis collée à lui. « Et… et j'espère que le sénateur aura son mot à dire concernant la présence des femmes dans la future colonie.

— Ah, ah. »

Il a pivoté dans mes bras, sans lâcher sa patate. Tout en évitant de salir mes vêtements avec ses mains huileuses, il m'a embrassée sur la joue, puis à la base de la mâchoire, avant de s'intéresser à mon cou.

Entre deux halètements, j'ai réussi à souffler : « Tu pourrais en profiter pour lui rappeler la nécessité de quitter cette planète.

— Bon… je serai toujours aussi fatigué.

— Je pourrais faire en sorte que ça vaille le coup d'être fatigué.

— Ces patates doivent finir dans le four, tu sais. »

J'ai relâché son poignet en riant, avant de m'écarter.

« Très bien. Loin de moi l'idée de te distraire. »

Il s'est penché pour ouvrir la porte du four, ce qui m'a permis de jeter un bref coup d'œil à son pantalon bien taillé. Ai-je déjà mentionné la chance que j'ai d'avoir Nathaniel comme époux ? L'air brûlant du four a soulevé une mèche de ses cheveux, et la lampe s'est reflétée dans ses mains huileuses alors qu'il posait directement les deux pommes de terre sur la grille. Il s'est levé, puis il a refermé la porte du talon.

La chaleur du four semblait avoir envahi l'appartement tout entier. Nathaniel a levé un doigt luisant.

« Je dirais... » Il a tracé une ligne le long de ma gorge. « ... qu'il faut une petite heure de cuisson avant que tout soit prêt.

— Ah bon ? » Mon souffle était court et chaud. « Ai-je le temps d'exposer mes arguments en faveur du dîner du 7 avril ? »

Son doigt a poursuivi son chemin, glissant le long du col de mon chemisier jusqu'au premier bouton.

« Tant que j'ai le droit d'exposer les miens pour y couper.

— Contre-argument. Bien reçu. »

13

NOUVEAU RECORD ORBITAL
ÉTABLI PAR LEBOURGEOIS

Les colonies spatiales aideront l'humanité

Par Henry TANNER
Correspondant, THE NATIONAL TIMES

KANSAS CITY, Kansas, vendredi 13 avril 1956. Le lieutenant-colonel Jean-Paul Lebourgeois a offert un autre record à la Coalition aérospatiale internationale en restant en orbite pendant plus de quatre jours. Grâce à cette percée significative, l'IAC prouve qu'il est possible de travailler et de dormir dans l'espace, une étape nécessaire au développement du programme spatial.

Dans son salon, Nicole Wargin trônait sur l'accoudoir du canapé, un verre de champagne à la main, millésime prémétéore. À son cou, plusieurs diamants étincelaient au-dessus d'une magnifique robe vert perroquet. Autour de nous, la pièce accueillait la crème de la bonne société, dont les plus éminents représentants portaient smoking et robe de soirée, tout en profitant du genre de plats impossibles à obtenir avec un simple carnet de rationnement. Nicole était l'incarnation même de la bonne tenue, mais sa conversation démentait cette impression.

Dieu merci, elle était nettement plus intéressante que ça.

« … et donc, le mécano avait juré que mon Hellcat était bon pour le service, mais moi, j'étais à deux mille mètres, et ma jauge de carburant est passée à zéro, comme ça, d'un coup.

— Au beau milieu de l'océan ? »

L'angoisse a saisi Mme Heiber, main sur la poitrine. Un peu plus tôt, elle nous avait toutes passionnées avec ses histoires de rosiers, notamment sur l'héroïsme dont elle avait fait preuve pour leur épargner les rigueurs de l'hiver – avec un peu de vapeur et quelques plaques de verre. Dommage que la culture des fruits et légumes ne l'intéresse pas plus que ça. J'avais sauvé la soirée en réclamant à Nicole des anecdotes de guerre. J'avais une autre idée derrière la tête, mais peu importe. Au moins, on en avait fini avec les invasions de pucerons.

J'avais déjà entendu cette histoire, aussi ai-je savouré mon cocktail en profitant du spectacle, pendant que Nicole pointait son ongle manucuré sur Mme Heiber.

« Oui. Au beau milieu de l'océan. Je n'avais pas vraiment le choix, pas vrai ? Il fallait faire demi-tour vers le porte-avions et l'avertir de mon appontage imminent.

— Non ! Sans moteur ?

— C'était ça ou boire la tasse. Après l'atterrissage, j'ai découvert que le mécano avait loupé un tuyau d'injection défectueux. Si seulement vous aviez entendu l'officier de pont le tailler en pièces… »

Les atterrissages en avarie de moteur faisaient partie de l'entraînement, mais apponter sur un porte-avions, c'était une autre histoire. Nicole m'a regardée, avant de m'adresser un clin d'œil.

« Parle-nous de tes Messerschmitt, Elma. »

Être assise avec les autres en écoutant Nicole raconter ses anecdotes me convenait parfaitement, mais quand la maîtresse de maison vous invite à monter sur scène…

« Oh, bon, d'accord. Nous n'étions pas censées effectuer des missions de combat, parce que c'était trop "dangereux" pour les femmes. »

Nicole a ricané en secouant la tête.

« Comme si les Allemands pouvaient deviner le sexe du pilote.

— Exactement. Donc, je convoyais un Mustang à la base d'Ambérieu-en-Bugey, et là, trois Messerschmitt sont sortis de nulle part. »

Autour de nous, l'assemblée avait grossi. Quelques hommes s'étaient approchés. J'espérais que la conversation les attirerait, mais pourtant… soudain, beaucoup trop de gens m'écoutaient. J'ai pris une gorgée de champagne.

« Gardez à l'esprit que j'avais beau convoyer un chasseur, je n'avais pas de munitions.

— Oh, non. »

Ça, c'était le sénateur Wargin, qui venait de rejoindre son épouse. Un homme trapu qui portait beau, avec une tête chevelue dont les mèches grisonnaient à peine.

« Oh, si. J'ai à peine eu le temps de demander de l'aide, par radio. Ils ont tout de suite ouvert le feu. Je ne pouvais que fuir, en espérant les semer. Bien sûr, nous jouissions d'un ciel sans nuages. Mais je connaissais le terrain, et cette vallée fluviale qui s'ouvrait près de la base. Je me disais que j'arriverais peut-être à me mettre à couvert là-bas. »

Nicole s'est penchée vers moi.

« Ce qui entraîne tout un tas de complications, parce que tu voles très bas, et qu'à la moindre erreur…

— C'était ça ou me faire descendre. Donc, je file vers cette vallée, avec un Allemand collé au train, et un second qui vole à proximité, pour le couvrir. » J'ai essayé de montrer où se trouvaient les avions ennemis par rapport au mien sans renverser mon verre. « Je n'avais aucune idée de la position du troisième. J'essayais seulement de suivre les méandres de la rivière pour les empêcher d'avoir une visée dégagée sur moi, tout en priant pour que les garçons arrivent à temps.

— Ce qu'ils ont fait. »

Ah… la douce assurance de la masculinité fière d'elle.

J'ai pivoté sur ma chaise.

« Eh bien, non, colonel Parker, ils n'ont rien fait. »

Évidemment, on l'avait lui aussi invité à la soirée. Le programme spatial enthousiasmait le sénateur Wargin. Il lui fallait le premier homme dans l'espace comme invité trophée. Et Nathaniel.

Nicole a gloussé devant l'air médusé de Parker.

« Elle s'est débrouillée pour que l'un d'eux descende son compagnon, puis s'écrase contre une falaise et… qu'est-il arrivé au troisième ?

— Je ne l'ai jamais revu. Je suppose que l'arrivée tardive des garçons l'a mis en fuite.

— Attendez… » Parker a levé la main. « Vous prétendez avoir abattu deux Messerschmitt sans munitions ? »

La colère a au moins un mérite, elle chasse ma phobie : je ne crains plus les regards sur moi.

« J'avais l'avantage de connaître le terrain. J'y convoyais des avions depuis des mois, je savais où la rivière tournait. Eux, clairement pas.

— Je n'y crois pas.

— Vous traitez ma femme de menteuse ? »

Quand il se tend, Nathaniel a toujours la même voix. Ça me rappelle mon père. Un timbre très bas, très maîtrisé. Là, il était si raide qu'on aurait pu stabiliser une fusée avec. Il se tenait juste derrière moi, à un ou deux mètres de Parker.

« Non, non… bien sûr que non, docteur York. Je ne crois pas qu'il s'agissait de Messerschmitt, voilà tout. » Il a souri d'un air charmant, avant de s'adresser au sénateur Wargin. « Les femmes s'enthousiasment si vite… un avion se transforme en trois avions. Un biplan en Messerschmitt. Elle avait peut-être le soleil dans les yeux, à cause de "ce ciel sans nuages". Je sais bien qu'elle ne ment pas, elle s'est juste trompée, rien de plus. »

J'ai posé mes lunettes sur le guéridon le plus proche pour ne pas broyer la monture dans mon poing.

« Oh, colonel Parker, quelle intelligence redoutable ! C'est probablement ce qui s'est passé. » La main sur ma poitrine, je me suis tournée vers Nicole. « Tu ne crois pas ? »

Elle m'a suivie, fidèle à elle-même, la meilleure copilote.

« Je suis sûre que vous avez raison, oui. Et dire que pendant toutes ces années, l'épave de l'avion nous a induits en erreur. Quant au prisonnier, j'imagine qu'il a menti sur le modèle d'avion qu'il pilotait pour se rendre intéressant.

— Mais bien sûr ! Tu as raison. » Je me suis tournée vers le colonel Parker, affichant un sourire radieux. « Merci, merci *beaucoup* d'avoir éclairci ce mystère. Quelle idiote j'ai été. »

C'était peut-être une erreur tactique. Ses joues se sont empourprées, mais ce n'était pas par gêne.

Il a incliné la tête.

« Peu importe. Le danger auquel on vous a exposée est la preuve qu'il ne faut jamais laisser une femme approcher une zone de combat.

— Je suis curieuse, colonel Parker. Comment vous en seriez-vous tiré, sans armes ? En tant qu'homme ? »

Erreur tactique ou pas, ma remarque est allée droit au cœur de l'astronaute.

Il a levé les mains.

« Écoutez, vous avez eu de la chance. Je dis simplement que vous n'auriez jamais dû vous retrouver dans cette situation.

— Je suis bien d'accord. J'aurais dû être armée. En tant que femme, je suis plus petite, plus légère. Mon avion a besoin de moins de carburant, j'encaisse mieux les accélérations que les hommes. » Ce n'était pas tout à fait vrai. J'étais plutôt grande, pour une femme, et la capacité à encaisser les accélérations dépend surtout de la taille et de la pression sanguine. « En fait, les femmes auraient déjà dû intégrer le corps des astronautes. Pour les mêmes raisons, très précisément. Sans parler du fait qu'on essaie d'établir une colonie.

— Et les hommes sont plus qualifiés pour ce travail. » Il a pris à témoin l'assemblée, répétant ce que Clemons avait déclaré pendant la conférence de presse. « Christophe Colomb n'avait aucune femme avec lui pendant son voyage, n'est-ce pas ?

— C'était une conquête. » Une rigole de sueur a coulé sous mon soutien-gorge. « Les pionniers comptaient des femmes parmi eux, par contre. Si l'on veut établir une colonie, il nous faut des femmes dans l'espace.

— Je ne vois aucune raison urgente à ça.

— Moi j'en vois une, a gloussé Nicole en levant son verre. Les bébés ! »

Des éclats de rire ont résonné autour de nous, brisant la tension. Le sénateur Wargin s'est avancé vers Parker et l'a aimablement éloigné en parlant de golf. Parfois, les petites attentions sont les meilleures. Nicole a quitté son accoudoir et nous a rejoints, Nathaniel et moi.

J'ai ramassé mon verre et je l'ai saluée en levant le coude.

« Désolée.

— Je t'en prie. Je me souviens bien de Parker, pendant la guerre. » Elle a pris une gorgée de champagne. « Tu as déjà rencontré sa femme ? »

J'ai secoué la tête.

« Nous ne nous fréquentons pas vraiment.

— Tu noteras son absence, ce soir. Ça n'a sans doute aucune signification particulière… mais je note simplement que Mme Parker était invitée.

— En parlant d'invitations… » J'ai regardé Nathaniel, qui semblait satisfait de rester avec moi, au lieu de se mêler aux autres. « J'organise un meeting aérien avec d'autres femmes pilotes. J'imagine que tu ne…

— Si, si. Tu me proposes de voler ? La réponse est oui. » Elle a levé la main, son bracelet en diamants a scintillé. « Attends. Mince. Je dois voir avec Kenneth avant d'en être sûre. La politique, tout ça. Mais en général, j'arrive à mes fins. Donc, s'il n'y a aucun conflit particulier, c'est oui.

— Parfait ! »

Voilà qui ravirait l'âme de journaliste de Betty. La présence de la femme d'un sénateur dans son zinc lui faciliterait la tâche quand il s'agirait de proposer la couverture du meeting au *National Times*. Bonus, je ne serais pas en première ligne.

Je passais une surprenante quantité de temps dans des bunkers en béton. L'odeur du kérosène empuantissait l'atmosphère de la zone d'essai, même dans le centre de contrôle. Le bâtiment avait beau se situer à cinq kilomètres des 769 953 litres de kérosène, ça nous paraissait dangereusement proche. J'ai fait rouler un crayon entre mes doigts, en attendant la mise à feu statique de la toute nouvelle fusée Atlas.

Un travail très simple, au fond. Je n'avais qu'à calculer la poussée pour vérifier si elle suffirait à placer la fusée en orbite. N'importe quelle calculatrice du département aurait pu s'en charger, mais j'étais là parce qu'il s'agissait du projet de Leroy Pluckett. Un sacré bon ingénieur. Il avait toujours les mains baladeuses avec les calculatrices, mais en tant que femme du patron j'avais très peu de problèmes avec lui.

Relativement peu. Il s'est penché sur ma chaise, sa main glissant sur mes épaules pour s'arrêter sur le dossier du siège.

« Comment ça se passe, Elma ? »

Je me suis écartée pour éviter tout contact.

« Je ne sers pas à grand-chose, avant la mise à feu. »

De l'autre côté de la salle, un autre ingénieur a redressé la tête.

« Docteur Pluckett, nous injectons l'oxygène liquide.

— Parfait. » Il m'a souri. Enfin, il a souri à ma poitrine. « Dites-moi si vous avez besoin de quoi que ce soit.

— C'est noté. » J'ai tapoté mon crayon sur la table, tâchant d'attirer son regard ailleurs. « Je ferais mieux de me préparer.

— Puis-je vous aider à... »

Une explosion a secoué la salle.

Vacarme et chaleur ont submergé le bunker, avec une forte odeur de carbone brûlé. Ce n'était pas la première fois qu'on perdait une fusée, loin de là, mais c'était toujours aussi assourdissant.

Les ingénieurs ont sursauté, les mains sur les oreilles. J'ai failli tomber de ma chaise, puis le fracas s'est arrêté net, ne laissant subsister que le lointain craquement du feu. Des sirènes se sont ajoutées à la sidération générale. Pluckett a tendu la main vers moi, comme pour m'aider, sauf que ses doigts épais ont « malencontreusement » atterri sur ma poitrine.

Tout en me levant, j'ai lissé ma jupe avant de m'éloigner de lui. Mes mains tremblaient de rage, contre Pluckett et l'explosion.

« Occupez-vous de votre fusée. Sauf si vous voulez que je calcule les dimensions du raté. »

La boule de bowling pesait dans ma paume, tandis que j'examinais le couloir. Je me suis avancée en expirant lentement, balançant une ou deux fois la boule, avant de la lancer. Elle a quitté ma main – trajectoire impeccable –, mais s'est incurvée pour frapper à côté du centre.

Un split. Damnation. Un de plus.

« Tu vas y arriver, Elma ! » Derrière moi, Myrtle a applaudi. « J'y crois. »

J'ai pivoté vers elle en attendant que l'employé ramasse les quilles abattues. Ma jupe a tourbillonné autour de moi.

« En tant que physicienne, j'espérais être meilleure que ça. »

Eugene avait passé un bras autour des épaules de sa femme. Il a secoué la tête.

« Théorie, pratique, ça n'a rien à voir. C'est comme si votre diplôme de physicienne vous autorisait à piloter.

— Je *sais* piloter, merci beaucoup. »

Ma boule de bowling a émis un son mat en arrivant au bout de la gouttière de retour. Je me suis accroupie pour la récupérer, après un petit merci à l'employé qui me l'avait renvoyée. Il faudrait penser à lui laisser un bon pourboire.

« En parlant de piloter… », a commencé Eugene.

Myrtle lui a donné un coup de pied.

« Laisse-la jouer. J'ai envie de voir le feu d'artifice.

— On arrivera à temps pour le spectacle. » Eugene a secoué la tête en levant sa bière vers le couloir. « Et j'attendrai qu'Elma ait terminé pour poser ma question.

— J'ai hâte de voir où cette transition nous conduit. »

Le feu d'artifice du 4-Juillet m'avait servi de prétexte pour leur proposer un bowling. Depuis la chute du météore, l'idée d'un ciel illuminé d'une rivière de feu me tentait nettement moins. Je me suis retournée vers le couloir, où le type avait ramassé la dernière quille, avant de prendre place sur son tabouret, en sécurité. Il lisait une bande dessinée. Même d'ici j'apercevais le costume caractéristique de Superman.

Mais bon, le bowling, donc… Pour abattre les deux dernières quilles, il fallait en atteindre une à l'angle exact pour l'envoyer vers l'autre. Je visualisais la trajectoire. Qu'on me donne une feuille de papier, et je pourrais tout décrire avec une précision mathématique. J'ai balancé la boule en arrière, son poids entraînant mon bras comme un surcroît de gravité, puis je l'ai ramenée vers l'avant, en visant la quille de droite. La boule a quitté ma main, décrivant une courbe en apesanteur, avant de retomber sur le parquet lisse. Elle a roulé le long du couloir, et je suis restée sur place, bras tendu, comme pour mieux la guider vers sa cible.

Elle a effleuré la quille de droite, qui a vacillé, puis s'est inclinée pour tomber en tournoyant au sol. L'autre quille n'a pas bougé, impeccablement droite.

Un chœur de plaintes a secoué notre petit groupe. Je me suis retournée en riant, puis j'ai fait une petite révérence.

« La prochaine fois ! » Nathaniel m'a tapoté l'épaule en prenant sa place au couloir.

Myrtle a ri.

« La prochaine fois… j'ai toujours peur qu'on nous jette dehors.

— Je ne suis quand même pas si mauvaise. »

Eugene et Myrtle ont échangé un regard, comme si je venais de faire une remarque adorable. Mon cerveau a rattrapé son retard en quelques secondes. Par « nous », Myrtle n'entendait pas notre petit groupe, mais Eugene et elle.

Avant le météore, on ne les aurait jamais acceptés ici. Cet endroit aurait été rempli de Blancs, et je n'aurais rien remarqué. Maintenant, Kansas City était la capitale, Myrtle et Eugene n'étaient pas les seuls Noirs. Ils étaient toujours en minorité, mais personne ne nous dévisageait, au moins.

Gênée de n'avoir pas remarqué cette disparité avant qu'elle la souligne, j'ai inscrit mon score sur la feuille, puis je me suis affalée sur le banc, à côté d'Eugene. Il m'a tendu ma bière en haussant un sourcil.

« Alors, c'est quoi cette histoire de meeting aérien ?

— Je ne sais toujours pas si on va le faire. » La bière était fraîche, avec une agréable pointe d'acidité. « L'idée, c'est de prouver que les femmes pilotes ont les capacités de devenir astronautes.

— Mais ? »

La boule de bowling de Nathaniel a filé dans le

couloir et s'est écrasée contre les quilles, les abattant toutes d'un coup. Strike.

« Oui ! » J'ai levé mon verre vers mon mari. « Mais nous n'avons que des appareils de loisir. Plus j'y pense, plus je me rends compte que notre spectacle serait bien meilleur avec des appareils militaires.

— C'est dommage. Les pilotes sauront reconnaître l'exploit, mais le grand public ne voit que l'accessoire. » Eugene a secoué la tête en se levant à son tour. Il a claqué la main dans le dos de Nathaniel. « Beau boulot, York. »

Nathaniel a récupéré sa bière et s'est appuyé contre le banc.

« Le meeting aérien ?

— Ouais. »

Myrtle l'a scruté par-dessus ses lunettes.

« Encouragez votre femme dans cette voie. C'est une bonne idée. »

Nathaniel a levé les mains, puis s'est esclaffé.

« Vous avez une idée du mariage très différente de la mienne. Elma n'en fait qu'à sa tête. »

Les quilles ont sauté, rebondi, mais Eugene en avait laissé une debout.

« Je ne sais pas d'où elle tire cette idée qu'un mari puisse encourager sa femme à faire quoi que ce soit. Avec nous, ça n'a jamais marché.

— Toi, tu te tais. » Myrtle lui a jeté une serviette en papier dans le dos.

Tout en riant, Eugene a attendu que l'employé récupère les quilles et lui renvoie sa balle.

« Donc, il vous faut des Mustang.

— Oui, ce serait tellement mieux… »

J'ai soupiré, avant une longue gorgée de bière. Je

n'avais pas piloté de Mustang depuis la guerre, j'avais adoré les convoyer. Mon appareil préféré, de loin. Vif, maniable, délicieusement réactif. Aujourd'hui, ce n'était plus le haut de gamme, mais à l'époque, c'était formidable.

La seconde boule d'Eugene a éliminé cette dernière quille arrogante. Il a poussé un cri de joie en levant le poing.

« Alors ? Qui a le dernier mot ? »

Myrtle a levé les yeux au ciel.

« Il se laisse facilement déborder par ses émotions. »

Eugene a souri, puis l'a embrassée sur la joue alors qu'ils échangeaient leur place.

« Non. » Il s'est penché pour récupérer sa bière. « Six Mustang, ça vous irait ? »

Je me suis figée sur place, les doigts crispés sur mon verre.

« Six ? Six Mustang ? Où est-ce que… »

Eugene a pouffé.

« Mon aéroclub en possède six. »

J'en suis restée bouche bée, littéralement.

« Vous êtes sérieux ? J'ai appelé tous les… non. Attendez. » Je me suis pincé le nez. « Un jour, je le jure devant Dieu, je retiendrai la leçon. J'ai appelé tous les aéroclubs blancs.

— Ah ! Prends ça ! » Myrtle a sauté en l'air. Toutes ses quilles s'étaient éparpillées. Strike. Elle a pivoté sur elle-même. « Ça vous épate, pas vrai ? »

J'ai haussé les épaules.

« Six Mustang. »

Myrtle a échangé un regard avec Nathaniel en secouant lentement la tête.

« Les pilotes… »

Il a soupiré, avant de lever sa bière vers elle. « Je ne sais pas comment vous faites. »

Je les ai laissés ricaner tout en souriant à Eugene. Six Mustang. On pouvait faire une véritable formation avec ça, et des fumigènes, et…

« Vous avez des femmes pilotes, dans votre groupe ?

— Ouais. Venez au club, je ferai les présentations. » Il m'a adressé un clin d'œil. « On ira faire un tour et on laissera ces deux rampants au sol. »

14

L'IAC LANCE UN MODULE D'AMARRAGE
FAIT D'UN TISSU GONFLABLE

Par Bill BECKER
Correspondant, THE NATIONAL TIMES

KANSAS CITY, Kansas, 21 avril 1956. La première station spatiale au monde est un immense rouet composé de quatre rayons en forme de saucisse.

Le Kansas City Negro Aeronautics Club disposait d'infrastructures plus agréables que notre aéroclub féminin. Une petite maison jouxtait le hangar, d'un blanc aveuglant, avec des volets rouges. Un beau lettrage s'étalait sur la façade.

À notre arrivée dans la salle commune de la maison, j'ai apprécié la présence rassurante d'Eugene, qui faisait office de bouclier. J'étais la seule Blanche. Les visages allaient d'un brun magnolia au bleu-noir très profond. Personne n'avait la peau aussi claire que Myrtle.

J'avais la sensation d'être un mouchoir sale sur une table propre. Le sac à main serré contre moi, je me suis éloignée de la porte pour m'interdire de reculer. Tout le monde me regardait.

J'ai tenté un sourire. Immédiatement après, j'ai compris qu'en tenant mon sac contre moi, je leur donnais l'impression de craindre qu'on me le vole. Je l'ai aussitôt lâché, ce qui a dû aggraver la situation.

Eugene s'est retourné vers moi, tout sourire. Il m'a précédée vers une table occupée par trois femmes noires. Dans la salle, les conversations ont repris, mais j'ai entendu des bribes de « qu'est-ce qu'elle fait là », « Blanche », « pas ses affaires ». Certains, je pense, ont fait un effort pour parler à voix basse. Pas tous.

Deux des femmes se sont levées au moment où nous rejoignions leur table. La troisième est restée assise, m'examinant d'un air neutre, malgré un nez légèrement plissé, dédaigneux.

« Je vous présente Mlle Ida Peaks. » Eugene a désigné la plus jeune des deux femmes debout. Elle était petite, avec des courbes généreuses, les joues d'un brun vif. L'autre portait un chignon élégant, maintenu par des épingles en bakélite verte. « … Mlle Imogene Braggs, et… » Il a désigné la femme assise. Sa joyeuse robe orange à col blanc étroit contredisait son expression renfrognée. « … Mlle Sarah Coleman. Les meilleures pilotes que vous croiserez ici.

— Merci de me recevoir. » J'ai retiré mes gants puis, à l'invitation de Mlle Braggs, je me suis assise.

« Je crois que le commandant Lindholm vous a déjà expliqué la raison de ma présence ? »

Mlle Coleman a acquiescé.

« Vous voulez devenir astronaute…

— Je… euh… oui. Mais mon but principal est d'amener l'IAC à intégrer des femmes pilotes. Le groupe actuel est entièrement composé d'hommes. » Je me suis tournée pour sourire aux deux autres femmes, nettement plus amicales. « J'espérais vous convaincre de voler avec nous. »

Mlle Peaks a incliné la tête sans me quitter des yeux.

« Pour que vous utilisiez nos avions ? »

Cette conversation n'allait pas dans le bon sens. J'ai jeté un coup d'œil à Eugene, mais il s'était éloigné.

« Ce… c'est un autre sujet, je crois.

— Et si nous refusons de vous prêter nos Mustang, vous voudrez toujours que des femmes noires pilotent à vos côtés ? »

Le ton de Mlle Braggs était aimable, teinté d'une vague curiosité, mais ses paroles étaient lourdes de sous-entendus.

« Ça dépendra des raisons de votre refus, j'imagine. »

Ma réponse a fait ricaner Mlle Coleman.

« Si c'est parce que vous doutez de mes compétences de pilote, ai-je repris, alors non, notre collaboration s'arrête là. Mais sinon, oui, je souhaiterais toujours votre présence à nos côtés. Le commandant Lindholm dit le plus grand bien de vous, il a mentionné les meetings organisés par votre aéroclub. J'ai besoin de pilotes expérimentées.

— Très bien ! J'en suis, alors. » Mlle Peaks m'a souri. « Pour moi, toute occasion de voler est bonne à prendre. Vous… un vol en formation ça vous convient, non ?

— Absolument. C'est précisément ce que je planifiais. »

Il me faudrait un solide entraînement, mais ce genre de figures étaient fondamentales pour convaincre le public que les femmes pilotes n'avaient rien à envier aux hommes.

Mlle Coleman a secoué la tête.

« Ça ne servira à rien.

— Sarah…

— Non. Laisse-moi finir. Tu sais très bien que même si nous sommes largement assez qualifiées, même si cette histoire de meeting fonctionne comme prévu, on ne nous acceptera jamais dans le corps des astronautes. » Elle a regardé Eugene. « N'est-ce pas, commandant ? »

Il s'est éclairci la gorge.

« Eh bien, pour le moment… ils ont choisi six hommes, de différentes nationalités, et…

— Et tous ces pays ont sélectionné un homme blanc.

— La composition de cette liste me dérange autant que vous. Voilà pourquoi nous essayons de changer les choses avec ce meeting. Quand ils verront à quel point nous sommes douées, ils… »

Furieuse, Mlle Coleman s'est penchée au-dessus de la table.

« Ils m'ont acceptée dans les WASP, pendant la guerre. Jusqu'à ce qu'ils comprennent que j'étais noire. Là, on m'a demandé de retirer ma candidature. Qu'est-ce qui vous fait penser que l'IAC agira autrement ?

— Je… eh bien… parce qu'il s'agit d'une colonie… et… » Et je me suis souvenue des semaines qui avaient suivi la chute du météore, quand la population des quartiers noirs était livrée à elle-même, jusqu'à ce qu'Eugene et Myrtle tirent quelques ficelles. « Nous leur forcerons la main. Mais commençons par leur montrer que nous savons piloter. »

Mlle Peaks a haussé les épaules.

« J'ai déjà dit que j'acceptais. Discutez autant que voulez. Rien ne changera jamais, si on reste assises ici. »

Mlle Braggs a acquiescé. Lentement.

« Au pire, on s'amusera. »

Mlle Coleman s'est levée.

« Je refuse d'aider une Blanche à nous exploiter. J'ai autre chose à faire de mon temps.

— Vous exploiter ? » Je me suis levée à mon tour. « Écoutez-moi. Je vous propose de piloter, pas de balayer, ni de faire le service. »

Elle a grondé.

« Vous voyez ? Elle ne nous voit pas autrement. Je suis mathématicienne et chimiste, je travaille dans l'industrie pharmaceutique, mais vous n'avez qu'un rôle de domestique à l'esprit. Non merci, madame. Continuez à vouloir nous sauver si ça vous chante. Ce sera sans moi. »

Elle est partie en me plantant sur place. J'avais très chaud, j'étais sans doute rouge de colère et de honte. J'aurais dû me méfier. J'avais fait la même erreur avec Myrtle quand nous avions emménagé ; je l'avais prise pour une femme au foyer. Elle était calculatrice dans une entreprise noire de produits chimiques pour lisser les cheveux. Je n'étais même pas au courant que ces produits existaient.

« Je suis une idiote… Voulez-vous lui présenter mes excuses ? Elle a parfaitement raison. » J'ai repris mon sac, puis j'ai commencé à enfiler mes gants. « Merci de m'avoir accordé un peu de votre temps.

— Vous disiez qu'on volerait en formation ? »

Mlle Peaks regardait Mlle Coleman qui s'en allait.

Je me suis arrêtée, un gant à moitié enfilé.

« Oui. »

Je n'ai pas dit « si nous mettons la main sur vos avions », mais je l'ai pensé.

« Et… quand a lieu le premier entraînement ?

— Je… ça veut dire que vous acceptez de voler avec nous ? »

Elle m'a retourné mon regard, avec un léger sourire.

« J'ai déjà répondu oui. »

Ensuite, elle m'a fait un clin d'œil.

« Par ailleurs… ça s'est mieux passé que je ne l'espérais. »

J'ai ri, trop fort, à cause du soulagement.

« Je comprends pourquoi. »

Elle a incliné la tête, et son sourire n'a pas changé, mais son sens, oui.

« Vous vous êtes excusée. »

Avez-vous déjà obtenu tout ce que vous espériez, avant de devoir assumer certaines conséquences inattendues ? C'est précisément ce qui m'est arrivé, avec ce meeting aérien. En plus de Nicole Wargin, nous avions aussi l'accord d'Anne Spencer Lindbergh (oui, cette Anne Lindbergh-là), Sabiha Gökçen, pilote de chasse turque pendant la Seconde Guerre mondiale, ainsi que la princesse Dolgoroukaïa, qui avait combattu pendant la Première, avant de fuir la Russie.

J'espérais attirer l'attention du public avec son titre de princesse et de pilote. Betty était aux anges. Cette tête couronnée était une mine d'or, d'un point de vue journalistique.

Et Nicole – que Dieu la bénisse – avait fait jouer ses contacts politiques pour nous sortir une liste d'invités qui nous laissait pantoises. Ou du moins, moi. La femme du vice-président Eglin. Charlie Chaplin. Eleanor Roosevelt.

Voilà comment je me suis retrouvée sur un aérodrome, aux commandes d'un Mustang emprunté, cernée de curieux et d'opérateurs caméra. Très, très nombreux. Et je n'aurais qu'un mot à dire : *merci aux princesses d'exister* – même les princesses d'âge mûr privées de pays. Il s'est trouvé qu'entre l'interview d'une physicienne femme au foyer et celle d'une princesse qui pilote son zinc avec une tiare sur le crâne, les reporters ont choisi la tiare.

Ça me convenait très bien.

Quand mon tour est arrivé, j'étais plus qu'heureuse de m'envoler. Nicole, Betty et moi devions évoluer en formation avec Mlle Peaks et Mlle Braggs, du Kansas City Negro Aeronautics Club. Elles nous avaient fourni les Mustang et, comme Eugene l'avait promis, c'étaient de sacrées bonnes pilotes. Elles avaient même convaincu le Dr Martin Luther King Jr d'assister au spectacle.

Ai-je mentionné la foule immense ?

Nous avons décollé sagement, les unes après les autres, derrière Mlle Peaks, avec une discipline toute militaire. La première partie du show impliquait une simple formation serrée en V, au-dessus de l'aérodrome. Je dis « simple », mais lors de notre second passage au-dessus de la piste, nous avons fait une chandelle verticale à 180 degrés, sans quitter la formation. Après toutes ces années à me traîner dans mon Cessna, piloter un Mustang pleins gaz avec des coéquipières exceptionnelles… une part de moi est revenue à la vie. Une part qui s'était sans doute étiolée, fanée, avant la chute du météore.

Les g me collaient le dos au siège, virage après virage, et les petites turbulences liées aux autres avions si proches de moi rendaient leur présence plus tangible. Ces femmes me faisaient vibrer, comme la vie.

Et les spectateurs dans les gradins, en bas ? Ils auraient pu tout aussi bien dormir, pour ce que ça changeait. Nous les dépassions en rugissant, puis nous virions pour remonter en arc serré, avant de nous disperser.

La deuxième partie, c'était l'idée du sénateur Wargin… Une manœuvre délicate. J'étais très impatiente. Six avions, sans formation apparente, pourtant parfaitement synchronisés. À la radio, Mlle Peaks a lancé : « À mon signal, mesdames. » Tout s'est enchaîné quand elle a égrainé les « Top ». Pure formalité. Nous étions déjà en position. J'ai enfoncé un bouton pour larguer le filet de fumée colorée, en rythme avec les autres. Ensuite, nous avons plongé dans des directions différentes, dépassant les autres selon une chorégraphie complexe, conçue pour éviter les turbulences.

Derrière nous, en fumée rouge sur un ciel d'argent, nous avons écrit le mot *Mars*.

J'ai achevé la dernière barre du M, puis j'ai jeté un coup d'œil derrière moi. Le sol s'étirait au loin, derrière une brume rouge. Je ne lisais pas bien, sous cet angle, mais assez pour constater que nos passages individuels s'étaient tous impeccablement connectés.

Bon sang, nous étions douées.

J'ai reporté mon attention vers l'avant. Un oiseau m'a heurté.

Trois autres se sont écrasés sur le fuselage. Plumes, éclaboussures rouges et bouts de chair m'ont dépassée en un éclair. J'ai dû me pencher au maximum pour voir au-delà du carnage sanguinolent étalé sur ma verrière, mais oui, j'ai réussi à maintenir l'alignement avec mes équipières.

Cette position peu orthodoxe explique sans doute pourquoi je n'ai pas remarqué le niveau anormalement bas de la jauge de liquide de refroidissement. Ni la température du moteur. Ni l'épaisse fumée noire derrière moi, mêlée au rouge.

Sur le moment, je me suis dit que cette collision n'avait pas fait de dégâts. Et puis mes hélices ont toussoté, avant de s'arrêter. Un oiseau avait dû passer dans le radiateur et sectionner un tuyau de refroidissement. Non que l'explication ait une quelconque importance. Je n'avais plus de moteur.

Mon avion pointait vers le haut. Pas de moteur. Aucune portance sur les ailes.

Le sol s'est renversé au premier virage. Début de

vrille. J'ai vécu un bref moment d'apesanteur quand l'avion a décroché. Tout semblait flotter.

Et puis l'appareil est parti en vrille pour de bon.

L'envie de tirer sur le manche était irrésistible, mais ce geste m'aurait tuée. L'avion s'est retourné, j'ai vu le ciel, puis le sol, puis rien d'autre que des champs qui tourbillonnaient sous moi, comme une maquette. Une épaisse fumée noire et rouge a fouetté mon pare-brise, mêlée au sang des oiseaux.

Les g me poussaient sur le côté droit de l'avion, l'air fuyait mes poumons. Vrille droite. J'ai gardé les mains sur le manche, en douceur, avant de pousser les gaz à fond. Ma vision menaçait de s'obscurcir. L'accélération était trop forte, alors que je luttais pour cesser de tournoyer. Manche à gauche toute, à l'opposé de la vrille.

Les muscles de mon bras me brûlaient, maltraités par l'effort. Je me suis accrochée, j'ai poussé encore plus fort. Bon Dieu. Je savais comment sortir d'une vrille – il fallait d'abord reprendre le contrôle de l'appareil. Mon altitude baissait. Le gouvernail a résisté, centimètre par centimètre, mais j'ai fini par le caler à gauche.

La vrille s'est atténuée, mais je plongeais toujours vers le sol. Ma verrière était gluante de sang, obscurcie par les plumes. Je n'avais que mes instruments.

Ils indiquaient une altitude suffisante pour dégager la verrière et sauter, mais bon sang, pas question de me crasher avec un avion qui ne m'appartenait même pas. Pas tant qu'il me restait encore une petite marge de manœuvre. J'ai inspiré de toutes mes forces pour lutter contre les g, puis j'ai tiré sur le manche pour sortir l'appareil du plongeon. L'effet tunnel s'est aggravé alors que j'encaissais au moins 3 g, mais c'était ça ou planter l'avion. Pas. Question. De. Me. Crasher.

J'ai contracté mes jambes et mes abdominaux pour forcer le sang à irriguer mon cerveau alors que l'accélération augmentait. Je n'allais pas m'évanouir. Pas maintenant. J'ai gardé les yeux sur la console, attendant qu'elle m'indique quand je serais enfin de retour à niveau.

Ma vision s'est éclaircie, j'ai inspiré profondément, puis j'ai cherché la piste. Il me fallait encore atterrir, mais ça, c'était facile, malgré ma vision obscurcie. Le Mustang était un sacré bon planeur, et j'avais assez d'altitude pour tourner puis contourner la piste. Je l'ai survolée pour mieux en apprécier l'échelle, puis j'ai viré à 360 pour une autre approche, afin de rejoindre le sol. Et de réduire la vitesse. Mes volets ne servaient plus à rien, à cause du choc avec les oiseaux. Mon approche serait très, très rapide. J'ai regardé à droite, puis à gauche, me servant des trouées dans la bouillie sanglante sur la vitre pour jauger ma position par rapport au sol.

Il a foncé vers moi, mes roues ont touché. La vitesse excessive m'a fait rebondir, nettement plus qu'espéré. J'ai freiné l'appareil, avant de l'amener gentiment en bout de piste, où je me suis arrêtée. Il me faudrait de l'aide pour le ramener au hangar, et qu'un mécano examine son moteur.

Des oiseaux. Seigneur, je détestais les oiseaux. Bon. En vol, je les détestais – même si, pour être honnête, ces foutues bestioles s'en étaient nettement moins bien tirées que moi.

J'ai gloussé sans m'en rendre compte. Foutus oiseaux.

Quel manque de compassion. Mais j'étais vivante.

J'ai fait coulisser ma verrière et je me suis levée alors que mes coéquipières me survolaient en formation. Elles m'avaient laissé assez de champ pour reprendre le contrôle de mon appareil, mais il leur faudrait bientôt atterrir. La piste était dégagée, n'est-ce pas ?

Je me suis retournée.

Le tarmac grouillait de monde. Des cameramen, des reporters, des spectateurs, tout le monde se précipitait vers mon avion. *Tout le monde.* J'ai agité la main depuis le cockpit pour leur signaler que tout allait bien. Je n'avais pas besoin d'aide.

Pas la peine de venir en courant. Pas tous, en tout cas.

La sangle de mon casque me pinçait la gorge. J'arrivais à peine à respirer. Je ne parvenais pas à déboucler ce truc. Mes gants… trop épais. Je n'arrivais même pas à les ôter.

« Madame York ! Madame York ! Ça va ? Qu'est-ce qui s'est passé, là-haut ? Cela faisait partie du show ? Vous avez perdu le contrôle de l'appareil ? Par ici, madame York ! Par ici ! »

Qui parlait ? Il y avait tellement de gens. Si je n'avais pas été dans le cockpit, ils m'auraient piétinée. Tous rassemblés autour de l'avion. Je n'arrivais pas à savoir d'où venaient les voix. Juste une masse de gens, qui criait mon nom, encore et encore.

Un homme est monté sur l'aile, les lèvres collées à son microphone.

« Je me tiens maintenant sur l'aile de l'avion

piloté par Mme Nathaniel York, qui vient tout juste d'échapper à un accident après un problème survenu en plein vol. Madame York, pouvez-vous nous dire ce qui s'est passé ? »

De l'autre côté du fuselage, un opérateur installait une caméra sur un trépied. Juste devant lui, un autre homme me faisait des grands gestes.

Ils ne m'avaient même pas laissée sortir du cockpit. J'ai arraché mes gants en secouant les mains.

« Laissez-moi descendre, s'il vous plaît.

— La pauvre ! Elle tremble. »

Autour de nous, d'autres personnes ont crié mon nom.

L'homme sur l'aile m'a tendu son microphone.

« Comment vous sentez-vous ? »

Je me suis écartée de lui, à l'opposé du cockpit. J'ai sauté, puis je me suis laissée glisser le long de l'aile. Comme une idiote, j'ai atterri à côté du reporter de la télévision.

« Oh ! La voilà. Madame York, ce genre d'incident doit être terrifiant. Vous avez de la chance d'être en vie.

— De la chance ? »

Il croyait que la vrille m'avait terrorisée. Ils croyaient tous que je tremblais à cause de ça. J'ai posé la main sur l'aile, pour reprendre contenance.

« J'ai survécu grâce à mon entraînement de pilote, pendant la guerre.

— Bien sûr, bien sûr, mais ça reste très effrayant.

— Pas vraiment. Les oiseaux m'ont surprise, bien sûr, mais c'est le genre de surprise qui justifie notre entraînement rigoureux, dans les WASP. » J'ai désigné le ciel, où mes coéquipières tournaient toujours. Si seulement je parvenais à éloigner l'attention de moi aussi facilement qu'elles volaient. « N'importe quelle femme de notre équipe aurait géré cette vrille de la même manière. C'est même plus facile pour nous que pour les hommes, dans ces circonstances. Nos corps ne sont pas soumis aux mêmes contraintes en cas de vrille.

— Et que ressentiez-vous, dans cette spirale mortelle ?

— Eh bien… en fait, la spirale mortelle, c'est un autre type de vrille. » J'ai essayé de produire ce sourire poli que Nicole distribuait avec tant d'efficacité. « Mais quand on est en plein milieu d'une vrille, si on est bien entraîné, on procède par étapes, une chose après l'autre. La panique, je la garde pour après, quand je m'adresse aux reporters. »

Ce qui a fait rire la foule. J'ai laissé ma main sur l'aile chaude de mon avion. Il m'avait gardé en vie, malgré ces foutus oiseaux.

« C'est l'un des avantages des futures missions lunaires et martiennes. Les pilotes n'auront pas à s'inquiéter d'une éventuelle collision avec des oiseaux. »

Encore des rires.

« J'espère que le public appréciera la suite du spectacle, tout en réfléchissant à la place des femmes dans les missions spatiales. Si nous voulons établir des colonies… il faudra envoyer des femmes dans l'espace.

— C'est intéressant ce que vous dites. Expliquez-nous pourquoi ?

— Oh, très cher, je ne vais quand même pas vous expliquer comment on fait des bébés à la télévision. »

Dans la foule, j'ai aperçu Nathaniel. Je ne l'ai pas vraiment « vu », il se frayait un chemin vers moi. Je l'ai senti, j'ai mesuré son angoisse alors qu'il fendait la foule. « Et maintenant, si vous voulez bien m'excuser, il faut que je rassure mon mari. »

La foule a ri encore plus fort. J'ai dit ça sans aucun sous-entendu, déjà certaine qu'il me faudrait pas mal de temps avant de « rassurer » Nathaniel.

Tête basse, j'ai fendu la foule, concentrée sur le tarmac. Des chaussures d'hommes, des talons de femmes, des pantalons gris, des bas couture, des mains – des mains me touchant les épaules, le bras, le dos alors que tous ces gens prononçaient mon nom.

« Madame York ! »

Et puis, enfin : « Elma ! »

L'étreinte de Nathaniel a formé un bouclier autour de moi. Je voulais me perdre entre ses bras, mais je me suis servie de lui pour me redresser. Les gens nous regardaient, et je ne pouvais pas disparaître. Les gens nous regardaient. Cette idée ne m'aidait pas du tout. J'avais peine à respirer.

Mais mon mari était là, avec moi. J'ai levé la tête, en quête de ses yeux comme fil d'Ariane. Un rideau de larmes voilait leur teinte bleu cristal, leurs bords étaient soulignés de rouge. Dans mon dos, les mains de Nathaniel tremblaient.

J'ai posé une main sur sa joue.

« Tout va bien, mon amour. Je vais très bien. C'était juste une vrille.

— Les vrilles entraînent la mort du pilote dans trente pour cent des cas. »

Il m'a serrée plus fort, collant sa joue à la mienne.

« Bon Dieu, ne pars plus jamais en vrille. »

J'ignore d'où est venu mon rire. Parce que j'avais survécu ? Parce que la panique et l'hystérie sont les deux faces d'une même pièce ? Parce qu'il m'aimait tellement qu'il lui fallait des statistiques pour l'exprimer ? « Bon, maintenant, révise tes données. Je ne suis pas morte. »

Ça l'a fait rire, il m'a soulevée. La foule s'est écartée de nous alors qu'il me hissait dans ses bras.

C'est la photo qu'ils ont choisie dans le *National Times*. D'abord mon avion, incontrôlable. Et à côté, une photo de moi, tout sourire, dans les bras de mon mari, cernée par une foule d'inconnus.

Il n'y a pas d'autres photos de moi. Dès que nous avons pu quitter la piste, je me suis enfermée aux toilettes. À chaque fois que je croyais reprendre contenance, j'entendais la voix d'un reporter et tout redevenait insupportable. Alors, j'ai attendu jusqu'à la fin du meeting, jusqu'à ce que mon estomac soit vide. Au bout d'un long moment, Nathaniel a frappé à la porte, inquiet. Je ne pouvais pas l'ignorer.

J'aurais dû craindre le crash, mais non, je craignais les reporters.

Et j'avais honte d'être si faible.

15

UNE FEMME PILOTE IMPRESSIONNE LA FOULE PENDANT UN MEETING AÉRIEN

Par Elizabeth RALLS
Correspondante, THE NATIONAL TIMES

KANSAS CITY, Kansas, 27 mai 1956. Hier, des centaines d'amateurs ont afflué à l'aérodrome municipal pour assister au premier meeting aérien international de femmes pilotes. Les spectateurs ont particulièrement apprécié le spectacle offert par la princesse Dolgoroukaïa, une ancienne citoyenne russe, qui a enchaîné plusieurs loopings à bord de son vieux biplan.

L'odeur d'ail et de gingembre qui embaumait la cuisine d'Helen m'a fait saliver. Assignée aux cocktails, je préparais une nouvelle tournée de martinis pour tout le monde. Mes collègues pilotes occupaient tous les sièges disponibles, certaines s'appuyaient aux portes, ou – Betty, par exemple – avaient pris place sur le plan de travail.

Elle tenait un journal d'une main et un verre de martini presque vide de l'autre. « Je cite : "Ces femmes pilotes ont fait la démonstration de leur admirable talent, enthousiasmant la foule. Elles ont effectué d'impressionnantes figures – dont la précision toute militaire de leur vol en formation est le plus parfait exemple – sous la conduite de Mlle Ida Peaks, résidente de Kansas City." »

Ida était assise au coin de la table, à côté d'Imogene. En face d'elles, Pearl – qui avait déniché une baby-sitter pour ses triplés – ne cessait de ciller en regardant l'assemblée, comme sidérée de ne pas être rentrée chez elle avant le coucher du soleil. Nous avions même réussi à faire en sorte que Sabiha Gökçen nous rejoigne juste avant de rentrer en Turquie. Quant à la princesse, elle avait été « au regret de décliner notre aimable invitation ».

« "Le passage le plus stupéfiant du spectacle fut quand Mme Nathaniel York"...

— Pourquoi ils n'écrivent pas ton prénom ? »

Helen regardait la grosse marmite de légumes qu'elle touillait d'un air blasé.

« C'est une convention. » J'ai versé une dose de vermouth dans la carafe de gin. « Et l'idée d'être mariée à Nathaniel me plaît bien.

— Attends que Dennis te demande de l'épouser », est intervenue Betty en tendant le journal vers Helen. « On t'appellera Mme Dennis Chien.

— Attends... quoi ? » J'ai délaissé les martinis. « Tu as un prétendant ? »

Helen m'a dévisagée, sans lâcher la cuillère, formant silencieusement le mot avec ses lèvres.

« P.R.É.T.E.N.D.A.N.T, a expliqué Pearl. Ça veut

dire petit ami. Et pourquoi on n'est pas au courant ? »

Helen a levé les yeux au ciel, avant de reporter son attention sur la marmite.

« Il est chinois, mais ça ne veut pas dire qu'on sort ensemble. »

J'ai cligné des yeux.

« Attends. Dennis… Dennis Chien ? De l'ingénierie ? Il est doux comme un agneau.

— Nous. Ne. Sortons. Pas. Ensemble. » Helen a pivoté en pointant la cuillère dégoulinante sur Betty. « Toi. Continue à lire ton article.

— À vos ordres, madame. » Betty a éclusé les ultimes gouttes de son verre avant de reprendre le journal. « "Le passage le plus stupéfiant du spectacle fut quand Mme Nathaniel York a heurté une volée d'oies sauvages, ce qui a entraîné une avarie du moteur." »

J'ai souri à Imogene.

« Je suis toujours navrée pour ça.

— Oui. J'oublie toujours que c'est de ta faute, si ces oies volaient dans le coin. » Elle a secoué la tête. « Et tu as payé les réparations, donc… chuuuut. »

Helen a ricané.

« Bon courage pour ne pas la faire culpabiliser, celle-là.

— Je suis juive », ai-je dit en levant la main. C'était aussi pour ça que j'avais insisté pour payer le mécano, avec Nathaniel. Je ne voulais pas qu'on nous prenne pour des radins. « Et du Sud, en plus. La culpabilité fait partie de mon ADN.

— Essaie le catholicisme, la prochaine fois, a lancé Helen, devant son four.

— D'accord. » Pearl a hoché la tête. « Moi je me sens coupable en restant assise ici.

— Le truc, c'est que… » Betty a agité le journal au-dessus de sa tête. « Mon article a été repris par l'Associated Press, ce qui signifie qu'on l'a diffusé dans tous les journaux importants. Des millions de gens l'ont lu. Maintenant, il faut qu'on parle de notre prochain gros coup. »

Sabiha Gökçen a levé la main.

« Un autre meeting ? C'est populaire, non ?

— On pourrait faire ça dans une autre ville, a proposé Ida. Chicago, Atlanta ? »

J'ai acquiescé, avant d'ajouter la glace pilée dans la carafe de martini.

« Ou Seattle. Nathaniel était en pourparlers avec Boeing concernant leur ravitailleur KC-135. Et, non, non, ils ne nous laisseront pas le piloter, mais même… » Si Boeing nous prêtait l'un de leurs premiers modèles de production pour l'exposer au sol, à l'aérodrome, ça attirerait beaucoup l'attention. « Il y a forcément de bonnes pilotes, là-bas. Ce serait intéressant de les rencontrer. »

Betty a secoué la tête.

« Ceux qui décident sont ici, à la capitale. Il faut faire quelque chose ici. Pourquoi pas un meeting aérien télévisé ? En direct. »

J'ai manqué faire tomber le seau à glace. Affronter la meute des reporters avait été une expérience terrible, et nous n'étions même pas en direct. Être diffusées dans tout le pays ? Non, merci.

« Ooooh ! » Pearl a battu des mains. « Pourquoi pas le Dinah Shore Show ? Elle a parfois des invités.

— Et elle est juive. » Betty s'est penchée au-dessus du plan de travail, son regard braqué sur moi. « Qu'en penses-tu, madame Nathaniel York ? J'essaie de voir si je peux t'envoyer là-bas ?

— C'est ça oui, et je pourrais chanter, en plus. » Je n'ai pas relevé le cliché selon lequel tous les Juifs se connaissaient, préférant me concentrer sur le pichet glacé, comme si ma vie en dépendait. La condensation recouvrait déjà les parois, alors que le gin refroidissait. « Franchement, un meeting aérien, c'est bien assez pour moi. Pourquoi pas Ida ?

— J'espère que tu ne sous-entends pas que je sais chanter parce que je suis noire…

— L'article précise bien que c'est toi qui conduisais la formation.

— Dinah Shore n'a jamais invité de Noirs, si ? »

J'ai sorti la cuillère du pichet.

« Pour l'instant, l'urgence est ailleurs… qui veut un autre martini ? »

Tout le monde. Quant à moi, oui, un double.

Quand nous avons repris le travail, nous nous sommes concentrés sur la prochaine étape : la Lune. Je planchais sur toute une série de calculs pour un rendez-vous orbital. En théorie, les astronautes pouvaient demander l'aide des calculatrices, sur Terre, mais il y aurait forcément des moments où ils seraient hors de portée radio. Il nous fallait trouver un moyen de permettre à l'équipage d'y travailler sans nous. Si l'IBM avait été plus petit – ou plus fiable –, nous aurions pu l'envisager, mais ça ne dispensait pas pour autant les astronautes de faire des calculs préliminaires.

Une ombre s'est abattue sur mon bureau. Mme Rogers, la directrice du département calcul, fronçait les sourcils. Un chignon ramenait en arrière ses cheveux gris acier, la rendant plus sévère qu'elle n'était.

« Elma ? Un appel pour vous. Dans mon bureau. »

Un appel ? Au travail ? J'ai passé en revue les gens susceptibles de m'appeler au bureau. Seulement deux. Nathaniel, de l'autre côté du couloir. Et Hershel. Mon estomac s'est retourné. J'ai repoussé ma chaise en déglutissant.

« Merci, madame Rogers. »

En face de notre bureau partagé, Basira a levé les yeux vers moi.

« Tout va bien ? »

J'ai haussé les épaules pour chasser mes inquiétudes.

« Je te dis ça dans une minute. »

La saison des ouragans était-elle particulièrement violente ? L'un des enfants était-il souffrant ? Était-ce sa femme ? Ou bien… Seigneur… et si Doris m'appelait pour m'avertir qu'il était arrivé quelque chose à Hershel ? Sa polio pouvait s'aggraver. Et s'il était tombé, s'il s'était blessé ?

En m'essuyant la bouche, j'ai suivi Mme Rogers dans son bureau. Elle m'a fait signe d'entrer. Le téléphone était sur le bureau. Elle s'est arrêtée sur le seuil.

« Je vous laisse tranquille, mais faites en sorte que ça ne prenne pas trop longtemps, hmm ?

— Bien sûr. »

Je suis entrée, me souvenant un peu tard de dire « merci ».

J'ai inspiré un grand coup, avant de m'essuyer les paumes sur ma jupe, puis j'ai pris le combiné.

« Elma York à l'appareil. »

Une voix masculine m'a répondu. Inconnue.

« Navré de vous déranger au travail. Ici Don Herbert. »

Don Herbert ? Ce nom m'était vaguement familier, mais je n'arrivais pas à le situer. En l'absence d'autres indices, j'ai appliqué les leçons prodiguées par ma mère.

« Comment allez-vous ? »

Il a gloussé. J'ai prié pour que ça ne complique pas plus la situation.

« Bien, merci. Et vous-même ?

— Très bien, merci. »

J'ai joué avec le cordon du téléphone en attendant la suite.

« Je ne m'attendais pas à ce que vous vous souveniez de moi, mais nous nous sommes croisés une ou deux fois, pendant la guerre. Vous avez convoyé plusieurs bombardiers pour moi. J'étais dans la 767e escadrille de bombardiers, en Italie.

— Oh ! Capitaine Herbert. Mais oui. Oui, je me souviens de vous. »

Quand il disait « nous nous sommes croisés une ou deux fois », il oubliait de mentionner qu'il avait puni plusieurs pilotes de chasse qui nous avaient sifflées, ma copilote et moi. Quel que soit le motif de son appel, ça n'avait rien à voir avec mon frère. Je me suis permis de m'asseoir.

« Que puis-je faire pour vous ?

— Eh bien… c'est amusant. J'ai changé de métier, après la guerre, et j'ai lu un article sur vous, dans le journal. Cette vrille dont vous vous êtes tirée, et puis toute cette histoire d'astronautes, et… vous avez entendu parler de l'émission *Watch Mr. Wizard*?

— Je… » Cette conversation prenait un tour tout à fait inattendu. Un court instant, j'ai cru qu'il me proposait de devenir astronaute, même si je savais bien qu'une telle proposition ne pouvait venir que du directeur Clemons. « Oui. Oui, en effet. Ma nièce adore, mais j'avoue ne l'avoir jamais vue.

— Ce n'est pas grave.

— C'est juste que… nous n'avons pas la télévision. »

Il a ri.

« Aucun problème. Vraiment. En gros, j'y mène des expériences scientifiques, mais à un niveau tellement inférieur au vôtre… vous en pleureriez.

— Attendez. Mr. Wizard, c'est vous ?

— Je vous l'ai dit, je me suis reconverti. » Son rire n'avait pas changé, et j'ai soudain regretté de n'avoir jamais vu cette émission. J'aurais aimé savoir à quoi elle ressemblait. « En fait, la fille de mon producteur vous a vue à la télévision, quand vous sortiez de cette vrille. Elle a décidé qu'elle voulait devenir pilote, comme vous.

— C'est… c'est très flatteur.

— Du coup, on en a discuté. Je me demandais si ça vous plairait de passer dans mon émission. »

J'ai raccroché le téléphone et je me suis écartée du bureau si vite que j'ai failli renverser mon siège. Une pellicule de sueur m'a aussitôt couvert le dos. Mes aisselles ont picoté. Était-ce une réaction raisonnable et rationnelle ? Non, pas du tout. Mais passer à la télévision ? Passer *en direct* à la télévision nationale ?

Non. Non. Impossible. Tous ces gens qui risquaient de me regarder. Qu'arriverait-il si je commettais une bévue, ce que je ferais à tous les coups ? Qu'est-ce que les gens penseraient ?

Le téléphone a sonné, j'ai sursauté comme si un moteur de fusée venait d'exploser. Je crois même avoir crié. Ma main s'est appuyée contre ma poitrine. Sous mes doigts, mon cœur battait deux fois plus vite. Le téléphone a sonné à nouveau.

Je pouvais trouver une excuse rationnelle. Pas évident, mais je pouvais toujours faire semblant. J'ai répondu en m'humectant les lèvres.

« Bureau de Mme Rogers. Elma York à l'appareil.

— Ici Don Herbert. Désolé. Je crois qu'on a été coupés.

— Oui… je… je me demandais ce qui s'était passé. » Menteuse. J'ai fermé les yeux et je me suis penchée en avant pour poser mes deux coudes sur le bureau. « Vous disiez ?

— Que nous aimerions vous avoir dans notre émission. Je pensais parler physique aéronautique… peut-être une courte expérience sur la portance ? C'est un format vraiment très simple.

— J'aimerais beaucoup, mais nous sommes très occupés… nous préparons le prochain lancement. Je ne sais absolument pas quand j'aurai une journée de repos.

— On se débrouillera en fonction de votre emploi du temps.

— C'est très aimable, mais… je peux vous suggérer une autre femme pilote, peut-être ? »

Betty serait exceptionnelle.

« Oui, bien sûr… c'est juste que… eh bien, la fille de mon producteur insiste pour que ce soit vous. Je n'ai pas besoin d'une réponse tout de suite, mais réfléchissez-y, vous voulez bien ?

— Bien entendu, j'y réfléchirai. »

Je trouverais bien un moyen de refuser, oui.

Les deux semaines suivantes ont été entièrement consacrées au travail, pour ne pas changer. Je n'ai pas eu beaucoup à mentir quand Don a rappelé, juste pour savoir si j'avais des questions. J'ai prétendu être trop occupée pour discuter – le lancement, le destin de l'humanité, tout ça –, mais il m'a donné son numéro personnel pour le rappeler. Ce que je n'ai pas fait. Et puis la vie a continué, en dehors de l'IAC.

Une fois, après notre journée de travail, Myrtle et moi avons sauté du tramway près de l'Amish Market. Il était à mi-chemin de nos appartements respectifs, et j'aimais bien les propriétaires. Nettement plus que ceux du petit supermarché, près de chez nous.

« Tu crois qu'il va rester combien de temps à son bureau ? »

Myrtle a sauté par-dessus une flaque pour atteindre le trottoir.

« Assez longtemps pour que je fasse des biscuits et que je revienne le chercher ? »

Sur le trottoir, près de l'arrêt, un sans-abri était assis. Une petite fille s'appuyait contre lui, serrant un bout de couverture. J'ai dévié vers eux pour déposer un dollar dans leur coupelle. On pouvait trouver ça extravagant pour une tsedaka, mais Nathaniel et moi aurions pu être à leur place.

Myrtle m'a suivie, et j'ai entendu le cliquetis de ses propres pièces dans la coupelle, juste avant qu'elle me rejoigne.

« Comme ça, on a un peu le temps de discuter. »

J'ai ouvert la porte du magasin.

« Ah non, tu ne vas pas t'y mettre toi aussi.

— Quoi ? » Elle a écarquillé les yeux, d'un air innocent. « Je me disais qu'on pourrait passer la soirée entre filles. Eugene est d'astreinte à la base Edwards, je suis un peu esseulée.

— Hmm… » J'ai attrapé un panier en faisant un signe de tête à M. Yoder, le patron de l'Amish Market. Malgré son grand chapeau de paille, son costume sombre me rappelait toujours les Juifs hassidiques de D.C. Des familles entières anéanties par le météore. J'ai fouillé dans mon portefeuille pour en tirer mon carnet de rationnement. « Mince, je n'ai plus de tickets pour la viande.

— Tu devrais passer à *Mr. Wizard.* »

Elle a pris une botte de radis et l'a mise dans son panier.

La simple mention de cette émission a accéléré mon rythme cardiaque. Jamais je n'aurais dû en parler aux filles du département calcul. Sur le moment, j'avais cru que ça les ferait rire. Je ne m'attendais pas à ce qu'elles m'incitent à m'y rendre. Rétrospectivement, quelle idée stupide j'avais eue.

« Tu balances ça comme ça, directement, sans essayer de noyer le poisson ? »

Les salades avaient l'air bien, mais nous avions un petit potager sur le balcon de notre appartement. Je n'avais pas tenu compte de l'orientation de l'issue de secours extérieure, quand nous avions loué l'endroit, mais nous avions eu de la chance. Tant que l'un de nous pensait à arroser les jardinières, évidemment.

« On peut toujours essayer. Soirée filles, non ? Bon… »

Elle a soupesé une grappe de raisin, puis l'a remise à sa place en soupirant, rebutée par le prix.

« Je ne sais pas… » Comment lui expliquer que j'avais paniqué ? D'une façon claire et sensée pour elle – ou pour tout le monde –, vraiment ? Même pour moi. « Ce sont des tomates ? »

Nichée parmi les légumes verts, j'ai repéré une cagette d'orbes vert pâle, à peine teintés de rose. Cela faisait bien longtemps qu'il ne faisait plus assez chaud pour cultiver des tomates. Oh, bien sûr, on avait installé des serres plus au sud, mais le temps qu'elles arrivent à Kansas City, elles étaient toujours molles, insipides.

Derrière moi, M. Yoder a lancé : « On a eu un arrivage aujourd'hui, mais c'est vite parti.

— Ça ira. » J'en ai pris trois en souriant à Myrtle. « Viens chez moi. Je te ferai des tomates vertes grillées. Et toi, tu feras des martinis tout en essayant de me convaincre de passer à *Mr. Wizard.* »

16

LE PENDJAB FACE À UNE PÉNURIE ALIMENTAIRE

Correspondant, THE NATIONAL TIMES

KARACHI, Pakistan, 26 juin 1956. Mian Mumtaz Daultauna, gouverneur du Pendjab, grenier du Pakistan, a averti l'Assemblée législative que sa province risquait une importante pénurie alimentaire dès l'année prochaine si l'hiver lié à la chute du météore se prolongeait.

Je déteste vomir – c'était la deuxième fois, aujourd'hui. Un arrière-goût âcre de café persistait toujours dans ma gorge.

Bon sang. Il faudrait encore retoucher mon maquillage. Ces filles s'étaient déjà donné beaucoup de mal pour me rendre présentable face aux caméras de télévision. Ce qui me met vraiment en colère quand mon corps me trahit comme ça – et j'essaie de me concentrer sur cette colère –, c'est que la foule ne m'a pas *toujours* terrifiée.

Mais je ne parviens pas à chasser mes souvenirs de fac, quand tous ces étudiants me regardaient. Les moqueries. Les blagues. La… la haine. De tête, je résolvais des problèmes qu'ils ne parvenaient même pas à poser sur le papier. Et les professeurs, qu'ils aillent au diable, continuaient à me mettre en avant, chaque fois, alors que je ne souhaitais qu'une chose : partir me cacher…

Et j'étais aussi la fille de mon père.

Il croyait tellement en moi que je n'avais pas le droit de le décevoir. Je devais au moins essayer. Et je continuais à vouloir que mon père soit fier de moi – même si ma mère et lui étaient morts depuis quatre ans.

J'avais donc appris à vomir en toute discrétion. Et je détestais toujours autant ça.

Quelqu'un a frappé à la porte de la loge.

« Madame York ? »

Je me suis agrippée à la cuvette, mon estomac s'est à nouveau retourné. J'ai pris une feuille de papier toilette en ravalant ma nausée.

« Une minute. »

Il m'a fallu quelques secondes pour me rincer le visage et me remettre une couche de rouge à lèvres. Juste devant la porte, j'ai pincé mes joues pour leur redonner un peu d'éclat. Mes mains tremblaient toujours, mais si je les gardais contre mes cuisses, personne ne remarquerait rien.

À la fac, j'avais tenté de fumer pour me donner une contenance, mais cela ne faisait qu'empirer les tremblements, et les cigarettes avaient un goût de fusée propulsée au fumier.

« Navrée de vous avoir fait attendre. »

Ma voix semblait presque normale, pour quelqu'un qui ne me connaîtrait pas. Telle quelle, basse, tout en expiration, ça me donnait des airs de Marilyn Monroe.

L'assistant a souri par-dessus sa planchette à pince.

« Aucun problème, madame York. »

Mais il m'a poussée vers un couloir à un rythme soutenu, droit vers le studio. Mon estomac a gémi.

3,1415926535897932384…

Heureusement, *Watch Mr. Wizard* était une émission pour les enfants. Il n'y aurait pas tant de téléspectateurs. Quatre-vingt-onze chaînes. À peine deux millions de personnes.

Ou plus ?

Pourquoi ces studios flambant neufs étaient-ils si mal climatisés ?

2, 3, 5, 7, 11, 13, 17, 19, 23, 29, 31, 37, 41…

La scène était violemment éclairée. On m'avait rapidement fait visiter les lieux, un peu plus tôt, et l'assistant m'entraînait maintenant vers le faux porche arrière de la maison de Mr. Wizard. *43, 47, 53, 59, 61, 67, 71…* Ce serait une simple conversation avec un homme que j'avais connu pendant la guerre. Si je ne le considérais pas comme Mr. Wizard, si je parvenais à m'en souvenir en tant que capitaine Don Herbert, tout irait bien. Je n'avais qu'à lui parler. Seulement à lui.

Derrière la porte, quelqu'un a murmuré : « Antenne dans cinq, quatre, trois… »

« Nous avons le direct. »

« Direct confirmé. »

J'ai appuyé la main sur mon ventre, concentrée sur

ma respiration. Don était un type bien, il n'y aurait aucun spectateur en chair et en os. Bon Dieu, pourquoi avais-je accepté ?

L'assistant – il avait un nom, j'aurais dû me souvenir de son nom – a brandi sa planchette, hochant la tête en direction de la scène. C'était à moi.

De l'autre côté du mur, Don parlait aux caméras, il attendait que je franchisse la porte, je n'avais qu'à l'ouvrir. La poignée était là, juste là. *Reprends-toi, Elma. Si ton père te voyait, toute tremblante, dans le noir…*

L'assistant a réglé la question en frappant.

De l'autre côté du faux mur, Don a lancé : « Entrez. »

La voix de ma mère a résonné dans ma tête. *Redresse-toi. La tête haute. Tu es une jeune femme, pas un chameau.*

Bien droite, la tête haute, j'ai ouvert la porte et j'ai gagné la scène. Don se tenait près d'un plan de travail de cuisine, en manches de chemise. Une jeune fille d'à peine dix ans était à côté de lui, vêtue d'une jupe rouge cerise et d'un joli cardigan rose. Ses cheveux bruns très brillants étaient coiffés et lissés. Gamine, avec une telle coupe, je n'aurais pas tenu plus de cinq minutes.

Don brandissait une maquette d'avion à mon arrivée.

« Eh bien, qui avons-nous là ? » Il a reposé la maquette sur le plan de travail, puis s'est tourné vers la petite fille. « Rita, je te présente mon amie Elma York.

— Comment allez-vous, madame York ? »

Don a levé un doigt.

« Tu sais… tu devrais l'appeler Dr York. Elle est docteure, mais pas au sens médical.

— Oh ? Vraiment ? »

Mes yeux me piquaient un peu. Il ne m'avait pas dit qu'il commencerait par ça.

« C'est exact… oui, j'ai un doctorat en physique et en mathématiques. De l'université de Stanford. Mais la plupart des gens m'appellent simplement madame York.

— Eh bien, aujourd'hui, vous serez le docteur York. J'ai besoin de vos lumières en physique, sachez-le. » Don a repris la maquette d'avion. « J'étais justement en train d'expliquer les grands principes aérodynamiques à Rita.

— Je serais ravie de vous aider. »

Au moment où j'atteignais la marque qu'on avait tracée à la craie par terre, Mr. Wizard s'est à nouveau tourné vers Rita.

« Tu sais, le Dr York est également pilote d'avion… »

Rita a souri comme une actrice professionnelle.

« Génial ! C'est la personne idéale pour m'aider à comprendre comment volent les avions, alors.

— Et aussi les fusées. » Mr. Wizard a souri. « Mais on en reparlera un peu plus tard. Pour l'instant, intéressons-nous à l'aile de cet avion. »

Nathaniel tenait ma valise d'une main alors que nous remontions vers notre appartement. Il l'a écartée quand nous avons croisé la petite blonde du 3B. Elle descendait les escaliers en talons hauts, avec un rouge à lèvres vif. Une soirée en perspective, manifestement. Elle m'a lancé un grand sourire en m'apercevant.

« Je vous ai vue à la télé, hier soir !

— Oh. Ahem… » Je me suis agrippée à la balustrade et j'ai même réussi à vaguement sourire. « Et… euh… ça ne vous a pas trop déplu ?

— Je ne savais pas que vous étiez si intelligente ! » Ses dents de devant étaient tachées par le tabac. Grand Dieu, comment pouvait-elle se permettre à la fois le tabac et le loyer ?

« Euh… merci. »

Nathaniel a reculé d'un pas vers moi.

« Je la ramène chez nous. Elle arrive tout juste de Chicago.

— Chicago ! Ça devait être quelque chose ! »

Je l'ai contournée.

« Oh, j'ai à peine aperçu la ville. On m'a directement emmenée au studio de télévision – et après, à la maison. »

L'air ravi, elle a pivoté sur les marches sans me quitter des yeux, tout en tapant dans ses mains.

« Dire que je connais quelqu'un qui passe à la télé ! »

Me connaître, moi ? On habitait sur le même palier, mais je ne savais même pas son nom. On se croisait dans les escaliers, de temps en temps.

« J'arrive à peine à y croire moi-même.

— C'était comment ? »

Elle a remonté une marche pour me suivre. Nathaniel a posé la main sur mon bras, m'attirant vers lui.

« Bon, mesdames, je ne doute pas que vous puissiez en parler toute la soirée, mais ça fait deux jours que je n'ai pas vu ma femme. On en reparle plus tard ?

— Oh, bien sûr. » La blonde a gloussé. « Ce serait génial. Bonne soirée ! »

Après un « bonne soirée » de notre part, nous avons filé vers notre palier. Nathaniel a regardé par-dessus son épaule, avant de lever les yeux au ciel.

« Avais-je raison de croire qu'il fallait que tu t'échappes ?

— Seigneur, oui. » J'ai répondu à voix basse, parce que nos voix risquaient de résonner dans la cage d'escalier. « Tu sais comment elle s'appelle, au moins ? »

Il a secoué la tête.

« J'espérais que toi, tu saurais. On jettera un coup d'œil sur sa boîte aux lettres, demain. Ou ce soir… tu m'as beaucoup manqué.

— Toi aussi. » Je me suis penchée vers lui pour l'embrasser sur la joue, alors qu'il cherchait ses clés. « Comment me faire pardonner d'être partie ?

— Hmm… » Il a tourné la clé dans la serrure, puis il a poussé la porte. « Je réfléchissais plutôt au meilleur moyen de te garder à la maison.

— À peine deux jours, hein. Tu ne peux pas… » Le téléphone a sonné. « Zut. »

Nathaniel a allumé l'interrupteur. Il a émis un clic. La pièce est restée noire.

« Désolé… l'ampoule a dû griller… »

Le téléphone sonnait toujours, de l'autre côté de la pièce.

« Ne t'en fais pas. »

J'ai traversé l'appartement, qui n'était pas si sombre, avec la lumière du couloir et l'éclairage urbain, dehors. Un trait de lumière orange – vapeur de sodium – tombait sur le téléphone.

« Vous êtes bien chez les York. Elma York à l'appareil.

— Puis-je parler au célèbre Dr Elma York ? »

Le rire de mon frère a fait apparaître son visage dans le noir. Les coins de ses yeux se plissaient toujours, quand il souriait.

« Oh, arrête. Personne ne m'appelle comme ça.

— À part Mr. Wizard. Elma, tu as été super. »

Ravie, j'ai enroulé le cordon du téléphone autour de ma main en m'installant sur le canapé.

« Un compliment ? Tu te ramollis. L'âge, sans doute.

— Eh bien, je ferais mieux de me mettre à la page. Regarde-toi. Les articles de journaux, je trouvais déjà ça génial, mais la télévision ? Doris me dit que tu es aussi passée dans – c'était quoi ? » Sa femme a répondu quelque chose, derrière. « *Women's Day*. Maman et papa seraient tellement fiers de toi. »

Je me suis essuyé les yeux du dos de la main.

« Eh bien, j'ai vomi partout sur la scène.

— Personne n'a rien vu. » Il a marqué un temps d'arrêt, là, comme s'il voulait me demander quelque chose, mais il a enchaîné. « Tu étais super, vraiment super. Et ton fan-club commence dès maintenant. D'ailleurs, à ce sujet… j'ai là une fan qui voudrait bien te parler. »

Le téléphone a grésillé alors qu'il le passait à quelqu'un. Nathaniel fouillait le tiroir à outils, toujours dans le noir. J'ai tendu la main vers la lampe, de l'autre côté du canapé.

« Salut, tante Elma »

La voix radieuse de ma nièce a résonné dans le récepteur.

« Rachel ? Comment va ma nièce préférée ? » J'ai tiré sur la chaîne de la lampe, mais l'ampoule est restée éteinte. Comme une idiote, j'ai essayé à nouveau. « Attends une seconde, ma chérie. Nathaniel ? Ça doit être le disjoncteur.

— Ouais. J'essaie de trouver une lampe de poche.

— Oh… désolée. Elle est à l'aérodrome. Les bougies de shabbat sont dans le tiroir du bas. » J'ai reporté mon attention sur le téléphone. « Pardon, Rachel, j'ai dû aider oncle Nathaniel à trouver quelque chose.

— Il était gentil, Mr. Wizard ?

— Il était très gentil, ma chérie. Tu as regardé l'émission en entier ?

— Je regarde toujours Mr. Wizard, même quand tu n'y es pas. Mais je te préfère toi à lui. »

J'ai ri, repliant mes jambes sous moi, sur le canapé. Nathaniel a allumé une bougie, apportant un peu de clarté dans notre minuscule studio. J'ai levé le pouce à son intention, ce qui l'a fait sourire.

« Eh bien, moi au moins, tu me connais.

— C'est pas ça. Avant, je voulais être scientifique comme lui, mais maintenant, je veux être astronaute comme toi.

— Je… mais je ne suis pas astronaute. » Je me suis creusé la cervelle, luttant pour me rappeler ce que j'avais bien pu dire dans cette émission. « Je suis pilote d'avion, c'est tout.

— Mais tu *veux* devenir astronaute. Et tu es docteur. Et papa dit que tu es super intelligente et que tu peux faire tout ce que tu veux et que tu seras astronaute un jour, alors moi aussi, je veux être astronaute. »

Coller ma main sur ma bouche ne m'a pas empêchée de pleurer.

« Ton papa en raconte, des trucs. Vouloir quelque chose, parfois, ça ne suffit pas.

— Ah, mais ça, je sais. » L'aplomb d'une gamine de neuf ans. « Il faut aussi travailler dur. Qu'est-ce que je dois faire pour devenir astronaute ?

— Des choses… que tu risques de ne pas beaucoup aimer. Comme… bien manger tes légumes pour être en pleine forme, forte. Et faire tous tes devoirs de mathématiques.

— Papa dit la même chose. »

J'ai ri.

« C'est toi qui disais que tu voulais devenir astronaute.

— Ben oui, je veux.

— Et moi aussi. »

La petite fille dans l'émission avait déclaré qu'elle voulait devenir astronaute, elle aussi. Je pensais que ça faisait partie du scénario, mais elle l'avait répété une fois le tournage terminé. Sur le moment, j'étais trop soulagée pour lui répondre sérieusement, mais maintenant, je regrettais de ne pas l'avoir fait.

« Donc, fais une liste de toutes les choses que tu dois apprendre, et ensuite tu te mets au travail, d'accord ? Un jour, toi et moi, on ira sur Mars ensemble.

— Vraiment ? » Sa voix s'est éloignée, un tissu a frotté contre le téléphone. « Tante Elma dit qu'on ira sur Mars ensemble. »

J'ai entendu le rire d'Hershel, puis sa voix est revenue dans le combiné.

« Merci beaucoup. Maintenant, je vais devoir lui offrir des maquettes d'avion qu'elle montera elle-même.

— Je lui enverrai une boîte par la poste pour son anniversaire.

— Ce serait génial. Oh, au fait… tu as reçu l'invitation pour la bar-mitsvah de Tommy ? »

Je me suis levée, la main crispée sur le socle du téléphone.

« Attends. Laisse-moi vérifier. » C'était l'un des avantages de notre minuscule appartement : moins d'espace à nettoyer, et je pouvais emporter le téléphone dans la cuisine sans trop tirer sur le cordon. « Je n'étais pas à la maison, ces deux derniers jours. »

Excellente excuse, mais la vérité était plus simple : dès qu'on avait commencé à travailler sur le meeting aérien, j'avais négligé le courrier. Et depuis… eh bien, je ne m'attendais pas à être autant le centre de l'attention. Nathaniel dévissait le fusible du tableau électrique, mais quand il m'a vue, il a allumé une autre bougie. Je la lui ai prise, coinçant le combiné entre mon épaule et ma joue.

Il y avait une pile de lettres sur la table, je les ai rapidement passées en revue, cherchant la bonne enveloppe. À la lueur de la bougie, c'était presque romantique. Après ma conversation avec Hershel, je suggérerais sans doute à Nathaniel d'attendre un peu avant de changer le fusible.

« C'est quand, la bar-mitsvah ?

— Le 15 décembre. Doris me charge de te faire savoir que vous aurez la chambre d'amis rien que pour vous.

— C'est fantastique. »

L'une des enveloppes était jaune. Au recto, en grosses lettres rouges, un tampon indiquait « IMPAYÉS ».

« Hmm… Hershel ? Je peux te rappeler ? Dis à Tommy qu'on viendra. Je ne raterais ça pour rien au monde. »

J'ai raccroché après lui avoir dit au revoir, sans vraiment l'écouter. J'ai ouvert l'enveloppe, découvrant la facture. Mon estomac s'est retourné, comme si je m'adressais à mille personnes, mais là, il n'y avait que Nathaniel. Le meeting aérien et l'émission de télé m'avaient tellement occupée que j'avais oublié de régler les factures.

« J'ai… je n'ai pas payé l'électricité. »

Le silence s'est prolongé quelques secondes. La bougie scintillait sur la table. J'ai enfin remarqué la rose plantée dans un vase, sur la table. Au tarif actuel, c'était comme s'il m'en avait offert une douzaine.

« Nathaniel… je… je suis désolée… »

Il a laissé ouverte la porte du tableau électrique.

« Tu étais occupée, ça ne fait rien. »

Sur la table, le tas d'enveloppes m'accusait. Je faisais à peine le ménage dans l'appartement, et maintenant, ça…

« Je referai les comptes dès demain. Tu vérifieras que je ne loupe rien.

— Ça va. » Il a soufflé sa bougie, avant de

contourner la table vers moi. « Je suis content de te retrouver. »

Puis il a soufflé ma propre bougie. Il voulait une atmosphère romantique, je crois, mais on était juste dans le noir. À cause de moi.

17

DES MAISONS ISOLÉES CONTRE LA CHALEUR POUR 12 $ PAR MOIS SUR UNE PÉRIODE D'ESSAI DE DEUX ANS

KANSAS CITY, Kansas, 14 juillet 1956. En coopération avec la Commission pour le climat de l'ONU, l'entreprise Owens-Corning Fiberglass lance un programme d'essai de deux ans impliquant 150 nouvelles maisons réparties dans toutes les zones climatiques des États-Unis, en Europe et dans plusieurs pays d'Afrique. Ces maisons tests sont « tout confort », elles exigent des arbres et des treillis pour l'ombre, une ventilation constante, ainsi qu'un toit spécial ou un revêtement antichaleur.

Avant qu'on rentre de la synagogue, j'ai dû retirer mon manteau. Il devait faire dans les vingt-deux ou vingt-trois degrés. Dieu merci, ça se réchauffait enfin. Mais, en même temps… je savais ce que ce réchauffement impliquait. Nous assistions au début de l'effet de serre.

J'étais là, le manteau sur le bras, pendant que

Nathaniel s'accroupissait pour ouvrir notre boîte aux lettres. Il a incliné son chapeau sur sa tête.

« Hmm… je me demande ce que c'est… »

Dans la boîte, une grosse enveloppe matelassée emplissait presque à elle seule l'espace disponible. Quand Nathaniel a réussi à l'extirper, le paquet a semblé se détendre en sortant de la boîte. Le dernier bord a cédé d'un coup, Nathaniel a perdu l'équilibre… et il est tombé en arrière.

« Ça va ? »

Je me suis penchée pour ramasser deux autres enveloppes, par terre, elles aussi.

« Oui, oui… » Il a remis son chapeau et s'est relevé, l'œil rivé sur l'enveloppe. « C'est pour toi. »

Je me suis figée, les autres enveloppes à la main.

« Pour moi ?

— Ça vient de NBC. » Il a calé l'enveloppe sous son bras, puis s'est penché pour refermer la boîte aux lettres. « Je parie que tu as reçu un tas de lettres de fans.

— Ne sois pas idiot. C'est sans doute un cadeau de remerciement, quelque chose comme ça. »

Nous avons grimpé les escaliers, mais mon cœur battait avant même le premier étage. J'espérais tellement que personne n'ait vu cette émission.

Pourtant, quand nous sommes rentrés chez nous, l'enveloppe géante prenait presque toute la place, sur la table de la cuisine. J'ai fait les cent pas, comme si un cobra ou un autre serpent tout aussi mortel m'empêchait d'agir. Nathaniel s'est assis avant de sortir les schémas du lanceur sur lequel il travaillait quand je lui avais suggéré de quitter le bureau, la veille au soir.

« Ça ressemble beaucoup à du travail, ça… »

J'ai ouvert le réfrigérateur, tâchant de deviner ce que nous pourrions manger.

« On dirait que tu t'apprêtes à faire le déjeuner. » Il a levé les yeux vers moi en souriant. « Tu savais que j'étais un mauvais Juif quand tu m'as épousé.

— J'ai juste émis un commentaire.

— Hmm… ne te sers pas du shabbat comme d'une arme si tu ne comptes pas le respecter non plus.

— Très bien. »

J'ai fermé le réfrigérateur. Pour moi, cette remarque n'était qu'une forme de discipline personnelle, une sorte de rappel à moi-même, pour ne pas oublier qui j'étais. Après l'Holocauste, ça me paraissait important. Et ensuite, après le météore, parce que Grand-mère aurait…

Le chagrin apparaît parfois sous les prétextes les plus étranges.

« Je ferai à manger après le coucher du soleil, pas avant 21 heures, si tu prends un véritable jour de congé.

— Attends. Laisse-moi réfléchir. Tu essaies de me convaincre de ne pas travailler en suggérant de ne pas me nourrir ? » Nathaniel a tapoté son crayon contre son menton. « Hmm… il y a un truc qui ne va pas, là.

— Oh, je te nourrirai. De culpabilité. » J'ai ri avant d'attraper l'enveloppe. Autant en finir une bonne fois pour toutes. Assise en face de lui, j'ai tapoté la pochette géante pour marquer mon territoire. « Par ailleurs, je dois regarder ce qu'il y a là-dedans. »

Il a gloussé en se levant, puis m'a embrassée dans le cou.

« Je vais faire des sandwichs, et si j'ai raison... si ce sont bien des lettres de fans, alors...

— Alors quoi ?

— Tu trouveras un moyen de me récompenser d'avoir eu raison.

— Le simple fait de le savoir est une récompense en soi. »

J'ai ouvert l'enveloppe. D'autres enveloppes en sont tombées.

« Bon sang.

— Ah ! » Nathaniel a ouvert le réfrigérateur en répétant : « Ah !

— Fais-nous des sandwichs, homme. »

Certaines adresses étaient joliment calligraphiées, d'autres écrites au stylo, tout simplement. Stupéfaite, j'ai pris une des enveloppes à l'écriture d'enfant. J'ai éclaté de rire.

« À l'attention de la Lady Astronaute – enfin... plus précisément à la Ladi Astonaut.

— Ton nouveau surnom. » Nathaniel a posé une tasse de thé glacé à côté de moi. « Poulet et pain de seigle, OK ?

— Hmm... avec un peu d'oignon, aussi, s'il te plaît ? » J'ai ouvert la lettre à la Ladi Astonaut, sortant une feuille de papier de mauvaise qualité. « Oh... mon pauvre cœur. Écoute ça : *Cher Ladi Astonaut je veux aler moi aussi dan léspace. Tu as un vaisso ? Je veux un vaisso pour Noël. Ton amie Sally Hardesty*. Il y a un dessin de fusée.

— Imagine quand tu iras vraiment dans l'espace. » Un bruit d'assiettes a résonné derrière moi, tandis que Nathaniel confectionnait les sandwichs. « Il nous faudra une boîte aux lettres plus grosse.

— Si je vais un jour dans l'espace. Et c'est un gros si, avec pas mal de si avant ça. »

J'ai remis la lettre de Sally dans son enveloppe, puis je l'ai mise de côté. Je ne pouvais pas lui répondre avant la fin du shabbat, mais rien ne m'interdisait de trier les lettres, au moins. Je ne savais pas si j'aurais le temps de répondre à tout le monde, mais certainement à Sally Hardesty – et aux autres, écrites au stylo.

« J'ai foi…

— Je croyais que tu étais un mauvais Juif ?

— J'ai foi en toi. D'ailleurs, à ce sujet, tu pourrais m'aider sur un problème de paramètres orbitaux ? »

Nathaniel a sorti une miche de la boîte à pain, puis l'a posée sur le plan de travail.

« Prends une planche à découper.

— J'allais le faire. » Il a lâché son couteau pour attraper la planche, sous l'évier. « Je pense qu'on peut se passer de l'orbite translunaire et filer tout droit vers l'orbite lunaire, ce qui nous économiserait du temps et du matériel.

— Tout en mettant en danger la vie des astronautes avec des essais inadaptés ? »

J'ai pris une autre lettre, passant le doigt sous le rabat pour l'ouvrir.

Chère Dr York, je ne savais pas que les femmes avaient le droit d'être docteure…

« Je ne dis pas qu'on se passe de l'orbite terrestre, seulement de l'orbite translunaire. On envoie une sonde automatisée autour de la Lune pour obtenir des images en septembre prochain. Comme ça, on saura que cette orbite est faisable. Mais faire orbiter quelqu'un autour de la Lune… »

… j'aimerais moi aussi être docteure…

« Une orbite lunaire implique un transfert vers l'orbite, puis hors de l'orbite. En termes de mécanique orbitale, c'est une tout autre histoire. Il faut quitter la sphère d'influence terrestre, pénétrer la sphère d'influence lunaire et…

— Je sais. Je ne te demande pas un cours de mécanique orbitale. Tu as déjà réglé la consommation de carburant et du plan de vol… ce que je te demande, c'est… est-ce vraiment important de passer par une orbite translunaire avec une mission habitée ?

— C'est le genre de question que tu devrais poser à Parker. »

J'ai reposé la lettre sur la table, pas entièrement certaine de comprendre pourquoi Nathaniel m'agaçait.

« Eh bien… il n'est pas physicien, lui. »

Ah… voilà. On avait déjà eu cette conversation. Il me demandait mon avis parce qu'il voulait prouver que Parker se trompait sur un point précis. Ça me rappelait trop la faculté, quand on m'utilisait comme outil pour remettre les étudiants à leur place en cours de maths. Nathaniel en avait vaguement conscience, d'un point de vue général. De simples anecdotes, que j'avais réussi à rendre amusantes.

J'ai inspiré lentement, repliant la lettre avec soin. Du pouce, j'ai appuyé sur le papier avec un peu trop de vigueur.

« Pardon. Je… bon, d'accord. Première raison pour une orbite translunaire : si on évalue mal la consommation de carburant pendant le transit, ça réduit la marge de manœuvre de l'équipage pour rentrer à la maison. Ils n'auront droit qu'à un seul essai.

— Mais les calc…

— Chéri, je suis physicienne, mais aussi pilote. Tu veux que je te dise qu'on peut sauter toutes ces étapes ? Tu vas être déçu. Ils n'auront qu'un seul essai pour rentrer. Si on se trompe dans nos calculs, même un peu, s'ils n'ont pas assez de carburant pour corriger, ils rateront la Terre. Ou ils brûleront quand ils reviendront dans l'atmosphère. » J'ai rangé la lettre dans l'enveloppe. « Et je ne veux pas travailler pendant le shabbat.

— Tu réponds bien aux lettres de tes fans. Tu écris, non ? »

Il faisait un effort pour parler avec une certaine désinvolture. Je l'aimais pour ça.

« Je lis. Je n'écris pas. »

Il a posé un sandwich à côté de moi, le pain coupé en diagonale, puis il m'a embrassée sur le crâne.

« Tu as raison. Je suis désolé.

— Je n'aurais pas dû m'énerver.

— Allez, mangeons, et ensuite… » Il s'est approché de l'étagère, d'où il a tiré un livre. « Ensuite, je lirai. »

Les yeux plissés, j'ai empilé les lettres sur un coin de table pour plus tard.

« J'aperçois le mot *Mars*, sur ce livre. »

Il a ri en exhibant la couverture.

« C'est un roman. Clemons me l'a prêté. Il dit que c'est une farce, du moins en termes de voyage spatial. Ça compte comme un simple divertissement ?

— Oui. » Je lui ai lancé un grand sourire. « Oui, et merci. »

Nous étions dans la *dark room*, désœuvrés depuis deux heures et vingt-trois minutes – oui, nous comptions tous –, en attendant la résolution d'un « problème » avant la reprise du compte à rebours. Ça ne concernait même pas la fusée en elle-même, juste un interrupteur automatique basculé sans aucune raison à T moins trente secondes. L'attente était sans doute pire pour les trois hommes sanglés dans l'immense fusée *Jupiter V*, dehors.

Assis à la console du Capsule Communicator, Stetson Parker a lancé sa balle de tennis en l'air, le casque audio repoussé derrière l'oreille. Toutes les deux minutes, il souriait, puis marmonnait quelque chose au micro. En tant que CAPCOM, il lui incombait de filtrer toutes les informations transmises par les ingénieurs et les calculatrices, avant d'en restituer l'essentiel aux astronautes, dans leur capsule.

S'adressait-il à Jean-Paul Lebourgeois, à Randy B. Cleary ou à Halim « Hotdog » Malouf ? Pour la première fois, aucun des astronautes choisis n'était américain – à ma grande surprise, Parker s'était révélé polyglotte. Français, italien, et… gaélique. Incroyable.

Helen s'est penchée au-dessus de notre bureau.

« Hé. Tu passes au 99s, ce week-end ? »

J'ai secoué la tête en alignant mes crayons à côté de moi.

« Je serai lessivée, après ce lancement. »

Helen a laissé échapper un *tsss*, avant de reporter son attention sur sa partie d'échecs avec Reynard Carmouche.

Ce *tsss* était parfait. Un bruit unique pour signifier

à la fois la déception et la résignation. J'ai incliné la tête, examinant son profil dans la pénombre.

« Quoi ?

— La semaine dernière, tu as dit que tu voulais te reposer avant le lancement. »

Elle a avancé un pion d'une case. Carmouche a juré en français.

« C'est bien ce que j'ai fait. »

Le papier millimétré m'a collé aux doigts quand je l'ai pris pour le caler en bord de table.

« Tu as ta licence de pilote en solo, tu n'as pas besoin de moi pour voler. »

Là-dessus, Carmouche a levé les yeux.

« Vous pilotez ?

— Oui. »

Helen a désigné le plateau.

« Vous comptez jouer, un jour ?

— Je réfléchis ! » a-t-il protesté en se rapprochant de l'échiquier, comme si mettre son nez entre les pièces résoudrait ses problèmes.

Helen s'est retournée vers moi, puis s'est penchée au-dessus du bureau. La lampe éclairait nos feuilles, qui reflétaient une lueur étrange sur son visage.

« Pourquoi tu ne viens plus au 99s ?

— Je… j'ai… il y a beaucoup de nouveaux membres. »

Notre petit groupe y allait souvent – et Ida et Imogene nous avaient rejointes –, mais après *Mr. Wizard* et tous ces articles sur moi, nous avions constaté un afflux soudain d'adhésions. Je n'aimais pas vraiment qu'on me demande un autographe, ni poser pour une photo. J'ai haussé les épaules, en tripotant à nouveau mes crayons.

« C'est juste que… notre petit groupe me manque. »

Helen a hoché la tête en pianotant sur le bureau.

« Donne-toi un peu de temps. Ils ne viendront plus si tu n'es jamais là. Les simples touristes, je veux dire. »

La tension m'a quittée. Que Dieu bénisse les amies qui comprennent mes peurs sans que j'aie à les formuler. Surtout ici, dans la *dark room*, où il fallait être aussi professionnelle que possible.

Carmouche a fini par déplacer un cavalier. Helen a repris le jeu, poussant immédiatement un fou.

« Échec. »

La voix de Stetson Parker a résonné dans la salle, depuis la console CAPCOM.

« On leur dit quoi pour le délai ? C'est bientôt l'heure de la prière pour Malouf.

— Il ne pourra pas quitter son fauteuil pour prier. »

Clemons a pointé son cigare sur Parker.

« Ce n'est pas ce qu'il demande. Il veut juste éviter d'être en pleine prière si le compte à rebours reprend.

— On lui fera savoir quand le compte à rebours reprendra. »

Clemons s'est détourné de Parker avant d'aboyer : « York ! Situation ! »

Penché sur sa console, Nathaniel a levé les yeux. Très concentré, il avait calé un téléphone contre son oreille et dictait quelque chose, les sourcils froncés. Il a levé la main pour faire taire Clemons. Dieu, que j'aimais mon mari.

Parker a reniflé.

« Je vais l'autoriser à prier. Ça accélérera peut-être les choses. »

Il a remis son micro en place, avant de s'adresser aux astronautes.

J'ai consulté la grosse horloge murale. Si on attendait encore une heure, on perdrait la fenêtre de lancement… et il faudrait tout remettre au lendemain. Retarder un vol n'avait rien d'exceptionnel, mais ça n'était jamais agréable.

« Échec et mat. » Helen s'est renfoncée dans sa chaise en croisant les bras. « Nous avons un échec et mat. »

La mâchoire du Français béait. Il a examiné l'échiquier pour mieux reconstituer les étapes qui l'avaient conduit à la défaite. Je me suis levée pour m'étirer.

« Je ne comprends pas pourquoi vous persistez, monsieur Carmouche.

— Un jour… un jour, je la battrai. C'est une question de statistiques, non ? » Il s'est massé le front, les yeux toujours rivés sur les pièces. « Échec et mat confirmé.

— York… Elma York. »

Parker serrait la balle qu'il tenait d'une main, agitant l'autre à mon attention. La lampe de sa console assombrissait ses traits.

Helen et moi avons échangé un regard, avant que je traverse la salle pour le rejoindre. Toujours en conversation au téléphone, Nathaniel m'a regardée avec assez d'intensité pour réchauffer la salle. J'ai affiché l'expression la plus neutre possible, et je me suis arrêtée devant Parker.

« Oui ?

— Une seconde. »

Ravi de m'avoir fait déplacer, il m'a fait attendre, concentré sur sa conversation avec les astronautes. Il a hoché la tête.

Je n'ai pas bougé, luttant contre l'envie de lisser ma jupe, de croiser les doigts, de faire n'importe quoi, vraiment, sauf attendre. Le regard de Nathaniel me brûlait encore le côté droit, mais je ne me suis pas retournée vers lui.

« Reçu. *Elle est là… ouais, ouais… Vous et moi. En même temps**. » Il a relâché le bouton du micro et s'est adossé à son fauteuil. La balle a quitté sa main, avant de retrouver sa paume. « La femme de Lebourgeois se comporte comme une Américaine modèle. Donc, leur fille est Girl Scout. Elles veulent vous rencontrer. »

J'ai cillé deux fois, avant de retrouver ma voix.

« Moi ?

— Ouais, elles ont créé un club Lady Astronaute. J'aurais cru qu'elles réclameraient un véritable astronaute, mais bon… les filles, hein ? C'est mignon qu'elles veuillent vous parler. » Il a souri, exhibant ses fossettes, comme si ça m'aidait. « Vous acceptez, hein ? »

On ne peut rien refuser à un astronaute assis, pour simplifier, sur une bombe géante. Même en parlant le français, même si j'avais pu arracher le micro de Parker, impossible de dire non. J'ai souri.

« Bien sûr. Je serais ravie. Dites-moi juste quand. »

Parker a repris son micro, alignant quelques mots en français. « *Elle accepte, mais Dieu sait ce dont elle parlera. Des histoires de bébés dans l'espace,* *certainement. Les femmes, hein* ?* » Il a pris le temps d'écouter la réponse, avant de se retourner vers moi.

« Sa femme assiste au lancement sur le toit-terrasse. Si vous pouviez lui parler après, il apprécierait. Ça distraira sa fille pendant qu'il est dans l'espace.

— Oui. Avec plaisir. »

Je n'en voulais ni à la femme de Lebourgeois, ni à sa fille, ni même à lui. Si j'avais été à sa place, j'aurais tout fait pour distraire Nathaniel et lui changer les idées. C'était juste Parker et sa suffisance de lèche-cul. Oui. Oui. Le premier homme dans l'espace. Oui. Un sacré bon pilote, vraiment très courageux. Mais c'était aussi un schmuck arrogant.

« Quand j'aurai fini, je passerai dans la zone réservée aux familles.

— Parfait. » Il a souri à nouveau, exhibant toutes ses dents blanches. « Voyez si votre mari peut vous dire ce qui nous retient.

— Je ne doute pas qu'il en informera tout le monde dès que ce sera réglé. » J'ai regardé Nathaniel, qui se massait la tempe droite. Mauvais signe. « Et comment se porte votre femme ? »

Parker a baissé les yeux, il a fait rouler sa balle sur la table.

« Mieux. Merci. »

Ce n'était pas… ce n'était pas la réponse à laquelle je m'attendais.

« J'étais navrée qu'elle ne puisse assister au dîner, chez les Wargin.

— Eh bien… une prochaine fois, peut-être, hmm ? » Il s'est éclairci la gorge. « Allez voir votre mari. À propos du lancement.

— Bien sûr. »

Ce n'était pas mon boulot. Bon, celui-ci impliquait une fusée en vol, pour que j'aie quelque chose à tracer et à calculer. J'ai lissé ma jupe, puis j'ai pivoté, avant de rejoindre Nathaniel. Au moins, ça me donnerait une excuse pour lui parler.

Il avait cessé d'écrire, mais il serrait son stylo assez fort pour faire blanchir ses jointures. Sa mâchoire était crispée. Il a regardé son bureau pendant que Clemons tournait en rond derrière lui.

Clemons m'a vue arriver, il a ôté le cigare de sa bouche.

« Quoi ?

— Le colonel Parker a des questions à vous poser, directeur Clemons. »

C'était assez éloigné de la vérité, mais il serait plus à même de répondre aux questions de Parker que Nathaniel. Clemons s'est dirigé vers Parker sans m'accorder un regard.

Mon pauvre mari semblait envisager l'idée de se poignarder lui-même avec son stylo. Et je ne pouvais pas le toucher. Pas au travail. Ça nous aurait trop compliqué la vie. Je suis restée plantée là un moment, espérant qu'il parvienne à chasser la tension de son cou, alors qu'il acquiesçait en grognant au téléphone.

J'ai inspiré lentement, puis je me suis retournée et j'ai regagné mon poste. Je ne pouvais rien faire pour Nathaniel, et, compte tenu des circonstances, ma présence ne représentait qu'une gêne.

Carmouche rangeait le jeu d'échecs dans sa boîte. Il a levé les yeux vers moi au moment où je rejoignais mon bureau. Il s'est penché et m'a soufflé : « Ce colonel Parker… il ne vous aime pas beaucoup.

— Je sais. »

J'ai lissé ma jupe sous moi avant de m'asseoir.

« Helen ? J'irai au 99s ce week-end si tu promets de voler avec moi. Je ne veux pas partager le Cessna avec quelqu'un que je ne connais pas.

— *Iy, iy !* »

Son sourire triomphant valait traduction. Je n'ai pu réprimer un sourire à mon tour.

« Ah ! » Nathaniel s'est redressé. « Nous avons enfin réglé ce problème de coupure automatique. On relance le compte à rebours. Dites à Malouf que ses prières ont fonctionné. Et maintenant… allumons cette grosse bougie. »

18

ÉMEUTES EN ALGÉRIE FRANÇAISE. TROIS MORTS.

Par Michael CLARK

Correspondant, THE NATIONAL TIMES

ALGER, Algérie, 22 août 1956. Des émeutes ont éclaté aujourd'hui à Alger lors des funérailles d'Amédée Froger, président de la Fédération des maires algériens, auxquelles des milliers de Français assistaient. Amédée Froger a été assassiné hier soir par un terroriste anti-espace.

Betty s'est portée volontaire pour m'accompagner à la rencontre avec le groupe de Girl Scouts auxquelles la fille de Lebourgeois appartenait, ce qui m'arrangeait bien, parce que j'avais une trouille inexplicable. Betty était très excitée par cette « opération de com ». Elle affichait une certaine exubérance depuis qu'on s'était retrouvées chez moi, imaginant les gros titres en écartant les mains, comme pour mesurer les mots.

« “La Lady Astronaute rencontre la fille de l’astronaute !” » Elle a ri en tournant autour de la barre du tram. « J’aurais aimé que tu me laisses amener un photographe. »

J’ai tendu la main vers le cordon d’arrêt.

« On descend ici. »

Les portes se sont ouvertes, j’ai descendu les marches et j’ai gagné le trottoir.

« Et pour commencer, cesse de m’appeler comme ça. Je ne suis pas astronaute.

— C’est le public qui t’appelle comme ça. »

Elle m’a rejoint d’un bond, serrant son manteau pour se protéger du vent.

« Oui, mais je ne suis jamais allée dans l’espace. C’est irrespectueux envers les hommes qui y sont allés, eux. »

J’ai sorti l’adresse de mon sac à main, puis je nous ai guidées dans la rue.

« Ohé, Elma… » Betty a levé les mains comme pour se rendre. « Je croyais que c’était toi la plus motivée pour envoyer des femmes dans l’espace.

— Je le suis, mais ça ne veut pas dire que j’accepte un titre que je n’ai pas mérité. »

Nous devions rencontrer les Girl Scouts dans la salle d’une école catholique, dans un quartier récent de Kansas City que je ne connaissais pas beaucoup. Les rues très larges étaient cernées de bâtiments modernes, aux fenêtres étroites et aux murs épais, très bas. La moitié d’entre eux avaient probablement plusieurs niveaux en sous-sol, une nouveauté architecturale à la mode depuis la chute du météore. Les imbéciles. Ces immeubles étaient conçus en réponse à un impact qui n’aurait jamais lieu. Mais bon, les niveaux souterrains seraient assez faciles à refroidir, au moins.

L'église elle-même n'était pas difficile à repérer, à quelques rues de là, avec sa façade rouge brique et son clocher. Vu le nombre de voitures garées juste devant, il y avait clairement un événement en cours. Un mariage, sans doute. Tant mieux.

Juste après le météore, la tendance était à l'amour libre, une sorte de réaction à la fin du monde. C'était rassurant de savoir que les gens se mariaient encore. Ça signifiait que l'avenir ne les effrayait plus autant qu'avant.

D'un autre côté, si les gens se mettaient à croire en l'avenir de cette planète, c'était tout aussi problématique.

« Ne t'énerve pas. » Betty m'a attrapé le bras. « Et souris. Tu as un super sourire.

— Qu'est-ce que tu… »

Devant l'église, le trottoir grouillait de reporters. Une rigole de sueur a coulé dans mon dos, le long de mes bras. Si Betty ne m'avait pas tenue, je me serais sans doute enfuie. Mon estomac a protesté, j'ai dû ravaler ma nausée pour ne pas paniquer.

« Souris, Elma. » Elle a maintenu sa poigne sur mon bras, sans cesser de sourire. « On a besoin de ça.

— Je ne veux même pas d'un photographe, et toi, tu manigances un truc pareil ? »

J'ai dégagé mon bras, le cœur cognant mes côtes comme un sac de frappe. Je n'allais pas tarder à me mettre à pleurer, et tout ce cirque était d'une profonde injustice. J'étais en colère, bon sang. J'ai tourné le dos aux reporters.

« Tu ne peux pas t'en aller. Elma. Elma… les petites filles sortent. Elma, tu ne peux pas les planter là. La fille d'un astronaute est avec elle, et son papa est…

— Bon Dieu. »

La fille de M. Lebourgeois m'avait demandé de venir parce que son père était dans l'espace et qu'elle avait peur.

« Bon Dieu de merde. »

Je me suis retournée vers les appareils photo, objet de toute leur attention… et… et huit petites filles m'attendaient. Toutes portaient un casque spatial en carton.

« Elma… je t'en prie, ne m'en veux pas. » Betty est restée à mes côtés, tout sourire, sans cesser de parler. « S'il te plaît. Je savais que tu aurais refusé si je t'avais avertie, mais tu es tellement photogénique. S'il te plaît, s'il te plaît, ne te mets pas en colère. »

Je lui ai lancé mon plus beau sourire, celui que je réserve à Stetson Parker.

« Bon, que Dieu te bénisse. Pourquoi serais-je en colère, hein ? » Une petite fille. J'étais là pour une petite fille. J'ai essayé de toutes mes forces d'oublier les appareils et les hommes qui nous criaient de sourire vers leurs objectifs. Une petite fille. Elle s'appelait Claire Lebourgeois et son papa était dans l'espace.

Je me retiendrais de vomir assez longtemps pour la rassurer. Oui, son père rentrerait à la maison.

Quatorze jours après leur départ dans l'espace, Lebourgeois, Cleary et Malouf sont rentrés sains et saufs. Ils n'avaient pas pu remplir tous leurs objectifs, mais ils avaient prouvé l'essentiel : le module lunaire tiendrait assez longtemps pour une mission d'exploration. Il ne nous restait plus qu'à y aller.

Assise à mon bureau partagé avec Basira, j'essayais d'ignorer les petits bonds de l'ingénieur, à côté de nous. À son arrivée, je lui avais pourtant offert une chaise, mais il était trop excité. La tête calée sur ma main gauche, je me massais la tempe en examinant les graphiques que Clarence « Bubbles » Bobienski avait tracés après un dernier essai moteur. J'étais passée à la radio ce matin, avant le travail. Me lever deux heures plus tôt que d'habitude m'avait flanqué un mal de crâne qui couvait sous mon œil gauche, irradiant jusqu'à la nuque.

Mais ce n'était probablement pas la fatigue, le problème.

« Bubbles, ça n'a aucun sens.

— Je sais ! » Il a pointé le doigt vers la feuille. Son ongle était tellement rongé que la chair était à vif. « Voilà pourquoi je veux que vous vérifiiez mes calculs. »

J'ai secoué la tête, laissant courir la pointe de mon stylo sur les chiffres générés par la machine.

« Ce n'est pas une erreur de calcul.

— Pitié. Cette machine se plante dès que la température dépasse les dix-huit degrés. » Ses manches étaient salies de traits de crayon. « Il me faut une "calculette". »

Au département calcul, nous détestions ce surnom. J'ai redressé la tête, lui adressant un regard mort, comme Mme Rogers nous l'avait appris. Du coin de l'œil, j'ai constaté qu'Helen avait fait de même.

« Vous avez besoin d'une *calculatrice.* »

Il a minimisé ma correction en agitant la main.

« Vous pouvez m'aider ?

— Je suis *déjà* en train de vous aider. Je viens de dire que ces calculs sont justes. Donc, soit il s'agit d'une erreur dans les données initiales, soit vous avez découvert un arrangement moteur remarquable. »

Il était *possible* qu'une structure en étoile dans le bloc de combustible solide augmente l'efficacité du ratio de combustion. Et d'ailleurs…

« Cette architecture me rappelle une théorie de Harold James Pool.

— Oui ! »

Bubbles a bondi sur ses orteils. Derrière moi, Myrtle a couvert sa bouche pour étouffer un rire. Les calculatrices lui avaient donné ce surnom pour une bonne raison.

« Vous voyez ! J'ai besoin de vous là-dessus. Vous, au moins, vous comprenez. Cette machine, non. Et puis vous avez un doctorat. »

C'était la première fois qu'on évoquait mon diplôme depuis mon embauche. Mme Rogers connaissait mon niveau universitaire, bien sûr, mais après notre entretien, je n'étais pas sûre de l'avoir mentionné à quiconque, même quand j'essayais de convaincre quelqu'un. J'imagine que Bubbles avait regardé *Mr. Wizard.* Ou écouté la matinale d'ABC.

Mon diplôme ne faisait pas de moi une meilleure calculatrice. En parler à tout bout de champ était un peu prétentieux. En pratique, n'importe quel candidat avec un cursus en sciences physiques pouvait se charger de mon travail. Et dans notre département, certaines femmes n'avaient pas de diplômes supérieurs.

« Mon doctorat n'a aucune utilité, en l'occurrence. » J'ai feuilleté les pages que Bubbles m'avait apportées. « Vous avez les données brutes ?

— Bien sûr ! »

Il a haussé les épaules comme si j'avais posé une question idiote. J'ai attendu en souriant, jusqu'à ce qu'il percute. Il a tendu deux doigts vers moi.

« Oh ! Il vous les faut. D'accord. J'y vais. C'est au labo. Je dois pouvoir les récupérer. Je vais les récupérer, oui. J'y vais.

— Merci. »

J'ai rangé les pages sur mon bureau alors qu'il quittait la salle. Sa cravate bondissait à chacune de ses enjambées.

Dès qu'il a quitté la pièce, les rires ont fusé d'un peu partout. On l'aimait bien, ce Bubbles, mais… il faisait *tellement* ingénieur. Nous avions un dicton : *Les ingénieurs posent les problèmes. Les calculatrices les résolvent.* Bubbles ? L'exemple typique.

Basira a repoussé sa chaise, puis s'est levée en dansant d'un pied sur l'autre, exagérant ses mouvements. Elle a pris un accent américain pour imiter Bubbles.

« J'ai b'soin d'une calculette ! Dieu m'pardonne, j'ai b'soin d'une calculette !

— Que Dieu le bénisse. » J'ai éclaté de rire et je me suis renfoncée dans mon siège. « Il a de bonnes intentions.

— Aïe, c'est dur, ça. » Myrtle a quitté son bureau

et s'est approchée de moi. « Mais sérieusement, à quoi ressemblent ces chiffres ? »

Je lui ai passé les feuilles pour qu'elle les parcoure. Helen est apparue derrière elle, la tête inclinée sur le côté, comme pour mieux examiner les impressions.

« Il y a forcément une mauvaise transcription sur les cartes perforées.

— C'est bien pour ça qu'il nous faut les données brutes, ce qui… c'est si difficile de penser à les prendre avec soi ? »

Nathaniel est entré dans la salle. Les gloussements ont cessé, tout le monde s'est remis au travail. C'était mon mari, mais c'était aussi l'ingénieur en chef. J'ai souri à Helen qui retournait s'asseoir, puis je me suis tournée vers Nathaniel pour lui accorder toute mon attention.

Ses lèvres formaient une mince ligne comprimée. Un muscle tressaillait au coin de sa mâchoire. De profondes rides étaient apparues entre ses sourcils froncés. Il avait un magazine roulé dans sa main et le tapotait contre sa cuisse en marchant.

« Elma. Je peux te parler ? Dans mon bureau.

— Bien sûr. » J'ai échangé un bref regard avec Basira, avant d'écarter ma chaise. « Si Bubbles revient avant moi, tu peux lui dire de laisser les données brutes sur mon bureau ? »

Alors que je quittais la salle derrière Nathaniel, mes collègues ont essayé sans grand succès de ne pas nous suivre des yeux. Le dos de Nathaniel était raide, et son pas vif n'a fait qu'une bouchée de la distance qui nous séparait de son bureau. Mes talons ont cliqueté sur le lino alors que je me dépêchais de le rattraper.

Il a ouvert sa porte et l'a maintenue pour moi, les yeux rivés au sol. Le muscle de sa mâchoire continuait à tressaillir. Mon rythme cardiaque affolé ne valait guère mieux. La dernière fois que j'avais vu Nathaniel aussi furieux, c'était quand il avait viré Leroy Pluckett pour avoir mis une main aux fesses à une calculatrice.

L'habituel chaos organisé encombrait son bureau. Au mur, le tableau noir détaillait ce qui ressemblait à des équations d'orbite lunaire. Logique, dans la mesure où c'était précisément la prochaine phase du programme spatial. Nathaniel a refermé la porte avec soin, sans un bruit.

Il a traversé la pièce et jeté le magazine sur son bureau. Le numéro de *Life* dans lequel j'étais. Dieu merci, je ne faisais pas la couverture, mais j'avais droit à toute une page sur mon apparition parmi les Girl Scouts. Un jour, je pardonnerais Betty de m'avoir tendu cette embuscade. Peut-être. Elle ne mesurait pas à quel point être au centre de l'attention me terrifiait – et je paniquais à l'idée qu'elle me refasse un coup pareil. D'autant plus que son article était passé en national, ce qui l'enthousiasmait.

Nathaniel a desserré sa cravate, le regard toujours rivé au sol.

« Elma. Je suis furieux. Pas contre toi. Mais ça va y ressembler.

— C'est… euh… ça ne démarre pas très bien. »

Je me suis coulée dans un fauteuil, près du bureau, espérant que ça le pousse à m'imiter.

Il a grogné, passant la main dans ses cheveux, et puis il… il est juste resté là, une main sur la hanche, l'autre à la base de son cou.

« C'est complètement con.

— Nathaniel ! »

Cette allergie aux jurons me venait de ma mère, je crois.

« Totalement. Entièrement. Con. » Il s'est tourné pour me dévisager. « Je viens de passer une heure de merde dans le bureau de ce connard de directeur Clemons, qui m'a demandé, je cite, de "contrôler ma femme". Coup de bol, je ne lui en ai pas collé une. Je ne sais pas s'il en a conscience. »

J'en suis restée bouche bée. J'ai quand même soufflé, avec beaucoup de brio :

« Hein ?

— "Contrôlez". "Votre". "Femme". » Il a serré les poings et les a appuyés sur son front. « "Contrôlez votre"… qu'il aille se faire foutre.

— Attends… à cause du magazine ? »

Si Clemons me l'avait reproché directement, j'aurais sans doute été furieuse moi aussi. Mais là, j'étais horrifiée que cela porte préjudice à Nathaniel.

« Mon apparition chez les Girl Scouts ? Je n'ai pas… qu'est-ce que j'ai dit ? »

Il s'est emparé du magazine sur le bureau.

« Ça ? Ce n'est pas le problème, à part que Clemons est un pauvre con, doublé d'un lâche.

— Mais ça, tu ne le lui as pas dit, n'est-ce pas ? »

Le mal de crâne qui me harcelait depuis ce matin m'a cisaillé l'œil droit.

« Non. » Nathaniel s'est renfrogné. « Non. Je lui ai dit que je te parlerai. C'est ce que je fais. On parle.

— J'arrête de donner des interviews. Je vais passer des coups de fil pour annuler les prochaines dès ce soir, quand on rentrera à la maison.

— Annuler ? Je ne veux pas que tu annules quoi que ce soit.

— Mais… ça pose un problème pour ton travail… »

Sa colère s'est transformée en horreur.

« Non… non, ce n'est pas contre toi. Je ne suis pas fâché contre toi. C'est Clemons qui a franchi la ligne rouge. Et c'est justement parce que ça fonctionne très bien, ce que tu fais. Il a passé son temps à râler sur les critiques qu'il reçoit pour n'avoir pas inclus de femmes dans ses plans. Et des gens plutôt influents lui mettent la pression. Ils disent tous qu'ils t'ont vue, écoutée… qu'ils ont lu une de tes interviews. »

Mon estomac s'est retourné.

« Je suis désolée.

— Tu n'as rien fait de mal.

— Mais ça te met en porte-à-faux… je ne veux pas créer d'ennuis. »

J'ai levé les mains, mais elles tremblaient, alors je les ai croisées sur mon ventre. C'était comme à la fac. Une fois de plus. Dès que je sortais la tête, ça mettait quelqu'un en colère. Et maintenant, ça causait des problèmes à Nathaniel.

« Je vais arrêter. Tout va bien. J'arrête.

— Je ne te demande pas d'arrêter !

— Je sais et je t'aime pour ça, mais quand même. » J'ai ravalé une boule de bile. La pièce était trop chaude, mon mal de crâne générait des éclats vert-blanc dans mon œil droit. « Je n'ai rien à prouver, tu sais. Si je continue, ce sera mauvais pour le moral de tout le monde. C'est une gêne. Les astronautes n'aiment pas me voir dans les parages.

— C'est Parker qui t'a demandé d'aller voir les Girl Scouts ! Après avoir exprimé sa jalousie que tu sois passée dans *Watch Mr. Wizard*, il a quand même dû admettre que tu avais fait du bon travail. À sa manière habituelle, évidemment.

— Il a regardé l'émission ? »

Je m'étais levée. Je ne me souvenais pas m'être levée. *Tout le monde* m'avait vue à la télévision ? Mon estomac se consumait de tension, boule de feu parée à décoller dans mon œsophage. J'ai voulu reprendre mon souffle, mais tous les systèmes étaient dans un état critique.

« Dis-lui que je vais arrêter. Dis à Parker que je demanderai à Don de l'inviter lui, la prochaine fois. Je suis désolée. Dis-lui que je suis désolée. »

Nathaniel me regardait comme si j'étais une sorte de monstre. Je fichais le bazar partout. Sa bouche béait, ses sourcils étaient si froncés qu'on aurait dit qu'il me voyait pour la première fois.

« Elma… »

J'ai vomi. À grand bruit, sans aucune discrétion. Le peu que j'avais réussi à avaler au déjeuner a éclaboussé le lino de morceaux humides. Au beau milieu de son bureau. Nathaniel a tressailli, mon estomac s'est soulevé à nouveau. J'ai réussi à atteindre la poubelle, hélas en treillis métallique.

« Oh, Seigneur. »

Il m'a attrapé les épaules et m'a serrée alors que je vomissais à nouveau, entre deux sanglots.

« Je suis désolée. Je suis tellement désolée. Je suis désolée. Je suis désolée.

— Chérie… chérie. Arrête. Chut. Tu n'as pas à t'excuser. »

Il a caressé mes cheveux sans cesser de murmurer des paroles de réconfort. Je n'ai aucune idée de ce qu'il a dit d'autre.

Mais il a fini par me calmer. Je me suis assise dans son fauteuil. Il s'est agenouillé devant moi, me serrant les deux mains. J'ignore à quoi ressemblait son visage, j'avais trop honte pour lever les yeux.

Tout au fond de mon crâne, quelque part, une petite part rationnelle subsistait, m'ordonnant de me reprendre. Ou irrationnelle, peut-être. C'était la voix de ma mère, mortifiée. *Elma ! Mais qu'est-ce que les gens vont penser ?*

Je me suis essuyé les yeux avec un mouchoir – depuis quand avais-je un mouchoir ? Oh, c'était celui de Nathaniel. Dans l'un de mes délires domestiques des débuts, j'avais brodé NDY au fil bleu foncé, dans l'angle.

« Je suis désolée.

— Non, non. C'est ma faute. J'aurais dû attendre d'être moins en colère. » Nathaniel m'a caressé les mains. « Elma, je ne suis pas fâché contre toi. Pas du tout. Tu n'as rien fait de mal.

— Je t'ai mis dans l'embarras au travail. Je n'ai pas payé la facture d'électricité, on était en retard pour le gaz aussi. Mon activité ménagère se limite à faire la vaisselle et le lit. J'ai des problèmes de concentration au travail. Si je ne créais pas tant de problèmes, j'arriverais à...

— OK. Arrête. Chuuut... » Il m'a serré les mains et s'est levé. « Elma. Elma ? 441 par 48 ?

— 21 168.

— Divisé par douze ?

— 1 764. »

Ma respiration s'est un peu apaisée.

« Racine carrée de 1 764 ?

— 42.

— OK. Bien. » Il a essuyé les larmes, sur mes joues. « Tu peux me regarder ? »

J'ai hoché la tête, mais la gravité semblait maintenir mon regard rivé au sol. Je me suis servie de l'inspiration suivante comme combustible pour lever le menton.

Les yeux bleu ciel de Nathaniel étaient plissés, inquiets.

« Je t'aime. Je suis fier de toi. Je suis désolé si je t'en ai fait douter.

— Tu n'as rien fait… Je veux dire… » Je me suis essuyé les yeux du dos de la main. « C'est juste… je suis désolée.

— Si j'accepte tes excuses, tu arrêtes de t'excuser ? » Il a essayé de sourire, mais sa voix vibrait d'inquiétude. « Tu sais quoi ? Prenons le reste de la journée, rentrons à la maison.

— Non… je ne veux pas t'empêcher de travailler. Et Bubbles a toujours besoin de mon aide pour ses calculs, et si je ne suis pas là, Mme Rogers devra refaire le planning… et je ne veux pas d'ennuis. »

Il a posé un doigt sur mes lèvres.

« On restera ici, alors. OK ? Je veux que tu restes ici, avec moi. J'ai besoin de ton aide pour des calculs. OK ? Tu peux m'aider ? »

J'ai hoché la tête. Je pouvais être utile. Ça, je savais faire. Je calculerai tout ce qu'il voudrait.

« Bien. Et maintenant, Elma, voici… » Il s'est levé, contournant son bureau pour attraper une feuille de papier, avant de la glisser vers moi. « … voici la liste de l'équipement nécessaire pour l'alunissage. Je veux savoir combien de lancements il faudra pour tout acheminer là-bas. »

J'ai rapproché le siège du bureau.

« Quel genre de fusée ?

— Classe Jupiter, sauf si une autre te paraît plus efficace. » Il a posé la main sur mon dos. « Assieds-toi et travaille. Je reviens tout de suite. »

19

LES NAISSANCES SONT POSSIBLES DANS L'ESPACE

Un psychologue estime que l'Homme pourrait faire des enfants adaptés à ce nouvel environnement

Par Gladwin HILL
Correspondant, THE NATIONAL TIMES

LOS ANGELES, Californie, 19 septembre 1956. Bientôt, des couples mariés voyageront dans l'espace et concevront des enfants. L'idée est sérieusement envisagée aujourd'hui lors d'un colloque réunissant de nombreux chercheurs spécialistes de l'espace.

Le temps de déterminer qu'il était possible d'accomplir la mission lunaire avec cinq lancements de fusées de classe Jupiter, ou seulement deux de classe Sirius – encore en développement –, Nathaniel avait tout nettoyé derrière moi, il m'avait apporté une limonade et…

… et j'ai compris qu'il m'avait donné ces équations pour me calmer.

C'était une bonne idée. Les équations ne pouvaient être que fausses ou justes. Cette certitude fonctionnait comme une ligne de vie à laquelle me raccrocher… une forme de stabilité mentale, je suppose. Je n'avais pas craqué comme ça depuis longtemps. Pas depuis que j'avais rencontré Nathaniel. Pas à ce point, en tout cas. Aujourd'hui, je n'avais que de brefs accès de panique. Le désir de m'enfuir. Des suées. Ou une petite séquence vomi avant une apparition télévisée.

Ce genre de réflexions ne me conduiraient nulle part. J'ai vérifié à nouveau les chiffres, ils étaient merveilleusement corrects. J'ai pris une longue inspiration… et j'ai posé mon stylo en redressant la tête.

Nathaniel occupait un fauteuil qu'il avait approché de l'autre côté du bureau. Le plan de travail n'était pas conçu pour deux personnes. Il était penché au-dessus, telle une gargouille inquiète. Un rapport s'étalait devant lui. Il tapotait sur le papier tout en lisant.

« Je pense que ça va, maintenant. »

Il a reposé son crayon, m'a regardée.

« Tu veux en parler ?

— Il n'y a pas grand-chose à dire. »

Il a grogné en hochant la tête, avant de pianoter sur le bureau.

« Puis-je te poser une question ?

— Bien sûr.

— Si ça te déplaît, on change de sujet.

— Je t'ai dit que ça allait, maintenant. »

Il a levé les deux mains en signe de reddition.

« OK, bien. » Ensuite, il les a posées sur le bureau et s'est éclairci la gorge. « Je comprends pourquoi tu n'en as pas parlé plus tôt, donc je ne suis pas fâché, mais inquiet. Donc… tu as beaucoup de retard ?

— Du… du retard ? »

J'ai reporté mon attention sur les feuilles. Le lancement était retardé ? Les paramètres ne le mentionnaient pas… et là, j'ai compris. J'ai éclaté de rire.

« Je ne suis pas enceinte.

— J'ignore si ça doit me rassurer ou m'inquiéter encore plus. Tu es sûre ?

— J'ai eu mes règles… la semaine dernière. Tu t'en souviens.

— Oh. Exact. » Il s'est massé le front. « Tu l'es peut-être maintenant ? Je veux dire… nous avons eu des rapports, depuis. »

Oui, et plus d'un, en effet.

« Ça ne marche pas comme ça.

— Mais… tes nausées. C'est très fréquent. »

Et moi qui pensais avoir été discrète.

« Ah. Je ne savais pas que tu t'en étais rendu compte. Ce n'est pas… je ne suis pas enceinte. Ce n'est pas… ce n'est pas ça. »

Il m'a observée, et je sentais la question prendre forme. Elle prenait de la place et l'empêchait de respirer.

« Peux-tu me dire ce que c'était, en ce cas ? »

J'ai inspiré un grand coup. Comment prétendre qu'il était trop vague ? Esquiver sa question ne ferait que l'inquiéter davantage.

« Tu sais… tu te souviens de toutes ces histoires, quand j'étais la plus jeune dans ma classe ? OK. Bon. J'essaie de transformer ça en anecdotes amusantes, parce que ça m'aide. Mais la vérité, c'est que j'étais… maman disait que j'étais “possédée”. Ça ne m'est pas arrivé si souvent, et pas depuis des années. J'étais juste… je suis désolée. J'aurais préféré que tu n'assistes pas à ça.

— Tu as conscience que je m'inquiète pour toi, n'est-ce pas ? »

Il a tendu la main vers la mienne.

« J'en ai conscience. » En théorie, oui. La partie scientifique de mon cerveau décrivait très bien ce qui se produisait. « L'anxiété dont je souffre parfois… je veux dire… ça n'a jamais été aussi violent depuis mes dix-huit ans. »

J'avais donné des cours de soutien à l'un des garçons de ma classe – sur demande du professeur – et j'avais dû affronter six mois de « mes notes seraient meilleures si tu savais enseigner ». Du haut de mes dix-huit ans, je croyais à ce qu'il disait. Du haut de mes dix-huit ans, je ne savais pas que j'avais le droit de l'envoyer balader. J'avais parlé de cet étudiant à Nathaniel, mais seulement sous forme de blagues. Je ne lui avais jamais raconté le nombre de fois où j'avais pleuré dans la salle de bains, avant de m'asperger le visage, de m'essuyer et de reprendre le cours.

Jusqu'au jour où j'avais craqué.

Je ne dirai qu'une chose sur ce sujet : Dieu merci, Hershel était à Stanford lui aussi, sinon, je me serais probablement… Hershel est un bon frère. Il n'en a jamais parlé à nos parents. Même si, rétrospectivement, il aurait sans doute dû. C'était précisément ce que ma mère craignait le plus. Que je sois trop fragile pour gérer le stress de l'université, à quatorze ans à peine. Je suis devenue très forte dans l'art de dissimuler ma détresse et mes angoisses. Je crois que mes parents ne s'en sont jamais rendu compte.

« Je suis… terrifiée à chaque fois que je dois prendre la parole en public. Tu te souviens de maman et de son "qu'est-ce que les gens vont penser" ? »

Il a acquiescé, immobile, concentré sur moi.

« Je crois… maman tenait aux apparences parce qu'elle avait épousé papa, d'une classe sociale supérieure. Mais ça, je ne le savais pas. Je savais juste qu'il fallait être parfaite. Toujours. Et, et… je crois… ce qui vient de se passer, c'est que… eh bien…

— Clemons représente ce que les gens vont penser. »

J'ai posé les deux mains sur ma bouche en hochant la tête. J'essayais désespérément de ne pas me remettre à pleurer. Pleurer, c'était bon pour les faibles. Pour les enfants. Ou pour le deuil. J'étais la fille de mon père, bon Dieu. Nathaniel s'inquiétait déjà bien assez. Il n'avait pas besoin que je perde pied.

Il s'est levé, contournant le bureau, puis s'est agenouillé à côté de mon siège, avant de me prendre dans ses bras.

« Clemons ne représente rien, d'accord ? Il m'a convoqué aujourd'hui parce que le public te trouve intelligente, courageuse, drôle et gentille. Les gens veulent être comme toi. Tu sais ce que dit le président Brannan ? »

J'ai secoué la tête, les mains encore appuyées sur ma bouche.

« D'après Clemons, le président Brannan dit que sa propre fille lui demande pourquoi elle ne peut pas devenir astronaute. »

J'ai ri. Un peu.

« Oh, cette petite conversation a vraiment dû être agréable.

— Et quand le président a demandé à sa fille pourquoi elle voulait devenir astronaute, elle a répondu : "Je veux aller dans l'espace avec le Dr York et devenir une lady astronaute, comme elle." »

C'est là que tous mes efforts pour ne pas pleurer ont échoué. Lamentablement. Mais ces larmes étaient différentes, bienvenues. Nathaniel pleurait avec moi, parce qu'il est comme ça, il est merveilleux, et je l'ai épousé pour ça.

Si quelqu'un nous avait surpris, il aurait juré qu'on affrontait un chagrin terrible, mais c'était pourtant l'un de nos moments les plus heureux depuis des mois.

On sait qu'on a vraiment inquiété son mari quand il vous prend un rendez-vous chez le médecin sans vous demander votre avis. Je ne pouvais pas lui en vouloir. J'étais en colère, contrariée, mais je ne pouvais pas lui en vouloir. Il m'a accompagnée au cabinet médical et s'est installé dans la salle d'attente. Si je l'avais laissé faire, il aurait probablement assisté à la consultation.

Je me suis donc retrouvée en blouse, allongée sur une table glaciale, les deux pieds plantés dans des étriers, pendant qu'un parfait inconnu procédait à des choses innommables dans mes régions inférieures. Franchement, serait-ce trop demander qu'ils chauffent convenablement leurs salles d'examen ?

Le docteur s'est écarté, sur son tabouret roulant.

« Vous pouvez vous rasseoir, madame York. »

Il avait un très bel accent écossais, ce qui adoucissait un peu son apparence sévère. Très concentré, il m'a examinée de ses yeux bleu pâle, sous de gros sourcils. On se concentre sur ce genre de détails, et non sur les indignités d'être une femme.

Puis il s'est éclairci la gorge et s'est tourné vers un bloc de papier.

« Bon, vous n'êtes clairement pas enceinte.

— Je sais. Merci, néanmoins.

— Décrivez-moi un peu plus ces nausées, voulez-vous ? »

Son nez se plissait, comme le bec d'un faucon.

« Ces nausées ?

— Votre mari les a mentionnées en prenant rendez-vous. »

Nathaniel. J'allais le tuer. J'ai serré les lèvres en grinçant des dents, avant de me forcer à sourire.

« Oh, ce n'est rien, vraiment. Les maris s'inquiètent si facilement. »

Il a fait rouler son tabouret vers moi.

« Vous avez le droit d'être en colère, après cette indiscrétion, mais je ne vous demande pas d'être affable quand j'essaie de caractériser vos symptômes. Je dois connaître la fréquence et identifier la nature de ces nausées, pour m'assurer que ce n'est pas lié à autre chose.

— Oh. »

Je me suis massé le front. Le docteur souhaitait simplement se faire sa propre opinion, sans l'avis de Nathaniel, tout comme moi je tenais à voir les données brutes de Bubbles avant qu'elles passent par la machine. Non que mon mari soit une machine, cela dit, même si j'étais fâchée contre lui.

« Ce n'est pas… ce n'est pas une maladie. Je deviens nerveuse quand je dois parler en public. C'est tout. Ça m'arrive depuis l'adolescence.

— Avant de parler en public. Rien d'autre ?

— Parfois… parfois après. »

J'ai froissé un pan de ma blouse, tête basse.

« À quels autres moments ?

— Ça ne… ça ne m'arrive pas très souvent. » Je ne m'étais pas préparée à cette confession. La honte me brûlait les joues. « Mais il arrive parfois que je me sente… submergée ? Si j'accumule les erreurs, je me sens comme… si je glissais ? »

Il a grogné, sans faire de commentaire.

« Et personne ne vous a jamais traitée pour ça ? »

J'ai secoué la tête. À l'époque, Hershel avait voulu que j'aille consulter, mais je craignais que le médecin me dise que je n'étais pas faite pour l'université. Ou qu'il le dise à mes parents, ce qui revenait au même.

« Vous avez du mal à respirer, quand ça se produit ? Vous suez ? Votre cœur bat trop vite ? Avant de vomir, je veux dire. »

Ma tête s'est relevée d'elle-même.

« Oui. En effet, oui. »

Il a hoché la tête, tirant son carnet d'ordonnances vers lui.

« Vous souffrez d'anxiété, ce qui n'est pas très étonnant, compte tenu de l'époque où nous vivons. Les journaux parlent de "l'ère du météore", mais je crois que "l'ère de l'anxiété" serait plus appropriée. Je vais vous prescrire du Miltown et vous adresser à un…

— Je ne veux prendre aucun médicament. »

Il a levé son stylo, puis s'est tourné pour me dévisager.

« Je vous demande pardon ?

— Je ne suis pas malade. Parfois, je m'énerve, c'est tout. »

Voilà pourquoi j'avais refusé qu'Hershel m'emmène chez le docteur. En un clin d'œil, je risquais de me retrouver dans un sanatorium plein de femmes à qui on prescrivait un traitement de choc et une hydrothérapie pour soigner leurs *nerfs*.

« C'est absolument sans danger. D'ailleurs, c'est ce que je prescris le plus souvent.

— Mais je vais très bien. »

Je ne voulais pas rejoindre les légions de femmes qui prenaient des pilules pour les « aider dans leur travail de maman ».

Le docteur a pointé son crayon sur moi.

« Si je vous disais que vos nausées sont dues à une mauvaise grippe, vous refuseriez le traitement ?

— C'est différent.

— C'est rigoureusement la même chose. » Il a rapproché son tabouret en brandissant la prescription. « Ma chère, votre corps n'est pas censé réagir au stress de cette façon. C'est un fait, des éléments extérieurs vous rendent malade. Je veux que vous preniez ceci, et je vous envoie chez un collègue, qui vous proposera d'autres types de thérapie. »

C'était plus facile de prendre ce bout de papier que de continuer à discuter. Je me suis exécutée, je l'ai remercié, mais j'aurais préféré me damner plutôt que de m'abrutir avec ce médicament.

Dans la salle d'attente, Nathaniel occupait une chaise près de la fenêtre, là où je l'avais laissé. Son genou droit tressautait de haut en bas, un tic qui le prenait seulement quand il était nerveux. Il avait ouvert un magazine, mais j'étais certaine qu'il n'avait rien lu. Son regard restait fixé sur le même point. Je me suis approchée de lui.

Il a refermé le magazine et s'est levé pour m'accueillir.

« Tu es… »

J'ai jeté un coup d'œil autour de nous, dans la salle d'attente. La moitié des chaises étaient occupées. Des mères avec des nourrissons, des femmes avec des enfants, des hommes nerveux comme Nathaniel. Je me suis éclairci la gorge, je lui ai saisi le bras.

« Non. Comme je te l'avais dit. »

Il a posé une main sur la mienne en fronçant les sourcils, comme s'il essayait de résoudre un problème d'ingénierie.

« Je ne sais pas si je dois être rassuré ou déçu. »

J'ai incliné la tête.

« Désolée. »

Il m'a embrassée sur le front, avant de me lâcher la main pour m'ouvrir la porte du cabinet. Une bouffée d'air froid nous a saisis, apportant la rumeur du centre-ville de Kansas City.

« Je veux que tu sois heureuse.

— Je le suis. »

Je n'ai pas voulu évoquer le diagnostic du docteur, parce que cela entraînerait des disputes, et qu'il était trop proche de la vérité. Je me suis appuyée contre Nathaniel, appréciant la laine de son manteau contre ma joue.

« Je suis désolée de t'avoir inquiété.

— J'envisageais de prendre des vacances. »

J'ai ri.

« Toi ? L'homme qui conçoit des moteurs de fusée même la nuit ? Pitié.

— Pas longtemps, non, mais tu sais… attention. »

Nathaniel m'a écartée d'une femme qui courait sur le trottoir, les mains serrées sur un sac de courses. Il lui a lancé un regard noir, avant de reprendre : « Nous allons en Californie pour la bar-mitsvah de notre neveu, alors pourquoi ne pas en profiter pour prendre de véritables vacances ? On pourrait passer au JPL pendant qu'on est là-bas. »

Comme si la visite du Jet Propulsion Laboratory était assimilable à des vacances.

« Je te vois venir… » Une autre femme nous a dépassés, portant un sac de farine. « Ta conception des vacances consiste à regarder des fusées…

— J'essaie juste d'être efficace.

— Hmm… en général, l'efficacité n'a pas grand-chose à voir avec les vacances. »

Les rues se sont vidées à mesure que nous marchions, et pourtant, le vacarme de Kansas City augmentait en ampleur comme en agressivité.

« Ah ! C'est pourtant toi qui calcules notre consommation d'essence quand on conduit… mais qu'est-ce que… »

Je serrais déjà le bras de Nathaniel avant que nous franchissions le coin de rue où se situait notre arrêt de tram. Une bande de reporters emplissait la rue. Une fusée incontrôlable s'est allumée dans ma poitrine, j'ai reculé. Des caméras, des microphones, mais… aucun ne pointait dans notre direction.

Un ruban de police s'étirait de l'autre côté du trottoir, en face d'une foule agitée. Les reporters se tenaient près du ruban, brandissant leurs appareils photo au-dessus de leurs têtes. De temps en temps, le ruban s'ouvrait pour laisser passer un civil.

À chaque fois, les reporters s'affairaient autour de lui.

J'ai effleuré le bras de Nathaniel.

« Viens, on repart dans l'autre sens.

— Attends, je veux voir… » Il m'a regardée, puis s'est arrêté, bouche bée. Je ne sais pas ce qu'il a vu, mais il a hoché la tête. « Oui. D'accord. Désolé. »

Bon Dieu. Je n'étais pas si fragile que ça. J'ai lâché son bras et j'ai désigné le ruban de police.

« Tu tiens à savoir ce qui se passe ? »

Il a secoué la tête.

« Non. Qu'ils fassent leur boulot. On verra ça dans le journal, demain. »

20

LA CAPITALE SECOUÉE PAR DES ÉMEUTES DE LA FAIM

Par Gladwin HILL
Correspondant, THE NATIONAL TIMES

KANSAS CITY, Kansas, 22 septembre 1956. Le quartier du capitole a été interdit d'accès après une émeute menée par des femmes au foyer qui protestaient contre les prix pratiqués par les bouchers et les épiciers. Une petite foule a forcé l'entrée de plusieurs magasins, avant de repartir avec de la marchandise. Au moins cinquante personnes ont été blessées et vingt-cinq arrêtées.

L'un des petits luxes de notre immeuble, c'était la buanderie, en sous-sol. Une très bonne chose, car je n'étais plus tout à fait sûre que Nathaniel me laisse aller toute seule à la laverie automatique, désormais. Pas après les émeutes de la faim auxquelles nous avions assisté la veille. Non que des émeutes de laverie soient particulièrement à craindre, mais mon mari s'inquiétait trop, parfois.

Pourtant, le simple fait de descendre, puis de remonter quatre étages avec mon sac de linge m'essoufflait. L'idée de traîner le sac à même le sol me tentait pas mal, mais je le maintenais serré contre moi. Arrivée devant notre appartement, je l'ai calé entre mon genou et le mur pour déverrouiller la porte.

Poussant le battant d'un coup d'épaule, j'ai saisi le linge et je suis entrée dans notre studio. Nathaniel était au téléphone, assis sur le canapé, les pieds sur la table basse.

« Hmm… oh, attends. Elle vient de rentrer. » Il a posé le combiné sur la table et s'est levé. « Laisse-moi faire. »

J'ai lâché le sac avec un soupir.

« Qui est-ce ?

— Hershel. »

Il a porté le sac jusqu'au placard, avant de le poser par terre.

« Il s'est passé quelque chose ? »

Ce n'était pas notre jour d'appel habituel.

Nathaniel a secoué la tête, occupé par le nœud sur le sac de linge.

« Il voulait juste te parler, je crois. »

Je me suis assise sur le canapé et j'ai attrapé le téléphone.

« Eh bien, bonjour. À quoi dois-je ce plaisir ? »

Mon frère a gloussé dans mon oreille.

« J'ai besoin d'un service.

— Je refuse de faire tes devoirs de maths.

— C'est bien plus compliqué que ça. » Sa voix

avait le timbre très sérieux d'une star de la radio. « C'est le défi le plus complexe qu'on puisse affronter… si on espère survivre.

— Danser ? »

Il a éclaté de rire. Je voyais ses yeux se plisser presque entièrement.

« Pire encore. La famille entière de Doris vient pour la bar-mitsvah de Tommy. »

J'ai sifflé, ce qui manque de distinction pour une dame, mais c'était lui qui m'avait appris, quand on était petits. Je me suis dit qu'il ne s'en formaliserait pas trop.

« Dur, en effet. Quel service ?

— Tu arrives quand ? À la bar-mitsvah. J'ai besoin… » Sa voix a tremblé un peu, je me suis redressée sur le canapé. « Ah, et puis merde, Elma. Je comptais blaguer, mais j'ai pris conscience que je serai… il n'y a pas d'autres Wexler. Il n'y a que toi, moi et les enfants. »

On croit toujours qu'au bout d'un certain temps le chagrin disparaît. J'ai mis la main sur ma bouche et je me suis penchée en avant, comme pour replier cette douleur et l'empêcher de se répandre à nouveau sur le monde. Il nous restait peut-être un cousin quelque part, mais entre l'Holocauste et le météore… il n'y avait plus que nous deux.

J'ai dégluti avant de répondre.

« Oui… je veux dire… il faut que je vérifie le planning de lancement, mais oui. Je peux arriver un peu plus tôt.

— Merci. » Sa voix était un peu rauque. « Par ailleurs, la Californie ne manque pas de nourriture.

De la vraie. Nathaniel m'a dit que vous vous êtes retrouvés en pleine émeute, hier ? »

J'ai laissé Hershel changer de sujet, lançant un regard sombre à mon mari. Il luttait pour comprendre la meilleure façon de plier mes culottes, ce qui lui réclamait plus d'efforts qu'une équation différentielle, apparemment.

« Il exagère. On a marché jusqu'à l'arrêt de tram suivant, c'est tout.

— Il m'a dit que vous étiez tombés sur une émeute en cours.

— La police contenait très bien la foule. » J'ai soupiré, me rappelant les discussions dans la buanderie de l'immeuble. « Bien que… il semble que notre magasin préféré ait été touché. Pauvre M. Yoder. Il est amish, je crois qu'il est resté là, sans rien faire, face aux pillards.

— Aïe. Eh bien, venez chez nous, on s'occupera bien de vous. Ça ne vous fera pas de mal, hein ? »

La façon dont il venait de dire ça m'a fait pincer les lèvres. Je me suis tournée vers mon mari. Qu'avait-il dit à Hershel, exactement, avant mon retour ? Poser directement la question à Hershel reviendrait à évoquer mon état, et je n'en avais aucune envie. Pas maintenant, en tout cas. Quand je serais là-bas, peut-être, si les festivités nous en laissaient le temps. Oui, peut-être.

« Écoute, je dois y aller. Nathaniel fait n'importe quoi avec le linge.

— Tu le salues pour moi, hein ?

— Embrasse Doris et les enfants. »

Après avoir raccroché, je suis restée un moment sur le canapé, la main sur le combiné.

« Tu as appelé Hershel ? »

Nathaniel s'est raidi, une culotte à la main. Ça aurait pu me faire rire si son visage n'avait pas été aussi grave.

« Oui.

— Tu lui as raconté ?

— Non. » Il a posé la culotte sur la commode, avant de m'affronter. « Je n'ai rien raconté. J'ai dit que tu travaillais trop.

— Ne fais plus ça. »

Je me suis levée pour m'occuper du sac de linge. Les vêtements étaient encore chauds à cause du sèche-linge.

« Je sais que ça part d'une bonne intention, mais ne fais plus ça. »

Je n'étais pas d'astreinte à chaque fois. J'étais dans la Team Grenat, qui tournait tous les trois lancements. Et même là, on faisait des quarts pour limiter notre épuisement, parce qu'il fallait quelqu'un à chaque poste, en permanence, quand les astronautes étaient là-haut.

Mais parfois, même quand on n'était pas d'astreinte, on voulait en être. Trois jours plus tôt, nous avions effectué un lancement inhabité, contrôlé par Basira et la Team Verte. Helen et moi aurions dû avoir toute une nuit de repos. C'était le cas, d'ailleurs, mais il s'agissait de la mission qui ferait le tour de la Lune.

À 17 heures, Helen est arrivée à mon bureau. Elle a posé son sac en toile à la place vacante de Basira. Il a cliqueté, anormalement lourd pour un sac à main.

Le doigt sur la dernière rangée de chiffres que je vérifiais pour la deuxième fois, j'ai jeté un coup d'œil intrigué au sac. Le tissu soulignait la vague silhouette d'une bouteille.

« Très joli sac.

— Des rafraîchissements. » Helen a souri en le caressant. « Tu restes après, pas vrai ? »

J'ai hoché la tête, puis j'ai inséré une petite virgule dans la marge pour savoir où reprendre le lendemain.

« Oui. Parce que c'est la seule façon d'apercevoir Nathaniel, entre autres.

— Il pouvait prendre sa soirée.

— Ah, ah. Tu le connais, non ?

— C'est mauvais pour tout le monde, s'il se tue à la tâche. » Elle a pianoté sur le bureau. « À quoi ça va ressembler, d'après toi ? »

J'ai haussé les épaules en rangeant mes feuilles. Autour de nous, les autres femmes terminaient les calculs de la journée, glissaient les pages dans des dossiers, puis dans leurs tiroirs.

« Gris ? Je veux dire… on n'a jamais décelé la moindre nuance de couleur, au télescope. Et nous n'aurons aucune image vraiment claire avant le retour de la fusée.

— Ça reste des photographies de la Lune. »

Je me suis écartée de mon bureau pour me lever, tout sourire.

« Allez, j'avoue, je vais sans doute rester, même sans Nathaniel. »

Ce vol était exceptionnel, incroyable. Nous avions réussi à programmer une fusée qui décrirait une immense orbite autour de la Lune, sans pilote. Enfin, nous l'espérions.

Plus tard, quand on enverrait des hommes faire la même chose, ce serait différent. Là, ça n'impliquait aucun transfert d'entrée orbitale, ni de sortie. Nous avions programmé une seule trajectoire orbitale, hautement elliptique, dont l'apogée se situait de l'autre côté de la Lune. Un calcul assez direct, en fait.

J'ai suivi Helen et nous avons rejoint la marée d'employés de l'IAC qui se dirigeaient vers Mission Control. On ne tiendrait pas tous, bien sûr, mais il y avait une salle de retransmission – et pour les privilégiés qui avaient les clés, une seconde salle de contrôle.

Un jour, nous aurions deux missions spatiales en même temps. On avait donc bâti deux versions supplémentaires de Mission Control. L'une servait à l'entraînement du prochain équipage, l'autre était vide. En théorie. Pas opérationnelle, en tout cas.

Helen et moi avons abandonné la foule et bifurqué vers les escaliers qui menaient à l'autre centre de contrôle.

« Hé ! Attendez ! »

Derrière nous, Eugene et Myrtle Lindholm se sont glissés par la porte. Le ciment de la cage d'escalier a réverbéré leurs voix.

« Eugene ! » Je leur ai souri. « Je ne savais pas que tu venais.

— Avec Myrtle qui ne parle plus que de ça ? Si je loupais ce premier passage, on n'aurait plus rien à se raconter.

— Il faut vraiment que j'apprenne sa technique de vente. »

Eugene nous a dépassées sans effort apparent.

« Ça relève moins de la technique de vente que de l'ultimatum.

— Ne l'écoutez pas, a lancé Myrtle.

— Vous voyez ? » Eugene s'est tourné vers moi en gloussant. « Tu crois qu'on verra quoi ? Myrtle pense que ça ne sera que du gris.

— Elle a sans doute raison. Les images sont scannées à la résolution de mille lignes horizontales, et nous sommes très loin, la transmission est lente, proche de ce qui se fait à la télévision… » Je me suis tue. « Je jargonne, pas vrai ?

— Hmm. Mais ça ressemble pas mal à ce qu'on fait à la console CAPCOM. Du coup, ça me donne une assez bonne idée. Ce sera flou, en gros ?

— Ouaip. Mais on obtiendra de meilleures images dès que la sonde repartira vers la Terre. »

Nous avons atteint le sommet des escaliers, Eugene a ouvert la porte.

« D'ailleurs, à ce sujet… comment va Nathaniel ? »

Haussant un sourcil, j'ai hoché la tête pour remercier Eugene de me tenir la porte.

« Il va adorer l'idée que tu l'associes à une sonde. »

Eugene a ri.

« Tu vois ce que je veux dire. Les IBM le rendent toujours nerveux ?

— D'après lui, ces trucs sont abominables. Il refuse d'envisager une mission lunaire habitée sans calculateur humain. »

Ce qui me convenait très bien – ça augmentait les chances qu'on inclue une femme. Non que les hommes ne sachent pas faire ces calculs, mais en général, ils étaient plus dans l'ingénierie.

L'abstraction des chiffres posés sur le papier les intéressait moins que les gros jouets métalliques et les gros moteurs à explosion. Tant pis pour eux.

Il y avait des gens dans la salle, mais pas autant qu'ailleurs. La plupart appartenaient à la Team Verte. J'ai repéré quelques astronautes. Derek Benkoski et Halim « Hotdog » Malouf étaient penchés sur une console, ils discutaient avec Parker. Mme Rogers était avec un autre groupe de gens, debout, près d'un grand écran qui retransmettrait les images de la sonde à mesure de leur réception.

« Où tu crois qu'on verra le mieux ? »

Helen se tenait sur la pointe des pieds, essayant de voir au-dessus de la foule.

En examinant la salle, j'ai repéré plusieurs chaises vides, près du bureau du Flight Surgeon[1]. On s'est dirigés par là, sans parvenir à quitter des yeux le grand écran noir. La mission nous rapprocherait d'un petit pas de la Lune. Après ça, on choisirait un site d'atterrissage et ensuite… ensuite, quelqu'un marcherait là-haut.

« Helen, je suis soudain ravie que tu aies pensé à prendre des "rafraîchissements".

— Ça me paraît prometteur. »

Eugene lui a souri.

« Quelle chance d'être tombé sur vous. »

Helen a tapoté son sac.

« C'est nettement mieux qu'un match de base-ball. »

Arrivée au poste du docteur, elle a sorti quelques

1. Le médecin de bord. Le terme reste en anglais dans toutes les agences spatiales.

gobelets en carton, ainsi qu'un flacon de vin de mûre. Distillerie maison. C'était un breuvage onctueux, mais certains jours on avait justement besoin d'une boisson douce et forte. Puis Helen a sorti une bouteille d'eau gazeuse.

« J'ai une nouvelle recette de cocktail.

— Doux Jésus. » Eugene s'est penché en avant pour jeter un coup d'œil dans son sac. « Vous avez un bar entier, là-dedans ?

— Pas de glaçons, hélas. » Helen a froncé les sourcils devant les deux bouteilles. « Et ce n'est pas très frais, en plus.

— Pas grave. » Myrtle a attrapé deux verres et les a tendus à Helen. « Tant que c'est fort. »

J'ai éclaté de rire en prenant mon gobelet. Les bulles diffusaient un arôme qui nous rappelait la chaleur de l'été. Une fois Helen servie, j'ai levé mon verre.

« À la Lune.

— À la Lune… et au-delà. »

Eugene a cogné son gobelet contre les nôtres.

L'eau gazeuse atténuait le côté sirupeux du cocktail, tout en adoucissant le goût du fruit.

« Ben c'est pas mauvais…

— Ça t'étonne ? »

Helen a plissé les yeux en m'adressant l'un de ses *tsss* brevetés.

Attirés par la promesse de l'alcool, deux ingénieurs ont dérivé vers nous, dont Reynard Carmouche. J'étais un peu inquiète à l'idée qu'il entraîne Parker avec lui mais, heureusement, ce dernier ne semblait pas décidé à quitter les autres astronautes.

Quelqu'un avait apporté du gin. Bien sûr, cela

nous permettait d'expérimenter de nouveaux mélanges. Pour la science. La chimie est fondamentale dans la science des fusées.

Avec son cocktail gin-mûre, Helen s'est penchée vers moi pour me flanquer un coup d'épaule.

« Betty m'a demandé de tes nouvelles.

— C'est gentil. » En langage du Sud, ça signifie *rien à foutre*. « Je t'ai dit qu'on allait en Californie pour la bar-mitsvah de mon neveu ?

— Elle voulait bien faire. Elle est désolée. »

Tous les *elle voulait bien faire* du monde ne rattraperaient pas sa trahison.

« Je crois même avoir persuadé Nathaniel de prendre des vacances. Incroyable, non ? Il ira à la plage avec un rapport sur l'insertion orbitale, à coup sûr.

— Tu pourrais au moins revenir au 99s…

— Hé ! »

Dans la foule, une voix a interrompu le brouhaha des conversations.

« Ça commence. »

Je me suis mise sur la pointe des pieds pour voir au-dessus des autres, me servant du mouvement général comme excuse pour m'éloigner d'Helen, qui voulait vraiment bien faire. Betty avait surtout manœuvré pour faire son trou au magazine *Life* – ce qui avait plutôt bien marché. Tant mieux pour elle.

Mais ce soir, tout ça n'avait aucune importance. Ce soir, seule la Lune comptait. J'ai pris une gorgée de la préparation gazeuse à la mûre, laissant l'excitation générale me gagner. Ce genre de groupe, ça ne me posait aucun problème. Être au centre de l'attention, voilà ce qui me perturbait.

L'agitation s'est calmée peu à peu, et nous avons entendu la voix des opérateurs dans la salle de contrôle principale. Ça ressemblait à un lancement conduit par des fantômes. C'était bizarre de ne pas être à Mission Control. J'étais si habituée à ma place, à mon rôle. J'ai fermé les yeux quelques secondes, écoutant la voix de Nathaniel parmi les autres.

À côté de moi, Myrtle a inspiré brusquement.

« Qu'est-ce que c'est ? »

J'ai ouvert les yeux. Là, sur l'écran, les premières images granuleuses apparaissaient. Il m'a fallu un moment pour identifier la masse grise et noire qui scintillait à l'écran.

La voix de Nathaniel a résonné dans le haut-parleur.

« Mesdames et messieurs, ce que vous observez a été converti en zéros et uns, transmis depuis les profondeurs de l'espace, puis retranscrit en image. Voici la surface lunaire. »

Soudain, comme un tour de magie, j'ai vu la courbure de l'horizon.

La joie m'a submergée. J'ai crié. Partout, les gens sautaient en l'air, comme si on avait remporté une course. C'était d'ailleurs un peu le cas. Le premier relais, du moins. J'ai levé mon verre à la santé de la sonde *Friendship*… et à l'équipe qui avait planifié sa mission.

Malouf a agité ses mains dans un geste de triomphe. Mme Rogers a dansé comme une jeune fille. Parker a lancé son poing en l'air en criant. Eugene a soulevé Myrtle et l'a fait tourner en l'embrassant. Et j'ai ri, et ri encore.

« À moi, maintenant ! »

Helen a cogné le bras d'Eugene en gloussant.

Celui-ci l'a soulevée et l'a fait tourner à son tour. Moi, je regardais l'écran en souriant à m'en faire mal. La Lune. Un jour. Un jour, j'irais là-haut. Un jour, je marcherais sur la Lune.

Amusant de voir à quel point tout change, quand un rêve devient réalité. Quand nous avons commencé à recevoir des images en haute résolution, la beauté glaciale de la Lune est devenue plus réelle, en quelque sorte. Oui, c'était un environnement impitoyable, mais il y avait aussi une certaine forme de majesté, dans ce paysage austère.

À l'IAC, je crois que tout le monde a reçu un coup de fouet. Une énergie nouvelle a animé ce projet. De mon côté, j'ai mis la tête dans le guidon et je me suis littéralement enterrée dans les calculs. Mais une autre pensée ne cessait de m'occuper l'esprit.

Les chiffres de Bubbles étaient corrects. Le changement dans la structure intérieure du combustible augmentait significativement sa stabilité, ce qui, en retour, générait plus de poussée. Avec ça, nous pourrions augmenter la charge utile d'environ 23,5 %, ce qui réduirait drastiquement le nombre de lancements nécessaires pour la base lunaire.

Avec ces nouvelles données, Nathaniel planchait sur un nouveau scénario. C'était assez complexe pour qu'il confie nos calculs à l'IBM, même s'il haïssait cette machine. Le programme mettait des heures à tourner, et Nathaniel aimait bien surveiller l'ensemble, même quand Basira, la programmeuse officielle, était présente. Bien sûr, il n'aurait rien pu faire si une carte perforée se coinçait quelque part, mais bon… les hommes…

« Donc… j'ai reçu une autre invitation pour *Mr. Wizard.* »

J'ai trituré le bord d'une carte perforée défectueuse que j'avais prise dans la poubelle. Quand on les empilait, les trous des cartes perforées laissaient passer des rayons lumineux presque étincelants.

« Ah bon ? » Nathaniel a détaché les yeux des lignes abstraites qu'il parcourait. « Et tu as répondu ? »

J'ai secoué la tête.

« Ça fait un moment que je ne suis pas allé à Chicago. » Il s'est tortillé sur sa chaise. « On pourrait peut-être prendre des vacances ?

— Tu n'arrêtes pas d'employer ce mot. Si je travaille, désolée, ce ne sont pas des vacances.

— D'accord, des vacances pour moi, alors. »

J'ai souri, déchirant les bords de la carte en petites bandes. En repliant les coins, les bandes ressemblaient presque à des plumes, sur une aile.

« Je n'ai pas encore accepté.

— Quelle que soit ta décision, je la soutiendrai. Quelle qu'elle soit.

— Je sais. »

Il était sincère, j'en avais bien conscience. Mais cela me laissait le poids de la décision à prendre. Soit je causais des frictions au travail en continuant à me battre pour l'inclusion des femmes dans le programme spatial, soit je décevais Nathaniel. Oh, il ne le formulerait *jamais* ainsi, mais il était fier de mon succès. Si je laissais tomber, il serait déçu.

Je sais. Je sais que ça ne ressemble pas à une suite logique. Je le sais… C'est juste que…

Basira travaillait à l'autre bout de la salle, hors de portée, alors que le châssis de la machine cliquetait avec régularité. Les cartes passaient dans le lecteur et heurtaient le guide métallique. *Twic, twic, twic.* J'ai tiré une autre carte de la poubelle, puis je l'ai pliée pour que l'encoche soit juste en face de la première. Des ailes. C'était l'essentiel, n'est-ce pas ? Des ailes, pour un vol dans l'espace. Mon désir d'aller dans l'espace était presque incompréhensible, même pour moi.

J'avais une vie dont j'aurais dû me satisfaire. Et je m'en satisfaisais. Être Mme Nathaniel York me convenait bien. Si je déclinais la sollicitation de *Mr. Wizard*, les interviews, les invitations à dîner, je pourrais me concentrer sur mon mari et sur mon travail. Je les aimais tous les deux…

Mais calculer pour les autres, était-ce vraiment satisfaisant ? Oui, d'accord, mon stress immédiat disparaissait, mais au final, il me restait… quoi ?

J'ai recourbé les bords des « ailes », les maintenant ensemble pour qu'elles fendent l'air en tandem. Des avions en papier, voilà une bonne idée pour *Mr. Wizard*. Je pourrais montrer à Rita les grands principes de l'aérodynamisme. Oh !

J'ai baissé les ailes. La lumière filtrait à travers les perforations en petites étincelles.

Oh ! J'ai pensé à ceux que j'allais décevoir – *qu'est-ce que les gens vont penser ?* Je connaissais la réponse. La petite fille de l'émission. Les Girl Scouts, avec leurs casques en carton. Les lettres écrites au crayon. Ma nièce.

Qu'est-ce que les gens vont penser ?

Ces petites filles me croyaient capable de tout.

Elles me croyaient capable d'aller sur la Lune. Et grâce à ça, elles se croyaient capables d'y aller *elles aussi*. Voilà pourquoi je devais continuer. À leur âge, j'aurais eu besoin de quelqu'un comme moi. D'une *femme* comme moi.

« Je vais dire oui, je crois. »

Nathaniel a hoché la tête sans me quitter des yeux.

« Je t'accompagne.

— Il y a un lancement cette semaine.

— C'est un vol de ravitaillement, avec du matériel de construction pour la plateforme orbitale. Inhabité. L'équipe est sérieuse, personne n'aura besoin de moi pour la conférence de presse. »

Il s'est levé, et malgré la présence de Basira, il s'est approché de moi pour m'embrasser.

« Nathaniel ! Qu'est-ce que Basira va penser ?

— Elle pensera que je t'aime et elle aura raison. »

21

LES RUSSES FONT PART DE LEUR RESPECT ENVERS LES SPÉCIALISTES DES FUSÉES

Correspondant, THE NATIONAL TIMES

PRINCETON, New Jersey, 3 décembre 1956. La Coalition aérospatiale internationale (IAC) a été informée aujourd'hui du fait que la « formidable admiration que le peuple russe voue aux scientifiques de l'IAC et à ses avancées techniques » était la clé d'une future coopération et d'une meilleure compréhension entre la Russie et l'agence aérospatiale.

La veille, on avait pris le Cessna jusqu'à Chicago, et, depuis, Nathaniel faisait de son mieux pour m'occuper consciencieusement, avant que j'aille au studio. C'était étrange de savoir qu'un lancement se ferait sans lui, même si j'étais la première à lui demander de déléguer une partie de son travail. Jamais je n'aurais cru atteindre un point où les lancements de fusée deviendraient routiniers, mais quand on en tire une ou deux par mois, les perspectives changent.

« Et si on faisait une balade en bateau ? »

Je me suis arrêtée près d'un panneau vantant le Mercury SceniCruiser, sur le pont de Michigan Avenue.

« Il fait un peu trop… froid. »

Chapeau à la main, Nathaniel avait renoncé à lutter contre le vent qui soufflait du lac. Ses yeux viraient au rose à cause des bourrasques.

Il avait sans doute raison. Le vent était violent, mais pendant les rares moments d'accalmie, le soleil nous réchauffait, et nous étions en décembre.

L'hiver généralisé cédait enfin du terrain. Ensuite, bien sûr, l'été arriverait, puis s'installerait à tout jamais. J'ai jeté un coup d'œil aux escaliers qui descendaient vers un bateau amarré au quai, juste à côté de la rivière.

« On dirait qu'il y a une cabine intérieure. Allez, viens. On va s'amuser.

— Et l'absence de téléphone à bord n'explique absolument pas cet intérêt soudain pour la navigation ? »

J'ai glissé mon bras sous le sien.

« Le fait que l'absence de téléphone soit la première chose à laquelle tu aies pensé en dit assez long, hmm ? »

Il a ri, puis nous a poussés vers les escaliers.

« Bingo. Pardon. Vraiment. Je fais tout mon possible pour ne pas penser au travail.

— Je sais… » Je lui ai tapoté le bras alors que nous approchions de la rivière. Je l'avais déjà surpris à deux reprises dans une cabine téléphonique, aujourd'hui. « On peut rentrer à l'hôtel, si tu préfères. »

Il a secoué la tête en soupirant.

« Tout se déroule très bien. Mes appels les dérangent plus qu'autre chose.

— C'est si touchant de les voir grandir. »

Le vent faiblissait dès qu'on descendait sous le niveau de la rue. Il y avait quelques touristes, principalement des couples avec enfants, mais pas trop – normal, pour un mardi. Nous avons patienté derrière deux personnes pour acheter nos tickets. Alors que le mari s'adressait au jeune homme à la caisse, sa femme s'est retournée pour nous sourire – comme on sourit parfois à des étrangers, dans une file d'attente.

Puis elle s'est retournée à nouveau.

Je me suis raidie. Non. Pas exactement. Disons que j'ai soudain été frappée d'admiration pour la rivière, comme si la contemplation de sa surface boueuse pouvait m'empêcher d'admettre qu'on m'avait reconnue. Oui, je tenais à changer la perception du public quant à la capacité des femmes à devenir astronautes, mais le rôle de pin-up du vol spatial ne me plaisait pas beaucoup.

Dans ma vision périphérique, j'ai constaté que la femme persistait à me dévisager. Je l'ai vue prendre une inspiration, comme pour se préparer à parler. Sa main s'est tendue vers moi, juste un peu, pour capter mon attention.

« Excusez-moi.

— Hmm ? »

Je l'ai regardée, tout en essayant d'avoir l'air absorbé par la coque du bateau.

« Je suis navrée de vous déranger… mais j'ai l'impression de vous connaître. »

J'ai haussé les épaules, tendant la main vers Nathaniel… sauf que, bon sang, le mari de cette femme venait d'empocher ses tickets, et Nathaniel s'était déjà avancé. J'ai affiché un sourire neutre, pour dissimuler mon agacement.

« J'ai un visage assez commun, il faut croire.

— Vous ne seriez pas Elma Wexler ? »

Wexler. Mon nom de jeune fille. Ma tête s'est retournée d'elle-même.

« Oui, oui, c'est bien moi. »

Je ne la reconnaissais pas. Plutôt ronde, blonde grisonnante, elle ressemblait à une jeune maman. L'un des gamins qui observaient le bateau était sans doute le sien.

« Je suis désolée, mais…

— Oh, ça fait des années. Je m'appelle Lynn Weyer. J'étais votre voisine. À Wilmington… »

Ma mâchoire est tombée.

« Oh Seigneur, Lynn Weyer ?

— Eh bien, Lynn Bromenshenkel, maintenant. » Elle a pivoté, tendant la main vers l'homme qui l'accompagnait. « Luther ? Je te présente Elma Wexler…

— York, désormais. Nous avons habité sur le même palier pendant deux ans. »

Elle s'est engouffrée dans la conversation, comme quand on était enfants.

« C'est la période la plus longue que j'aie passée au même endroit, avec tous les déplacements professionnels de papa. »

Quand elle a souri, j'ai retrouvé la petite fille de

dix ans, enterrée sous le poids des années. Son nez se plissait toujours quand elle souriait.

« Tu te souviens de la tarte à la boue ?

— Oh, je me suis fait *tellement* gronder pour ça. Et la catastrophe de la véranda ? Quand Hershel a trébuché et qu'il s'est ouvert le genou ? »

Le rire de Lynn n'avait pas changé du tout. Il jaillissait en saccades, comme les vibrations d'une fusée.

« Oh, tout ce sang… » Elle a posé la main sur le bras de son mari. « Promis, ce n'était pas si horrible que ça. C'est juste que, vraiment… je ne sais pas pourquoi je ris. Je suis si heureuse de te revoir. »

Ni elle ni moi n'avions demandé des nouvelles de nos parents. Plus personne n'avait ce réflexe, désormais.

Nathaniel s'est écarté de la caisse, nos tickets à la main, et nous avons refait les présentations. L'un des garçons était le fils de Lynn, mais il a gardé le nez dans son livre, et même s'il m'avait vue dans *Mr. Wizard*, il n'a pas fait attention à moi sur le bateau.

Alors qu'on s'éloignait du quai, Nathaniel et moi avons trouvé une place dans la cabine intérieure, avec Lynn et son mari. Je me suis installée contre Nathaniel et j'ai regardé Chicago défiler, dehors.

La voix du commandant de bord a grésillé à plein volume dans les haut-parleurs fixés au plafond.

« Bonjour tout le monde. Regardez sur votre droite, vous verrez l'hôtel Murano, conçu par Jette Briney. Tous ces balcons arrondis sont censés évoquer les feuilles d'un arbre. Et, comme un arbre, il s'enfonce sous terre, avec tout un réseau de bunkers conçus pour être chauds et confortables. Cela dit, je n'y suis jamais allé. Ce n'est pas avec le salaire d'un commandant de bord qu'on peut se le permettre. »

Il a ri à sa propre blague.

J'ai incliné la tête en arrière pour regarder Nathaniel, qui secouait doucement la tête. Il pensait sans doute à la même chose que moi. Ces bunkers étaient parfaits en cas d'impact, mais en bord de rivière ? Quand les températures remonteraient et que le niveau des eaux augmenterait, ce serait catastrophique.

« Aujourd'hui, nous avons un itinéraire spécial, rien que pour vous. Nous allons nous engager sur le lac et y naviguer un peu. »

Le bateau a ralenti avant d'atteindre les écluses du lac Michigan.

Nathaniel s'est tortillé sur son siège pour observer le mécanisme des écluses par la fenêtre. Ingénieur avant tout, en toutes circonstances.

« Hmm… je me demande si… »

Sa mâchoire s'est refermée toute seule.

« Tu te demandes si ? »

Il s'est éclairci la gorge.

« Euh… je me demande si on n'inviterait pas Myrtle et Eugene à dîner, à notre retour.

— Ce n'est pas ce que tu allais dire. »

Les coins de sa bouche se sont tordus en un sourire penaud.

« Non. Mais accorde-moi ce changement de cap. »

En clair, il pensait aux fusées. J'ai tapoté sa cuisse pour signifier mon accord.

« Ce serait bien. On pourrait peut-être… »

La voix du commandant m'a interrompue avec

juste assez de puissance pour empêcher toute conversation.

« L'année dernière, on ne pouvait pas sortir. Le lac était gelé. Mais cet hiver, les températures sont plus douces, on aura une bonne vue sur Chicago et on naviguera autour de la jetée Navy, jusqu'au planétarium Adler. Oh, un point intéressant : saviez-vous que nos astronautes l'utilisent pour s'entraîner à la navigation spatiale ? »

Nathaniel et moi avons échangé un regard, j'ai commencé à glousser.

« Pas moyen d'y échapper, hein ? »

D'un ton faussement horrifié, il a répondu : « Le programme spatial est *partout.* »

De l'autre côté de la cabine, le mari de Lynn a grogné.

« Partout, et foutrement débile, en plus.

— Luther. » Lynn a effleuré le bras de son mari. « Surveille ton langage. »

Nathaniel s'est raidi, à côté de moi.

« Comment ça ?

— Quelques années de mauvais temps, et on nous explique qu'il faut coloniser l'espace ? » Il a haussé les épaules, geste qui a secoué la chair de son cou, au-dessus du col. « Et même si je gobais leurs absurdités, pourquoi ne pas dépenser cet argent pour améliorer les choses ici, sur Terre ?

— C'est précisément ce qu'ils font. »

J'ai posé la main sur le genou de Nathaniel pour lui faire savoir que je m'en chargeais.

« Voilà pourquoi nous avons un système de rationnement. Ils essaient d'éliminer tout ce qui aggrave l'effet de serre. Le programme spatial n'est qu'un aspect des choses.

— Un hiver éternel ? Pitié. » Luther a agité la main vers la fenêtre, où nous commencions à atteindre le niveau supérieur de l'écluse. « Vous avez entendu le commandant.

— Vous avez mal compris, je crois. L'hiver était temporaire. Le problème, c'est que la température va bientôt grimper. C'est plutôt l'éternel été qui nous inquiète. » À Kansas City, au sein de l'IAC, nous étions entourés de gens bien conscients du problème, qui œuvraient tous dans le même sens. « Par ailleurs, ce n'est jamais une bonne idée de garder tous ses œufs dans le même panier, pas vrai ? Le programme spatial, c'est un second panier où mettre nos œufs.

— Madame, j'entends votre point de vue, mais il y a une dynamique économique en jeu, et je ne m'attends pas à ce que vous la compreniez. Tout ça, c'est du gros business, l'occasion de se faire beaucoup d'argent en arnaquant le gouvernement. Une vraie conspiration, des opérations illégales du début à la fin. »

Nathaniel a inspiré.

« Je suis le… »

J'ai fait tomber mon sac à main par terre pour l'arrêter.

« Oh ! Mais quelle klutz ! »

Le laisser clamer son statut d'ingénieur en chef du programme spatial ? Alors que nous étions piégés sur ce bateau avec eux ? J'étais déjà trop agacée par cette conversation, qui de toute façon n'irait nulle part.

« Lynn, tu te souviens, comme je renversais tout, tout le temps ! »

Elle m'a emboîté le pas pour changer de sujet, Dieu la bénisse. Après ça, la conversation est redevenue parfaitement ordinaire. De quoi avons-nous parlé ? Je ne sais même plus. De tout ? De rien ? C'était juste… normal. Avant de tomber par hasard sur Lynn, je n'avais pas pris conscience que nos existences s'étaient tellement éloignées de la normale, justement. Ils avaient un fils. Ils espéraient en avoir un autre. Ils avaient pris un crédit, bon Dieu.

Un crédit. Nathaniel et moi avions bien trop peur de l'avenir pour déménager de notre studio – et les Bromenshenkel, eux, s'engageaient sur vingt ans.

Le lendemain, Nathaniel m'a accompagnée au studio. C'était un soulagement qu'il soit avec moi. Dans le cadre d'une émission scientifique, le Dr Nathaniel York et l'IAC étaient très connus. J'ai pu m'effacer, redevenir Mme York quelques instants.

Je pense toutefois que Nathaniel usait de son charme naturel pour détourner l'attention de moi. Grâce à lui, je n'avais pas à faire la conversation à qui que ce soit. Je repensais souvent au docteur qu'il m'avait emmenée consulter, regrettant parfois de n'avoir pas suivi sa prescription. Mais depuis, je n'avais vomi qu'une seule fois, et je crois que seul Nathaniel s'en était rendu compte.

Ensuite, il a été temps de se mettre en place.

L'assistant, dont j'avais encore oublié le nom, est apparu au maquillage.

« Docteur York ? Nous sommes prêts. »

Nathaniel s'est tourné vers lui, il a ouvert la bouche, puis l'a refermée en gloussant.

« Ce n'est pas à moi que vous parlez, d'accord. » Il s'est penché pour m'embrasser sur la joue, et il a murmuré : « Les nombres premiers sont tes amis. »

Il me connaissait si bien.

« Je vérifierai tout à l'heure si tu es divisible », ai-je répondu à voix basse.

Son rire étouffé a été ma récompense. Bonus non négligeable, il a rougi un peu.

« Je ne suis divisible que par un. »

Puis il s'est relevé, m'a adressé un clin d'œil, et s'est écarté.

C'était un peu moins terrifiant de suivre l'assistant, cette fois. Je savais à quoi m'attendre ? Je n'avais pas eu le temps d'angoisser ? Difficile à dire. Je ne me sentais pas trop mal, juste un peu barbouillée. Pas la peine de prendre un médicament, merci beaucoup…

Jusqu'à ce que l'assistant se tourne vers Nathaniel et lui glisse : « Je reviens vers vous juste après pour vous montrer où vous pourrez assister à l'émission, docteur York.

— Non. »

Le mot avait jailli de ma bouche avant que je sache pourquoi je ne voulais pas que Nathaniel me regarde. Il était venu pour ça, après tout. Et il avait vu l'émission précédente. Je n'allais rien faire de choquant, ni même de difficile.

« Je… d'accord, très bien, ça va. »

Nathaniel m'a observée un instant.

« Tu sais… je crois que je vais regarder depuis la régie. Ça m'intéresse de voir comment ils montent leur truc. »

Qu'est-ce que les gens vont penser… Il me connaissait si bien. Pourtant, faire une erreur sous ses yeux n'avait aucun sens particulier. Ça m'était arrivé des dizaines de fois, comme le désastre de la salade aux pissenlits. Mais j'ai hoché la tête à son intention.

« Excellente idée. »

Ensuite, j'ai suivi les couloirs du studio, jusqu'à la scène, où j'ai retrouvé ma marque devant la fausse porte. L'assistant réalisateur a dit : « Antenne dans cinq, quatre, trois… »

Trois. Un nombre premier. Cinq également. J'ai expiré lentement par la bouche. Sept. Onze. Treize.

L'assistant a levé le nez de sa planchette, puis hoché la tête vers la scène. C'était à moi. J'ai posé la main sur la poignée de la porte et je l'ai franchie en souriant.

Don a levé les yeux, tout sourire.

« Docteur York ! Quelle bonne surprise. Je suis ravi de vous revoir. Rita et moi étions justement en train de discuter du carburant à utiliser avec notre fusée. »

À ses côtés, Rita tenait une bouteille avec des ailerons sur les flancs, comme une fusée miniature. Cette fois, elle portait une robe bleue, parsemée d'étoiles.

« Oh, eh bien, je dois pouvoir vous aider. »

Tout sourire, j'ai atteint la marque comme une vraie professionnelle et je me suis retrouvée devant Rita. Elle m'a rendu mon sourire. Elle jouait peut-être la comédie, mais, peu importe… j'étais là pour ça.

Et maintenant, j'aurais aimé que Nathaniel me voie.

Fabriquée avec une bouteille remplie de bicarbonate de soude et de vinaigre, notre fusée miniature a quitté son pas de tir improvisé dans un jet de gaz mousseux. Elle a décrit un arc au-dessus de la structure du plateau. Hors champ, deux assistants munis d'une couverture l'ont rattrapée alors qu'elle retombait.

Rita a applaudi de plaisir.

« Waouh ! C'est génial, docteur York ! » Elle s'est tournée vers Don. « Dites donc, mister Wizard, que se passerait-il si on faisait une fusée plus grosse ? »

Il a ri, posant la main sur sa hanche.

« Tu te souviens des calculs que le Dr York t'a montrés ?

— Bien sûr ! » Elle s'est tournée vers moi, radieuse. « Donc, tout ce qu'il faut savoir, c'est le poids de la fusée… je peux y arriver ! »

Mr. Wizard lui a tendu la feuille de papier que nous avions utilisée un peu plus tôt.

« Très bien, alors. On se revoit la semaine prochaine. »

Derrière les caméras, le réalisateur a lancé : « Coupez. Beau travail, tout le monde. »

Je me suis affaissée sur le plan de travail, où j'ai soupiré comme pour mieux chasser toute ma photogénie. La TV n'était rien, comparée aux calculs. On discutait des problèmes avant de passer devant les caméras. Mais la précision avec laquelle le studio entier travaillait pour fabriquer cette émission en direct… ça me rappelait un peu la *dark room*, un jour de lancement, quand des dizaines de gens extrêmement compétents se concentraient sur un seul but.

Don m'a rejointe en se penchant au-dessus du plan de travail.

« Vous êtes faite pour ça. »

J'ai éclaté de rire.

« La télévision n'a vraiment rien de naturel pour moi.

— Hé, hé, non, je suppose que non. » Il a défait sa cravate et m'a proposé de quitter le décor avec lui « Et pourtant, grâce à vous, les maths deviennent intéressantes.

— Mais elles le sont. » J'ai haussé les épaules. « Oh, je sais que ce n'est pas le cas pour la plupart des gens, mais je crois qu'ils sont intimidés par ceux qui leur ont appris à avoir peur des chiffres.

— C'est un point de vue intéressant. » Il m'a tenu la porte vers les coulisses, où nous attendaient les loges, après une succession labyrinthique de couloirs. « Nathaniel n'est pas resté ?

— Il regardait depuis la régie. »

Il y était peut-être encore, d'ailleurs, à observer les techniciens œuvrer.

« À mon avis, l'IAC devrait lancer une émission avec vous deux – un truc comme la *John Hopkins Science Review*, mais centré sur l'exploration spatiale. » Don s'est arrêté à la porte de sa loge. « Au fait, vous restez combien de temps, ici ?

— On rentre demain. »

Je n'allais même pas retenir cette idée d'émission de l'IAC. Seul réconfort à tirer de cette suggestion : j'arrivais très bien à dissimuler ma terreur.

« Eh bien, si vous ne savez pas quoi faire pour dîner, pourquoi ne pas nous rejoindre, Maraleita et moi ?

— Ce serait formidable, mais nous avons rendez-vous au planétarium Adler. »

De dépit, j'ai haussé les épaules. Nathaniel ne m'avait même pas suggéré d'y aller pour assister au programme d'entraînement des astronautes, c'était moi qui l'avais proposé.

« Nous sommes censés être en vacances, mais nous travaillons tous les deux.

— La prochaine fois, alors. »

J'ai continué à sourire en lui disant au revoir, et j'ai même réussi à rejoindre ma propre loge avant de me mettre à trembler. *La prochaine fois.* Ça ne s'arrêterait jamais. J'ai refermé la porte et me suis assise sur le petit canapé. Il ne m'était rien arrivé. Tout allait bien. *3,14159…* Tête basse, j'ai posé la tête sur mes genoux, laissant la laine de ma jupe me caresser le visage.

Ma chère, votre corps n'est pas censé réagir au stress de cette façon.

Il fallait me reprendre avant que Nathaniel revienne de la régie, sinon il s'inquiéterait. Je n'étais pas malade. J'allais très bien. Inspiration, expiration. Lentement, très lentement, pour éliminer le nœud de tension dans mon abdomen. *2, 3, 5, 7, 11…* L'émission s'était bien passée. Don était ravi. Je n'avais pas été dévorée par un ours.

Quelqu'un a frappé à la porte. Je me suis redressée assez vite pour que les bords de la pièce s'obscurcissent légèrement. J'ai affiché un sourire en m'essuyant les yeux.

« Entrez. »

Don a ouvert la porte. Son visage était fermé. L'inquiétude lui creusait les sourcils.

« Elma… vous devriez venir. Je crois que Nathaniel a appris une mauvaise nouvelle. »

La pièce s'est refroidie d'un coup. Je me suis levée en moins d'une seconde.

« Une mauvaise nouvelle ?

— Je ne sais pas encore. »

Il m'a guidée dans le couloir. Mes mains étaient comme engourdies, je ne sentais plus le sol. Je crois que j'avais compris, avant même qu'on ne l'annonce.

« À la radio, on dit qu'une fusée a explosé. »

22

LE PROPANE RÉGLERA LA QUESTION DES GAZ D'ÉCHAPPEMENT DES BUS

La Commission de contrôle atmosphérique demande à la municipalité d'opter pour le « gaz en bouteille »

CHICAGO, Illinois, 4 décembre 1956. Le Dr Leonard Greenburg, responsable du contrôle antipollution municipal, a affirmé hier que le propane, utilisé en bouteilles de gaz comprimé, éliminerait les émanations nocives des bus. On estime que les gaz d'échappement contribuent au fameux « effet de serre » causé par le météore. Le maire de Chicago s'est néanmoins interrogé sur la nécessité absolue d'un tel changement.

La salle des scénaristes disposait d'une longue table, assez grande pour accueillir une dizaine de personnes. Nathaniel était assis, seul, à l'angle, penché au-dessus du téléphone. La main sur le front, il écoutait son correspondant, à l'autre bout du fil. Un crayon brisé gisait sur la table, devant lui.

À mon entrée, il n'a même pas levé les yeux. Don a refermé la porte derrière moi. Mes talons ont fait un vacarme de tous les diables quand j'ai traversé la pièce pour le rejoindre. Il a gardé la tête basse.

« Oui… si vous avez l'altitude, les calculatrices devraient pouvoir vous donner le reliquat de carburant. »

J'ai tiré une chaise en essayant de ne pas la racler sur le lino. Je m'y suis laissée tomber dans un froissement de crinoline, avant de poser une main sur le dos de Nathaniel, sans doute pour lui indiquer ma présence. Comme s'il ne m'avait pas entendue. Son dos était raide, trempé de sueur froide.

« Non, non… je comprends. Mais… bien. Au moins, ça donnera aux pompiers une idée de la gravité des brûlures. »

J'entendais à peine la personne, à l'autre bout du fil. Une huile de l'IAC, j'imagine. Certainement le directeur Clemons.

« Oh. Oh, je vois. » Nathaniel a soupiré, inclinant un peu plus la tête. « Non. On ne peut pas estimer la quantité de carburant tombé sur la ferme. »

Mon cœur a manqué un battement. La ferme ? La trajectoire des fusées était soigneusement calculée pour éviter qu'elles survolent une ville ou une ferme. D'après les informations de Don, j'avais conclu que la fusée avait explosé sur l'aire de lancement. C'était déjà arrivé pour des essais, jamais avec des engins qui avaient fait leurs preuves comme les classes Jupiter.

« Bien. OK… Elma a fini, on rentre directement. » Il a hoché la tête, juste au-dessus du téléphone. « Hmm… Je comprends. »

Après ça, il a raccroché. Il est resté assis, le regard

perdu sur la table, ou peut-être les yeux fermés. Difficile à voir, avec sa main sur son front.

« Que s'est-il passé ? »

Il s'est redressé, ôtant enfin sa main. Ses yeux étaient injectés de sang, des coulées de larmes salissaient ses joues.

« Ils cherchent encore à comprendre. Mais apparemment, le propulseur d'appoint s'est séparé trop tôt, la trajectoire s'est modifiée.

— Oh, Seigneur.

— La fusée s'est abattue sur une ferme. » Il a appuyé les deux mains sur son visage. « Bon Dieu. »

Que dire, dans ces cas-là ?

« Il y avait… quelqu'un ?

— Toute la zone est en flammes. » Il s'est essuyé les yeux d'un revers de manche, avant de s'éloigner de la table pour se lever. « Il faut que je rentre.

— Bien sûr. » Je ne savais pas trop ce qu'on pourrait faire, lui ou moi. « Ce n'est pas ta faute.

— Je suis l'ingénieur en chef. »

Nathaniel s'est écarté de moi, les mains sur les hanches, tête basse. Les secondes se sont éternisées entre nous.

Je n'aurais pas dû lui demander de m'accompagner.

« Je suis désolée. »

Toute la tension a quitté ses épaules. Il s'est affaissé.

« Non. Elma, non. » Quand il s'est retourné, son visage était crispé, hanté. « Ne prends pas ça sur toi. Tu as raison. C'était un lancement de routine, ça n'aurait rien changé si j'y avais assisté. »

J'aurais aimé qu'il y croie.

De retour de Chicago, quatre heures après le crash de la fusée, on voyait encore la colonne de fumée s'élever de la ferme dévastée. Des flammes en léchaient la base, de grosses langues orange, avides et furieuses. Ce n'était qu'une fusée, pas une météorite, mais ça n'avait rien de réconfortant, pas quand la mort tombait du ciel.

Dans le siège à côté de moi, Nathaniel gémissait, les épaules voûtées. Ses poings étaient crispés sur ses genoux.

« Tu peux survoler la zone ?

— Je ne crois pas que ce soit une bonne idée. » Mon mari n'avait quasiment rien dit depuis l'appel téléphonique. Je m'étais occupée des bagages pendant qu'il écoutait la radio qui couvrait la catastrophe en direct. Il y avait des enfants parmi les victimes de la ferme.

« Juste à côté, alors ?

— Nathaniel…

— Oui ou non ?

— Oui. »

On naviguait à vue, pas la peine de contacter la tour pour modifier notre plan de vol. J'ai approché le Cessna de la ferme. L'incendie concernait principalement les champs voisins, mais il englobait la maison, la grange et les dépendances. Le bourdonnement de notre moteur allié au sifflement du vent sur les ailes rythmait le mouvement des flammes.

Je regardais le ciel, les mains serrées sur le manche. Une petite partie en moi avait immédiatement pensé au météore en apercevant le feu. J'avais beau savoir qu'il n'y aurait aucun éjecta, je persistais à surveiller le ciel. C'était toujours préférable au sol.

« Elle n'aurait pas dû virer au sud. » Nathaniel s'était penché en avant, le visage collé à la fenêtre, pour mieux distinguer en bas. « Quelque chose a dû détraquer les gyroscopes.

— Ils auront la télémétrie, à Mission Control.

— Je sais, a-t-il sifflé.

— OK, OK. »

Il a regardé par la fenêtre, les poings toujours serrés. De la fumée tourbillonnait devant nous, j'ai éloigné l'avion de la ferme.

« Qu'est-ce que tu fais ?

— J'évite les courants ascendants. »

Je me suis stabilisée, puis j'ai mis le cap sur l'IAC, dangereusement proche. Il y avait une piste d'urgence pour les astronautes et leurs T-33.

« Tu peux contacter la tour pour moi ? Obtenir la permission d'atterrir à l'IAC, et non au New Century AirCenter ? »

La fenêtre a retenu son attention quelques secondes supplémentaires, puis il a hoché la tête et tendu la main vers le micro.

Dès notre atterrissage, Nathaniel a rejoint Mission Control. J'ai convoyé l'avion jusqu'au hangar pour le ranger à côté des T-33. Effilés, magnifiques, ces avions étaient réservés aux astronautes qui se rendaient aux différents sites d'entraînement.

À côté d'eux, mon petit Cessna ressemblait à un jouet. J'aurais pu le pousser moi-même dans le hangar. J'ai honte de l'avouer, mais j'ai éprouvé un pincement de convoitise pour ces appareils, malgré la tragédie en cours. Quand je suis descendue du Cessna, une forte odeur de kérosène, de bois et de chair brûlée empuantissait l'atmosphère. J'ai ravalé une nausée.

Avant que je puisse traverser le tarmac, un autre T-33 est rentré au hangar. Je me suis figée sur place pour laisser de la marge au pilote. Ces appareils étaient exceptionnels en vol, mais au sol, leur visibilité laissait à désirer.

Le moteur s'est éteint et la verrière a basculé. Stetson Parker a quitté le siège du pilote, suivi de Derek Benkoski, dans le siège de l'élève. Ça l'avait sans doute agacé. Parker est descendu si vite que je me suis demandé s'il avait bien terminé la check-list de fin de vol. Benkoski s'en chargerait à coup sûr.

Parker m'a vue, il a changé de direction.

« C'est comment ? »

J'ai secoué la tête. Derrière lui, Benkoski descendait à son tour, concentré sur nous comme un radar longue portée, avide de la moindre information. Je n'en avais aucune.

« On vient tout juste d'arriver. Vous avez survolé la zone ? »

Parker a hoché la tête, les traits tirés. Il s'est tourné vers le bâtiment de l'IAC.

« Je me demande combien de temps ils vont nous clouer au sol.

— C'est ça qui vous préoccupe ? Des gens sont morts, et vous vous inquiétez du prochain lancement ? »

Il s'est raidi, puis il s'est retourné vers moi en faisant craquer son cou.

« Oui. C'est ça qui m'inquiète. Je pilote ces trucs,

je demande à mes coéquipiers de les piloter, alors oui, ça m'inquiète. Je me demande combien de temps ça leur prendra pour trouver l'origine du problème, parce que c'était un vol automatisé. Mais cette fusée aurait pu me transporter moi, ou Benkoski, ou Lebourgeois, dont vous avez tant séduit la fille, Lady Astronaute. »

J'aurais bien aimé lui envoyer une réplique bien sentie, mais il avait raison.

« Je… je suis désolée. Je n'ai pas réfléchi.

— Non. Vous n'avez pas réfléchi. Vous ne réfléchissez jamais. Vous faites tout pour obtenir ce que vous voulez, tant pis pour ceux qui se trouvent sur votre chemin. »

Il s'est détourné, puis s'est dirigé vers Mission Control.

Benkoski a poussé un long sifflement.

« Qu'est-ce qui lui prend ?

— Il me déteste.

— Je sais. Je veux dire… pourquoi ? » L'astronaute était grand et voûté, il inclinait la tête, comme pour mieux percer à jour le contenu de mon cerveau. « Il ne déteste pas tant de gens que ça.

— Je… on s'est connus pendant la guerre. »

J'ai secoué la tête. Cela n'arrangerait rien de revenir là-dessus. Je suis retournée vers mon Cessna pour le pousser dans le hangar.

« Peu importe. C'est un sacré bon pilote, c'est tout ce qui compte, pas vrai ? »

Benkoski a hoché la tête en m'emboîtant le pas vers l'avion. Il s'est positionné de l'autre côté de la carlingue.

« J'ai vu meilleur.

— Vous, par exemple ? »

Je me suis appuyée de tout mon poids contre la coque de l'appareil.

Il a souri, malgré l'odeur de brûlé, puis il m'a aidée à pousser.

« Vous le savez bien. »

Après avoir calé l'avion, Benkoski m'a accompagnée à Mission Control. En fouillant dans ses poches, il a sorti l'un de ces petits carnets de notes noirs que la plupart des astronautes emportent partout avec eux.

« Au fait… ma nièce vous a vue à *Mr. Wizard*. Je peux avoir un autographe pour elle ?

— Bien sûr. »

Mon estomac s'est retourné, mais j'ai pris son stylo et j'ai inscrit mon nom sur une page vierge. À l'horizon, le monde brûlait.

Nathaniel a passé la nuit à Mission Control. On y trouve des quartiers d'habitation pour les équipages. Il a décidé d'y rester après m'avoir renvoyée à la maison. Je suppose qu'il a dormi à peu près autant que moi, c'est-à-dire pas du tout.

Le lendemain, quand je suis arrivée au travail, j'ai emprunté le couloir de son bureau pour lui apporter des vêtements de rechange. Tous les visages que je croisais affichaient l'air hanté des soldats de retour des tranchées. Les gens étaient soucieux, bien plus inquiets qu'avant le lancement.

J'ai frappé à la porte de Nathaniel, pourtant ouverte, pour ne pas le faire sursauter en entrant à l'improviste. Ses cheveux blonds lui collaient au front, des cernes noirs creusaient ses yeux. Il a redressé la tête.

« Merci.

— Tu as mangé ? »

J'ai posé sa chemise propre sur le dossier d'une chaise.

Son bureau était jonché d'impressions télémétriques. Il passait en revue une liste de chiffres.

« Pas faim.

— La cafétéria est ouverte.

— Je n'ai. » Les muscles de sa mâchoire ont tressailli. « Pas faim.

— Très bien. Désolée. »

J'ai reculé vers la porte. Je voulais simplement l'aider. Mais je le gênais, manifestement.

Nathaniel a soupiré en baissant la tête. Son menton a presque touché sa poitrine.

« Attends. » Il s'est frotté les yeux, puis s'est levé. « Elma, je ne suis pas fâché contre toi. Je suis désolé. Je suis grossier, mal élevé et je… tu veux bien fermer la porte ? »

J'ai acquiescé, avant de m'exécuter. Quand le battant a claqué, Nathaniel a poussé un énorme soupir et s'est affalé dans son siège.

« Je suis ravagé.

— Pourquoi tu ne fais pas une pause ?

— Parce que… tout le monde veut savoir ce qui s'est passé. Et moi… je ne sais pas. » Il a jeté son crayon sur le bureau. « Je ne sais pas. Le responsable de la sécurité aurait dû ordonner la destruction de la fusée quand elle a quitté sa trajectoire… mais il ne l'a pas fait. Je ne sais pas pourquoi. Et je devrais. »

J'ai contourné son bureau pour le rejoindre. Je me

suis penchée vers lui, les mains sur ses épaules, pour lui embrasser le sommet du crâne. Il sentait la sueur et la cigarette.

« Tu vas y arriver. »

Non. Non, ce n'était pas l'odeur de la cigarette. C'était la puanteur de la ferme carbonisée. Nathaniel a secoué la tête, j'ai senti ses muscles se crisper, sous mes doigts.

« Il y aura certainement une enquête gouvernementale. »

J'ai plongé mes pouces sous son cou, il a grogné. En décrivant de petits cercles, je me suis penchée sur lui, de tout mon poids.

« Parker se demande combien de temps on va les clouer au sol.

— Il faudra des mois pour tout passer en revue. » Nathaniel s'est massé le front. « On va repousser la mission lunaire, aussi. »

La mission lunaire ne concernait pas ce type de fusée, pourtant. La catastrophe n'aurait pas dû la remettre en cause. D'un autre côté, l'autre fusée n'était pas censée exploser. Par ailleurs, l'installation de la plateforme orbitale serait retardée, après la perte de la cargaison.

Nathaniel s'est éclairci la gorge, les muscles de sa nuque se sont contractés à nouveau.

« Je me disais… Elma ?

— Je suis là. »

Il a dégluti.

« Je ne crois pas que je puisse… il va falloir que je reste ici les deux prochains mois.

— J'avais deviné. »

Aucune chance de lui faire prendre des vacances,

désormais. J'ai grimacé. J'avais sermonné Parker qui s'inquiétait d'être cloué au sol, et voilà que je me préoccupais de mes vacances. Quelle conne.

« Ça veut dire que je ne pourrai pas me rendre à la bar-mitsvah de ton neveu. »

Mes mains se sont figées d'elles-mêmes.

« Oh. »

J'ai incliné la tête, tâchant de rassembler mes pensées. Je ne voulais pas abandonner Nathaniel, pas avec cette pression. Mais Hershel avait besoin de moi, là-bas. Et c'était la bar-mitsvah de Tommy.

« Tu… ça te pose un problème si j'y vais seule ?

— Dieu merci. » Il a pivoté sur sa chaise pour me faire face. « Je comptais te forcer à y aller malgré tout. »

J'ai chassé quelques mèches de son front.

« Tu vois, tu n'aurais pas dû t'inquiéter. Je peux te laisser tomber n'importe quand »

Il a souri, un peu raide.

« Jamais des mots aussi faux n'ont été prononcés. » Il a passé les bras autour de moi et m'a serrée contre lui. « Merci.

— Pour ?

— Je ne peux pas me permettre de crier quand je suis dans mon rôle d'ingénieur en chef. J'en ai envie, pourtant. J'aimerais hurler, montrer les dents. Mais je ne peux pas. Merci de m'autoriser à être infect, de temps en temps, avant de me reprendre. »

23

**L'EXPLOSION DE LA FUSÉE JUPITER
DUE À UNE ERREUR HUMAINE**

KANSAS CITY, Kansas, 12 décembre 1956 (United Press International). D'après un rapport préliminaire, une erreur de transcription de programme serait à l'origine de l'explosion du deuxième étage de la fusée lunaire Jupiter. La fusée a quitté sa trajectoire avant de s'abattre sur une ferme, tuant onze personnes. Une enquête gouvernementale est en cours pour déterminer si la catastrophe aurait pu être évitée.

Laisser Nathaniel tout seul ne m'enchantait guère, mais comme prévu, le gouvernement a diligenté une enquête sur le crash. L'IAC travaillait dur pour comprendre l'origine de l'explosion, mais il a fallu en plus fournir tous les documents nécessaires aux enquêteurs. Au moins ceux qu'ils pouvaient comprendre.

Il était plus intelligent de prendre un vol commercial pour la Californie, mais je voulais me vider la tête, et piloter me semblait particulièrement indiqué. Nathaniel avait insisté pour m'en dissuader, toutefois, et de temps en temps, il m'arrive de ne pas me comporter comme une idiote. Bref. Au final, j'ai échoué sur mon premier vol commercial.

Ça ne m'a pas beaucoup impressionnée. Seul point positif, ils servaient des cocktails à bord, ce dont je n'aurais pas pu profiter si j'avais dû piloter. La vue était médiocre. À l'atterrissage, le pilote a rebondi deux fois, sans l'excuse d'un fort vent latéral.

Mais se lever, puis quitter la carlingue sans se coltiner toute la check-list, ça, c'était bien. Sortir de l'appareil et voir mon frère qui m'attendait ? Merveilleux.

Il était avec Doris, Tommy et Rachel. La Californie lui réussissait, manifestement. La peau bronzée, il portait une chemisette hawaïenne avec un imprimé d'hibiscus. Les enfants avaient poussé comme des mauvaises herbes, Tommy était presque aussi grand que son père. Je ne les avais pas vus depuis trois ans. Rachel se tenait légèrement en retrait, mais elle souriait, les joues creusées par ses fossettes.

« Tante Elma ! »

Tommy n'était pas timide – il ne l'avait jamais été. Il a couvert le premier l'espace qui nous séparait, me faisant reculer sous la force de son étreinte.

« Tu es venue ! Il y a un super endroit pour lancer des planeurs, chez nous. Et j'en ai fabriqué un vraiment cool, et ce n'est pas une maquette… »

Hershel s'est approché à son tour, sur ses béquilles.

« Doucement, le tigre. Commençons par ramener

tante Elma à la maison avant de planifier tout son programme. »

En relâchant mon neveu, j'ai demandé à Rachel : « J'ai droit à un câlin ? »

Elle a hoché la tête et je l'ai embrassée. J'ai dû me pencher, mais pas autant que la dernière fois qu'on s'était vues. Doris a posé la main sur l'épaule de sa fille.

« Dis-lui pour le club, Rachel. »

Elle a levé la tête vers moi, avec de grands yeux.

« On a lancé un club Lady Astronaute. C'est vraiment super.

— Génial, chérie. »

Mon estomac s'est comprimé quand j'ai compris pourquoi elle faisait sa timide. Je n'étais plus une simple tante. J'étais quelqu'un. La Lady Astronaute avait atterri.

« Je pourrais peut-être vous rendre visite, hein ? »

Rachel a hoché la tête, ses yeux se sont écarquillés un peu plus, ils ont brillé. Elle s'est tournée vers sa mère, les mains jointes, comme si elle avait remporté un prix. À quoi m'attendais-je ? Je ne l'avais pas vue depuis trois ans, et maintenant j'étais…

Si j'avais vraiment été astronaute, ça ne m'aurait pas dérangée tant que ça, je crois. Mais les gens m'appelaient la « Lady Astronaute » parce qu'on *m'empêchait* d'en devenir une. C'était ça qui me gênait. J'étais célèbre parce que je réclamais un rôle inaccessible. Et entendre tous ces gens m'appeler comme ça ? Ma propre nièce ? J'avais l'impression de jalouser un personnage de télévision, mais le personnage, c'était moi. Peut-on être jaloux de soi-même ?

Je me suis raidie, puis le chemin pour embrasser

mon frère s'est dégagé. Il avait transféré l'une de ses béquilles dans une main pour m'étreindre sans me coller la poignée métallique dans le dos. J'ai enroulé mes bras autour de lui. Malgré l'imprimé hibiscus, sa chemise hawaïenne sentait la lavande.

« Oh… tu m'as manqué.

— Tu as perdu du poids. » Il s'est écarté, les yeux plissés derrière ses lunettes. « On en reparlera. »

Très bonne chose que Nathaniel *ne soit pas* avec moi, sinon je l'aurais fusillé du regard.

« Oh, avec la cuisine de Doris, ça ne va pas durer. »

J'ai lâché mon frère pour saluer ma belle-sœur.

« Je ne sais pas… » Elle a émis l'un de ses rires aigus, qui montait comme un trille. « Je compte bien te mettre à contribution. Hershel ne t'a rien dit ?

— Je suis là pour ça. Même en vacances, il faut que je fasse quelque chose. »

C'était précisément le problème, avec nos vacances.

Je me souviens très bien de la bar-mitsvah d'Hershel. Il a sept ans de plus que moi, mais c'est l'un de mes premiers souvenirs très nets. En partie, du moins. Je me rappelle m'être étirée pour le voir, au-dessus du banc, à la synagogue. Il trébuchait sur les mots en lisant des passages du maftir. Après ça, du haut de mes six ans, certaine de ma propre infaillibilité, je lui ai dit que moi, je ne commettrais pas ce genre d'erreur pour ma bar-mitsvah.

Il ne s'est pas moqué de moi, comme l'auraient fait beaucoup d'enfants. Je me souviens de lui, en équilibre sur ses béquilles, jetant un coup d'œil affligé à mon père. Sa détresse, au cœur d'une journée heureuse… c'est ce dont je me souviens le mieux. Et ça ressemble tellement à mon frère. Il s'est assis sur le canapé, puis il a tapoté le coussin, à côté de lui, avant de m'expliquer que les filles n'avaient pas droit aux bar-mitsvah. Aujourd'hui, c'est différent, mais dans les années trente, le monde fonctionnait ainsi.

J'avais pleuré. Il m'avait serrée dans ses bras. C'était tout lui.

C'était aussi la première fois que je comprenais ce qu'être une fille signifiait.

Et aujourd'hui, assise sur le banc, pour la bar-mitsvah de Tommy, j'avais très envie de prendre Rachel sur mes genoux et de lui assurer qu'elle pourrait faire tout ce qu'elle voudrait, même si c'était faux.

La peine que j'éprouvais pour Rachel ne m'a pas empêchée d'éprouver une grande fierté pour mon neveu. Il avait passé la semaine à pratiquer son hébreu, encore et encore. Apparemment, il avait entendu l'anecdote d'Hershel, qui ne s'était pas assez entraîné à lire le maftir. Tommy, lui, ne commettrait pas cette erreur. Il l'avait clamé en dévalant les escaliers. Il l'avait assuré en sortant la poubelle. Et répété en faisant de la luge avec moi, sur une colline surplombant l'océan.

Quand on l'a appelé à la bimah, il était si jeune, si pimpant, avec son nœud papillon et son châle de prière impeccablement repassé sur ses épaules. Hershel a quitté l'allée pour le suivre. Ses béquilles et ses chaussures ferrées ont cliqueté dans un bruit sec.

À côté de moi, Doris a émis le plus léger des sanglots, avant de se tamponner les yeux avec son mouchoir. J'étais contente que le mien soit déjà dans ma main.

La voix d'Hershel a craqué quand il a dit : « Béni soit Celui qui me libère maintenant des responsabilités sur celui-là. »

Dieu merci, les mouchoirs existent. Le mien serait trempé avant la fin de la cérémonie.

Puis Tommy s'est redressé, récitant : « *Lo marbechem mikol ha'amim chashak Hashem ba'chem, va'yichbar ba'chem ki atem hahm'at mikol ha'amim…* » Ni crainte, ni hésitation. Juste une voix jeune et claire, tendue vers le ciel et les oreilles de Dieu.

« Ce n'est pas parce que tu es le peuple le plus nombreux que le Seigneur a posé Son cœur sur toi et t'a choisi – en effet, tu es le plus petit des peuples… »

Il me fallait un autre mouchoir.

Hershel et moi étions attablés un peu à l'écart, dans la salle de banquet louée pour l'occasion. Doris était de l'autre côté, elle parlait à l'un de ses nombreux cousins. Au milieu de la piste de danse, Tommy tournait avec une bande d'amis, resplendissant dans sa veste de soirée blanche.

Ils avaient l'air si jeunes. De quel monde hériteraient-ils ?

Hershel m'a donné un léger coup d'épaule.

« C'était quoi, ce soupir ?

— Des trucs de fin du monde. »

J'ai agité la main pour chasser cette idée noire, avant d'attraper ma coupe de champagne. Cette soirée avait dû leur coûter une fortune. La France n'avait toujours pas réussi à produire un millésime valable, depuis la chute du météore.

« Ah… tu regardes ces gamins danser et tu fais des prévisions météo sur quarante ans, pas vrai ? » Il a hoché la tête et pris son propre verre, pour le lever vers moi. « À l'éternel été.

— À l'espace. » J'ai effleuré son verre et j'ai vidé le mien d'un trait. Les bulles ont d'abord apporté une note d'abricot, avant d'éclater dans mon palais. « Tu crois qu'ils se souviendront des nuits étoilées ? »

Il a secoué la tête.

« Rachel ne se souvient pas des étoiles. »

Ma respiration s'est bloquée dans ma gorge. Bien sûr. Elle n'avait que cinq ans, quand le météore s'était abattu. Le temps que la poussière retombe, il y avait assez de vapeur dans l'atmosphère pour imposer une couverture nuageuse quasi constante. « C'est… tragique.

— Pas pour elle. » Il a pointé sa flûte de champagne vers sa fille qui tourbillonnait avec ses amies. Sa petite robe de soirée en taffetas tournoyait autour d'elle. « Elle pense que c'est normal. Pour elle, le monde est ainsi fait.

— Malgré son père météorologue ?

— Oh… elle a une compréhension théorique du problème, mais, c'est comme… tu sais, marcher normalement… je ne m'en souviens plus. La polio m'a atteint si jeune… » Il a posé la main sur ses béquilles, contre la table. « C'est normal pour moi. Intellectuellement, je sais que ça ne l'est pas. Qu'une maladie m'a paralysé les jambes. Mais je n'ai aucun souvenir de les avoir bougées normalement. »

Je n'en avais pas conscience, bizarrement. Mais je

suppose que mes propres souvenirs étaient tout aussi bancals. Mon frère utilisait ses béquilles avant ma naissance. C'était juste normal. Mon expérience personnelle prouvait sa théorie, je suppose. Ces gamins ne pouvaient pas remarquer les profonds changements récents.

« Comment… le climat… ça s'annonce si mal ? Je me concentre tellement sur mes activités à l'IAC que je ne suis même pas au courant.

— Eh bien… le froid a duré un peu plus longtemps que prévu, mais à mon avis, c'est parce que nos modèles se fondaient sur des éruptions volcaniques, et la cendre ne réfléchit pas la lumière. De plus, nous n'avons pas tenu compte de la durée de combustion. Je veux dire, si, bien sûr… mais les données des premiers jours étaient assez limitées, alors… »

Il a haussé les épaules. Ses lunettes ont scintillé dans la lumière alors qu'il regardait le plafond.

« L'effet de serre arrive, mais on dirait que la couche d'ozone n'a pas été autant endommagée que ça. Pas comme on le craignait, en tout cas. Mais bon, encore une fois, nos modèles sont fondés sur des essais de bombes A.

— Donc… ce météore n'entraînera pas l'extinction de l'humanité ?

— Voilà pourquoi je n'ai pas le droit de parler à la presse… »

Il s'est essuyé la bouche du dos de la main.

« La Terre va se réchauffer. Ce sera permanent. Mais si nous parvenons à limiter la quantité de gaz à effet de serre que nous générons, alors nous pourrions – j'insiste, nous *pourrions* – maintenir la planète habitable. Ou du moins, y survivre un peu plus longtemps.

— Eh bien… c'est déjà quelque chose. »

Que peut-on ajouter après ça ? Nous sommes restés assis et nous avons regardé les invités danser. Le frère de Doris l'avait entraînée sur la piste. J'étais un peu jalouse qu'elle danse avec son frère. Ou n'importe qui, vraiment. Je me suis éclairci la gorge.

« Nathaniel regrette beaucoup de n'avoir pas pu venir. »

Hershel a agité la main.

« Le crash. Je comprends.

— Même. »

Tous ces gens, et nous étions les seuls Wexler. Je n'étais même plus vraiment une Wexler, et Rachel ne le serait plus non plus, après son mariage.

« Comment va-t-il ?

— Plutôt bien, compte tenu des circonstances. »

La vraie réponse, c'était « pas très bien », mais si je pouvais me plaindre de lui auprès de mon frère, je ne pouvais pas raconter tous les soucis de Nathaniel. De l'autre côté de la salle, le groupe de jazz a attaqué un autre morceau. Je ne me souviens pas duquel, parce que j'anticipais déjà la prochaine question d'Hershel.

« Et toi ? »

Son ton était trop calme. Il a fait rouler le pied de son verre entre ses doigts, sans me quitter des yeux.

Je pouvais toujours ignorer cette question. Y répondre de façon superficielle. Ou mentir. Mais le jour de la bar-mitsvah de mon neveu, alors que j'étais assise à côté de mon frère unique… Je n'ai pas quitté les danseurs des yeux, affichant un sourire placide, comme maman me l'avait appris.

« Tu te rappelles *ce* semestre, à Stanford.

— Ouais. » Sans me demander de préciser lequel, il a tendu la main vers moi, la posant sur mon bras. « Seigneur. Elma. Je suis désolé. Je me demandais… quand tu as parlé de *Mr. Wizard*, j'ai cru que tu plaisantais.

— Deux fois. Avant l'émission. »

Dans cette belle salle de bal, avec tous ces gens qui souriaient, je ne pouvais me résoudre à utiliser le mot « vomir ». Mes muscles étaient si tendus… je me suis mise à trembler. J'ai pris une inspiration, tâchant d'expirer lentement, de chasser la tension naissante.

« Et avant chaque interview.

— Et… est-ce que… » Il s'est humecté les lèvres en surveillant les alentours, au cas où quelqu'un s'approcherait. Puis il s'est penché vers moi. « Tu as tenté de… tu as récidivé ? »

Je secouais déjà la tête pour le rassurer.

« Non. Je me suis contentée de craquer. Nathaniel n'a rien vu de pire. Il est au courant pour ma crise, à la fac, mais il ne connaît pas les détails. S'il te plaît, ne lui dis rien.

— Ne t'en fais pas. » Hershel m'a serré le bras. « Je ne dirai rien. Je te l'ai déjà promis. J'emporterai ce secret dans la tombe. Même si c'est la pire métaphore qui me vienne à l'esprit. »

Mon propre rire m'a surprise. Il s'est élevé dans la salle de bal, entre deux notes de musique, avant de rebondir sur le mur opposé. Des têtes se sont tournées vers nous, mais il n'y avait rien à voir. Un frère et sa sœur, assis l'un à côté de l'autre, secoués d'un rire nerveux.

Rien à voir avec cette fameuse année, où j'avais tenté de me pendre.

24

LA VITESSE SERA LA CLÉ DU SUCCÈS DU PROGRAMME SPATIAL

Par le Dr Nathaniel YORK
Ingénieur en chef, Coalition aérospatiale internationale, 4 février 1957

Le temps est une ressource précieuse, c'est la plus essentielle pour l'humanité. Et comme nous n'avons aucun moyen d'influencer son cours, le seul choix raisonnable consiste à en faire le meilleur usage possible – car nous en avons de moins en moins.

Le contraste entre la salle des fêtes de la bar-mitsvah de Tommy – entièrement peinte en bleu ciel, avec des moulures dorées – et la salle d'audience du Congrès du Nouveau Capitole n'aurait pu être plus fort. Le Nouveau Capitole s'élevait comme un testament, avec l'esthétique austère de l'ère post-météore : des espaces en granite, recouverts de structures carrées en acier inoxydable. J'étais là pour soutenir Nathaniel dans l'enquête relative au crash d'*Orion 27*. Dès mon retour de Californie, il m'avait réquisitionnée pour l'aider à préparer les données de son audition. D'autres calculatrices auraient pu s'acquitter de cette tâche, mais je connaissais mieux sa sténographie.

Dans les deux mois qui avaient suivi l'accident, nous avions préparé plusieurs rapports exhaustifs, avec pléthore de tableaux et d'indices, mais si les sénateurs réclamaient un chiffre que Nathaniel n'avait pas, je pourrais le lui fournir. C'était le plan, du moins.

Le deuxième jour des auditions, le sénateur Mason, de Caroline du Nord, s'est renfrogné sur son banc. Je m'attendais presque à ce qu'il porte une de ces perruques ridicules, comme les juges anglais.

« Attendez, attendez un instant, monsieur. Dois-je comprendre que ce programme spatial est si fragile, si fragile, monsieur, qu'une simple erreur de transcription suffit à le compromettre ? »

Le directeur Clemons a fouillé dans ses papiers.

« Non, monsieur. Même si, en l'occurrence, nous penchons effectivement pour une erreur de transcription.

— Je trouve ça… oui, monsieur… je trouve ça difficile à croire, monsieur. Vraiment difficile à croire. » Si Mark Twain avait été un idiot, cet homme l'aurait parfaitement incarné. « Je trouve ça très difficile à croire. »

Apparemment, il trouvait ça difficile à croire.

Le sénateur Wargin, l'un des rares membres

réellement brillants de la commission, s'est éclairci la gorge.

« Nous devrions peut-être les laisser expliquer l'équation incriminée. »

Mon cœur s'est serré, comme si on m'avait posé un fil électrique sur l'épine dorsale, pour m'envoyer du courant dans la poitrine. C'était à moi. J'étais là pour ça. J'ai voulu respirer. Pas assez profondément. J'ai renouvelé la tentative. Seigneur. Haleter n'allait pas m'aider.

Alors que je m'essuyais les mains sur ma jupe, Nathaniel s'est levé.

« Je vais tâcher de vous expliquer. »

Mes yeux n'avaient pas quitté le bois ciré de la table. Je me suis levée pour suivre Nathaniel. Il s'est éloigné de quelques pas, suivi des yeux par toute l'assemblée, m'évitant d'être au centre de l'attention. Il n'avait pas… il n'avait pas à faire ça. Je pouvais tout expliquer. C'était mon rôle. J'ai essuyé la sueur qui perlait à mon front, puis je l'ai regardé se lancer dans son exposé.

Expliquer que la personne chargée de retranscrire nos formules manuscrites sur des cartes perforées avait laissé passer un simple exposant ? Très simple. Expliquer à quoi servait cet exposant ? Il fallait comprendre la formule entière.

C'était mon rôle. Nathaniel le faisait parce qu'il avait remarqué mes tremblements, mes sueurs froides, il ne pouvait pas se permettre de prendre le risque. Tête basse, j'ai posé les mains sur ma jupe, et j'ai attendu.

Quand il s'est rassis, je me suis penchée vers lui.

« Tu devrais convoquer Helen, demain. Elle a écrit l'essentiel du programme.

— Helen est chinoise. »

Il a trié ses papiers alors que le directeur Clemons répondait à une question concernant les devoirs du responsable de la sécurité des opérations.

« Taïwanaise.

— Mason ne fera jamais abstraction de son accent, c'est ça le problème. » Il a posé sa main sur mon genou. « Je dois... » Il s'est interrompu pour répondre à une question de Mason. « Oui, monsieur. Toutes les fusées sont équipées d'un système d'autodestruction, en cas de dysfonctionnement.

— Bon ! C'est donc quelque chose, monsieur, qui se produit assez souvent, si vous l'avez prévu.

— Ce serait... irresponsable de ne pas prévoir un plan d'urgence, même pour des cas purement théoriques. »

La voix de Clemons était crispée, comme s'il essayait de sourire après avoir mordu dans un citron.

« Monsieur. »

Pendant toute la séance, mon rôle s'est limité à celui de spectatrice.

Seul point positif de tout ce processus, la présence du sénateur Wargin dans la commission. Du coup, Nicole est arrivée pour assister aux débats. Au moment où nous nous levions pour déjeuner, sa robe jaune vif était l'unique touche de couleur agréable, au milieu de l'acier et du granite de la salle d'audition.

« Tu as l'air sinistre. » Elle a pivoté vers Nathaniel, sa jupe a tourbillonné autour de ses jambes. « Tous les deux, d'ailleurs. Ne le prenez pas mal, mais vous devriez sortir de ce caveau. Vous déjeunez avec moi ? »

Nathaniel s'est levé, avant de s'étirer.

« Non merci, madame Wargin, je dois revoir certains éléments avec le directeur Clemons, avant la prochaine séance.

— Pour nous, ce sera un simple sandwich, a confirmé Clemons en quittant sa chaise. Merci pour l'invitation.

— Je peux au moins vous emprunter Elma ? »

J'ai secoué la tête.

« Je ferais mieux de rester. »

Nathaniel m'a prise par les épaules et m'a poussée vers Nicole.

« Vas-y. Je veux bien que tu me rapportes une part de tarte, par contre. »

Nicole a passé son bras autour du mien.

« Une part de tarte ? Parfait. Je sais exactement où aller. »

Elle m'a à moitié traînée hors de la salle, vers les couloirs encombrés et agités du Nouveau Capitole. Des attachés parlementaires se hâtaient sur l'épaisse moquette bleue des couloirs. C'était la seule touche de douceur parmi tous ces angles droits et cette pierre.

« On ne peut pas trop s'éloigner. » J'ai dû ciller à plusieurs reprises pour y voir clair. « Je dois rentrer dès la reprise de la séance.

— Eh bien, il se trouve que l'un des sénateurs – dont on ne citera pas le nom – prend toujours deux heures pour sa pause déjeuner. Je le sais de source sûre. On a tout le temps. Par ailleurs, il faut qu'on parle, toi et moi. »

Le restaurant choisi par Nicole était une splendeur prémétéore, avec de hauts plafonds, des lustres en cristal et des miroirs partout. Il distillait une vague atmosphère de romance historique, je ne me sentais absolument pas à ma place. Pour les auditions, j'avais limité ma garde-robe à des jupes couleur charbon. Aujourd'hui, c'était bleu marine, avec un chemisier blanc, pour me mêler le mieux possible à la marée d'hommes en costume.

L'écharpe florale enroulée autour du cou de Nicole encadrait son visage avec une douceur plus adaptée à l'endroit choisi pour notre déjeuner. Elle a piétiné cette illusion quand le serveur est venu prendre notre commande.

« Deux martinis. Doubles. Et des œufs frits en entrée. Ensuite, un filet de bœuf chacune. Saignant.

— Oh, je ne devrais…

— Deux heures de déjeuner. On a largement le temps de tout éponger. » Elle a plié son menu. « De plus, tu m'as l'air assez fragile pour craquer. Et j'aimerais te ramollir un peu avant de passer à ma suggestion.

— Tu veux dire que commander à ma place ne compte pas comme une "suggestion" ? »

Elle a agité la main, son bracelet de diamants a étincelé.

« S'il te plaît. Tu aurais commandé une salade et tu en aurais mangé un tiers. Au moins, même si tu ne fais que mâchouiller ton steak, tu te nourriras un peu.

— J'ai l'air si mal en point que ça ?

— Nathaniel et toi. Tous les deux. » Elle a secoué

la tête, avant de poser sa main sur la mienne. « Elma chérie, j'en ai beaucoup trop vu, de ces enquêtes parlementaires. Vous êtes tous les deux des cas d'école. Vos vêtements flottent, donc… vous ne mangez pas. Tu as trop de fond de teint sous les yeux, donc… vous ne dormez pas. Et je suppose que vous ne vous parlez pas beaucoup, en dehors du lit. »

Elle n'avait pas tort. L'arrivée des martinis m'a sauvée.

« Quelle est ta suggestion ? »

Nicole m'a tendu mon verre d'un air décidé.

« Bois.

— Oh ? C'est dur à ce point ?

— Bois. »

Elle a levé son propre verre à mon intention, puis l'a porté à ses lèvres après l'avoir fait tinter contre le mien. Les yeux fermés, elle en a bu une bonne lampée, avant de le reposer.

« Nathaniel ne t'utilise pas. Pourquoi ? »

J'ai dégluti. Ma bouche s'est emplie d'un goût de saumure et de genévrier.

« Eh bien, nous avons tout préparé à l'avance. Il n'a pas encore eu besoin de mes calculs.

— Je parle de ton témoignage. »

J'ai failli en faire tomber mon martini.

« Mon témoignage ? Moi ? Pourquoi diable voudraient-ils m'entendre ? »

Elle a incliné la tête. Soudain, je me suis demandé pourquoi j'avais cru que son écharpe lui adoucissait les traits.

« Elma. Le sénateur Mason va se servir de l'accident pour arrêter le programme.

— Oui, bon… il l'a toujours détesté. »

Il ne cessait d'essayer de récupérer les fonds pour la reconstruction de son propre État. À sa décharge, la Caroline du Nord en avait bien besoin. La zone avait été durement frappée, avec de nombreux incendies. Les pluies acides avaient détruit la plupart des terres agricoles.

« Quel rapport avec moi ?

— Tu es la Lady Astronaute.

— Je ne suis *pas* astronaute. »

Ma voix s'est élevée au-dessus des conversations, autour de nous. Des gens riches et puissants se sont retournés pour me regarder. Que devaient-ils penser ? Tête basse, je me suis concentrée sur le martini et j'ai laissé la brûlure froide du gin me soigner.

« Et les clubs Lady Astronaute ? »

Les œufs frits sont arrivés. Aucune chance que j'avale un seul de ces ovoïdes luisants de graisse. *Votre corps n'est pas censé réagir de cette façon*… En déglutissant, j'ai écarté le martini.

« C'était une idée de la NBC. Je n'ai rien à voir avec ça.

— C'est des conneries, tout ça.

— C'est vrai ! Et Don – Mr. Wizard – s'est lui-même opposé à ce nom, parce que les garçons *et* les filles devraient pouvoir devenir astronautes, ou intégrer ses clubs scientifiques Mr. Wizard. »

Elle a secoué la tête, puis s'est penchée au-dessus de la table.

« Ce n'est pas ce que je voulais dire. Tu n'es pas responsable de ces clubs, mais leur existence est *directement* liée à toi. Et Nathaniel ne se sert pas de ta popularité ?

— Je ne…

— Tu es photogénique. Avec toi, la science des fusées est excitante, facile. Tu es marrante et…

— Et je dégueule. »

J'ai plaqué les deux mains sur ma bouche. Les yeux fermés, je me suis concentrée sur ma respiration. Nicole essayait de m'aider. Avec quelqu'un d'autre, sa suggestion aurait pu fonctionner, mais pas avec moi.

« Je ne peux pas.

— Quand ? »

Sa voix était plus douce.

J'ai baissé les mains, ouvert les yeux.

« Avant chaque émission. Parfois après, aussi.

— Mais pas pendant ?

— Je ne peux pas. »

Nicole a mordu sa lèvre inférieure, puis elle a soupiré en rapprochant un petit peu sa chaise.

« Je… promets-moi de ne rien répéter. Que Dieu me vienne en aide, si les journaux apprennent ça… promets-moi, Elma. »

J'ai secoué la tête, sans vraiment comprendre où cette conversation menait, et puis j'ai compris que, pour elle, je donnais l'impression de refuser.

« Pardon. Oui, bien sûr. Je promets. Même si tu m'inquiètes un peu, là. »

Elle s'est approchée un peu plus, puis, d'une voix basse, à peine audible dans le brouhaha du restaurant, elle m'a soufflé : « Après le météore… j'ai eu des ennuis. Des ennuis similaires. Ensuite, quand Kenneth a fait campagne, c'est devenu… c'est devenu un problème, *je* suis devenue un problème. »

Elle a regardé aux alentours, comme dans un roman d'espionnage.

« Je peux te présenter mon médecin.

— Je ne veux pas prendre de médicaments. »

Elle a reculé, le visage figé dans un sourire de façade.

« Je n'ai pas parlé de médicaments, bien sûr. La femme d'un sénateur ? Qu'est-ce que les gens vont penser ? »

Cette peur, je ne la comprenais que trop bien. J'ai levé les mains pour apaiser la tension.

« Ce n'est pas… je ne… c'est juste… j'ai vu un médecin, il m'en a recommandé, mais…

— Je sais. » Elle a repris son martini, l'a contemplé d'un œil vague, avant de faire une moue bizarre. « Crois-moi, je comprends ce "mais". Et j'avais tort. »

Les audiences ont duré toute une semaine avant que je prenne conscience que Nicole avait raison sur deux points. Premièrement, même si Nathaniel ne me demandait pas de témoigner, il avait besoin que je le fasse. Ou plutôt, il avait besoin du témoignage d'une calculatrice, et parmi celles qui travaillaient pour l'IAC, j'étais la plus indiquée parce que je l'avais aidé à préparer ces entretiens… en plus de mon indéniable notoriété.

Et, deuxièmement, ce témoignage me rendrait malade. Non, attendez… ce n'est pas là-dessus qu'elle avait vu juste. Tout ça, je le savais déjà. Là où Nicole avait raison, c'est que *rien* ne m'obligeait à vomir chaque fois que je m'adressais à plusieurs personnes.

Étrange. Dès qu'une chose nous apparaît clairement, on commence à la voir partout, comme sa date de naissance à différents endroits, par exemple. Après ma conversation avec Nicole, j'ai remarqué toutes ces publicités pour le Miltown. À la pharmacie, une affiche clamait « Crème glacée ! » et juste en dessous, un grand « Oui ! Nous avons du Miltown ! ». Au supermarché, il me suffisait de feuilleter un magazine pour repérer aussitôt une publicité pour « la pilule du bonheur ». Bon Dieu, Milton Berle envisageait même de se faire appeler « Miltown Berle ». Je sais, nous autres misérables humains cherchons sans arrêt des schémas, mais au bout d'un moment, d'un point de vue émotionnel, la prévalence de l'anxiété commence à ressembler à une suite de Fibonacci.

J'ai donc fini par appeler le médecin de Nicole. Qui se spécialisait aussi en psychothérapie. Ce nouveau docteur s'est révélé être une femme, d'où ma surprise… et un certain soulagement. Je n'ai pas dit à Nathaniel où j'allais. Il aurait compris tout de suite et m'aurait accompagnée. Je… je ne voulais simplement pas admettre ma faiblesse. J'avais si honte d'avoir besoin d'un médicament pour faire quelque chose d'aussi anodin que parler. J'étais brillante. Bordel ! Quand je n'étais pas modeste, j'étais brillante. Je le savais. Mais le docteur et Nicole avaient tous les deux raison. Face à n'importe quelle autre maladie, je n'aurais pas refusé le médicament.

J'ai donc éludé la question, prétextant une course à faire. C'était très proche d'un mensonge, j'avais l'impression qu'une épaisse couche de crasse me recouvrait entièrement la peau. J'ai failli rentrer pour tout lui avouer, mais si je l'avais fait, je ne pense pas que j'aurais réussi à ressortir. Je serais restée à la maison, pour ne pas avoir à lui mentir.

Le cabinet du Dr Haddad occupait le rez-de-chaussée d'une maison de grès rouge. La pièce ressemblait plus à un salon qu'à un cabinet médical. Des lampes dans les angles créaient un éclairage intime, très doux. La doctoresse était mince, avec des cheveux sombres et raides, coupés aux épaules. Son pantalon noir était tellement à la mode que j'ai dû chasser une pointe de convoitise.

Elle m'a conduite jusqu'à un fauteuil.

« Thé ?

— Non, merci. »

Elle m'a souri, avant de se servir.

« Moi ça me détend toujours, surtout avec ce temps.

— Il recommence à faire chaud.

— Hmm… pas encore assez. » Elle a levé sa tasse en m'adressant un nouveau sourire. « Bon… qu'est-ce qui vous amène ici, ce soir ? »

J'ai dégluti, regrettant immédiatement d'avoir décliné le thé, qui m'aurait occupé les mains.

« Il semblerait que… je souffre d'anxiété et… et je ne sais pas quoi faire pour m'en empêcher. »

Elle a reposé sa tasse, puis s'est penchée en avant.

« Ma chère. Je suis là pour ça. »

Ensuite, j'ai pleuré.

25

PÉKIN POURRAIT LANCER
UN SATELLITE DÈS 1958

Une note du Renseignement américain signale l'existence d'un programme spatial très actif

Par John W. FINNEY
Correspondant, THE NATIONAL TIMES

KANSAS CITY, Kansas, 9 janvier 1957. Un rapport officiel du Renseignement indique que la Chine communiste aura les capacités de lancer un satellite d'ici deux ans.

La petite pilule blanche occupait le centre de ma paume recouverte d'une mince pellicule de sueur. Au-dessus de moi, le ventilateur de la salle de bains cliquetait comme un moteur d'avion mal réglé, dissimulant l'essentiel des bruits de l'appartement.

Nathaniel était assis dans son fauteuil, il lisait le nouveau roman de Ray Bradbury. J'aurais préféré qu'il sorte, mais il était encore là. C'était sans doute préférable. Si quelque chose tournait mal, il serait à mes côtés.

Bien sûr, j'aurais dû lui annoncer que je m'apprêtais à gober un tranquillisant, mais je m'étais abstenue.

Ne me demandez pas pourquoi. J'avais confiance en lui, bien sûr, c'est juste… je ne sais pas. Je ne me faisais pas confiance, à moi ? Tout ça n'avait aucun sens.

Prendre cette pilule, c'était échouer. Peu importe le discours des docteurs. L'anxiété était peut-être une authentique maladie, mais je ne parvenais pas à me débarrasser de la voix de ma mère : *qu'est-ce que les gens vont penser ?* Qu'est-ce que mon mari va penser ?

Je me suis humecté les lèvres, puis j'ai placé la pilule dans ma bouche. Le revêtement amer a fait reculer ma langue, mais j'ai avalé une gorgée d'eau pour tout faire passer. J'ai reposé le verre. Voilà. Dans le miroir, mon visage n'avait pas changé. Les mêmes yeux bruns. Un nez légèrement de travers. Un menton un peu trop rond. Pas de pattes d'oie… pas encore. C'est mélodramatique, je sais, mais cette pilule de deux cents milligrammes était porteuse d'espoir. *Je t'en prie, fonctionne.*

Vingt minutes. Vingt minutes avant que les effets agissent. J'ai ouvert le tiroir de la coiffeuse pour cacher le flacon au milieu de mes serviettes hygiéniques. Il restait quelques endroits dans notre minuscule appartement où j'étais certaine que Nathaniel ne fouillerait jamais. Celui-ci, par exemple.

Je me suis essuyé les mains sur ma jupe, j'ai ouvert la porte et j'ai quitté la salle de bains. Nathaniel a levé les yeux de son livre – à peine. Compte tenu des audiences au Congrès, c'était déjà merveilleux qu'il ait accepté de prendre une journée de repos. D'un autre côté, comme le programme de lancement ne pouvait reprendre avant que la commission ait rendu ses conclusions, nous n'avions pas grand-chose à faire, au bureau.

Bon. J'ai tiré l'une des chaises de notre table pour m'asseoir. Il restait quelques factures à honorer. J'ai fait glisser la pile vers moi et je me suis mise au travail.

Une heure plus tard, les factures étaient payées. J'avais fait les comptes. Et… je me sentais bien.

J'ai pris une feuille vierge et j'ai commencé à dessiner la trajectoire d'un atterrissage lunaire. En y réfléchissant bien, j'étais un peu plus lente que d'habitude. Peut-être. Mais pas plus qu'après une longue journée de travail. Non que je me sente fatiguée, juste… calmée ? Ce n'est même pas le mot exact. Je me sentais… normale. Quel qu'en soit le sens.

Le lendemain matin, j'ai vérifié les comptes pour déceler d'éventuelles erreurs. Pas une seule.

L'un des rideaux filtrait le mince faisceau de lumière ambrée des lampadaires, dehors. Je me suis recroquevillée contre Nathaniel, nichant ma tête sur son épaule.

Il a laissé courir sa main sur mon bras. J'en ai eu la chair de poule. Ses doigts ont exploré les contours de ma main, effleurant mon alliance.

« Je t'ai menti. »

De temps en temps, mes sorties me surprennent. Pas cette fois.

Sa respiration s'est arrêtée. Sous ma joue, son rythme cardiaque s'est accéléré.

« À quel propos ?

— Les cours que je prends… » Le shopping n'était plus une excuse valable, pas après la première séance. « Je… je vois une thérapeute. »

Tout son corps s'est relâché.

« Oh, Dieu merci.

— Ce… ce n'était pas la réponse que j'attendais. »

Il m'a serrée contre lui, avant de m'embrasser sur le front.

« Je suis content que tu t'occupes de toi.

— Je t'ai menti, ça ne te met pas en colère ?

— Un peu, oui, mais je suis surtout soulagé. » Sa main a trouvé mes cheveux, il les a chassés de mon visage. « Et… j'admets être un peu vexé que tu n'aies pas eu assez confiance en moi pour me le dire. Mais en colère, non. Je ne t'en veux pas du tout. »

Mes yeux me piquaient, j'ai cillé pour chasser les larmes.

« Tu es incroyable.

— Je suis amoureux. C'est une distinction importante. »

Nathaniel s'est tourné pour m'embrasser à nouveau.

« Sans toi, je suis un type moyen. »

Je lui ai cogné les côtes en m'esclaffant.

« Tu n'as vraiment rien de moyen.

— Oh, je suis un assez bon administrateur. Pas si mauvais avec les chiffres. »

Ma main a dérivé plus bas.

« Et très bon avec les fusées. »

Il a grogné, s'est étiré sous mes doigts. Quand il

s'est détendu, il m'a hissée sur lui pour que nos corps se collent sur toute leur longueur.

« Je… je dirais que tu manies mieux les fusées que moi.

— Ah bon ? » J'ai épinglé ses bras contre le lit, pour le chevaucher. « Eh bien, docteur York…

— Oui, docteur York ?

— Dans ce cas, j'ai une question… » Je l'ai embrassé dans le cou. « Très… » Ma langue a léché la sueur de sa mâchoire. « Sérieuse.

— Oui. N'importe quoi. Seigneur, oui.

— Serait-ce utile… » Il restait une petite zone rugueuse, sous son menton, il l'avait ratée en se rasant. Mon cœur s'est accéléré, je me suis dépêchée de sortir les mots avant que la peur me rattrape. « Que j'explique les équations à la commission ? »

Nathaniel s'est tortillé pour me dévisager, même si, dans la pénombre, je n'étais qu'une silhouette floue.

« Elma… »

Une multitude de pensées non formulées se bousculaient dans ce nom. Oui, ce serait utile. Non, il ne voulait pas m'obliger à témoigner. Oui, il était terrifié à l'idée que je craque. Non, il ne voulait pas me blesser. Oui, le lui avoir proposé le faisait m'aimer encore plus. Non, il ne pouvait pas accepter.

Je me suis dégagée pour m'asseoir sur le lit, à côté de lui.

« Tu te souviens, quand j'étais à l'université… j'étais la seule fille dans la classe, les professeurs me demandaient d'expliquer des problèmes de maths pour faire un peu honte aux garçons ?

— Je sais. Voilà pourquoi je ne peux pas te demander de…

— Chut. Je n'ai pas terminé.

— OK. » Il s'est redressé, les épaules courbées. « Désolé.

— Le truc, c'est que… ça marchait. Ça les poussait à mieux travailler parce qu'ils ne supportaient pas qu'une petite fille comprenne quelque chose et pas eux.

— Et c'était affreusement cruel de la part de tes professeurs.

— Oui. Oui, absolument. Mais… mais si je *choisis* de le faire, c'est différent. » Je suais encore, ça n'avait rien à voir avec le sexe. « Et… je prends du Miltown, maintenant.

— Oh.

— Ça m'aide.

— Bien. » Il m'a embrassée sur le front. « Merci de me le dire.

— Donc… avec ces nouvelles données, laisse-moi revenir au tout début. » Plus vite on cesserait d'évoquer mon anxiété maladive, mieux ce serait. « Le sénateur Mason ne cesse de te titiller sur l'équation qui a dévié la fusée de sa trajectoire initiale.

— Oui… »

Je ne voyais pas son visage, mais j'imaginais très bien ses sourcils froncés par la concentration.

« Il te poussera à répéter que le problème venait d'une erreur de transcription du programme sur les cartes perforées. Encore et encore. Laisse-moi lui expliquer comment l'oubli d'un simple exposant a entraîné l'erreur de programme. Si une femme s'en charge, il aura deux options : prétendre qu'il comprend, ou admettre qu'il n'est pas assez intelligent pour prendre une décision là-dessus.

— Hmm. » Nathaniel s'est gratté la tête. « OK. Donc ça pourrait faire en sorte… enfin… que Mason cesse de me harceler sur cette erreur, mais… le vrai problème, ce n'est pas ça, et ils ne nous lâcheront pas là-dessus. Seigneur… »

J'ai tendu la main vers la sienne.

« Tu fais encore des cauchemars ? »

Les nombreuses nuits où il se réveillait en sueur ou en criant dans son sommeil ne laissaient pas planer beaucoup de doutes. Pour lui, c'était plus une opportunité d'être sincère avec moi. Et oui, j'avais conscience de ce qu'impliquaient nos mensonges, y compris pour nous-mêmes.

Ses épaules se sont affaissées.

« Ouais.

— Je t'ai raconté le mien…

— Hé. » Son pouce a trouvé mon alliance, il l'a tournée de droite à gauche. « Dans le dernier, c'était moi, le responsable de la sécurité des opérations. Je savais que la fusée allait se crasher, mais je n'arrivais pas à lancer la séquence d'autodestruction. J'étais collé – littéralement collé – à ma chaise. Sauf que, bien sûr, ce n'était pas ma chaise. C'était un siège d'avion, et j'assistais à tout. »

Quand la fusée avait dévié de sa route, l'officier chargé de lancer la séquence d'autodestruction ne l'avait pas fait. Il avait attendu que la trajectoire se corrige d'elle-même. Sans succès. Résultat, onze personnes avaient péri dans la ferme Williams, là où la fusée s'était abattue. Parmi elles, deux enfants.

Nathaniel a soupiré, puis s'est redressé, dégageant

sa main de la mienne pour caler son bras derrière sa tête.

« Le sénateur Mason s'en servira pour planter le programme spatial. Les gens s'inquiètent déjà de la quantité d'argent qu'on y engloutit au lieu d'améliorer les choses, ici, sur Terre. Pour lui, rien de plus facile. Il lui suffit d'utiliser ces décès pour influencer l'opinion publique.

— Alors, laisse-moi leur expliquer les nouvelles procédures de sécurité. Laisse-moi leur demander la relocalisation du site de lancement vers l'équateur. »

On voulait le faire depuis des années, sans jamais obtenir le budget. Après tout, le site de Sunflower faisait très bien l'affaire.

« Laisse-moi leur expliquer ce qui attend notre planète, et pourquoi l'espace est si important.

— Ce sera désagréable, et pourtant… » Il s'est assis. Dans la rue, les lampadaires donnaient juste assez de lumière pour que je distingue ses yeux, plissés d'inquiétude. « Pourquoi est-ce qu'il t'écouterait ?

— Parce que je suis la Lady Astronaute. »

Le jour de ma déposition devant la commission d'enquête du Congrès, je n'avais pas peur de parler. J'avais peur que le médicament ne fasse pas effet. J'étais assise à côté de Nathaniel, comme toujours, une litanie de *suis-je calme ?* me trottant dans la tête.

Je ne l'étais pas. J'étais terrifiée, mais ma réaction n'était pas aussi… vive ? Est-ce assez clair ? J'avais toujours peur, mais j'avais l'impression qu'un voile s'installait entre la peur et moi. Oui, ça réduisait un peu la luminosité de la salle, mais ça signifiait aussi que la peur en elle-même ne projetait pas d'ombres tranchées, nettes. Le véritable test serait quand…

Nathaniel a posé la main sur mon genou.

« Parée ? »

J'ai réussi à hocher la tête. Je crois même avoir souri. Déglutir n'était pas possible, ma gorge était si sèche. Nathaniel a gardé la main sur mon genou, hors de vue de la commission, au moment où Clemons se levait.

1, 1, 2, 3, 5, 8, 13, 21, 34…

« Messieurs… » Clemons a fait quelques pas vers la table, les mains dans le dos. Tout le monde a regardé ses épaules et sa nuque. « Pendant nos débats, j'ai constaté que nous avions négligé de vous fournir les bases nécessaires à la compréhension de l'origine de l'accident. »

… 55, 89, 144, 233, 377…

« L'erreur de transcription, est intervenu le sénateur Mason en se renfonçant dans son siège.

— C'est exact. J'aimerais revenir sur cette erreur. L'une de nos calculatrices va vous expliquer en détail ses conséquences et les mesures prises pour que cela ne se reproduise jamais. » Il s'est tourné sur le côté, puis m'a fait signe. « Je vous présente le Dr Elma York. C'est la physicienne qui nous a fait prendre conscience des effets à long terme du météore sur notre climat. Elle fait la fierté de notre département calcul, même si vous la connaissez sans doute mieux comme la Lady Astronaute de Mr. Wizard. »

La suite de Fibonacci a déserté mon esprit. Un tel discours ? Dans la bouche du directeur « contrôlez votre femme » Clemons ? Quelles que soient ses intentions, le choc a suffi pour chasser mes craintes.

Étais-je calme ? Certainement pas. Mais je n'avais aucune nausée.

Après avoir pris une grande inspiration – déjà sidérée d'y parvenir –, j'ai repoussé ma chaise, puis je me suis levée.

« Merci, directeur Clemons. Messieurs les sénateurs de la commission. »

Je me suis concentrée sur le sénateur Wargin, qui n'a pas vraiment souri, mais dont le regard était bienveillant.

« Si vous voulez bien reporter votre attention sur le tableau noir, je vais récapituler l'équation qui dirigeait la fusée… »

Le sénateur Mason a pointé son index sur moi.

« Nous l'avons déjà vue, madame. Ça oui, on l'a vue.

— Oh. » Je me suis tu, puis j'ai souri. Cet homme, malgré tout son pouvoir, restait un gamin du point de vue des mathématiques. « Je suis navrée. Je croyais que vos nombreuses questions sur ce sujet trahissaient un manque d'explications de notre part. J'ai sans doute mal compris, alors aidez-moi… dites-moi quelle partie de l'équation vous pose problème ? »

Sa bouche s'est agitée, il a grimacé, puis s'est mordillé les lèvres en hochant la tête.

« Poursuivez, c'est préférable. Pour être certain que mes collègues suivent. »

À côté de lui, le sénateur Wargin a mis une main devant sa bouche. Les petites ridules autour de ses yeux trahissaient son sourire. Il s'est éclairci la gorge.

« Oui, docteur York. Recommencez depuis le début, s'il vous plaît.

— Très bien. Pour calculer une courbe ascendante, nous avons l'équation suivante pour l'accélération dans la direction du vol : $V = \Delta V/dt = [(F_1 + A_{e,1} * (P_{e,1} - P_a)$… Bien entendu, F_1 se réfère à la poussée du premier propulseur. Calculée à, comme vous le voyez un peu plus loin dans l'équation, 12,8 × 109 g… »

J'ai jeté un coup d'œil aux membres de la commission. Le sénateur Mason commençait à loucher.

« Je vais trop vite ?

— Non… non, pas du tout. Poursuivez. »

Ce que j'ai fait. Quand j'ai terminé, ils avaient soit compris, soit fait semblant d'avoir compris, ce qui serait plus utile pour Nathaniel. Et je n'ai pas eu de nausée. Pas une seule fois.

Cerise sur le gâteau ? Le sénateur Mason m'a demandé un autographe pour sa petite-fille.

Si ma démonstration avait clos l'enquête, j'en aurais été ravie, mais mon témoignage avait au moins eu le mérite de faire passer les membres de la commission de la question de « la responsabilité » à celle du « budget ».

Trois semaines plus tard, j'étais devant la porte du directeur Clemons. La puanteur de ses cigares signalait sa présence dans tout le couloir. Après une profonde inspiration, j'ai regardé au plafond. Le Miltown n'avait rien d'une pilule miracle, sinon mon cœur n'aurait pas battu aussi vite, mais ça m'aidait. J'y arriverais. J'avais un rendez-vous. Ce n'était qu'un homme, un seul, pas un groupe de sénateurs.

J'ai passé l'angle du couloir en expirant tranquillement, avant d'adresser un grand sourire à sa secrétaire. Mme Kare a levé les yeux de sa machine à écrire.

« Oh ! Vous pouvez entrer directement, docteur York.

— Merci. »

Depuis quand s'était-elle mise à m'appeler par mon titre ? Et pourquoi ?

Dans son bureau, le directeur Clemons parcourait un rapport agrafé, un cigare planté entre les dents. Derrière lui, Parker a froncé les sourcils.

« Oh, pitié… comme si ça pouvait marcher. »

Je me suis arrêtée sur le seuil.

« Désolée. Je suis en avance ?

— Non, non… entrez. »

Clemons m'a fait signe sans quitter son siège, et j'ai pris conscience de la présence d'un autre homme. Grand et blond, il me disait vaguement quelque chose, mais j'étais tellement stupéfaite que je n'ai pas réussi à le remettre.

« Vous connaissez le colonel Parker. Avez-vous déjà rencontré Wernher von Braun ? »

Oh, Seigneur – c'était Wernher von Braun, génie des fusées… et scientifique nazi. Assis dans un siège, près de la fenêtre. Nathaniel avait travaillé avec lui quelques années auparavant, mais je ne le connaissais que de réputation.

On m'avait convoquée dans la même pièce qu'un authentique nazi. Une idée de Parker ? Probablement.

« Comment allez-vous ? »

Sauvée ou damnée par les conventions sociales, j'ai écouté sa réponse que j'ai à peine entendue, et j'ai même été capable de lui serrer la main. Oui, je connaissais les rumeurs qui circulaient sur cet homme qui n'était pas « vraiment » nazi – qu'on avait « forcé » à employer des prisonniers juifs pour sauver sa propre vie. Mais il avait fait ce choix. Consciemment. *1, 3, 6, 10, 15, 21, 28…*

« Le colonel Parker a suggéré que nous pourrions avoir besoin de votre aide pour mieux comprendre votre rapport. » Clemons a désigné un fauteuil devant lui. « Asseyez-vous. »

Clemons savait-il seulement que j'étais juive ? Je me suis assise et j'ai lissé ma jupe, comme pour ôter toute trace de von Braun de mes mains. Si je quittais cette pièce, mes chances de convaincre Clemons disparaîtraient.

« J'en déduis que vous doutez de l'impartialité de Nathaniel…

— Exactement. » Clemons s'est penché en arrière dans son fauteuil. « Et maintenant, expliquez-moi ça très lentement, comme si j'étais sénateur. »

Je me suis humecté les lèvres en hochant la tête.

« J'espère que vous ne m'en voudrez pas de commencer par une leçon d'histoire – qui n'est pas dans le rapport. Cela donnera quelques éléments contextuels. »

Clemons a agité son cigare, dont la fumée s'épaississait comme les panaches crachés par un avion abattu.

« Allez-y.

— Après l'invention des machines à coudre, les gens ont eu peur. C'était nouveau, elles allaient à une vitesse sans précédent. Certains craignaient de devenir aveugles en regardant leur machine. Les fabricants ont donc décidé de les embellir. Ils ont ajouté des motifs floraux, des dorures. »

Parker a ricané.

« Donc vous comptez expédier une Lady Astronaute là-haut en guise de décoration ?

— Comme nous l'avons expliqué pendant l'audience parlementaire, notre but est de faire essaimer l'humanité vers d'autres planètes. Vous aurez besoin de femmes, là-bas. Sinon, pas de colonies autosuffisantes. » J'ai regardé Parker. « J'espère que vous ne m'obligerez pas à vous expliquer comment on fait des bébés.

— Bébés ou pas, c'est dangereux. » Parker a secoué la tête, puis souri. « J'apprécie votre ambition, vraiment, mais l'accident de l'*Orion 27* montre bien qu'on ne peut pas mettre de femmes en première ligne.

— Non. Votre tactique est mauvaise. Si vous soulignez que l'explosion trahit la dangerosité des fusées, le programme spatial échouera. » Je me suis tournée vers le directeur Clemons, son cigare m'empêchait d'interpréter son expression. « Vous savez que ça arrivera. Vous voulez prouver que le programme est sûr ? Montrez que ces fusées le sont, même pour des femmes. »

Parker a haussé les épaules, comme si tout cela n'avait aucune importance.

« Nous le ferons… après l'installation de la base lunaire. »

J'ai posé mes mains bien à plat sur ma jupe pour m'empêcher de serrer les poings.

« Reportez-vous à la page 6 de mon rapport… Depuis la fin de la Seconde Guerre mondiale, on ne manque pas de femmes ayant piloté pour le WASP. Elles possèdent toutes les compétences requises. Si vous attendez trop longtemps, ces femmes vieilliront, ce qui compliquera encore plus la création des colonies.

— Elle marque un point. »

Wernher von Braun – lui entre tous – a émergé de la fumée de Clemons pour me soutenir.

« Les Russes avaient leurs *Nachthexen*[1], pendant la guerre. Avec des effets dévastateurs. »

Parker a incliné la tête en entendant mentionner la célèbre escadre aérienne féminine russe.

« J'ai toujours pris ça pour de la propagande.

— De la propagande ? Au début, peut-être. Mais au final, très réel… et très efficace. » Von Braun a haussé les épaules. « Même la propagande a son utilité. Nous voulons que le programme spatial se poursuive, non ? »

De la propagande. Oui. J'étais très consciente de ce que la propagande pouvait produire.

Clemons a grogné en tapotant son cigare au-dessus du cendrier en bronze qui trônait sur son bureau.

« D'accord… passons tout ça en revue, point par point. »

J'ai inspiré, puis je me suis levée pour rejoindre Parker, derrière Clemons. J'ai maintenu les deux hommes entre von Braun et moi. Non que je craigne une agression physique de sa part, mais parce que ça me rendait malade qu'on lui pardonne ses actes. Un

1. « Sorcières de la nuit ». Unité de bombardiers nocturne soviétique, essentiellement composée de femmes.

brillant spécialiste des fusées. Un homme « gentil ». Un « gentleman ».

Pourtant, j'étais ici, dans cette pièce. En me taisant, j'approuvais tacitement sa présence. Je ne pouvais pas protester. Parker sauterait sur l'occasion pour souligner à quel point les femmes étaient hystériques.

Pire… si le programme spatial échouait, l'humanité serait piégée sur Terre, une Terre de plus en plus chaude. Alors, je me suis penchée par-dessus l'épaule de Clemons et j'ai désigné la première page de mon rapport.

« Bien… commençons par les avantages budgétaires des femmes astronautes. Grâce à leur masse inférieure et à leur faible consommation d'oxygène… »

À partir de là, il n'y avait plus que des chiffres… j'étais chez moi.

26

UN ROBOT CONÇU POUR L'EXPLORATION LUNAIRE

Un engin rampant à six pattes retransmettra ses images à la télévision

22 MARS 1957. Qu'est-ce qui a six pattes, une pince, la télévision et dort seize heures par jour ? Sans doute un futur véhicule d'exploration robotisé, assez petit pour atterrir sur la Lune dans le cadre du projet Reconnaissance, d'après un rapport de la Coalition aérospatiale internationale rendu public hier. Une maquette fonctionnelle du véhicule lunaire est déjà prête. À taille réelle, l'objet atteindrait un mètre cinquante de hauteur, pèserait dans les cinquante kilos et serait alimenté par un panneau solaire d'environ un mètre carré.

Après l'enquête parlementaire, l'IAC a opté pour un premier lancement automatisé.

La demande émanait directement de la commission. C'était la seule chose intelligente à faire si l'on voulait s'assurer que le système était entièrement fonctionnel. Dans notre département, nous autres calculatrices avions toujours respecté certaines procédures de sécurité. Tout calcul en lien avec une fusée était systématiquement vérifié par deux femmes. Par le passé, on l'envoyait aux gens de l'Air Force, qui utilisaient l'un de leurs hommes pour tout transférer sur des cartes perforées. Et voilà.

Désormais, deux calculatrices surveilleraient la sortie du programme de la machine IBM pour s'assurer qu'aucune erreur n'y subsistait. Le principe était assez simple. Le premier lancement s'est passé en douceur.

Le deuxième était habité. Personne ne le prenait à la légère.

Oh, nous faisions tous semblant – comme d'habitude, la routine –, mais on aurait pu incendier l'atmosphère derrière les baies vitrées de l'aire d'observation, juste au-dessus de Mission Control. Je n'étais pas en service à ce moment-là, mais je n'aurais raté ce lancement pour rien au monde.

Si tout se déroulait comme prévu, les astronautes démontreraient que le module lunaire pouvait accoster au module de commande, puis s'y connecter. Nous rattraperions le temps perdu – ce qui nous rapprocherait encore un peu plus de la Lune.

Si ça ne marchait pas, eh bien, Derek Benkoski, Halim Malouf et Estevan Terrazas y laisseraient la vie.

Entre les deux, plusieurs possibilités, y compris l'arrêt du compte à rebours, ou un simple retard pour raisons météo. Un moindre mal, qui n'intéressait pas du tout la foule affairée dans l'aire d'observation. À T moins quatre minutes, on escorterait les femmes et les enfants des astronautes pour qu'ils assistent au décollage depuis le toit-terrasse. Ça les maintiendrait loin de la presse, au cas où les choses tourneraient mal. Tout le monde riait, bavardait tranquillement, comme si rien ne pouvait arriver.

Tous les autres astronautes et leurs femmes – à part celle de Parker – étaient présents pour soutenir les trois hommes sanglés dans la capsule. Mme Lebourgeois a quitté son mari, dérivant dans la salle jusqu'à moi. C'était une blonde diaphane, au long cou de cygne, ses lèvres boudeuses lui donnaient souvent l'air d'un chat.

Mais elle a souri en m'apercevant, avant de m'embrasser sur les deux joues.

« Ah, ma chère ! Notre fille parle encore de vous. Même son père ne l'impressionne pas autant.

— Il devrait, pourtant ! Il est allé dans l'espace, lui, moi je ne fais qu'en rêver.

— Ça ne tardera pas pour vous, je crois. » Son cou de cygne s'est recourbé. Elle m'a adressé un grand sourire. « Mon mari me fait prendre des cours de pilotage, pour que je sois prête, le moment venu. »

C'était optimiste, et plus que charmant.

« A-t-il… entendu parler de quelque chose ?

— Non. » Elle a repris son air boudeur. « Mais il a dit au directeur Clemons qu'il estimait la présence des femmes nécessaire. Je crois qu'il souhaite simplement… vous comprenez… avoir sa femme dans l'espace. »

Elle s'est couvert la bouche en gloussant, devant mon expression stupéfaite. Mes lèvres se sont entrouvertes, et puis j'ai éclaté de rire avec elle. Convaincre les astronautes des avantages… du devoir conjugal dans l'espace. Voilà une tactique qui ne m'était pas venue à l'esprit.

« Oh, Seigneur. Il faut que j'en parle à toutes les épouses.

— Oh, nous en discutons entre nous.

— Je n'en doute pas. Avez-vous… avez-vous rencontré Mme Parker ?

— Non. Elle est toujours "souffrante", d'une chose ou d'une autre, ou trop occupée. Je crois qu'elle n'a tout simplement pas envie de passer du temps avec des gens qu'elle ne connaît pas, mais qui suis-je pour le savoir, hein ? » Elle a haussé les épaules, évacuant le sujet de l'épouse absente. « Vous savez… l'apesanteur… produit, comment dire, des effets "intéressants" sur l'anatomie de mon mari. L'afflux sanguin n'est plus… retenu par la gravité.

— J'ai soudain très envie d'envoyer mon propre mari dans l'espace. »

J'ai regardé derrière la vitre. Nathaniel était debout, penché sur sa console. Ils auraient vraiment dû concevoir son poste en station verticale. Nathaniel avait beaucoup de mal à s'asseoir quand il était tendu. Et c'était toujours le cas.

Mais… je ne pouvais pas les entendre. Ils avaient éteint les haut-parleurs.

Quand avaient-ils… ? Quelque chose n'allait pas. Nathaniel avait son téléphone collé à l'oreille, un crayon brisé à la main. Clemons parlait dans un autre combiné. Il criait. Randy Cleary, l'astronaute responsable de la console CAPCOM, parlait dans son casque, tout en agitant les mains pour apaiser les astronautes, comme si ces derniers pouvaient le voir, de leur capsule.

Le compte à rebours s'était arrêté à T moins vingt-huit.

D'autres avaient remarqué la scène. Certains se sont approchés de la baie vitrée. Mme Lebourgeois a saisi la manche de son mari alors qu'il passait près d'elle

« *Que se passe-t-il ?*

— *Je ne sais pas. Ce n'était pas une explosion, en tout cas. On l'aurait sentie, sinon**. » Il a grimacé en me regardant. « Le Dr York en sait quelque chose. Une explosion, on l'aurait sentie, pas vrai ?

— Oui. C'est sans doute un petit souci, rien de grave, ils vont régler ça. » J'ai souri à la femme de Lebourgeois. « Pour être honnête, les lancements accusent régulièrement des retards. En général, c'est la météo. »

Sauf que j'avais été en poste lors d'un délai météo, ou d'une panne d'interrupteur, ou d'un système qui dysfonctionnait. Nous avions des procédures et des manuels épais comme des annuaires sur la marche à suivre, pour n'importe quel problème. Tout le monde était inquiet, mais calme. Là... ce qui se passait en bas était inédit.

Je me suis approchée de la vitre, l'œil fixé sur Basira, de service pour ce lancement. Elle conversait avec Myrtle. Toutes deux avaient lâché leurs crayons et semblaient choquées.

Derrière moi, Parker a pris la parole.

« Attention, tout le monde. Il n'y a aucune raison d'être inquiet. La fusée est tout à fait prête. »

Je me suis retournée, comme la plupart des gens autour de moi. Parker était près d'un des canapés, il tenait le téléphone de l'aire d'observation. Jamais je ne me serais permis d'appeler en bas, de peur de les déranger, mais Parker était le premier homme à être allé dans l'espace. Je suppose qu'il avait plus de privilèges que moi.

Il a raccroché le téléphone alors qu'on attendait tous ses explications.

« Simple délai météo. Les choses sont bloquées, pour le moment. »

C'était un mensonge. Je savais à quoi ressemblait un délai météo. On aurait dû voir un tas d'ingénieurs mornes tournant sur leurs chaises, désœuvrés. J'ai ouvert la bouche pour le défier, puis je l'ai refermée. Ce n'était pas le moment.

Parker a croisé mon regard, hochant bizarrement la tête. Comme pour me remercier de ne pas intervenir. Quelque chose n'allait vraiment, vraiment pas, mais je lui faisais confiance – ce qui m'a surprise. Il avait une raison valable de dissimuler la vérité.

Je me suis retournée vers Mme Lebourgeois, puis je me suis esclaffée en secouant la tête.

« Oh, les délais météo, c'est ce qu'il y a de pire. Il n'y a rien d'autre à faire qu'attendre.

— Je suis heureuse que ça ne soit pas arrivé à Jean-Paul. L'attente m'aurait tuée.

— Nos astronautes n'ont plus qu'à faire la sieste. »

Je me suis forcée à quitter la fenêtre des yeux.

« Quand Cristiano Zambrano est parti, on a eu deux heures de retard. Je l'ai littéralement entendu ronfler. »

Quelqu'un s'est approché de nous, je me suis écartée pour le laisser entrer dans la conversation. Stetson Parker. Il m'a souri, exhibant ses irrésistibles petites fossettes.

« Ça peut paraître étonnant d'arriver à dormir dans ces circonstances, mais les couchettes sont faites sur mesure. Elles sont incroyablement confortables. Dites… Madame York, puis-je vous déranger un instant ? J'ai une question concernant vos engagements de Lady Astronaute. »

J'ai croisé son regard, avant de lui adresser un sourire tout aussi radieux.

« Bien sûr, colonel Parker. »

J'ai tout de suite pensé qu'il était arrivé quelque chose à Nathaniel. Nous nous sommes un peu écartés, en face de la baie vitrée, le dos tourné à la salle. Mon mari parlait toujours au téléphone. Plus je regardais en bas, plus je devinais qu'il s'était produit quelque chose de terrible. Myrtle avait sorti des mouchoirs.

Parker s'est penché vers moi.

« Je pars du principe que vous n'allez pas crier, a-t-il soufflé.

— Oh. Merci.

— On a une bombe sur les bras. » Il a reporté son attention sur Clemons. Ce dernier avait le doigt sur l'interrupteur du haut-parleur. « Un homme avec une grosse pancarte et des explosifs. Il s'est attaché à la tour de lancement. Pour le moment, on n'en sait pas plus. »

Mille questions m'ont traversé la tête. Comment était-il arrivé là ? Quel type de bombe ? Qu'arriverait-il si elle explosait ?

« Compris. Que voulez-vous que je fasse ?

— Emmenez toutes les épouses et leurs enfants à la cafétéria. Sans les affoler. Éloignez-les des journalistes. » Il a regardé par-dessus son épaule.

« Surtout les enfants de Malouf et de Benkoski. Veillez à ce qu'ils ne devinent rien, jusqu'à ce que le problème soit réglé. »

Bien sûr. Leurs pères étaient dans la fusée, ils attendaient le lancement.

« A-t-on averti les astronautes ?

— Je ne sais pas. » Il a grimacé, baissant les yeux vers Mission Control. « Je dirais… c'est ce que fait Cleary, en fait.

— Je vais l'annoncer discrètement aux épouses.

— À votre place, je m'abstiendrais. » Il a haussé les épaules. « Les femmes d'astronautes subissent assez de stress et d'angoisse pour toute une vie. Épargnez-leur ça. »

C'était tentant d'ajouter un commentaire sur les absences répétées de sa propre femme. Plus tard. Je marquerai des points plus tard. Je me suis écartée de lui, en frappant dans les mains.

« Mesdames, je vous propose d'attendre à la cafétéria, où, à ce qu'on me dit, il y a du gâteau. Ce sera nettement plus agréable qu'ici. »

En général, je me débrouille mal quand survient un problème auquel je ne peux absolument rien. Les deux heures d'attente dans la cafétéria ont été épouvantables. J'ai passé l'essentiel du temps à guetter les vibrations de l'explosion… tout en essayant de distraire de jeunes enfants à qui on avait promis un décollage de fusée et qui avaient largement dépassé l'heure de la sieste. La fille de Mme Lebourgeois m'a apporté une aide inattendue, même si elle n'avait aucune idée de ce qui se tramait plus haut. Elle a emprunté du papier d'aluminium au cuisinier, et je me suis assise à côté de l'un des fils de Mme Benkoski pour l'aider à rouler la feuille en cône pointu.

« Bien ! Ça, c'est le corps de ta fusée. »

Tout en bavardant avec les enfants, j'essayais d'évacuer les questions qui me vrillaient le cerveau. Que se passait-il là-haut ? Que pouvais-je faire ? Mon entraînement tactique se limitait à écouter mon père et ses amis raconter des anecdotes sur la guerre.

Qu'aurait fait mon père ? Se serait-il précipité sur le pas de tir ? Non. Serait-il resté assis à côté d'un gamin de cinq ans occupé à bousiller son fuselage ? Peut-être.

« Oh, Max... bravo, c'est très bien. »

La porte de la cafétéria s'est ouverte. Toutes les têtes ont pivoté en même temps, comme en formation. Parker est entré, suivi de Benkoski, Malouf et Terrazas. Toujours dans leurs combinaisons spatiales.

« Papa ! »

À côté de moi, le petit garçon a abandonné son tabouret, avant de traverser la cafétéria en courant. Il a brandi bien haut sa fusée en aluminium.

« Regarde ce que j'ai fait ! »

Sa mère s'était affalée sur la table, les yeux fermés, se signant à répétition. Je me suis levée plus lentement, laissant les familles se réunir. J'ai même réussi à ne pas hurler : « Que s'est-il passé ?! »

Je me suis contentée de ranger les feuilles d'aluminium. Oui, oui. Un cinglé suicidaire menaçait le programme spatial, et moi, j'avais passé mon temps à faire des fusées et à plier des feuilles d'aluminium. J'ai tourné le dos à tout le monde pour rassembler le matériel que nous avions utilisé. Des petits bouts d'aluminium jonchaient la table, là où Mme Lebourgeois les avait déchirés tout en parlant d'un film qu'elle avait vu récemment.

Parker a rassemblé les morceaux en un tas bien propre.

« Merci. »

Je l'ai dévisagé.

« Que s'est-il passé ?

— Les astronautes sont sortis par l'issue de secours. Après leur évacuation, l'Air Force est arrivée. »

Il a regardé derrière mon épaule, vers les effusions joyeuses d'enfants adorables.

« C'est tout ? L'Air Force est arrivée ?

— Ils ont abattu le type. » Le regard de Parker s'est durci. « Il refusait qu'on "abandonne la création de Dieu sur Terre". La fusée était un "pêché, une violation du Plan Divin". »

J'ai penché la tête, écrabouillant un fragment d'aluminium avec une certaine satisfaction.

« Bon, contente que ce soit terminé.

— Beau travail, au fait. »

J'ai redressé la tête, le regard fixé sur Parker. Il était là, dans son costume sur mesure dont le bleu rappelait celui des combinaisons spatiales, en moins clair. Ses cheveux étaient un petit peu en désordre, un détail inhabituel, chez lui.

« C'est le premier compliment que vous m'adressez, je crois.

— C'est le premier que vous méritez. »

Les muscles de mon bras droit m'ont brûlé. L'envie de le gifler m'a coupé le souffle. Si je me laissais aller, je perdrais la guerre, et je n'avais jamais frappé personne avant. Comment savoir si j'étais douée à ce petit jeu ?

« Vous vous entraînez à être insupportable, ou c'est naturel, chez vous ? »

Il m'a fait un clin d'œil.

« Pour vous ? Je m'entraîne. » Il a adressé un petit signe à quelqu'un d'autre, derrière moi. « Je serai franc. J'avais besoin de quelqu'un pour s'adresser aux femmes et aux enfants. Et même si cette histoire de Lady Astronaute ne me plaît pas du tout, vous faites ça très bien.

— Deux compliments le même jour ? Vous délirez.

— Très bien. J'ajouterai ceci : tant que j'ai mon mot à dire, vous n'irez jamais dans l'espace. »

C'était tellement plus direct que tout ce à quoi il m'avait habituée. Nous prendre le bec, oui bien sûr. Mais lâcher qu'il ferait tout pour me clouer au sol ? Je ne pouvais même pas répliquer.

« Pourquoi ?

— Pourquoi ? » Il a secoué la tête, les sourcils froncés. « Vous avez essayé de m'envoyer en cour martiale. Vous pensiez que ça n'aurait aucune conséquence ?

— Quoi ? Je n'ai… Je n'ai jamais… de quoi est-ce que vous parlez ? »

Il a écarté les mains sur la table de la cafétéria et s'est penché vers moi.

« Quand vous m'avez signalé pour “conduite indigne d'un officier”, que s'est-il passé, à votre avis ? Vous pensiez que ça ne finirait pas devant un tribunal ? Pitié. Vous êtes fille de général. Vous savez exactement où mène ce genre d'accusation.

— Je sais, oui. » J'ai gardé une voix basse et sereine, consciente de tous ces enfants, derrière nous. « Oui. Ces accusations sont ignorées. Et je n'étais pas la première à signaler vos harcèlements.

— Vous êtes la seule qui l'ait fait, à ma connaissance. » Parker s'est écarté de la table, levant les mains comme pour tout effacer. « Et vous savez ce que l'enquête a donné ? Aucune femme n'avait rien à me reprocher. Aucune. »

Un rire a résonné, de nulle part.

« Elles avaient *peur* de vous. Elles avaient peur qu'on les cloue au sol.

— Mais pas vous ? Pitié.

— Pas moi, non. Parce que, comme vous dites, j'étais fille de général. » J'ai secoué la tête, puis j'ai reculé. « Comment avez-vous fait pour vous trouver une épouse ? Ou… ça explique peut-être pourquoi personne ne la voit jamais ? »

Son visage s'est durci, fermé.

« Ma femme reste en dehors de ça.

— Oui, je n'en doute pas. »

Je lui ai tourné le dos et je suis partie rejoindre les autres femmes. La colère faisait palpiter mes veines. Le salaud. Salaud d'égoïste moralisateur. Il croyait m'empêcher de rejoindre le corps des astronautes. Qu'il essaie.

Ensuite, la colère a laissé la place à une résignation froide. Il l'avait déjà fait. Avec beaucoup de succès.

L'IAC a envoyé Nathaniel à l'hôtel, cette nuit-là, avec une escorte militaire, au cas où quelqu'un déciderait d'éliminer l'ingénieur en chef du programme.

C'était une pensée déprimante. Je l'ai accompagné, et l'agence a envoyé quelqu'un chez nous pour nous rapporter des vêtements propres.

Il s'est affaissé sur le bord du lit, en chaussettes, le regard rivé sur la moquette. Je me suis assise à côté de lui, cherchant sa chaleur.

« On peut faire comme si c'était des vacances ? »

Nathaniel s'est esclaffé en passant un bras dans mon dos pour m'attirer vers lui.

« L'agence ne fait pas bien son travail. Il faut changer la façon dont on vend le programme spatial au public.

— Il y aura toujours quelqu'un qui s'y opposera.

— Avec une bombe ? » Il s'est laissé tomber sur le lit, m'entraînant avec lui. « Je crois que nous allons relocaliser le centre. »

J'aurais suivi Nathaniel où que ce soit. Je me suis mise sur le flanc, nichée contre lui, avant de lui passer la main sur la poitrine.

« Ça me paraît un peu extrême.

— Clemons en parlait bien avant cet incident. Il espérait se servir de la catastrophe d'*Orion* pour nous éloigner des grands centres urbains.

— Puis-je suggérer un pas de tir proche de l'équateur ?

— Tu veux toujours être en vacances, hein ?

— J'essaie d'obtenir de meilleures trajectoires orbitales. » Le bouton de sa chemise a dérivé sous mes doigts. « Vous savez déjà où ?

— C'est Clemons qui décide. Moi je construis les fusées. Tout à l'heure, quand on attendait la résolution du problème… » – c'est ainsi qu'un ingénieur décrivait un fou sanglé d'une bombe – « … Clemons évoquait le nombre d'emplois que ça pourrait créer. Je ne sais pas. Ça pourrait tourner à la guerre budgétaire.

— Donc, relocalisation équatoriale… et une licorne ?

— Tu sais… » Sa main est remontée dans mon dos, m'attirant vers lui. « … j'ai encore des images de ce qui se serait passé, si tu avais été à bord de cette fusée.

— Oh, c'est une angoisse que tu peux définitivement t'ôter de la tête. »

Je me suis écartée de lui pour examiner les moulures au plafond. On aurait dit la surface d'une planète inconnue.

« Parker m'a annoncé qu'il ferait tout ce qui était en son pouvoir pour m'empêcher de devenir astronaute.

— Quoi ? » Nathaniel s'est redressé, les yeux fixés sur moi. « Il a dit quoi ? »

Quand vous m'avez signalé pour conduite indigne d'un officier, que s'est-il passé… Je me suis éclairci la gorge.

« Il m'a dit que jamais je n'irais dans l'espace tant qu'il aurait son mot à dire. Mais, s'il te plaît, n'en parle pas.

— Hein ? Pourquoi je n'en parlerais pas ? »

Je me suis assise en face de lui.

« Parce que c'est entre lui et moi. Personne d'autre ne l'a entendu, et tu sais comment il s'arrange avec la réalité. »

L'agence avait tout intérêt à maintenir l'image immaculée du premier homme dans l'espace. Sacrifier une calculatrice pour sauver les apparences ? Aucun problème. Et papa n'était plus là pour veiller à ce que ça n'arrive pas.

« De toute façon, ils n'acceptent toujours pas les femmes. Le jour où ça changera, on en reparlera. »

Deux mois sont passés. La commission chargée de l'enquête parlementaire sur le crash a finalement voté la poursuite de l'implication des États-Unis dans l'IAC – en partie, je pense, par crainte que d'autres nations colonisent la Lune sans eux. Il y a eu quelques changements, bien sûr, mis en place pendant l'hiver.

Pour renforcer la sécurité des infrastructures, nous avons fait installer une magnifique clôture électrique, patrouillée en permanence par des gardes armés. Clemons s'est servi de la bombe et de la tragédie de la ferme Williams comme arguments budgétaires pour obtenir du personnel et des améliorations.

Comme l'avait prévu Nathaniel, l'IAC a fait pression pour relocaliser le centre de lancement au Brésil, ce qui limiterait sa vulnérabilité. Cette demande remontait au tout début du programme, mais nous n'avions pas pu construire un nouveau site de lancement avec le budget alloué parce que les États-Unis craignaient que d'autres pays se servent de la technologie des fusées à des fins militaires.

Les lanceurs seraient assemblés et testés à Sunflower, au Kansas, puis expédiés au nouveau centre spatial, près de la côte brésilienne, pour leur lancement. Cela nous rapprochait enfin de l'équateur, et, par extension, de la Lune et de Mars.

Et cela impliquait aussi que le département calcul refasse toutes les trajectoires pour tenir compte du nouveau site de lancement, même s'il faudrait vraisemblablement deux ans avant qu'il soit opérationnel. J'étais concentrée sur une page de double vérification d'équations différentielles quand une ombre a glissé sur mon bureau.

J'ai cligné des yeux, avant de redresser la tête. Nathaniel s'appuyait sur la table. Il arborait cette expression à la fois constipée et sérieuse, comme s'il détenait un secret impossible à partager.

« Désolé de te déranger, Elma, mais je me suis dit que tu voudrais voir ça. »

Il a posé une simple feuille devant moi.

« C'est une copie carbone, tu peux la garder. »

De l'autre côté de la table, Basira a levé la tête. Elle a eu un hoquet en lisant la même chose que moi.

DÉPÊCHE. *Le directeur de l'IAC annonce un nouveau programme de recrutement d'astronautes. Les femmes sont invitées à postuler.*

Quelqu'un a crié. C'était moi. J'avais sauté en agitant les mains en l'air, comme une sorte de gymnaste. Dans la salle, les autres calculatrices s'étaient arrêtées, crayons figés au milieu d'une fonction. Elles me regardaient et je m'en fichais.

« Ils acceptent les femmes astronautes ! »

Des crayons, des rires, des feuilles et des hourras ont traversé la salle. Mes collègues calculatrices ont bondi de joie et se sont embrassées. Nous riions toutes et pleurions, comme si la guerre venait de se terminer à nouveau. J'ai serré Nathaniel contre moi, lui coupant le souffle. Il m'a embrassée dans une position qui défiait la gravité.

À la porte, les ingénieurs passaient la tête dans la salle pour savoir ce que ce vacarme signifiait. Bubbles a fait irruption.

« Qu'est-ce qui…

— Les Ladies Astronautes ! ai-je beuglé depuis les bras de mon mari. Les Ladies Astronautes partent en orbite ! »

27

**LE « SUPERCARBURANT »
PROPULSERA INDÉFINIMENT
LES FUSÉES DANS L'ESPACE**

18 AVRIL 1957. Une avancée décisive dans la mise au point d'un supercarburant pour les fusées, à base d'oxygène atomique capturé dans la haute atmosphère, a été annoncée la semaine dernière par Peter H. Wyckoff, spécialiste des fusées au Centre de recherche de l'Air Force de Sunflower. Dans la haute atmosphère, le dioxygène se compose de deux atomes d'oxygène. Cependant, dans la zone située entre quatre-vingt-dix et cent dix kilomètres au-dessus de la surface de la Terre, les rayons ultraviolets séparent le dioxygène en deux atomes. Le Dr Wyckoff a confirmé la découverte d'un agent catalyseur capable de recombiner l'oxygène atomique de la haute atmosphère en dioxygène, processus qui relâcherait une quantité considérable d'énergie.

Cela faisait plusieurs mois que je n'étais pas passée au 99s, mais après la dépêche que Nathaniel m'avait montrée, je m'y suis rendue le dimanche suivant. Et j'ai emporté des formulaires d'inscription avec moi.

J'ai traversé le tarmac jusqu'à notre hangar, alors que le vent portait l'odeur du pétrole et du bitume.

Une combinaison de fragrances qui me rendait bizarrement nostalgique.

Personne n'occupait le banc de pique-nique, devant le hangar, ce qui n'avait rien de surprenant : c'étaient les premières gelées d'octobre. La Cadillac de Nicole était garée près de la porte. J'ai su qu'au moins une personne était là.

Je me suis arrêtée devant la porte de service intégrée aux immenses battants du hangar. Devais-je frapper avant d'entrer ? J'ai secoué la tête en appuyant sur la poignée. Elles se servaient toujours de mon avion, je participais à la location de l'espace, je n'étais pas une étrangère, ici.

J'ai débarqué au milieu d'un éclat de rire qui s'est dissipé alors que j'ôtais mon chapeau.

Pearl a écarquillé les yeux, en quittant à regret sa part de gâteau.

« Ça alors ! Une revenante ! »

J'étais peut-être une étrangère, finalement. Quand Pearl s'est levée, son ventre déjà bien arrondi indiquait que ses triplés ne tarderaient pas à accueillir un petit frère ou une petite sœur. Ou les deux. J'ai agité la main, un peu bêtement.

« Salut. »

Ida Peaks et Imogene Braggs étaient là, elles aussi, avec d'autres femmes que je ne connaissais pas. Il y avait un peu plus d'avions dans le hangar, aussi. L'un des Mustang semblait avoir élu domicile ici. Ainsi qu'un P-38 Lightning – à qui appartenait-il ? Comment devenir sa meilleure amie ?

Nicole était perchée en bout de table, nonchalante, une cigarette à la main. Elle s'est levée dès qu'elle m'a vue, tout sourire.

« Il était temps, bon Dieu. »

Et Betty… elle gardait le regard braqué sur la table.

Mais Helen s'est mise debout en souriant, comme si elle avait reçu le plus beau des cadeaux.

« J'étais justement en train de leur dire ! »

Bien sûr. Helen était dans le département calcul quand nous avions appris la nouvelle.

« Eh bien, souviens-toi, ce n'est pas encore officiel. Le communiqué de presse ne sort pas avant mardi.

— Je ne le dirai à personne. » Betty s'est adressée à la table. « Si c'est ce que tu insinues. »

Répondre ou ne pas répondre, telle est la question.

Y a-t-il plus de noblesse d'âme à mordre à l'hameçon d'une posture défensive ou…

« Bon sang, je ne me fais aucun souci. Tu es très bonne pour garder les secrets quand ça t'arrange. »

Nicole s'est avancée entre nous deux.

« Bon, les filles… » Elle s'est approchée de moi, puis m'a déposé un baiser sur la joue. « Ravie que tu sois de retour. Tu me redonnes envie de voler, et puis hop, tu disparais. C'est trop, vraiment, chérie.

— Peu importe. » J'ai fouillé dans mon sac. « J'ai ici les formulaires d'inscription pour le programme d'astronau… »

Elles m'ont entourée comme un amoncellement de nuages. L'instant d'avant, ciel pur, dégagé, l'instant d'après, visibilité zéro, une bourrasque de blanc alors que les feuilles s'envolaient dans toutes les directions. Le rire que j'avais interrompu en arrivant est vite revenu, rebondissant sur les parois du hangar.

Il n'y a pas eu que des cris de joie.

« Diplôme supérieur exigé ? »

Les épaules d'une femme se sont affaissées.

« Je ne suis même pas allée à la fac. »

Après m'avoir cernée en un clin d'œil, elles se sont toutes dispersées pour remplir le formulaire. J'avais déjà rempli le mien. Il était dans une boîte, sur le bureau de la secrétaire, devant le bureau de Clemons.

Helen m'en avait arraché un des doigts, elle aussi. Elle avait vu l'annonce, mais pas le formulaire. Son sourire a déserté son visage.

« Mille heures de vol en appareil à haute performance, dont quatre cents en tant que commandante de bord ? Et cinquante heures d'avion à réaction ? Comment… ce n'est pas juste. Quelle femme a accompli tout ça ? »

J'ai grimacé.

« Moi. La plupart des pilotes du WASP.

— La chimie, ça compte ? Oh mon Dieu. Oh mon Dieu. » Ida Peaks a sautillé sur place. « J'ai un master en chimie… et j'ai toutes les qualifications requises… Bon Dieu. À part les appareils à haute performance. »

Imogene a scruté son formulaire, comme si elle hésitait entre l'embrasser ou le balancer dans les toilettes.

« Pareil pour moi… je repense à Sarah Coleman…

quand on lui a demandé de retirer sa candidature, pendant la guerre.

— Ils n'auront même pas à nous demander de renoncer si nous ne remplissons pas les qualifications requises. »

Imogene a hoché la tête, l'œil rivé sur le document.

« Et cette décision politique concernant le corps des WASP explique pourquoi seules les femmes blanches sont choisies. C'est une façon très intelligente de ne sélectionner que des Blancs pour le corps des astronautes, tout en prétendant que n'importe qui peut postuler. »

Cela ne m'était même pas venu à l'esprit. J'ai cillé, tâchant de décider quoi faire – ou dire. Avant que je remette de l'ordre dans mes pensées, Ida a ricané.

« Eh bien, tout ça, c'est des conneries. Et je parie que le Dr King aura des choses à dire là-dessus. Très nettes, très ciblées. »

Ida est retournée vers la table.

« Il me faut un crayon. »

Imogene a brandi son crayon.

« J'en ai un juste là. Tu l'auras dès que j'aurai fini de remplir ce machin. Cinquante heures aux commandes d'un jet. Mon cul. Les vaisseaux spatiaux n'ont même pas de réacteurs, pas vrai, Elma ?

— Non, en effet. » J'ai hésité, ne voulant pas faire de promesses que je serais incapable de tenir. Il avait fallu longtemps avant qu'on envisage la présence des femmes dans le programme. « Je le signalerai à Nathaniel, je verrai s'il peut convaincre le directeur de changer les qualifications requises. Les formulaires ne sont pas encore sortis, à part pour vous. Je crois. »

De la table, Betty est intervenue : « Ils les enverront avec le communiqué de presse. Après, ce sera gravé dans le marbre. »

J'ai acquiescé, les lèvres serrées. Ravalant ma fierté, je me suis approchée de la table où elle s'était assise, posant l'un des formulaires devant elle.

« Tu as assez d'heures de vol.

— Et un master en journalisme. Je suis à peu près sûre que ce n'est pas de ce genre de diplôme supérieur qu'ils ont besoin.

— Ça vaut toujours le coup d'essayer. » J'ai fait glisser la feuille vers elle. « Pas vrai ? »

Elle a hoché la tête, sans tendre la main vers le formulaire. Elle s'est ébrouée comme un chien qui sort d'une mare, avant de se pencher vers son sac.

« Ça fait des mois que je trimballe ça en espérant ton retour. J'aurais dû de te le transmettre, mais… je ne sais pas. J'avais peur que tu le jettes. »

En inclinant la tête, je l'ai dévisagée alors qu'elle fouillait dans son sac.

« Pourquoi l'aurais-je jeté ?

— Parce que ça venait de moi. » Elle a tiré une enveloppe usée de son sac et l'a posée sur la table. « Du moins, ça aurait été le cas si je te l'avais transmise. »

Curieuse, je l'ai ramassée. L'expéditeur ? Le magazine *Life*. Le nom a fait naître un éclair rouge dans mon champ de vision, ravivant ce mauvais souvenir. Betty avait sans doute raison. J'aurais jeté l'enveloppe, si elle m'était parvenue juste après l'incident des Girl Scouts.

Betty a continué à parler, les doigts enroulés autour de la sangle de son sac.

« Ils me l'ont envoyée parce que j'avais signé l'article. Elle t'était adressée, mais ils ne savaient pas où te joindre, et… j'aurais pu la transmettre à Helen, je suppose. »

L'enveloppe de *Life* en abritait une seconde, en meilleur état, avec une signature peu familière. L'expéditeur indiquait *Maison de retraite Red Gables, Red Bank, Caroline du Sud.* Je me suis assise.

Betty avait ouvert l'enveloppe intérieure, mais je m'en moquais. La curiosité avait été trop forte pour son âme de journaliste. Je pouvais m'estimer heureuse. Elle n'essayait pas de dissimuler le fait qu'elle l'avait déjà lue.

L'écriture était aussi ronde et peu familière que sur l'enveloppe.

Chère Dr York,

Je vous écris à la demande de l'une de nos patientes, qui vous a vue dans Watch Mr. Wizard. *Sur le moment, elle nous a dit que vous étiez sa petite-nièce, mais vous a appelée Anselma Wexler. Nous avons supposé qu'elle s'emmêlait un peu. Elle est âgée, pas toujours lucide.*

Mais quand le numéro de Life *est sorti, elle vous a encore vue, et nous a de nouveau certifié que vous étiez sa nièce. Dans l'article, j'ai remarqué que Wexler était votre nom de jeune fille. Je me suis dit qu'il était préférable de vous écrire, au cas où vous seriez de la même famille que notre Mlle Wexler – Esther Wexler.*

Elle vivait avec sa sœur, décédée depuis, et de ce que nous savons, n'a aucune autre famille.

Sincèrement vôtre,

Lorraine Purvis, infirmière

La feuille a tremblé dans ma main, les mots se sont brouillés. Je l'ai pourtant relue. Tante Esther ? Vivante ?

J'ai pressé la main sur ma bouche pour cesser d'émettre cette espèce de bruit. Un son creux, aigu, qui montait et descendait en même temps. Je ne sais même pas comment l'appeler. Mais ma tante était vivante, Hershel et moi n'étions plus seuls, je devais l'appeler, nous irions à Red Bank, en Caroline du Sud, on récupérerait tante Esther, et…

« Elma ? » Nicole avait posé la main sur mon épaule, puis m'a serrée contre elle. « Elma, chérie… là… là… chuuuut… là… là…

— J'appelle Nathaniel. » L'intervention d'Helen m'a aidée à reprendre mon souffle. Un peu.

« Non… non, ça va. » C'est du moins ce que j'ai essayé de dire. Le son que j'ai produit a toutefois suffi pour l'arrêter, et j'ai enfin cessé de gémir. Je me suis essuyé les yeux des deux mains. Le papier de la lettre s'est froissé sur ma joue.

« Désolée. C'était… c'était gênant. »

Nicole m'a gardée dans ses bras.

« Arrête. Gênant, c'est quand on renverse un verre sur Son Altesse sérénissime le prince de Monaco, lors d'un dîner d'État. C'était juste un moment d'humanité. Être humain n'a rien de gênant. Bon, sauf quand tu pètes. »

J'ai ri. Seigneur. Oh, Nicole, que Dieu la bénisse. Ensuite, Helen a serré les lèvres pour imiter un pet. Mon éclat de rire était sans doute un peu désespéré, mais, au moins, j'étais essoufflée pour une bonne raison. J'ai fini par me redresser, m'essuyant les yeux à nouveau, laissant une traînée de mascara sur mon pouce. Je ne ressemblais plus à rien.

« Pardon. C'est une bonne nouvelle, en fait. Ma tante… » J'ai dû reprendre mon souffle pour continuer. « Ma tante est vivante. »

Quand j'ai ouvert la porte de notre appartement, Nathaniel feuilletait un rapport, allongé sur le canapé. Il l'a écarté en souriant.

« Tu arrives en… »

Il s'est redressé, les feuilles lui ont échappé des mains et se sont éparpillées.

« Que se passe-t-il ? »

Cinq phrases différentes se sont battues pour sortir en premier. Celle qui l'a emporté était sans doute la moins pertinente.

« Je dois passer un coup de téléphone. »

Heureusement, Nicole m'avait suivie dans l'escalier, après m'avoir raccompagnée à la maison. Elle a posé la main sur mon épaule.

« Tout va bien, Elma est encore sous le choc. »

Bien. Il fallait offrir quelques éléments contextuels à Nathaniel, sinon il s'inquiéterait encore plus.

« Betty a reçu une lettre après la publication de son article dans *Life*, sauf qu'elle était pour moi, et… » J'ai secoué la tête. Tout ça n'avait aucune importance. « Tante Esther est vivante.

— Oh mon Dieu. » Nathaniel a traversé la pièce et m'a serrée dans ses bras. « C'est merveilleux. »

Je me suis effondrée contre sa poitrine, la main de Nicole a quitté mon épaule. Derrière moi, la porte s'est refermée dans un clic discret. Nathaniel m'a bercée dans ses bras et m'a laissée pleurer cinq années de chagrin.

J'avais cru qu'Hershel et moi étions seuls. Oui, une petite voix en moi se demandait : si tante Esther a survécu, qui d'autre ? Mes parents étaient peut-être en vie ? Mes larmes venaient aussi de la certitude qu'ils ne l'étaient plus. Que personne dans un rayon de quatre-vingts kilomètres autour de Washington n'avait survécu. Mais, oh… nous avions à nouveau une tante.

Je me suis écartée en reniflant, m'essuyant les yeux pour la centième fois de la journée. J'ai fouillé dans mon sac pour en sortir la lettre.

« Je vais appeler cette maison de retraite. »

J'avais fait tant de compromis avec moi-même pour trouver une forme d'apaisement. J'avais observé la Chivah, passant par tout le processus de deuil de ma famille. Je l'avais mise dans une boîte, je l'avais enterrée dans mes souvenirs, à défaut de cimetière. Cette lettre l'exhumait, laissant une cicatrice béante dans le sol de mon esprit.

Mais c'était aussi une immense joie.

Les yeux de Nathaniel étaient rouges. Il m'a adressé un demi-sourire.

« Eh bien… c'est le bon moment pour dire *l'chaim…* »

L'chaim. À la vie.

Il a reculé pour me libérer le passage, vers le téléphone.

« Tu veux que je sorte ou…

— Pas question. »

Atteindre le combiné m'a réclamé une quantité déraisonnable d'énergie, comme si j'échappais au puits de gravité du chagrin.

« J'ai besoin de quelqu'un pour me passer des mouchoirs.

— Des mouchoirs. Reçu. Mouchoirs confirmés. Lancement. »

J'ai ricané avant de m'effondrer sur le canapé, puis j'ai tendu la main vers le téléphone. Le numéro de la maison de retraite Red Gables était sur l'en-tête de la lettre. Deux lettres et cinq numéros plus tard, le téléphone sonnait.

« Bonjour, Red Gables. »

À l'autre bout du fil, la voix trahissait l'accent doux et lent d'une femme du Sud pure et dure.

La forme de mes mots s'est modifiée pour correspondre aux siens.

« Oui. Pouvez-vous me passer l'une de vos résidentes ? Esther Wexler.

— Je suis désolée, Mlle Wexler est en train de dîner. »

Je m'étais presque attendue à l'entendre dire « décédée ». Je me suis éclairci la gorge, ramassant l'une des feuilles que Nathaniel avait fait tomber.

« Puis-je lui laisser un message ? » La feuille détaillait la trajectoire préliminaire d'un lancement au Brésil. « Je suis sa nièce, je…

— Docteur York ?

— Ahem. Oui.

— Ici Lorraine Purvis. Je vous ai écrit. » Elle a émis un petit rire. « Seigneur, je n'arrive pas à croire que vous soyez vraiment sa nièce. Nous pensions… bon. Il lui arrive de divaguer, parfois. Elle est adorable, mais… écoutez, restez en ligne, vous voulez bien ? Je vais la chercher.

— Oh, je ne veux pas vous déranger.

— Aucun souci. Je ne la sortirai pas de la cafétéria si elle n'a pas terminé son repas. Je reviens tout de suite. »

Le téléphone a fait un bruit mat contre un bureau ou un plan de travail, puis j'ai entendu des pas qui s'éloignaient.

Nathaniel avait traversé notre studio pour prendre la vaisselle sur l'égouttoir, dans la cuisine. Les assiettes se sont entrechoquées quand il les a rangées dans le placard. Ranger, voilà une bonne façon de m'occuper. J'ai tendu la main vers les feuilles abandonnées par Nathaniel.

Les rapports étaient couverts d'équations, de la main d'Helen. En les ramassant, difficile de ne pas voir les calculs. J'avais l'esprit tellement embrouillé qu'il m'a fallu un bon moment pour reconnaître des trajectoires orbitales au Brésil, au Kenya et en Indonésie.

Ces trois zones se situaient toutes à l'équateur, d'où une consommation de carburant plus faible que partout ailleurs – États-Unis et Europe inclus. Les côtes étaient à l'est. Bonne nouvelle. Une fusée défectueuse s'abattrait en mer, et non sur…

Le téléphone a émis un bruit de souffle alors qu'on reprenait le combiné.

« Docteur York ?

— Oui.

— Un instant, je suis avec votre tante.

— Merci. »

J'ai reposé les feuilles sur la table basse. Les yeux fermés, j'ai attendu.

Le téléphone a cliqueté, puis une voix d'oiseau âgé a grésillé au bout du fil.

« Anselma ?

— Tante Esther. »

Ma voix s'est brisée, la pièce est devenue floue, derrière un voile de larmes. J'avais l'impression d'entendre un fantôme. Que dire à quelqu'un qu'on croyait mort ? En l'occurrence, elle devait penser la même chose de moi, jusqu'à *Mr. Wizard*. Je n'ai pu produire qu'une question banale, de circonstance.

« Comment tu vas ?

— Bien… bien, bien, bien. Je vis, je respire. Comme c'est merveilleux d'entendre ta voix.

— Je suis désolée. Je n'ai reçu la lettre qu'aujourd'hui. Je ne savais pas…

— Calme-toi, petite. Je ne savais pas non plus que tu étais vivante. Quand Rose et moi, on a quitté Charleston, eh bien… j'ai cru qu'il ne restait plus que nous deux. »

Heureusement, il y avait une ligne téléphonique entre nous. À l'évocation du nom de ma grand-mère, j'ai écarté le téléphone de ma bouche pour la couvrir un moment. Ma grand-mère avait survécu. En lisant la lettre – *elle vivait avec sa sœur, décédée depuis* –, je n'avais pas su quelle sœur.

Bon Dieu. Ma grand-mère avait survécu au raz de marée qui avait anéanti Charleston… et je n'avais rien fait pour la retrouver.

28

LES ASTRONAUTES SUBISSENT BIEN UNE PERTE OSSEUSE

Correspondant, THE NATIONAL TIMES

KANSAS CITY, Kansas, 18 avril 1957. Le rapport médical des astronautes ayant passé quarante-trois jours à bord de la plateforme orbitale *Lunetta* illustre la façon dont leur organisme a répondu aux conditions inédites de vie prolongée dans l'espace. Les astronautes accusent, par exemple, un déficit en globules rouges de 14 %. Les projections effectuées à partir de ces données suggèrent que, après un long séjour dans l'espace, les astronautes pourraient être invalides à leur retour sur Terre. *Lunetta* servira, entre autres, à déterminer si des exercices physiques supplémentaires dans l'espace ralentissent ces modifications pour que les futurs voyageurs spatiaux puissent retrouver leur existence terrestre sans inconvénient majeur.

Quand j'ai reposé le combiné, Nathaniel a levé la tête de son journal. Il avait fini de ranger la vaisselle depuis longtemps.

« Pas mal, comme coup de téléphone.

— Elle va bien. »

Je me suis levée en massant mes tempes, encore un peu sous le choc.

« Mais je crois qu'elle n'est pas très heureuse, là-bas. Je me disais…

— Tu veux qu'elle emménage chez nous ? » Il a baissé son journal et s'est renfoncé dans son fauteuil. « Et si elle allait vivre avec Hershel ? »

J'ai haussé les épaules, avant de m'attabler.

« Bien sûr. Elle pourrait. Mais il a déjà deux enfants, ça lui ferait une bouche supplémentaire à nourrir. »

Nathaniel a grogné en pianotant sur la table.

« Il va nous falloir un appartement plus grand… je veux bien m'en occuper, mais…

— Mais ? »

Le studio était parfait pour nous deux, impossible d'ajouter une personne.

« Les maisons sont inabordables. On ne peut pas se permettre de payer un loyer plus élevé… »

Il a écarté les mains, sans ajouter que la majeure partie de nos économies avait disparu dans les réparations du Mustang, après le meeting aérien.

« Il faut y réfléchir.

— Les prix du logement ont baissé. On n'a pas vraiment cherché depuis un moment. Et il y a ces nouveaux lotissements, près de Sunflower.

— C'est… mon hésitation… ce n'est pas qu'une question de place. Si l'IAC déménage le pas de tir au Brésil, ce n'est pas l'idéal pour tante Esther. » Nathaniel a haussé les épaules. « Mais bon, je pourrais rester à Sunflower et travailler sur la conception générale. Pendant un temps, en tout cas.

— Oh. » Je me suis mordillé la lèvre, tout en réfléchissant. « Eh bien… il est peu probable qu'on déménage avant au moins un an, le temps de construire les bâtiments. Non ?

— Deux, sans doute… le site n'est même pas encore choisi. »

Nathaniel s'est avancé dans son fauteuil et m'a pris la main.

« Mais si tu es acceptée comme astronaute, alors… je connais leur calendrier d'entraînement. Ça ne serait pas très juste pour ta tante.

— Tu voudrais que je la laisse dans cette maison de retraite ? »

Je venais juste de retrouver tante Esther, et maintenant il voulait qu'elle reste là-bas, seule.

« Mon Dieu, non. » Il s'est passé la main dans les cheveux. « Mais si Hershel accepte de l'accueillir, c'est la meilleure option à long terme. Pas la peine de prendre une décision maintenant, mais ça vaut le coup d'y réfléchir. »

Deux semaines après avoir parlé à ma tante. Deux semaines après avoir appelé Hershel pour lui faire savoir qu'elle était en vie. Deux semaines plus tard, j'étais à nouveau au téléphone. J'appelais mon frère, une autre lettre dans ma main tremblante.

J'avais pris un Miltown, mais cela n'avait fait que ralentir mon cœur… du galop au trot.

« Centre de météorologie nationale, Hershel Wexler à l'appareil.

— Salut, c'est Elma… Tu as une seconde ? »

Le plastique noir du téléphone glissait dans ma main moite.

« Que se passe-t-il ? »

Dans le combiné, j'ai entendu la porte de son bureau se refermer.

« On vient juste de m'accepter aux premières sélections du programme des astronautes. »

La lettre a encore tremblé entre mes doigts. Je pensais qu'on m'annoncerait la nouvelle au travail, mais j'avais reçu une lettre en bonne et due forme, comme… je ne savais pas combien d'autres femmes.

« Mazel tov ! Attends que je raconte ça à Rachel. Elle va… sauter de joie jusqu'à la *Lune* ! »

J'ai gémi.

« Pitié.

— Je suis tellement fier de toi. Tu passes quand ?

— Eh bien… voilà le problème. » J'ai enfin fini par m'asseoir sur le canapé, avant de poser la lettre sur la table basse, juste devant moi. « C'est pile la semaine où nous devions rendre visite à tante Esther. Et les tests s'étalent sur cinq journées complètes.

— Oh. » Hershel a agité plusieurs papiers, sur son bureau. Il a soupiré. « Bon, laisse-moi voir si je peux changer mes dates de vacances.

— Je suis désolée. »

J'ai tordu le cordon du téléphone.

« Ou… attends. Pas la peine d'y aller tous les deux. Toi, tu passes tes tests. Après, tu viens la voir dès qu'on l'a installée. »

La pièce m'a paru se refroidir.

« Je pensais… je pensais qu'on déciderait ça après l'avoir vue en chair et en os. Et parlé au personnel de la maison de retraite, pour savoir ce dont elle a besoin ? »

Le rire d'Hershel a grésillé dans mon oreille.

« Ouais. Bon, là-dessus, l'inquiétude, c'était surtout ton emploi du temps. Alors, si tu n'es même pas sur Terre…

— On ne m'a pas encore acceptée.

— Arrête. Elma. Ce serait débile de ne pas t'accepter. Ne serait-ce que pour une question de com.

— L'agence spatiale ne fonctionne pas comme ça. »

Dans ce programme, tout était complexe et dangereux. Aucune chance qu'on fasse voler une personne non qualifiée pour des raisons publicitaires. Pas avant que les choses soient bien établies, en tout cas.

« Tous ceux qui s'envolent doivent travailler à bord. Qui sait ce que mes tests vont révéler ?

— D'accord. Hmm. Si j'ai raison, tu me dois le dernier numéro du comics *Blackhawk*. Et j'ai raison. » Mon grand frère était si têtu parfois. « En plus, tu as besoin de temps pour trouver un nouvel appartement, pas vrai ? Voilà pourquoi on attendait le mois prochain.

— Oui… »

Le journal était de l'autre côté de la pièce, sur la table de la cuisine, toujours plié. Nathaniel et moi comptions éplucher les petites annonces, ce soir.

« Tu tiens vraiment à chercher de nouveaux meubles et à déménager tout en préparant ces tests ? »

Pourquoi avait-il toujours raison ? Je me suis penchée en avant, les coudes sur les genoux, avant de me masser les tempes. Après tout, Parker veillerait à ce que je ne parte jamais dans l'espace. Mieux valait me concentrer sur ma famille.

« Mes priorités ne sont peut-être pas là. Je veux dire… je devrais m'occuper de ce que je peux contrôler. Pas d'un truc très hasardeux qui pourrait se produire…

— Elma. » J'imaginais très bien Hershel m'observer par-dessus ses lunettes. Une fois, il m'avait avoué ne rien voir, comme ça. Mais ça lui donnait un petit air intimidant. « Tu ne seras jamais heureuse si tu n'essaies pas.

— Et si je ne suis pas acceptée ? »

Il s'est esclaffé.

« Si tu n'es pas acceptée, je t'offre un abonnement à *Mystery in Space*.

— Bien. Il me faudra au moins ça pour noyer mon chagrin.

— Écoute. Mon vol doit bien faire escale quelque part. Je vais voir si je peux passer par Kansas City. Tante Esther aura besoin de se reposer de toute façon. On pourrait passer la nuit… comme ça, tu pourrais la voir. Hmm ?

— Oh. Tu ferais ça ? » Sa capacité à m'infantiliser était remarquable. Mes mains avaient cessé de trembler. « Tu pourrais même assister à un lancement. »

Une tante bien vivante, une sélection pour les premiers tests du corps des astronautes… Le lendemain, au travail, j'en frissonnais encore de plaisir. Même le linoléum de l'IAC me semblait moins terne.

Avant de nous séparer dans le couloir, Nathaniel s'est penché pour m'embrasser sur la joue.

« Attention, tu risques d'aveugler quelqu'un, avec ce sourire.

— Ne t'inquiète pas. Il disparaîtra dès que je verrai ce que tes ingénieurs ont salopé. »

Il a éclaté de rire en me caressant la main, avant de gagner son propre bureau.

Même dans le couloir, on entendait le brouhaha matinal habituel du département calcul. L'atmosphère était saturée du murmure des conversations les plus diverses, de la recette de cuisine aux compliments pour une robe. Ensuite, dès qu'on se mettait au travail, ce n'était plus que rigueur mathématique, règles à calcul et cliquetis de la calculatrice Friden. Ces derniers temps, on entendait aussi quelques jurons, quand l'IBM surchauffait. Une fois de plus.

Quand je suis entrée dans la salle, Basira occupait déjà notre bureau partagé. Elle agitait les mains en l'air, comme pour diriger une symphonie.

« … des chandeliers partout. Incroyable. Et les chants ! Oh, c'était si merveilleux. »

Myrtle a secoué la tête.

« Eh ben… Nous, on est juste allés au bowling. Une soirée pour notre championnat.

— Que se passe-t-il ? »

J'ai posé mon sac sur le bureau tout en ôtant les boutons de mon manteau. Je brûlais de hurler à tue-tête qu'on m'avait sélectionnée pour les premiers tests, mais Basira avait la parole.

« Hank m'a emmenée côté Missouri pour un spectacle, hier soir. » Elle a battu des mains. « C'était magnifique. Le Midland Theater… comme si un décorateur avait demandé : "On peut en mettre un peu plus, là ?" Et qu'on lui répondait "oui" à chaque fois. Même les toilettes valaient le détour. »

Je me suis débarrassée de mon manteau, sans hurler que j'avais franchi la première étape.

« Je ne sais même plus à quand remonte notre dernier spectacle, nous…

— Eh bien, si tu en as l'occasion… » Elle s'est interrompue en regardant derrière moi. « Helen ? Tout va bien ?

— Une allergie. »

Helen a agité la main en souriant, mais ses yeux étaient rouges et gonflés. Ses épaules se sont affaissées. Sa voix avait une nuance rauque.

Oh, merde, elle n'avait pas franchi la première étape, elle.

Je n'ai donc pas annoncé au travail que j'étais sélectionnée, mais au 99s ? Eh bien… impossible d'éviter le sujet, là-bas. Le dimanche, je suis partie à l'aérodrome en emportant la lettre dans mon sac. Je n'étais toujours pas très à l'aise avec Betty. D'accord, elle m'avait permis de retrouver ma tante, mais elle avait aussi conservé cette lettre pendant des mois. Elle aurait pu la donner à Helen ou à Nicole, à mon attention. Une fois de plus, j'avais l'impression qu'elle me manipulait et se servait de moi.

Pearl avait apporté un gâteau, qui trônait sur la table, au milieu du hangar. Ida et Imogene étaient emmitouflées dans leur manteau. Nicole avait ôté un gant pour manger une part. Malgré les portes closes, mon souffle formait un panache blanc, jusqu'à ce que je m'approche de la table, réchauffée par un petit radiateur, juste en dessous. Mes chevilles brûlaient et mes doigts gelaient lentement.

« Ooooh, un gâteau. »

Oui, brillante conversation, je sais. C'était ça ou parler de l'énorme ventre de Pearl. Si elle n'accouchait pas de jumeaux, ce serait stupéfiant.

« J'avais juste envie de cuisiner, je crois. »

D'une main, elle s'est frotté l'estomac.

Nicole a consulté la pendule.

« Il ne manque qu'Helen… »

Comme si la remarque l'avait invoquée, celle-ci a ouvert la porte du hangar à grand bruit. Sac à l'épaule, elle a franchi le seuil, avant de claquer le battant derrière elle. Au moins, elle n'était plus triste.

Elle m'a regardée, puis les autres membres du groupe.

« Ma candidature a été rejetée.

— La mienne aussi. »

Ida a levé la main.

« Rien d'étonnant à ça. »

Je me suis éclairci la gorge.

« Moi, c'est passé.

— Moi aussi. »

Nicole a reposé sa part de gâteau en chassant les miettes de sa jupe.

Imogene a secoué la tête.

« Rejetée, pas assez d'expérience avec les jets.

— Moi, on m'a acceptée. »

Betty s'est tortillée vers Pearl.

« Et toi ?

— Je n'ai pas postulé. »

Elle a passé la main sur son ventre.

« Attendons d'abord que la colonie s'établisse. Ensuite, on verra. »

Dans le hangar, le silence s'est épaissi. Dehors, le bourdonnement des avions nous signalait que la vie suivait son cours, mais ici, quelque chose s'était brisé. Même si nous étions toutes rassemblées autour de cette table, un fossé séparait notre groupe. C'était déjà assez pénible que certaines d'entre nous soient sélectionnées et pas les autres, mais l'aspect racial sautait aux yeux.

Helen a rompu le silence en vidant son sac sur la table. Plusieurs manuels et modes d'emploi se sont éparpillés. J'en ai rattrapé un qui glissait de la table. Un manuel de T-33. Helen a sorti du tas un bloc de sténo.

« Voici les aérodromes qui disposent d'avions à réaction.

— Mais la date limite est passée… »

Nicole a secoué la tête.

« Je veux dire, c'est terrible, mais qu'est-ce que tu peux y faire ?

— Me préparer à la prochaine campagne de recrutement. »

Helen lui a jeté un coup d'œil, avant de reporter son attention sur Ida et Imogene. Son attitude féroce m'a rappelé qu'elle était championne d'échecs.

« Et vous aussi. »

Ida s'est penchée en avant, pour ramasser un manuel. Elle l'a feuilleté quelques instants.

« On dirait qu'il va falloir voler.

— Et écrire quelques lettres. »

Imogene s'est tournée vers Betty.

« Tu comptes pondre un article là-dessus, aussi ?

— Je ne sais pas… »

Imogene avait perfectionné son art du sourcil haussé. Elle a encore amélioré l'effet en pinçant les lèvres. La déception a creusé son visage comme un coup de fouet.

Betty a levé les mains dans un geste de conciliation.

« Il faut trouver le bon angle.

— "Une sélection raciale pour les astronautes." Qu'en penses-tu ? »

Imogene a attrapé le couteau sur la table. Elle a failli poignarder le gâteau.

« Le Dr King fera sans doute un laïus là-dessus. Je parie que tous les candidats sont blancs.

— Je peux… » Je me suis arrêtée pour m'éclaircir la gorge. Allais-je vraiment faire cette proposition ? « Ça vous aiderait d'avoir la liste des candidats sélectionnés ? »

Ida a hoché la tête, brisant un morceau de son gâteau.

« Ça nous aiderait, oui. Et ne t'inquiète pas, Betty, les journaux noirs seront plus qu'heureux de parler de cette histoire. Ils trouveront facilement le "bon angle", eux. »

29

LA PLATEFORME ORBITALE *LUNETTA*
VERS UN NOUVEAU RECORD

KANSAS CITY, Kansas, 26 avril 1957. Demain matin, si tout se passe comme prévu, l'équipage du *Lunetta 2* s'envolera pour une nouvelle mission record de 59 jours à bord de la station spatiale orbitale internationale. L'objectif de ces trois astronautes marque une nouvelle étape vers les vols habités longue durée, en orbite ou pour un futur voyage vers Mars, Vénus ou Jupiter.

Le lundi, j'ai consacré l'essentiel de la matinée à assister Bubbles avec les données de ses derniers essais de moteur. Il se trémoussait sur ses orteils, penché au-dessus du bureau. En face de moi, Basira serrait fermement les lèvres, la bouche déformée par un petit sourire. L'enthousiasme de Bubbles était tellement… enthousiaste.

« Très bien, Bubbles… la poussée tient la route. » J'ai fait glisser les feuilles de calcul vers lui. « Même avec une pleine cargaison, il vous faudra deux étages, et non trois, pour atteindre l'orbite.

— Je le savais ! »

Il a levé le poing. Sa cravate a virevolté.

« Pas de tir, nous voilà ! »

Je me suis éclairci la gorge.

« La fusée Sirius est prête *sur le papier*. Au final, c'est le Dr York qui décide. »

Il a souri.

« Vous aussi, vous êtes le Dr York. »

J'ai secoué la tête en roulant des yeux.

« Vous savez de qui je veux parler… Moi, je suis calculatrice. Lui, ingénieur en chef. »

Cela dit, les essais de moteur étaient très cohérents, c'était la structure de carburant la plus stable que j'aie jamais vue dans notre département. Cette avancée changerait certainement la donne pour les missions lunaires. Le moteur était tellement moins gourmand. Mieux, un lancement à deux étages limitait le risque d'échec.

« Allez les lui montrer. »

Il a rassemblé ses papiers en haussant les épaules.

« Ah. Il est absent. Le directeur aussi. Mais à son retour, oui, assurément. Merci ! »

De tous les ingénieurs, Bubbles était sans doute mon préféré. Il a quitté la salle d'un pas leste, agitant à chaque enjambée ses feuilles et sa cravate.

Basira a cessé de combattre son fou rire, penchée en avant pour enfouir son visage entre ses bras.

« Il termine chacune de ses phrases avec un point d'exclamation ?

— J'ai entendu un point d'interrogation… à un moment. » Il me restait au moins trois calculs à finir, sur mon bureau. Ah… l'existence tellement glamour d'une calculatrice. « C'est un moteur merveilleux, cela dit. Sur le papier, du moins. »

Helen s'est écartée de son bureau et s'est rapprochée du nôtre.

« Il a dit que le directeur n'était pas là ? »

Mon visage m'a picoté. Merde. On avait tout manigancé, au 99s.

« Oui… je crois que c'est une visite chez Lockheed. La capsule de commande, pour l'alunissage.

— Ça va leur prendre toute la journée, je suppose ?

— Probablement. »

Je me suis levée, m'étirant aussi naturellement que possible. C'est une très bonne chose que le destin de notre nation ne dépende pas d'Helen ou de mes talents d'espionne. Nous étions aussi discrètes qu'un éléphant dans un couloir.

« Je reviens tout de suite. Je vais me repoudrer le nez. »

Helen a hoché la tête, avant de reporter son attention sur son bureau. Elle a repris son crayon, comme si elle n'avait jamais cessé de travailler sur ses équations. Myrtle nous a regardées, surprise, sans poser de questions. Heureusement.

Je suis sortie, évitant les toilettes des femmes, me dirigeant droit vers le bureau de Clemons. Même si Helen et moi avions toutes les deux accès aux mêmes zones de la base de l'IAC, je prendrais moins de risques qu'elle. Nathaniel travaillait ici, je pouvais toujours prétendre le chercher. Helen, elle, se ferait sans doute virer. Et ensuite, retour à Taïwan.

La porte du bureau de Clemons était ouverte,

comme d'habitude. Le cliquetis du clavier d'une machine à écrire produisait un staccato soutenu. Mme Kare était à son bureau, occupée à copier un rapport. Au moins trois couches de carbone garnissaient les pages.

Elle a souri, sans cesser de taper.

« Bonjour, docteur York. Que puis-je faire pour vous ?

— Il me faudrait une copie de la liste des candidats retenus pour le corps des astronautes. »

Je préférais bluffer, comme si cette demande était parfaitement normale, plutôt que fouiller des tiroirs.

« Oh… j'aurais aimé vous être utile, mais je viens de tout envoyer au bureau de Stetson Parker. » Elle a souri. « Vous trouverez ça là-bas.

— Merci. J'y vais. »

Bien sûr, l'astronaute en chef avait son mot à dire sur les candidats. Il avait dû blêmir quand Clemons avait pris la décision d'inclure des femmes dans l'appel à candidatures. Mais pourquoi m'avoir laissée apparaître sur la liste, après avoir juré de me clouer au sol ? J'ai quitté le bureau de Clemons, puis je suis allée aux toilettes. Dans l'un des boxes, j'ai fermé la porte et me suis appuyée contre la paroi froide, jusqu'à ce que mon rythme cardiaque s'apaise.

Je voulais aider Ida, Imogene, Helen et toutes celles qu'on avait refusées, mais Parker me détestait. Je devais figurer sur la liste contre son gré. Me rendre à son bureau serait tout sauf discret.

Ce qui laissait les tests… Je saurais qui avait été retenu, aux tests.

Le lundi 13 mai 1957, à 9 heures pile, je suis arrivée au centre d'examen. Ce n'était pas au campus de l'IAC, mais à la base militaire de Fort Leavenworth. Un bâtiment prémétéore, avec d'immenses fenêtres alignées sur une façade en briques rouges. À l'accueil, on a noté ma présence, puis on m'a fourni un bracelet médical portant le numéro 378.

« Ça fait beaucoup de monde, ai-je plaisanté en tentant de jeter un coup d'œil à la liste. Je connais quelqu'un ? »

La réceptionniste a secoué la tête.

« Vous n'êtes que trente-quatre. C'était votre numéro, sur le dossier de candidature. »

Malgré ma mission, ma mâchoire s'est légèrement entrouverte, alors que le déroulé des opérations m'apparaissait clairement. Ils avaient déjà rejeté… qui sait combien d'autres candidatures… et moi, j'avais franchi cette étape. Seulement trente-quatre, cela dit… au moins, ce serait plus facile d'obtenir les noms.

« Bon, je vous fiche la paix, alors.

— Le long du couloir, puis à gauche. »

Elle avait déjà reporté son attention sur ses papiers, me laissant me débrouiller seule.

Le long du couloir, puis à gauche, d'accord. J'ai rejoint une file de femmes. Toutes blanches. L'aurais-je remarqué si Ida et Imogene n'avaient pas rejoint les 99s ? Sans doute pas. Alors que je remontais la file, Nicole en est sortie pour me faire signe.

Je me suis arrêtée un instant à ses côtés.

« C'est chouette de te croiser ici. On connaît quelqu'un d'autre ?

— J'ai vu Betty, Jerrie Coleman et Jackie Cochran,

mais je n'ai pas fait de liste. Il n'y a pas que des Blanches, cela dit. »

Elle a haussé les épaules, le tissu de sa robe a ondulé avec le mouvement. C'était une robe bleu marine, avec un col blanc très sérieux et une ceinture bien serrée aux hanches pour… disons… plus d'accessibilité. Elle a désigné la file d'attente.

« Tu as vu ? Maggie est là.

— Oh, ouais. »

Six ou sept places plus loin, j'ai repéré une jeune femme d'origine chinoise. Maggie Gee avait piloté dans les WASP, pendant la guerre. Elle et moi ne nous connaissions pas vraiment, mais il n'y avait eu que deux Chinoises, dans les WASP, difficile de la rater. Je l'ai saluée en gagnant l'extrémité de la queue, mais je ne pense pas qu'elle m'ait reconnue.

Autour de nous, des femmes circulaient dans un bruissement de crinoline et de coton. Pas une seule n'était noire. Au bout d'un moment, il m'est apparu clairement que seule Maggie n'était pas blanche.

Après avoir sorti un carnet de notes de mon sac à main, j'ai noté les noms de toutes celles que je reconnaissais. Une bonne quinzaine venaient des WASP, mais j'avais parfois oublié comment elles s'appelaient.

J'ai attendu là, les talons douloureux, comme toutes les autres. J'ai tenté une vague conversation avec la femme derrière moi – Francesca Gurrieri, d'origine italienne –, mais nos silences étaient remplis d'interrogations sur la suite. La file d'attente s'arrêtait devant une porte à double battant. De temps en temps, une femme en sortait, et nous avancions un peu.

Sans grand succès, j'ai tenté de deviner ce qui se passait à l'intérieur, d'après leur allure, à leur sortie. Manifestement, certaines s'étaient bien débrouillées : elles marchaient les épaules droites, le menton bien haut. Impossible d'oublier que toutes ces femmes étaient avant tout pilotes. Il suffisait de noter leur démarche un peu arrogante.

Sabiha Gökçen a passé les portes. J'ai ajouté son nom à la liste, avant de noter un détail supplémentaire.

Elle portait un tailleur-pantalon et des chaussures de tennis. Bon sang. Très intelligent. J'étais tombée dans le piège de l'apparence en essayant de faire bonne impression, mais ils cherchaient des pilotes, pas des dames.

Tout irait bien. En inspirant un grand coup, j'ai lissé la laine de ma jupe. La plupart des autres femmes portaient également des jupes, et ça n'avait pas l'air d'influencer la façon dont elles franchissaient les portes.

Nicole s'est engouffrée à l'intérieur, avec quatre autres femmes. J'ai un peu avancé.

Je commençais à regretter de ne pas avoir pris de Miltown, ce matin, mais la drogue ralentissait mes pensées juste assez pour m'empêcher de tenter le coup. On ne nous demanderait pas de piloter quoi que ce soit, mais il y aurait peut-être une petite séance en simulateur. Toute cette attente me retournait l'estomac.

Nicole est sortie en souriant, avant de me rejoindre d'une démarche assurée. Elle s'est penchée vers moi.

« Du gâteau. Des prises de sang… on souffle dans

des tubes. Comme ce qu'on a subi pour entrer dans les WASP. »

J'ai soupiré de soulagement.

« Ils auraient pu nous le dire.

— Je les soupçonne de nous mettre la pression, pour voir comment on réagit. » Elle a fait un clin d'œil. « J'ai un atout dans ma manche, là. »

Mes yeux se sont écarquillés, puis j'ai réussi à rire. Elle avait pris un Miltown ?

« Je suppose qu'être la femme d'un sénateur t'immunise un peu.

— C'était précisément ce que je voulais dire. Et maintenant… je vais faire des tests écrits, au premier étage. » Elle a posé la main sur mon bras. « Tu t'en sortiras très bien. »

Après son départ, j'ai repris ma place dans la file, jusqu'au moment où j'ai franchi les doubles battants vers une aile austère – tout de blanc et de chrome – pleine d'infirmières en uniformes tout aussi austères.

Celle qui m'était affectée m'a fait asseoir sur une chaise, à côté d'un chariot laqué. Une Blanche très vive, la cinquantaine, aux cheveux gris acier ramenés sous sa toque. Son nom était épinglé sur sa poitrine. Mme Rhode.

« Et maintenant, madame York, nous allons vous faire une petite prise de sang.

— Bien sûr. » J'avais bien fait d'opter pour un pull, mes bras seraient plus accessibles. J'ai ôté mon cardigan. « Les veines de mon bras gauche sont plus faciles. »

Mme Rhode a haussé un sourcil.

« Vous avez des antécédents médicaux ?

— Ma mère était docteur, pendant la Première

Guerre mondiale. » J'ai tendu le bras pour qu'elle y enroule une sangle en caoutchouc.

« Ah oui, d'accord, je… oh ! »

Elle a bondi, m'a dépassée, droit vers l'autre candidate, un peu plus loin.

L'infirmière qui s'occupait d'elle essayait de la retenir. Elle s'affaissait au sol. Mme Rhode a attrapé son autre bras. C'était celle qui avait attendu derrière moi, dans la file. Son visage était pâle comme un nuage, et presque aussi humide. Elles l'ont aidée à se rasseoir sur la chaise.

« Je ne l'ai même pas encore piquée. »

L'autre infirmière a secoué la tête, vérifiant le pouls de la jeune femme.

Mme Rhode a haussé les épaules.

« On gagne du temps, comme ça. »

Elle s'est tournée pour demander l'assistance d'un aide-soignant.

« Quand elle tiendra debout, raccompagnez-la dans la salle d'attente, et veillez à ce qu'elle ait bien repris ses esprits avant de la renvoyer chez elle. »

J'ai frissonné. C'était aussi simple que ça. Aucun astronaute ne ferait de prise de sang dans l'espace, mais la moindre manifestation de faiblesse suffisait à nous disqualifier.

J'aurais peut-être dû avaler un Miltown, finalement. Ou pas. Je n'allais pas me poser la question toute la journée. En tout cas, je ne risquais pas de m'évanouir devant une aiguille. Ça, au moins, c'était certain.

Mon infirmière est revenue vers moi en se frottant les mains.

« Désolée.

— Ça va. »

Je me suis redressée sur ma chaise, pour que la femme qui s'était évanouie quitte mon champ de vision. Elle devait être mortifiée. Je l'embarrasserais moins en faisant semblant de n'avoir rien remarqué.

Mme Rhode savait y faire, avec sa seringue. Passé la piqûre initiale, j'ai à peine senti l'aiguille. Le tube en aluminium luisant était planté dans mon bras comme si on m'avait soudé un fuselage.

Avais-je besoin de regarder ? Non. Mais je voulais bien montrer que je n'avais pas peur.

« Ça doit être fatigant, tous ces examens, ici. »

L'infirmière a haussé les épaules.

« C'est mieux que les hommes. Vous avez déjà essayé de demander les antécédents médicaux d'un pilote ? Ils ne sont jamais tombés malades et sont nés par Immaculée Conception. »

J'ai ri. Trop fort.

« Nous sommes toutes pilotes, vous le savez ?

— Oui. » Elle a sorti le tube de sang de l'aiguille, puis l'a rebouché. « Mais on les a tous endoctrinés sur le fait que la moindre maladie les clouerait au sol.

— Ah… l'état-major ne se préoccupait pas beaucoup des WASP, alors. » J'ai pris la compresse qu'elle me tendait, et je l'ai posée au creux du coude quand elle a retiré l'aiguille. « Bon, et… ensuite ?

— Quelques questions. »

Elle a inscrit mon nom sur la fiole de sang, puis l'a reposée sur un plateau. Elle a pris une planchette à pince sur le chariot bas, avant de saisir le stylo dans la poche de son uniforme.

Les questions étaient banales, classiques. Mes

dernières règles. Antécédents médicaux. Grossesses. Allergies.

« Vous prenez des médicaments ? »

La question m'a figée net. Je n'avais pas pris de Miltown, ce matin, mais ce n'était pas vraiment une maladie. C'était ce qu'elle voulait entendre, non ?

« Madame York ?

— L'aspirine, ça compte ? Ou la vitamine C ? » Je me suis mordillé la lèvre. Je ne voulais pas jouer les pilotes durs à cuire, mais pas question non plus que mon anxiété me cloue au sol. « Et je prends du Dristan, quand j'attrape froid. »

Elle a secoué la tête.

« Je dois juste savoir ce que vous prenez régulièrement.

— Oh. Eh bien… rien, alors. »

C'était la vérité, n'est-ce pas ?

Le deuxième jour, je portais un pantalon et des chaussures de tennis. À mon arrivée dans le hall de l'hôpital, j'ai vite compris que je n'étais pas la seule à avoir changé de stratégie vestimentaire. Après m'être fait connaître à la réceptionniste, on m'a dirigée vers un vestibule, au premier étage.

Plusieurs chaises en bois s'alignaient contre les murs, ainsi qu'une seconde rangée, au centre, dos à dos. Une plante grimpante solitaire luttait pour sa survie dans l'angle, près de la fenêtre, comme pour échapper à la blancheur des murs. De nombreuses chaises étaient occupées. Je n'avais jamais vu autant de femmes en pantalon de ma vie.

Nicole m'a repérée. Elle a agité la main vers moi. Elle était à côté de Betty, avec deux autres femmes que je n'avais pas encore rencontrées. Irene Leverton, la fille d'un éleveur, et Sarah Gorelick, mère de huit enfants.

Cette dernière s'est esclaffée devant mon air désemparé.

« Oh, les gens ont toujours la même réaction. Moi je vois les choses différemment : j'ai survécu à huit enfants, l'espace n'est rien, comparé à ça. »

Nicole s'est penchée en avant pour poser la main sur mon bras.

« Tu as entendu ? Ils en ont déjà éliminé trois.

— J'en ai vu une s'évanouir.

— Et une autre pour cause d'anémie, et… ils prétendent que Maggie a un souffle au cœur. »

Elle a haussé un sourcil.

Maggie, seule candidate chinoise avait « bizarrement » un souffle au cœur non diagnostiqué. Ida serait verte de rage, quand je lui aurais annoncé la nouvelle, ce soir.

Un aide-soignant avec une planchette à pince est apparu à l'entrée du lobby.

« York, Coleman, Hurrle et Steadman.

— À plus tard. »

J'ai joyeusement salué le petit groupe de la main, avant de rejoindre les trois autres femmes. L'aide-soignant nous a conduites dans un couloir, indiquant à chacune une pièce différente. La mienne était petite, avec une chaise d'examen, comme chez l'oculiste.

Ça sentait la sueur, avec une petite pointe de vomi. J'ai soudain été ravie d'avoir passé le mois dernier à me préparer à ça. Ce qui m'a fait penser à Hershel. Où était-il, maintenant ? Il ne devrait plus tarder à arriver en Caroline du Sud pour retrouver tante Esther.

Mme Rhode, l'infirmière de la veille, m'a fait signe de m'asseoir.

Tante Esther était-elle restée la même ? Sa voix n'avait pas changé, en tout cas, mais comment avait-elle vécu ces cinq années, depuis le météore ? Euh… Mme Rhode venait de dire quelque chose.

« Pardon ?

— Il faut retirer votre chemise pour qu'on surveille votre rythme cardiaque.

— Oh. » L'aide-soignant avait quitté la pièce. De fait, nous étions seules, elle et moi. J'ai lutté contre le bouton du haut de mon chemisier. « Bien sûr. »

Alors qu'elle posait des petits disques sur ma poitrine, j'ai senti ses mains froides. Mes bras se sont couverts de chair de poule, et j'ai dû faire un effort pour ne pas les croiser sur ma poitrine. Je suis restée immobile sur ma chaise, avec les fils reliés à différentes machines. Le froid métallique du dossier me picotait le dos. Je n'étais vraiment pas habituée à être exposée comme ça.

« Très bien, madame York. Gardez les yeux ouverts pendant toute la procédure. Racontez-moi comment vous avez rencontré votre mari, et veillez à parler sans discontinuer pendant les cinq minutes qui vont suivre. »

Un grincement métallique a résonné, derrière moi.

« Quoi qu'il arrive, continuez à parler… et gardez les yeux ouverts.

— D'accord… j'ai rencontré Nathaniel trois fois, avant qu'on commence à se fréquenter… » Quelque chose de froid a frotté mon oreille. « La première fois… c'était à Stanford. On m'avait demandé de donner un cours de soutien à son compagnon de chambrée, dans… bon sang, mais qu'est-ce que… »

Un liquide glacial a rempli mon oreille droite… et mon équilibre a soudain disparu. La pièce a tourbillonné autour de moi en cercles frénétiques. J'ai agrippé des deux mains le siège de la chaise. Garder les yeux ouverts. Continuer à parler.

« Aider… on m'avait demandé d'aider son compagnon de chambrée. En maths. Des équations différentielles. Mais le type n'était pas toujours là quand je venais et… et… »

C'était pire que partir en vrille. Là, au moins, on pouvait faire quelque chose pour redresser l'appareil, reprendre son contrôle.

« … et… alors… Nathaniel et moi, on a discuté. Un peu. De fusées, essentiellement. Au semestre suivant, son compagnon de chambrée a changé de bâtiment. » Bon Dieu, mais qu'est-ce que je racontais ? « Je ne l'ai pas revu… Nathaniel, je veux dire. Je n'ai pas revu Nathaniel… jusqu'à la guerre. J'étais pilote dans les WASP. Je convoyais des avions, j'ai fait un peu d'entraînement au Nouveau-Mexique. Il était là-bas. Il se souvenait de moi. J'étais un peu moins timide. On a encore parlé fusées. »

Je n'arrivais pas à concentrer mon regard sur un point précis. Même garder les yeux ouverts réclamait un effort, alors que la salle tournoyait autour de moi.

« La troisième fois, c'était à Langley, au NACA. Je visitais le site avec mon père… je veux dire, mon père m'avait emmenée visiter le NACA. Nathaniel y était. On a parlé fusées. Il m'a posé des questions sur les trajectoires. J'ai répondu… »

Les bords de la chaise mordaient mes doigts. Je luttais pour rester assise. Les autres femmes étaient-elles tombées ? Et les hommes ?

« J'ai répondu, il m'a proposé un poste. Il n'aurait pas dû… en fait. Le département calcul ne le concernait pas. Ingénieur. Il était ingénieur en chef. »

On avait fait passer ce test à Stetson Parker. Ce qui m'avait coulé dans l'oreille avait aussi coulé dans l'oreille de Stetson Parker. La seule chose dont j'étais certaine, c'est qu'on nous faisait subir la même chose qu'aux hommes. S'il avait survécu à ça, je survivrais moi aussi.

« Plus tard, il m'a avoué qu'il avait d'abord songé au département ingénierie, mais que, dans ce cas, il ne m'aurait jamais demandé de sortir avec lui. »

La poignée de porte reflétait un infime rayon lumineux. J'ai fixé mon regard dessus, tâchant de laisser la salle tourner autour de cet axe. Ça m'a aidée. Un peu.

« Il ne m'était jamais venu à l'esprit qu'une femme pouvait devenir ingénieur, et le département calcul se composait exclusivement de femmes, alors ça m'a semblé naturel. J'y étais depuis deux mois quand il m'a demandé de l'accompagner à la soirée de Noël. Je lui ai répondu que j'étais juive. Lui aussi, en fait, mais comme c'était la soirée de l'entreprise… »

Mme Rhode est apparue devant moi, elle a appuyé sur son chronomètre.

« Très bien, madame York. Quatre minutes, trente-huit secondes. Plutôt pas mal. Vous pouvez fermer les yeux. »

Les ténèbres m'ont soulagée. La pièce tournait encore, mais pas aussi affreusement.

« C'était quoi ?

— De l'eau en surfusion, pour dérégler votre oreille interne. C'est un test d'équilibre, pour savoir comment vous gérez la sensation de chute libre. Dès que vos yeux cessent de rouler, c'est signe que vous avez repris un peu le contrôle…

— Et il m'a fallu quatre minutes et trente-huit secondes pour ça ? »

À bord d'un avion, je serais morte, si j'avais mis autant de temps à me reprendre.

« Oui, mais vous êtes restée concentrée toute la durée du test. Vous pouvez remettre votre chemise, mais nous gardons les capteurs cardiaques en place pour le test suivant. » Quelque chose de doux, sans doute ma chemise, a atterri sur mes genoux. « Et merci de ne pas avoir vomi. »

Le reste de la journée s'est déroulé de la même façon, avec des examens tout aussi déplaisants.

On nous sanglait sur une table, par exemple, puis on nous retournait quarante-cinq minutes, avant de nous remettre d'aplomb d'un coup, pour voir si on s'évanouissait, après un changement d'orientation si soudain. Et je ne parle pas du tapis de course qui se soulevait peu à peu, pour simuler une pente.

Il y a eu d'autres tests, certains encore plus indignes qu'une visite chez le gynécologue – ce n'est pas peu dire.

Une fois en sueur, fatiguée, énervée, on m'a fait passer des tests écrits sur la mécanique orbitale. À chaque tour, nous étions de moins en moins nombreuses. Certaines n'avaient pas pu franchir une partie cruciale des tests – j'avais moi-même failli rater l'épreuve du tapis de course *en montée* –, d'autres avaient changé d'avis. Cela dit, celles qui avaient tenu faisaient preuve d'un curieux mélange de camaraderie et de féroce compétitivité. Nous étions, après tout, des pilotes.

30

34 FEMMES ONT PASSÉ LES TESTS D'APTITUDE DES ASTRONAUTES

KANSAS CITY, 16 mai 1957 (AP). Trente-quatre femmes ont été choisies pour suivre un programme de tests préliminaires pour devenir astronautes. Toutes sont des pilotes d'avion chevronnées, et leur âge s'échelonne de 23 à 38 ans. Blondes ou brunes, toutes ces beautés comptent parmi les meilleurs spécimens féminins de la planète.

Le quatrième jour, nous n'étions plus que vingt et une. Betty et Nicole étaient toujours dans la course, tout comme Sabiha. Parfois, nous étions dans la même salle, parfois c'était en solo, comme le test de l'oreille interne.

Après avoir enduré les joies d'un hémisphère métallique posé contre mon orbite pour déceler un éventuel glaucome, j'ai gagné la salle d'entretien. Stetson Parker était assis à une table, entre Benkoski et le directeur Clemons.

« Bon Dieu. » Clemons a jeté son crayon sur la table. « On doit vraiment lui faire passer cet entretien ? »

Dieu merci, j'étais déjà en sueur à cause du tapis roulant, un peu plus tôt. Personne n'a remarqué la soudaine pellicule de sueur froide qui a couvert chaque pore de ma peau.

« Je sais que j'ai mis votre patience à rude épreuve, mais je… »

Clemons a agité la main. J'ai cessé de parler, par habitude. Il a ramassé son crayon et l'a pointé dans ma direction.

« Vous m'avez mal compris. Nous sommes censés vérifier que les candidates ont suffisamment de volonté pour devenir astronautes. Chez vous, ça ne fait aucun doute.

— Oh. » Je me suis retournée vers la porte. « Dois-je… dois-je faire entrer la personne suivante ?

— Non… » Parker s'est adossé à sa chaise. « Je pense qu'il faut tout faire dans les règles, sinon, on nous accusera de favoritisme. Pourquoi ne pas vous asseoir, madame York ? Racontez-nous pourquoi vous voulez devenir astronaute. »

Du favoritisme. Ah, ah ! Mais j'ai quand même pris place sur la chaise, en face de ces messieurs, et j'ai posé les mains sur mes genoux, chevilles croisées, comme ma maman me l'avait appris. Ne me demandez pas pourquoi je tenais à m'asseoir comme une dame alors que je portais un pantalon froissé et une chemise trempée de sueur. C'était peut-être mon unique armure.

Pour une fois, j'étais contente d'avoir donné

autant d'interviews, parce que j'avais déjà répondu cent fois à cette question.

« Pourquoi je veux devenir astronaute ? Parce que je crois que les femmes ont un rôle à tenir dans l'établissement de colonies sur d'autres planètes. Si nous avons…

— Vos beaux discours ne m'intéressent pas. » Parker s'est redressé d'un coup. « Pour ça, je n'ai qu'à les lire dans les magazines.

— Colonel Parker ! » Clemons lui a jeté un bref coup d'œil. « On ne traite pas nos candidates de cette façon.

— Nous savons tous pourquoi elle estime que les *femmes* doivent aller dans l'espace. » Il s'est tourné vers moi. « Je veux savoir pourquoi vous, oui, vous, vous voulez devenir astronaute. Et pourquoi *maintenant*, à cette étape du programme. »

Je l'ai dévisagé. Je n'avais pas de réponse à ça. Ou du moins, pas de réponse adaptée. Je voulais y aller, voilà tout. Comme je voulais piloter. J'ai préféré mettre de côté la vérité – je ne savais pas trop pourquoi, en fait –, et j'ai opté pour le genre de réponses que débitent les astronautes pendant leurs interviews.

« J'ai le sentiment qu'il est de mon devoir de…

— De servir votre pays… ça, c'est ce qu'on offre à la presse. » Parker a secoué la tête. Aucun des deux autres hommes n'est intervenu, cette fois.

Tous trois m'ont regardée, attendant ma réponse.

J'ai fermé les yeux, puis j'ai inspiré un grand coup. Après tout, je pouvais m'adresser à une commission d'enquête parlementaire, ou passer à la télévision nationale, ces trois-là ne m'impressionnaient pas.

« Je ne me souviens pas d'une époque où voler n'a pas fait partie de ma vie. Mon père était pilote. Quand j'étais petite, je le suppliais d'enchaîner les tonneaux, parce que j'adorais la façon dont le sol s'étalait en dessous, quand la gravité n'avait plus d'importance… »

J'ai rouvert les yeux, mais j'ai laissé mon regard fixé sur le linoléum, tout en rassemblant mes pensées.

« L'espace semble… je suis pilote, comme vous le savez. L'espace m'apparaît… nécessaire. Ou inévitable. Ou… » J'ai écarté les mains, cherchant les mots pour leur expliquer à quel point je *brûlais* d'aller là-haut. « C'est peut-être à cause des romans de science-fiction, ou des comics que mon père m'offrait… mais l'idée de ne pas aller dans l'espace ne m'a jamais traversé l'esprit. Même si la Terre n'était pas en si mauvais état, je ferais tout pour y aller. »

Benkoski a émis un petit grognement, son crayon a gratté le formulaire. Clemons avait les bras croisés, les lèvres pincées, comme s'il fumait un cigare.

Et Parker hochait la tête.

Dieu me vienne en aide, l'homme qui avait juré de me clouer au sol hochait la tête comme s'il me comprenait. Puis il a haussé les épaules, avant d'attraper un carnet de notes, sur la table.

« Quel est le pourcentage d'échec du lanceur Atlas ?

— Hmm… » Ce brutal changement de sujet m'a prise par surprise. « Moins de neuf Atlas sur dix ont été lancés avec succès. Voilà pourquoi nous sommes passés au modèle Jupiter. »

Clemons a gardé les bras croisés sur sa poitrine, le temps que Benkoski note ma réponse.

« Quels sont les avantages du carburateur à pression par rapport au carburateur à cuve ?

— Les carburateurs à pression sont moins sujets au givre. Et même si le givre a tendance à augmenter la puissance, il restreint le débit et peut causer un blocage complet. Ils fournissent aussi un ratio carburant-air stable, sous g négatif, comme les plongées rapides et les vols inversés. » Incroyable comme je suis plus à l'aise avec les questions techniques qu'avec les questions personnelles.

À partir de là, l'entretien s'est poursuivi tranquillement. C'était presque facile.

Quand Hershel m'a demandé si j'avais un hôtel à lui recommander, je l'ai envoyé à l'Aladdin, là où Nathaniel et moi avions logé, le fameux soir de la tentative d'attentat. Il y avait un bar à martinis sur la mezzanine. L'ensemble était supporté par des piliers en marbre noir, et les balustrades ciselées au sommet des colonnes donnaient à l'endroit une élégance surannée, prémétéore.

Après cinq jours de tests intensifs, le bar à martinis était très attirant, mais je préférais ne pas boire avant de retrouver tante Esther. Après, par contre, je descendrais autant de cocktails que possible.

Nous avons traversé le hall, vers le restaurant situé à l'arrière de l'hôtel. C'était intime, malgré une ambiance un peu prétentieuse. La dernière fois qu'on y avait dîné, les plats nous avaient paru corrects, mais pas très inspirés.

Le maître d'hôtel a lévité vers nous pour nous accueillir, menu en main.

« Deux, ce soir ? »

De l'autre côté de la salle, Hershel s'est levé de table en agitant la main.

Nathaniel a secoué la tête.

« Non, merci. Nous retrouvons des proches. »

Il a peut-être ajouté autre chose, mais je l'avais déjà laissé pour filer entre deux rangées de tables. Hershel avait attrapé ses béquilles et se levait au moment où je le rejoignais. Il avait amené Tommy avec lui, qui lui ressemblait comme deux gouttes d'eau. Le jeune homme portait sa veste de bar-mitsvah et ses cheveux luisaient de brillantine.

Hershel s'est appuyé sur une béquille, bras levé, pour une accolade. Je l'ai serré contre moi, soudain timide à l'idée de saluer la personne aux cheveux blancs que je venais d'apercevoir.

« Tu as l'air crevé, m'a-t-il murmuré en me rendant mon étreinte.

— Merci, moi aussi, ça me fait plaisir de te voir. »

Je lui ai tapoté le dos avant de le libérer, pour me tourner vers ma tante.

Elle m'a souri avec l'expression décidée des Wexler, du côté de mon père. Je ne sais pas pourquoi tante Esther ne s'était jamais mariée, mais elle avait toujours une petite frimousse de chaton, à quatre-vingt-dix ans passés. Ses boucles blanches étaient coiffées dans un style tout droit sorti du XIXe siècle. Les rides de ses joues étaient un peu trop poudrées, mais ses yeux brillaient comme jamais.

Elle a tendu les deux mains vers moi.

« Anselma ! Laisse-moi te regarder.

— Seulement si, moi aussi, j'ai le droit de te regarder. » Je me suis laissée tomber sur le siège à côté d'elle, espérant que Tommy me pardonnerait de ne pas avoir pris le temps de le saluer. « Tu n'as pas changé du tout.

— Quand on a atteint un certain âge, c'est dur d'avoir l'air plus vieux. » Elle a tendu le bras pour me pincer la joue. « Ils ne te nourrissent pas assez, dans ton école.

— Mon école ? »

J'ai jeté un coup d'œil à Hershel qui serrait la main de Nathaniel.

« Tous ces examens que tu passes. »

Hershel a mis la main sur le dossier de la banquette et s'est baissé pour s'asseoir à côté de Tommy. « Oh, ce n'est pas vraiment une école. Je postule pour devenir astronaute. »

Tommy s'est redressé d'un coup.

« C'est vraiment trop génial. C'était comment ? Tu as rencontré Stetson Parker ? C'est quoi, ces tests ? Papa a dit qu'on assisterait à un lancement, pendant notre séjour ici, c'est vrai ?

— À quelle question dois-je répondre en premier ? »

Tante Esther avait placé la main en coupe sur son oreille.

« Il a dit quoi ?

— Il demandait comment se déroulaient les examens. »

Elle a froncé les sourcils, la tête inclinée comme un oiseau.

« Bon, c'est bien ce que j'ai entendu. Mais je dois admettre ne pas vraiment savoir ce qu'est un astronaute. Je n'arrête pas d'en entendre parler, aux informations, mais on dirait un film.

— Hmm… un astronaute, c'est quelqu'un qui va dans l'espace.

— Ah, ah, voilà bien la chose la plus stupide que j'aie jamais entendue. Qu'est-ce qu'il irait faire dans l'espace ? »

J'avais passé la journée à tenter d'expliquer ça à toute une brochette de psys, bien décidés à me poser les mêmes questions que Clemons et les autres. Expliquer ma motivation à une tante que je venais tout juste de retrouver dépassait largement mes capacités.

« Disons que je postule pour un nouveau boulot. »

Elle a secoué la tête, ajoutant quelque chose en yiddish, trop vite pour que je le saisisse. Je n'avais jamais vraiment parlé le yiddish, mes parents eux-mêmes ne le parlaient pas. J'aimais juste l'entendre dans la bouche de tante Esther, de Grand-mère et des autres tantes kvetch. J'ai posé la main sur la sienne, parcheminée.

« Pardon ? Tu peux répéter ça en anglais ?

— Pourquoi tu travailles ? » Elle a lancé un regard lourd de sous-entendus à Nathaniel. « Pourquoi ta femme travaille ?

— Elle aime ça. Et j'obéis à tous ses désirs. » Nathaniel a souri à tante Esther, avant de s'installer sur la banquette, à côté d'Hershel. « Vous voulez que votre nièce soit heureuse, n'est-ce pas ?

— Elle est comme son père. Et sa grand-mère. »

Elle m'a pincé à nouveau la joue, et j'ai mieux compris pourquoi Tommy s'était assis à côté de son père. J'avais oublié cet aspect-là, chez tante Esther. C'était la plus jeune des tantes, même si ça fait bizarre pour quelqu'un qui a dépassé les quatre-vingt-dix ans.

« Je serais morte, sans Rose. »

J'ai chassé mes larmes.

« Comment ça s'est passé ? Comment avez-vous fait pour vous en tirer ? »

Elle a ri en claquant des mains.

« Nous sommes allées à l'église. »

J'ai jeté un coup d'œil à Hershel en fronçant les sourcils. Il a haussé les épaules.

« Tante Esther, je croyais t'avoir entendue dire que tu avais quitté Charleston en voiture.

— Oh… oh, oui. Après, oui, c'est ce qu'on a fait, mais d'abord, Rose nous a conduites à l'église, en ville – tu te souviens du grand clocher ? C'était la première fois que je mettais les pieds dans une église chrétienne, mais Rose a insisté, alors on a grimpé au sommet du clocher. Je n'avais jamais vu autant de marches dans ma vie. »

L'église avec le grand clocher… je ne savais pas de laquelle elle parlait. Quand j'étais petite, nous avions tellement déménagé que ma connaissance de Charleston se limitait à l'itinéraire pour me rendre chez mes cousins depuis la maison de ma grand-mère, puis à la synagogue, au cimetière ou au supermarché. Au moins, mes priorités étaient claires.

« C'est incroyable. Et comment…

— Bonsoir tout le monde. Avez-vous fait votre choix ? »

Ce pauvre serveur – sur le moment, je ne crois pas avoir haï quelqu'un autant que lui. Ce n'était pas sa faute. Il avait un travail à faire, et franchement, il fallait vraiment que je mange quelque chose, mais je voulais en savoir plus sur cette église.

« Laissez-moi une minute.

— Je peux commander pour toi, si les autres ont déjà choisi. » Nathaniel a levé les yeux de son menu. « Le menu n'a pas changé, depuis notre dernière visite.

— Prenez votre temps. »

Le jeune homme a affiché un sourire éclatant, qui trahissait son métier d'acteur. Assez beau, dans le genre Clark Gable, mais il n'obtiendrait jamais le moindre rôle si la ligne de dialogue qui a suivi montrait l'étendue de ses talents.

« Dites, vous seriez pas la Lady Astronaute ?

— Uniquement à la télévision. Pas quand je dîne en famille. » C'était sans doute un peu trop sec. Pour compenser, je lui ai offert mon plus beau sourire, tout sucre et miel. « Je suis sûr que vous comprenez. »

Pauvre grosse. Il avait cru faire une bonne impression en me « reconnaissant ». Son visage s'est affaissé, on sentait qu'il disait adieu à son pourboire. Hershel avait couvert sa bouche, parcourant le menu avec la concentration d'un homme luttant contre le fou rire.

« Pardon, madame. » Le serveur a fait un geste vague, vers la salle du restaurant. « C'est juste qu'il y a… une autre famille, avec des petites filles, elles vous ont reconnue. J'ai dit… elles étaient timides… j'ai dit que je pourrais les aider. »

Oh. Bon. Ça changeait la donne. Et il tenait la promesse qu'il avait faite à des enfants, il fallait bien le reconnaître, même si je n'avais qu'une envie, passer du temps avec ma tante.

Tante Esther a observé toute la conversation avec attention. Sa tête s'inclinait chaque fois que nous parlions, ce qui lui donnait vraiment un air de petit oiseau. Quand je leur rendais visite, enfant, elle et Grand-mère avaient toujours du temps pour moi et mes questions sans fin. Lui rendrais-je la pareille en lui accordant mon attention maintenant, ou suivrais-je son exemple en allant voir les petites filles ?

J'ai soupiré, avant de me tourner vers Nathaniel.

« Tu veux bien commander pour moi ? Je reviens tout de suite. »

Bizarrement, je n'étais pas nerveuse en m'approchant de leur table. Tous ces tests m'avaient sans doute épuisée. Mais je m'habituais peut-être à la lumière. Espérons.

La famille était attablée près de l'entrée. La femme portait une petite étoile de David au bout d'une chaîne. Mon cœur s'est allégé quelque peu. J'étais là avec ma famille, et pourtant, voir une autre Juive me donnait l'impression d'être moins seule.

La plus jeune des petites filles m'a repérée la première. Ses grands yeux bruns se sont écarquillés. Sa bouche en bouton de rose s'est ouverte. Elle a flanqué un coup de coude à sa sœur.

« Aïe ! Maman ! Shoshana m'a donné un coup de… oh mon… »

L'autre fille avait une dizaine d'années, et les mêmes boucles brun sombre que sa petite sœur.

« Oh mon Dieu. »

Le père a suivi le regard de ses filles. En m'apercevant, il a repoussé sa chaise pour se lever.

« Merci d'être venue, docteur York. J'espère ne pas interrompre votre dîner.

— Pas du tout. Une simple réunion familiale. »

Lui raconter que je retrouvais une tante que j'avais crue morte n'aurait fait que le culpabiliser.

« Robert Horn. Et voici ma femme, Julia.

— Ravie. »

J'ai serré sa main. Sa peau était rêche et rude, comme si elle passait beaucoup de temps à faire la vaisselle.

« Et nos filles, Chanie et Shoshana. »

Une évidente fierté paternelle brillait dans son sourire.

« Ce sont vos plus grandes fans.

— Moi, je serai astronaute ! a lancé Shoshana.

— J'en suis sûre. » Je me suis tournée vers Chanie. « Et toi ?

— Écrivain. » Ensuite, comme pour chercher mon approbation, elle a ajouté : « Mais j'écrirai sur l'espace.

— Eh bien, le futur sera décidément merveilleux. »

Nous avons parlé de tout et de rien, domaine dans lequel j'excellais, depuis quelques mois. J'avais fini par comprendre qu'avec les enfants comme ça il s'agissait moins de *moi* que de les encourager *eux*. Pas parce que c'était *moi*, mais parce que je sortais de l'ordinaire.

Attention, ça ne veut pas dire extraordinaire. Je n'étais pas extraordinaire. J'aurais pu être n'importe qui… étais-je seulement quelqu'un ? Je ne sais pas si c'est très clair. En tout cas, les filles auraient été aussi excitées de rencontrer Hedy Lamarr.

Et pour être honnête, moi aussi, rencontrer Hedy Lamarr m'aurait beaucoup excitée.

Pour moi, ce soir, la personne qui sortait de l'ordinaire, c'était tante Esther. Quand je suis retournée à ma table, elle faisait pleurer de rire Nathaniel, Tommy et Hershel. Littéralement pleurer de rire. Nathaniel était tout rouge, il s'essuyait les yeux avec sa serviette.

Je me suis installée sur la banquette, jalouse d'avoir raté ça. Les joues de tante Esther avaient pris une teinte rouge, ses yeux étaient un peu plus plissés. Heureusement, Nathaniel m'avait commandé un martini, ça me consolait un peu.

Tommy m'a souri.

« Elle est sacrément chaude !

— Regarde ce que tu as fait. » Hershel a tendu le doigt vers notre tante, qui n'a même pas simulé la surprise. « Il va apprendre cette blague à sa sœur et ma femme aura ma peau.

— Ça ne dérangera pas Eileen.

— Doris. » Hershel s'est essuyé les yeux en reprenant son souffle. Notre cousin Kenny et sa femme Eileen avaient été tués par le météore. Sans doute – comme beaucoup, ils avaient juste disparu. « Ma femme s'appelle Doris.

— Je sais. » Tante Esther s'est emparée d'un verre à pied qui sentait le rhum-Coca et lui a fait un clin d'œil. « Comment va-t-elle ?

— *Doris* va bien. Elle est contente de te voir. Et ma fille aussi, *Rachel.* » Hershel tenait lui aussi un martini. Il l'a levé. « Et maintenant que nous sommes tous réunis… *l'chaim* ! »

À la vie, en effet.

J'étais allongée sur le lit, Nathaniel me massait les pieds. Ses pouces creusaient la plante de mon pied droit selon un schéma circulaire, comme un radar détectant la tension.

« Et donc… je suppose qu'on ne va pas danser ? »

Il a passé le pouce le long de mon tendon d'Achille.

J'ai gémi, plongeant la tête dans un coussin.

« Il me faut une raison urgente et valable pour quitter ce lit. Sinon, j'y reste pour toujours.

— Je pourrais potentiellement t'en fournir une. »

Le mouvement de sa main était plus doux, générant des frissons le long de mon épine dorsale.

« Ça, c'est plus une raison de rester au lit. »

J'ai appuyé le coussin plus fermement sur mon visage.

Mon mari a émis un rire merveilleux.

« Bien. Reste au lit.

— C'était quoi, l'histoire racontée par tante Esther, ce soir ? Pendant que je parlais aux petites filles.

— Oh, Seigneur, j'ai failli mourir. » Ses doigts se sont attardés sur mon talon, puis le long de mon mollet. « Je ne la raconterai pas aussi bien qu'elle, par contre. Apparemment, quand ton père était tout petit, pendant une fête, il a vu sa première ampoule électrique. Il l'a prise à pleine main, avant de brailler : "Elle est sacrément chaude !" Imagine ta tante Esther dire ça. »

Je la voyais très bien, avec ses traits délicats et ses yeux brillants, plissés.

« Elle est sacrément chaude. »

Le genre de remarque que ne font ni les petits enfants ni les vieilles dames distinguées.

« Navrée d'avoir raté ça.

— Et toi ? On n'a pas parlé des tests, aujourd'hui.

— Hmm… » Sous l'oreiller, le monde était tiède, la lumière diffuse, comme filtrée par un tapis de nuages. Cette opacité me convenait très bien. J'avais passé les cinq derniers jours à subir à peu près tout, y compris des choses dont j'ignorais l'existence. « La centrifugeuse, c'était marrant.

— Ah ! Tu es bien la seule personne que je connaisse capable de dire ça sans la moindre ironie. »

J'ai levé l'oreiller pour lui tirer la langue.

« Une idée du temps que ça prendra, avant qu'on ait les résultats ? »

Il a secoué la tête, soulevant un peu plus mon pied.

« Ce n'est pas mon rayon. Moi, je me concentre sur la santé et le moral… » Nathaniel s'est baissé, ses cheveux sont retombés sur son front. Il a pris mon gros orteil dans sa bouche. Ses dents en ont agacé l'extrémité, et mon dos s'est arqué quand il s'est retiré. « … de certaines candidates.

— Je vois. » J'ai dégagé mon pied, le glissant le long de sa poitrine, avant de le nicher à l'endroit où ses cuisses se rejoignaient. « Et quels sont tes critères, pour tes candidates ? À part la capacité à supporter la centrifugeuse, bien sûr. »

Nathaniel a remué les hanches pour accompagner ma pression. Un court instant, il a fermé les yeux. Un sourire paresseux est apparu sur son visage alors qu'il se penchait en avant. « Eh bien… la centrifugeuse révèle les capacités des candidates à travailler avec un flux sanguin perturbé, ce qui est… euh… nécessaire, pour un pilote.

— Est-ce pour *ça* que les femmes encaissent plus facilement les g que les hommes ? » J'ai tracé une ligne à l'intérieur de l'une de ses cuisses. « Quelles autres qualifications possède ta candidate idéale ? »

Le lit a grincé sous moi, alors que Nathaniel se mettait à genoux.

« Il est fondamental que les candidates aient une expérience significative avec les fusées.

— Quel genre d'expérience ? Dois-je démontrer mes compétences en m'assurant que la fusée est bien installée, parée au décollage ? »

Sous mes doigts, son corps tout entier irradiait de chaleur. Sa chemise s'est tendue alors que je trouvais le chemin vers sa ceinture.

Nathaniel s'est allongé. Son souffle chaud a effleuré ma joue.

« Ce serait… acceptable.

— Acceptable ! » J'ai enroulé mes jambes autour de sa taille et je l'ai attiré contre moi. « Moi, je veux être excellente. »

31

LE DR KING CONDUIRA UNE MANIFESTATION CONTRE LES PRÉJUGÉS RACIAUX

15 000 Noirs du Sud montent à la capitale pour célébrer la quatrième année du décret scolaire

MONTGOMERY, Alabama, 18 mai 1957. La semaine prochaine, le jeune leader noir conduira un pèlerinage au mémorial du Météore de Kansas City pour marquer le quatrième anniversaire de l'ordonnance de déségrégation scolaire de la Cour suprême.

Samedi matin, nous sommes allés tous ensemble à la synagogue. Pendant l'office, à plusieurs reprises, j'ai dû m'essuyer les yeux en regardant tante Esther à mes côtés, parce que je m'attendais à moitié à voir Grand-mère, ou papa et maman derrière moi. Sa présence me rendait tellement heureuse, mais elle ramenait d'autres fantômes avec elle.

Nathaniel n'avait pas pu se joindre à nous. C'était

un jour de lancement. Depuis la catastrophe de l'*Orion 27*, il n'en ratait plus un seul. Les fusées explosaient de temps en temps, lors des phases préliminaires de tests, mais elles ne servaient qu'à nous fournir des données.

Le même soir, nous sommes tous allés à Mission Control pour assister au lancement. C'était un vol habité, vers la plateforme orbitale. On disait « plateforme », mais elle ressemblait plus à un gros beignet qui tournait sur lui-même pour générer une faible gravité artificielle.

La nuit était chaude, quelques nuages paresseux réfléchissaient les lumières de la tour de lancement vers la Terre, dans un halo orange sodium. Les déflecteurs protégeaient le toit terrasse, mais le vent s'y engouffrait tout de même, rafraîchissant la pellicule de sueur qui me couvrait la nuque. Je ne m'étais toujours pas réhabituée à avoir chaud à l'extérieur.

Les haut-parleurs ponctuaient notre conversation en égrainant le compte à rebours.

L'officier chargé des relations publiques de service ce soir-là commentait sans discontinuer, à la fois pour les spectateurs présents à l'IAC et pour les auditeurs radio.

« Quatre minutes, quinze secondes. Le superviseur général vient d'annoncer au responsable du lancement que tous les voyants sont au vert. Nous avons un Go pour le lancement. »

Avec le temps qui se réchauffait lentement, les gens monteraient peut-être un peu plus tôt sur le toit pour assister au spectacle. Nous avions tendance à attendre le dernier moment, T moins quatre minutes, à cause du froid féroce qui régnait là-haut, même en été.

« Trois minutes, quarante-cinq secondes. Nous entrons dans les ultimes vérifications – avant une éventuelle annulation – entre les différents membres clés du centre de contrôle et les astronautes. Le responsable des opérations de lancement vient de leur souhaiter “bonne chance et bon vent”. »

Tante Esther avait sorti un éventail, créant une brise miniature pour elle-même.

Je lui ai souri.

« Quel bel éventail. »

Tante Esther s’est pavanée, décrivant un cercle avec.

« C’est Rose qui me l’a offert. Je n’avais pas pensé à emporter le mien quand nous avons dû quitter la maison, mais elle en avait toujours un dans son sac.

— Trois minutes, vingt-cinq secondes, a annoncé le haut-parleur. Nous avons toujours un Go. Nous passerons en séquence automatique d’ici dix à quinze secondes. Toujours Go.

— Vraiment ? » De vieux souvenirs sont remontés de très loin. J’étais sous le porche avec une limonade, Grand-mère agitait son éventail. « Il est beau.

— Elle l’a trouvé en Espagne.

— T moins deux minutes, quarante-cinq secondes. Les membres de l’équipe de lancement, ici au centre de contrôle, surveillent désormais ce que nous appelons des valeurs ligne-rouge. »

Hershel s’était avancé avec Tommy. Tous deux s’appuyaient contre la balustrade, de l’autre côté du toit. En bas, mon neveu avait rencontré le fils de Benkoski, Max, celui avec qui j’avais fabriqué des fusées en papier d'aluminium. Ils étaient rapidement devenus amis.

J'ai souri à ma tante d'un air incertain. Était-ce vrai, ou un problème de mémoire ?

« Grand-mère… Grand-mère est allée en Espagne ?

— Avec ton grand-père, pour leur lune de miel. »

L'idée de leur lune de miel ne m'était jamais venue à l'esprit. Grand-père était mort avant ma naissance, et Grand-mère me semblait éternelle.

« Je ne savais pas. Tu t'es déjà…

— T moins une minute vingt-cinq secondes. Nos statuts indiquent que le troisième étage est entièrement pressurisé. »

Les choses allaient s'accélérer, désormais, et je ne voulais pas qu'elle rate quoi que ce soit. Les lancements de nuit étaient spectaculaires.

« Il y a des sièges, là-bas. »

J'ai conduit tante Esther jusqu'aux chaises pliantes installées sur le toit.

« T moins soixante secondes. Randy Cleary vient tout juste de signaler que le compte à rebours était d'une rare fluidité. Nous avons franchi la barre des cinquante secondes. Le transfert de puissance est terminé. Le véhicule de lancement est en puissance interne. Quarante secondes avant le décollage. Tous les réservoirs du deuxième étage sont maintenant pressurisés. Trente-cinq secondes. Nous avons toujours le Go à T moins trente secondes. Les astronautes signalent que tout va bien. T moins vingt-cinq secondes. »

Les joues de tante Esther étaient roses. Elle était installée dans sa chaise comme une enfant impatiente. Vraiment, elle n'était pas beaucoup plus grande qu'une enfant. Toute ma vie, je l'avais vue comme une femme petite, mais elle avait bien perdu douze centimètres, depuis la chute du météore.

« Vingt secondes. T moins quinze secondes, guidage interne. Douze, onze, dix, neuf, lancement de la séquence d'allumage… huit, sept, six… »

Nous avons égrainé le compte à rebours avec tout le monde, sur le toit. Mon estomac s'est rétracté en boule.

« … cinq, quatre, trois… »

À chaque lancement, j'avais peur qu'il échoue. Qu'on assiste à une immense explosion, à la mort instantanée de trois astronautes.

« … deux, un, zéro, allumage des moteurs. »

Au loin, la base de la fusée a craché la lueur blanc-jaune d'un allumage correct. Elle s'est élevée en silence sur un coussin de flammes. La nuit s'est allumée, comme en plein jour.

« Décollage. Nous avons le décollage. »

À côté de moi, tante Esther s'est levée, les mains serrées sur la poitrine. La lumière de la fusée scintillait dans ses yeux brillants, comme si le feu de son âme l'aidait à grimper dans le ciel.

Puis le son est arrivé, un grondement sourd qu'on sentait plus qu'on ne l'entendait. Les ondes puissantes m'ont traversé la poitrine. Que ressentait-on, quand on chevauchait ce vacarme et cette furie ? J'ai retenu ma respiration, priant pour que la fusée poursuive son ascension. Le halo de feu la poussait plus vite et plus loin dans l'atmosphère, jusqu'à sa soudaine disparition dans la couverture nuageuse, ne laissant derrière elle qu'une vague lueur mouvante, qui s'est atténuée dans la nuit.

Tante Esther s'est tournée vers moi et m'a saisi les deux mains.

« Merci.

— Pour ?

— Je n'aurais jamais cru voir une chose pareille. Je ne savais pas pourquoi tu voulais devenir astronaute, ni même ce que c'était, mais maintenant… » Elle a levé les yeux vers les nuages, où toute trace de la fusée avait disparu. « Tu dois le faire. »

Après le départ de ma famille, j'ai retrouvé la grisaille des calculs. Dit comme ça, on jurerait que je n'aime pas ça, alors que si, vraiment. C'est juste que… après un mois de préparation aux examens, puis cinq journées à baigner dans la possibilité de devenir astronaute, retrouver une certaine forme de routine n'avait rien d'évident.

Je travaillais toujours sur le programme, bien sûr, mais je voulais aller dans l'espace. Le fait qu'Helen n'ait pas été acceptée jouait aussi. Elle avait retrouvé son enthousiasme en surface, mais elle, Ida et Imogene avaient cessé de venir au 99s. Elles passaient désormais leur temps libre à accumuler les heures de vol aux commandes d'un jet.

Chose vraiment absurde concernant cette contrainte en particulier, les astronautes pilotaient à peine. Oh, bien sûr, ils allaient dans l'espace, mais si Chuck Yeager surnommait la capsule « boîte de conserve », il y avait une raison : la plupart des systèmes étaient automatiques.

Pour la Lune, les choses seraient différentes, mais de toute façon, ça n'avait rien à voir avec le pilotage d'un avion à réaction.

Pendant ce temps, la fusée Sirius conçue par Bubbles était prête pour les phases de test. Aucun essai statique au monde ne comptait, tant qu'on n'en lançait pas une pour de bon.

J'ai agrafé les pages de trajectoire et j'ai rangé le tout dans un dossier.

« Je reviens tout de suite. J'apporte ça à Bubbles. »

Basira a levé les yeux de son bureau avec une petite moue.

« Oh… qu'il vienne les chercher. Il est tellement adorable.

— Tu devrais lui proposer un rendez-vous. »

J'ai fait glisser ma chaise sur le lino, puis je me suis levée.

Elle a aboyé un rire.

« J'ai plutôt l'impression que c'est à lui de me le proposer.

— Oui, mais ça implique qu'il prenne conscience que les calculatrices sont des femmes…

— Et un homme qui s'adresse à des "calculettes" n'en a pas conscience, c'est ça ? » Elle a ricané, avant de reporter son attention sur ses feuilles. « Pitié. Non, je pense qu'il ne sait pas comment procéder, avec nous.

— C'est justement pour ça que tu devrais lui proposer un rendez-vous… » J'ai souri, puis j'ai gagné la porte. « Dois-je lui signaler que tu as demandé de ses nouvelles ?

— Certainement pas ! »

Elle m'a balancé une boule en papier, touchant Myrtle par erreur, ce qui a fait glousser toute la salle.

Tout en riant, j'ai remonté le couloir vers l'aile des ingénieurs. Les labos pratiques, où Bubbles travaillait habituellement, se trouvaient dans un autre bâtiment, parce que les ingénieurs avaient tendance à faire sauter leurs jouets. Dieu merci, des tubes connectaient nos ailes. Sinon, j'aurais dû sortir dans la chaleur étouffante pour livrer ce rapport.

J'ai ouvert la porte de l'escalier qui montait vers la passerelle.

Plus bas, une conversation s'est arrêtée. « … te l'ai dit, je vais bien… chuuut. »

Ce *chut* a résonné dans la cage d'escalier. Il m'a fallu une seconde pour identifier la voix. Je n'avais jamais entendu Stetson Parker aussi stressé. Pas même quand le fou s'était attaché avec une bombe sur le campus de l'IAC.

Je me suis penchée à la balustrade pour jeter un coup d'œil en bas. Parker était assis sur une marche, une jambe étalée devant lui. Halim Malouf se tenait juste au-dessus, les mains sur les hanches.

« Vous avez besoin d'aide ? »

Au son de ma voix, la tête de Parker s'est redressée d'un coup. Il a regardé dans tous les sens.

« Tout va bien.

— Vous êtes sûr ? » C'était tentant de le planter là, mais les traits de son visage étaient tirés. « Je peux appeler un médecin.

— Non ! » Sa voix a rebondi au sommet de l'escalier, avant de redescendre, portée par l'écho. Parker a fermé les yeux, laissant échapper un lent soupir. « Non. Merci. Ce ne sera pas nécessaire.

— Peut-être que si. » Malouf s'est frotté la nuque. « Stetson… c'est de pire en pire.

— Pas un mot de plus. » Parker a tendu le doigt

vers lui, puis il m'a regardée. « Et vous… vous n'avez rien vu, rien entendu. »

Attirés par la gravité, mes talons ont claqué en descendant les marches en ciment « Si tout va bien, alors, je n'ai rien à raconter.

— Vous aimez bien pousser les gens à bout, hein, York ? »

Parker s'est agrippé à la balustrade pour se remettre debout. Sa jambe gauche pendait sous lui.

« Que s'est-il passé ? »

Je me suis arrêtée dans les escaliers, serrant le dossier des trajectoires comme un bouclier.

« Il ne s'est rien passé. J'ai glissé, voilà tout. »

Il a fait quelques pas en boitillant, et sa jambe gauche s'est dérobée sous lui.

« Oh, merde ! »

Malouf l'a rattrapé, puis l'a fait se rasseoir à même le sol.

J'ai dévalé les marches pour l'aider.

« Ça va ?

— Oui, ça va.

— Vous ne tenez pas debout !

— Je sais, putain ! » Parker a posé ses doigts sur l'arête de son nez en fermant les yeux. Il a retenu sa respiration un moment. Puis il a soupiré avec force avant d'ôter sa main. « York. Je vais vous demander un service. Une faveur, entre pilotes. S'il vous plaît, ne dites rien. Là, tout de suite, vous avez le pouvoir de me clouer au sol. S'il vous plaît. S'il vous plaît, n'en faites rien.

— Eh bien… je comprends votre peur d'être cloué au sol.

— S'il vous plaît. »

J'ai fait un pas vers lui. J'aurais adoré qu'il m'implore, mais je n'avais jamais voulu ça. Je voulais être meilleure que lui. Gagner sur blessure ? Non, merci.

« Qu'est-ce qui ne va pas ?

— Je ne sais pas. Si je vais voir le Flight Surgeon, il me cloue au sol. »

Il avait raison. Une jambe inerte comme la sienne pouvait compromettre une mission. Et, en l'occurrence, pourquoi Malouf ne l'avait-il pas déjà dit à tout le monde ? C'était peut-être récent. Mes pensées ont dérivé vers les histoires que mes parents racontaient quand Hershel était tombé malade. Sa maladie avait commencé par une faiblesse à la jambe.

« Vous avez eu de la fièvre ?

— Ce n'est pas la polio. »

J'ai reculé, un peu surprise par l'acuité de ses réflexions.

« Comment avez-vous…

— Je sais à quoi ressemble la polio, d'accord ? » Il a froncé les sourcils vers moi. « Pourquoi êtes-vous encore là, de toute façon ? Vous ne devriez pas être en train de répéter tout ça aux journaux ? »

Dans son dos, Malouf a fait un geste pour me demander de partir, mais avec gentillesse.

« Je crois que tout est sous contrôle, docteur York.

— Bien sûr. » J'ai remonté les escaliers et je me suis arrêtée au palier suivant. Même si Parker était cloué au sol, cela ne l'empêcherait pas d'avoir son mot à dire sur les candidats sélectionnés. « Je n'en parlerai à personne, mais vous devriez voir un docteur. Peut-être pas le Flight Surgeon, par contre. »

J'ai presque proposé de l'emmener, mais je n'étais pas assez gentille pour ça.

Les jours de lancement, il n'y a pas grand-chose à faire pour les calculatrices, jusqu'au décollage. Nous avons déjà effectué les calculs des fenêtres alternatives de lancement et les ajustements de trajectoires pour les rendez-vous. Clemons et le directeur du lancement prennent leurs décisions en fonction des informations connues, en cas de retard.

Mais nous devons tout de même venir à Mission Control, avec le reste de l'équipe. Ce soir-là, Helen jouait aux échecs avec Reynard Carmouche, pendant que je vérifiais quand il était possible d'annuler la mission lunaire, si quelque chose clochait.

Vous vous rappelez ce qu'on dit des ingénieurs ? Ils créent les problèmes, les calculatrices les résolvent. Ouais… Nathaniel avait donné au département calcul une liste de problèmes potentiels, avant de nous demander comment ramener les astronautes à la maison en fonction de ces variables.

Pour mettre cela en perspective… la fusée Sirius avait 5 600 000 pièces et près d'un million de systèmes, de sous-systèmes et d'assemblages. Même avec une fiabilité estimée à 99,9 %, cela laissait encore 5 600 points faibles. La question n'était pas de savoir *si* quelque chose pouvait clocher pendant la trajectoire lunaire, mais *quand* et *quoi*.

Et quand ce problème se produirait, ce serait à bord d'un vaisseau spatial voyageant à quarante mille kilomètres-heure. L'idée consistait donc à créer une bibliothèque de réponses possibles, pour avoir accès à l'équivalent d'un mois de travail en quelques minutes.

Et ce soir, avec trois heures d'attente avant le décollage, les calculs de probabilités de panne étaient une façon agréable de passer le temps. Oui, j'ai conscience d'être un peu bizarre. Mais je n'étais pas la seule.

À son poste, Nathaniel parcourait plusieurs rapports en mâchonnant le bout de son stylo. Bubbles avait un classeur similaire sous les yeux – ce n'était pas surprenant. On s'apprêtait à lancer son bébé.

Tout le monde ne travaillait pas, bien sûr. Parker était sur la mezzanine, avec Clemons. Il discutait avec les journalistes. Pas le moindre signe de boitillement, aujourd'hui.

Qu'est-ce qui lui était arrivé, bordel ? Pas la polio, aucun doute. Maman aurait tout de suite identifié le problème, mais je n'avais personne à qui poser la question sans que ça revienne aux oreilles de Parker. Je pouvais toujours demander au docteur, quand j'irai renouveler ma prescription de Miltown.

« Et voilà… une fois de plus. » Carmouche s'est adossé à son siège en gémissant. « Un jour… je jure qu'un jour, je gagnerai. »

Helen a croisé les bras, avant de lui adresser un sourire.

« Échec au roi, c'est tout. Vous avez encore une chance. »

Il a soupiré, puis s'est penché au-dessus de l'échiquier.

J'ai posé mon crayon.

« Si vous voulez simplement gagner, jouez contre moi. »

Carmouche a continué à observer le plateau, tout en secouant la tête. Il a tendu la main vers un pion, jetant un bref coup d'œil à Helen, puis il a retiré sa main. Dans un souffle, il a marmonné en français. Soit il maudissait les ancêtres d'Helen, soit il ruminait ses ultimes options. Dans les deux cas, il semblait irrité.

« *Alors ? Elle vous bat ? Encore ?** »

Parker a fait son apparition derrière moi. J'ai sursauté dans mon siège. J'aurais juré qu'il le faisait exprès.

« *Oui, c'est dans l'ordre des choses, j'en ai peur.** »

Carmouche a soupiré en pianotant sur le bord du plateau.

« *L'ordre des choses, ça n'existe pas.** » Parker a reporté son attention sur moi. « York. Clemons vous demande.

— Et il vous a fait descendre tous ces escaliers rien que pour moi ? » Je me comporte comme une parfaite idiote, parfois. Je n'avais pas besoin de le prendre à rebrousse-poil. J'ai repoussé ma chaise, consciente qu'Helen et Carmouche nous observaient.

« Merci. »

J'ai traversé Mission Control sur ses talons. De l'autre côté de la salle, Nathaniel avait la tête plongée dans ses rapports. Il n'a pas levé les yeux.

« Une idée de ce qu'il veut ? »

Parker a ouvert la porte, sans prendre la peine de me la tenir. Je m'en suis chargée toute seule, lui emboîtant le pas dans la cage d'escalier. Il a grimpé les marches deux à deux, comme s'il avait quelque chose à prouver.

« Vous vous sentez mieux, à ce que je vois. »

Je l'ai suivi dans les escaliers, heureuse d'avoir passé autant de temps à m'entraîner pour les tests physiques des astronautes. Même en jupe et en talons, je pouvais avaler une volée de marches sans m'essouffler.

Au sommet des escaliers, Parker m'attendait à côté de la porte, le visage impassible. C'était un très bel homme, il fallait bien l'admettre. Nathaniel et lui étaient blonds, avec des yeux bleu clair, mais là où mon mari était svelte et anguleux, Parker avait le physique « idéal » d'une star de cinéma, avec la mâchoire carrée et le menton fendu.

Dès que je l'ai rejoint, il a posé la main sur la poignée de la porte, avant de sourire avec chaleur, comme si nous étions les meilleurs amis du monde. La vitesse avec laquelle il avait adopté ce masque m'a laissée pantoise.

Parker a ouvert la porte d'un coup, puis l'a maintenue pour me laisser passer. Bien sûr qu'il la tenait, maintenant, tout sourire : il y avait des témoins. La pièce était pleine d'astronautes, de leurs épouses, et de journalistes qui couvraient le lancement d'un nouveau modèle de fusée.

Clemons s'est tourné vers nous, cigare à la main.

« Ah, la voilà. Messieurs, je vous présente Elma York. L'une des calculatrices qui ont rapidement mesuré le potentiel du lanceur Sirius. Le Dr York est aussi notre toute nouvelle astronaute. »

La pièce est devenue chaude. Froide. Chaude. J'avais dû mal entendre. Non, ce genre d'annonce, on me le ferait en privé.

Les ampoules des flashs ont grillé. M'aveuglant. J'avais du mal à respirer.

Astronaute.

La pièce a vrillé autour de moi, comme si j'étais sanglée sur le siège de la centrifugeuse, le souffle coupé, la vision périphérique assombrie.

Astronaute.

3,14159265358… Quelqu'un a prononcé mon nom. Si je m'évanouissais maintenant, qu'est-ce que les gens penseraient ? Parker adorerait ça, aucun doute.

Astronaute.

Nom de Dieu, pourquoi ne me l'avait-on pas annoncé d'abord en privé ? On ne me balance pas ce genre de truc comme ça, sauf si on veut me désarçonner…

Parker. C'était forcément une idée de Parker.

Quelqu'un a répété mon nom, je me suis tournée vers la voix.

La pièce était emplie d'un brouillard de bruits et de lumière. Il n'y avait pas assez d'air. *Garde les yeux ouverts. Continue à parler.* Ce n'était qu'un test de plus.

« Messieurs… » J'ai combattu la gravité pour lever les mains. « Messieurs, si vous parlez tous à la fois, je n'entends rien. »

Ils m'ont ignorée, les cris n'ont pas cessé.

« Quand irez-vous dans l'espace ? Qu'en pense votre mari ? Qu'est-ce que ça vous fait d'être une astronette ? »

Cette voix appartenait à un homme grassouillet, dégarni, la cravate défaite.

« Une astronette ? On dirait le nom d'une danseuse de french cancan. » L'éclat de rire général m'a laissé le temps de trouver l'énergie de sourire. « Donc… s'il vous plaît, astronaute convient très bien. »

Astronaute. Ah, ah ! J'étais une astronaute, bordel. Ils n'imprimeraient pas ça, évidemment.

« Allons, allons… vous êtes la Lady Astronaute de Mr. Wizard. » Parker a souri à mes côtés, adorable. « Comment l'oublier ?

— Est-elle la seule lady astronaute ? » a demandé un autre reporter à Clemons.

Maudit Parker. Ce surnom me collerait à la peau et participerait à nous faire toujours passer après les hommes.

Clemons a agité son cigare, générant plusieurs ronds de fumée.

« Non, elle n'est pas la seule. Vous rencontrerez les autres la semaine prochaine, lors de notre conférence de presse. Je voulais juste vous donner un aperçu du talent et de la beauté de nos ladies astronautes. »

Bon sang de bois. J'ai souri à m'en faire mal aux dents.

« Eh bien, en tout cas, cette astronaute a des calculs à terminer.

— Bien sûr. » Clemons a désigné la porte de la main. « Sirius vous attend. »

Les reporters ont exigé d'autres photos. J'ai dû patienter, tout sourire, entre Parker et Clemons. Les deux hommes étaient radieux face aux appareils photo, nous avions l'air d'être les meilleurs amis du monde.

Puis Parker a tenu la porte pour moi, comme un vrai gentleman. Je me suis engagée dans la cage d'escalier et la porte s'est refermée derrière nous.

Son sourire a disparu.

« Ça doit vraiment vous faire mal, tout ça. » J'ai descendu les marches, devant lui. « Après avoir juré de me clouer au sol. »

Son rire a rebondi dans les escaliers, derrière moi.

« Pitié. Si Clemons ne vous avait pas sélectionnée, ça aurait été un vrai cauchemar, question relations publiques. Les autres femmes ? Elles l'ont mérité, oui. Vous… vous êtes un joli coup de pub. »

Salaud. Mon cœur a galopé comme si j'avais avalé cinq volées de marches au lieu d'une seule. J'ai ouvert la porte d'un coup, puis traversé Mission Control. Quelques têtes se sont levées vers moi, alors que mes talons claquaient par terre.

Les reporters étaient probablement encore en train de regarder. Dieu merci, je leur tournais le dos. Peu importe ce que Parker avait dit dans la cage d'escalier, j'étais toujours une astronaute. On m'avait sélectionnée, et, par Dieu, j'irais dans l'espace. Un coup de pub ? Ah, ah ! Je serais le meilleur élément qu'ils aient jamais eu.

De retour à ma table, le tableau était le même. Carmouche avait manifestement pris une mauvaise décision. Il secouait la tête, affalé sur son siège.

« Vous avez encore perdu ?

— Non. Mais elle m'a mis en échec. Ailleurs, cette fois. »

Helen examinait l'échiquier.

« Je tâcherai de vous achever rapidement.

— Mon offre tient toujours, si vous voulez jouer contre moi. »

Je me suis posée sur mon siège, lissant ma jupe pour essuyer mes paumes moites.

Helen a levé la tête vers la mezzanine, où tous les reporters nous observaient.

« C'était quoi, ce cirque ? »

C'était une bonne nouvelle, malgré Parker, alors j'ai souri – et dans mon sourire, j'ai puisé la joie qui aurait déjà dû me submerger.

« Je… j'ai été prise. Me voilà astronaute. » J'ai ri malgré moi. « Je suis astronaute. »

Un court instant, la bouche d'Helen s'est affaissée, puis elle a bondi. Tout sourire, elle a contourné la table et m'a serrée dans ses bras.

« Je le savais ! » Elle s'est redressée. « Nathaniel ! Ta femme est astronaute ! »

De l'autre côté de la salle, Nathaniel a levé la tête.

« Hein ? »

Carmouche s'était levé, lui aussi.

« Clemons vient juste de lui annoncer qu'elle était sélectionnée. Le Dr York est l'un des nouveaux astronautes.

— Oui ! » Nathaniel a sauté de joie, le poing levé. « OUI ! »

Partout autour de nous, ingénieurs, médecins et techniciens ont poussé des cris de joie.

Bubbles, Carmouche et quelqu'un d'autre ont attrapé mon siège et m'ont soulevée en l'air, comme une jeune mariée. J'ai ri, j'ai pleuré, j'ai ri encore, agrippée à mon siège, alors qu'ils me promenaient comme un trophée dans toute la salle.

Au-dessus de nous, la mezzanine était saturée des flashs des appareils photo. Quand mon siège a retrouvé le sol, on m'a baladée dans une longue série d'accolades et de félicitations.

Ensuite, Nathaniel m'a prise dans ses bras. Il m'a

fait tourner, comme en apesanteur. L'embrasser devant tout le monde m'a mise sur orbite.

Quand il s'est écarté, ses yeux luisaient de larmes. Un grand sourire menaçait d'ouvrir son visage en deux. « Je suis tellement, tellement fier de toi. »

Voilà comment j'aurais voulu apprendre que j'étais astronaute. Pas avec des reporters, mais ici. Avec mes pairs. Avec mon mari.

« Bon, mesdames et messieurs ! a beuglé Clemons depuis le seuil de la porte. Nous avons une fusée à lancer. Tout le monde à son poste. »

Je ne pouvais m'empêcher de sourire. Ni Clemons, ni Parker, ni une nuée de reporters ne m'enlèveraient jamais ça. J'étais astronaute. J'ai repris les calculs posés sur la feuille, devant moi, sans parvenir à les interpréter. J'étais une astronaute.

De l'autre côté de la table, Carmouche a levé les deux mains au ciel.

« *À moi la victoire !** » a-t-il crié.

Helen a croisé les bras.

« Félicitations, Reynard.

— Vous avez gagné ?

— Enfin ! » Il s'est levé, puis il a fait la danse de la joie la plus ridicule que j'aie jamais vue, remuant les hanches et les coudes d'une façon tout à fait improbable. « Enfin ! J'ai gagné !

— Bien joué. » Helen a repoussé sa chaise, puis s'est levée. Elle s'est inclinée devant lui. « Si vous voulez bien m'excuser. »

Mon amie, la championne d'échecs s'est éloignée vers les toilettes des femmes, la tête haute, les épaules bien droites. Avais-je raison de croire qu'il existait un rapport entre ma nouvelle nomination et le fait qu'Helen perde la partie ?

J'étais astronaute. Pas Helen.

Et cette situation devait changer.

32

LA TEMPÉRATURE MONTE,
SANS DÉPASSER LES RECORDS DE 1951

CHICAGO, Illinois, 25 juin 1957. Hier, à 12 h 55, la température a atteint les 31 degrés. Sur la jetée Navy, équipé de plusieurs gadgets, Monsieur Météo a annoncé que l'on se dirigerait vers les plus hauts relevés depuis la chute du météore.

Il faudrait mentionner le fait que le vol Sirius s'est déroulé sans la moindre anicroche, je suppose. Bubbles était très excité. Nathaniel l'était tout autant, car ce nouveau lanceur réduirait significativement les coûts d'une mission lunaire. Aucun astronaute n'avait encore foulé le sol de la Lune, mais ce n'était plus qu'une question de temps.

Et par Dieu, j'en serai.

Quand nous avons quitté le campus de l'IAC, presque à l'aube, l'exaltation me faisait encore flotter.

J'ai donné le bras à Nathaniel, anticipant un autre « lancement réussi » quand on arriverait à la maison. Nous sommes sortis avec d'autres gens, traversant le parking vers les portes de l'IAC.

« Elle est là ! » Flashs. « Docteur York ! » Flashs. « Elma ! » De l'autre côté du portail, une horde de reporters attendait.

« Par ici, madame ! »

Mon estomac s'est retourné. Nathaniel nous a fait pivoter. Excellente chose, car je me dirigeais droit sur eux, comme un papillon vers une flamme. Ou un lemming vers la falaise.

Il m'a tenu fermement la main, puis m'a rapprochée de lui.

« On va demander une voiture à la logistique pour nous ramener chez nous.

— Je n'y avais pas pensé.

— Parker aurait dû. Si j'avais réfléchi deux secondes à ce qui s'est passé avec lui, j'aurais dû y penser, moi. »

Je ne crois pas que Parker ait deviné mon anxiété chronique. Je suis même certaine du contraire, sinon il s'en serait servi pour me tenir à distance du corps des astronautes. Mais il avait parfaitement planifié son embuscade.

L'un des chauffeurs de l'ONU assigné à l'IAC nous a ramenés à la maison, mais quand nous avons atteint notre rue, il ne s'y est pas engagé.

Nathaniel s'est penché en avant pour regarder par la fenêtre.

« Bon Dieu. »

Recroquevillée dans mon manteau, j'ai frissonné

dans la pénombre de la banquette arrière. Nathaniel s'est rassis, passant le bras autour de mes épaules.

« Dormons à l'Aladdin ce soir, pour fêter ça.

— Ils assiègent notre appartement ?

— Ouais… » Il m'a serrée plus fort, mais mes frissons n'ont pas cessé. Nathaniel m'a massé le bras de bas en haut, comme s'il pouvait persuader mon sang de revenir dans mes veines. « On enverra quelqu'un récupérer quelques vêtements.

— Mon ordonnance est à l'appartement. »

Ça ne ferait pas partir les reporters, mais le médicament installerait une vague distance entre nous.

« Compris. Tu veux porter quoi, demain ? »

Des vêtements ? J'étais censée penser aux vêtements, et pas à ce mur de journalistes qui exigeaient une interview ? En théorie, je savais que ce genre de chose finirait par se produire. J'avais bien vu ce qui s'était passé quand on avait annoncé les six premiers membres du programme Artémis. Mais après plusieurs mois à jouer la « Lady Astronaute », j'espérais que le niveau d'attention médiatique resterait le même.

Bien sûr que non. Je venais de passer d'aspirante astronaute à astronaute pour-de-vrai. En tant que première femme officialisée, il était normal que les reporters veuillent tous une part de moi.

J'ai niché ma tête contre l'épaule de Nathaniel, laissant la laine de son manteau bloquer les lampadaires de la rue.

« Monsieur ? »

Notre chauffeur a engagé la voiture dans une avenue parallèle.

« Connaissez-vous un autre hôtel ? »

Contre ma joue, la poitrine de Nathaniel s'est soulevée. Il a soupiré.

« Allons en banlieue. Arrêtez-vous au premier hôtel sans journalistes que vous croiserez. »

Après une nuit à l'Holiday Inn, près de l'autoroute, Nathaniel a appelé Clemons pour lui expliquer la situation. On m'a proposé d'éviter l'IAC tant que les reporters faisaient le siège. Quant à Mme Rogers, elle avait accepté ma démission avec ses plus chaleureuses félicitations.

Je n'avais même pas pu dire au revoir aux autres calculatrices.

J'ai pleuré. J'ai pris un Miltown. Je me suis enterrée sous les couvertures. Et quand le premier Miltown a cessé de faire effet, j'en ai gobé un autre.

Nathaniel est resté à l'hôtel avec moi. Un garde de l'ONU surveillait notre porte. Probablement une bonne idée.

Dans l'après-midi, notre téléphone s'est mis à sonner. J'ignore comment ils avaient fait pour nous retrouver, mais ils nous avaient retrouvés.

Je n'étais pas astronaute. La chose a été clairement établie, dès le premier jour.

On avait sélectionné six femmes. Notre première réunion n'était pas à l'IAC. Ni même à Kansas City. On nous a fait grimper dans un avion, avant de nous conduire au bunker où Nathaniel et moi avions rencontré le président, juste après la chute du météore.

Après le cirque que j'avais traversé, je suppose qu'ils préféraient rester discrets avec les autres. Quand je suis entrée dans la salle de conférences, j'ai reconnu certains visages. Betty et Nicole étaient présentes, elles aussi, assises ensemble à la table.

Nicole m'a fait signe en souriant.

« J'ai voulu te l'annoncer moi-même, mais on m'a ordonné de ne rien dire, à cause des reporters qui te traquaient partout. »

J'ai levé les yeux au ciel.

« C'était pénible. »

Un cauchemar, plutôt.

« Betty. Félicitations. »

Elle a hoché la tête en mordant sa lèvre inférieure. Elle a levé les yeux, puis dégluti.

« À toi aussi. »

Cette formalité effectuée, je me suis assise à côté d'elle, et j'ai reporté mon attention sur les autres femmes. Sabiha Gökçen avait réussi, naturellement. J'étais contente qu'elle soit revenue de Turquie pour ça. Voler avec elle avait été un plaisir.

Mme Lebourgeois, d'un autre côté… la dernière fois qu'on avait discuté, Violette commençait tout juste les leçons de pilotage. Je lui ai souri, puis je me suis penchée au-dessus de la table.

« Deux astronautes dans la famille ? Votre mari doit être très fier. »

Elle a rougi en agitant la main.

« C'est un honneur. Et tellement inattendu.

— J'imagine. »

Je ne l'avais même pas vue, lors des tests.

Je me suis tue, puis j'ai observé les femmes qui attendaient, dans la salle. Aucun homme. Intéressant. Je savais qu'ils avaient sélectionné d'autres hommes au corps des astronautes. On devait les entraîner ailleurs.

On ne bavardait pas, on ne faisait rien de ce qu'on voit dans les films. Nous étions toutes pimpantes, cela dit, en pantalon, certes, mais maquillées – et coiffées avec soin.

Trois d'entre nous étaient américaines. Une Française. Une Brésilienne – Jacira Paz-Viveiros – et Sabiha Gökçen. Six, pour répondre aux six premiers astronautes masculins.

Si Ida ne me l'avait pas signalé à l'avance, je ne sais pas si j'aurais remarqué qu'il n'y avait aucune Noire dans notre groupe.

Clemons, Parker et deux autres gentlemen que je ne connaissais pas sont entrés ensemble. Clemons a tapé dans ses mains.

« Voilà mes beautés. Tout d'abord, mesdames, mes félicitations pour avoir été choisies comme aspirantes astronautes. »

L'un des hommes que je ne connaissais pas, un type mince au front luisant, dont les oreilles dépassaient de sa coupe de cheveux réglementaire, a commencé à nous distribuer des classeurs.

« Bon. Notre première tâche consiste à vous préparer pour la conférence de presse. Voici M. Pommier. » Il a désigné l'autre type, qui avait dépassé la cinquantaine, avec la chevelure gris acier que les hommes acquièrent à son âge. « C'est votre styliste, il vous aidera à choisir votre tenue et votre coiffure pour cet événement. »

J'ai échangé un regard avec Nicole, mais personne n'a levé la main pour demander pourquoi nous avions besoin d'un styliste. Ils l'avaient probablement engagé pour les hommes et l'avaient gardé pour nous. Si je devais secouer un peu le cocotier, ce qui semblait inévitable, je préférais le faire pour un sujet plus important.

« M. Smith distribue un dossier de presse à chacune d'entre vous. Nous allons passer en revue quelques exemples d'interviews pour vous préparer à la conférence. » Clemons s'est tourné vers Parker. « Le colonel Parker est chargé de la formation des astronautes, y compris la vôtre, mesdames. Il vous aidera à mieux comprendre votre rôle et vous expliquera ce qu'on attend de vous. »

Parker a lancé l'un de ses sourires homologués.

« Bonjour. J'aurais aimé que cette salle de conférences soit aussi charmante, quand j'y suis allé pour la première fois. » Il a croisé mon regard. « Bien, je sais que certaines d'entre vous sont habituées à parler à tort et à travers, mais il va falloir filtrer les informations sortant de l'IAC, désormais. Au-delà des raisons de sécurité, nous avons également un contrat exclusif avec *Life*. C'est bien ça, mademoiselle Ralls ? »

Betty a hoché la tête en rougissant, les yeux rivés sur la table.

« Oui, monsieur. »

Oh. Que Dieu bénisse son âme de journaliste. Betty n'avait pas été sélectionnée. Elle avait passé un accord.

« Pour contrôler l'image du programme spatial, toutes les communications avec la presse doivent passer par le bureau. » Parker a levé le doigt. « Et que les choses soient claires. La presse inclut les émissions de divertissement. »

Pour moi, ce n'était pas le camouflet qu'il espérait m'infliger.

« Un instant... » La voix de Sabiha a résonné dans la salle. Elle avait ouvert son classeur et fronçait les sourcils devant l'une des pages. « Cette question... qu'est-ce que c'est que cette réponse ? "Non, je ne suis pas astronaute..." »

J'ai attrapé mon propre classeur et je l'ai ouvert. Les pages se sont froissées, la couverture a claqué sur le bois de la table de conférence. Oui, bien en évidence, sous le titre « Réponses approuvées aux questions habituelles ». Toute une ribambelle de réponses sur ce que ça faisait d'être astronaute.

« Merci, colonel Parker. Je m'occupe de la suite. »

M. Smith, le type aux oreilles décollées, avait une voix de prêcheur pentecôtiste. Son débit profond a roulé dans la pièce, en opposition complète avec sa complexion malingre.

« Vous avez déjà ouvert vos classeurs, mesdames, alors je vous explique. Nous avons pris conscience que le public serait perturbé si nous qualifions les jeunes recrues d'astronautes. Ce serait comme appeler un jeune élève officier "pilote", alors qu'il vient à peine d'être admis à l'École de l'air.

— Et quand, exactement, serons-nous considérées comme de véritables astronautes ? »

Ma voix aurait pu faire geler la table.

« Quatre-vingts kilomètres. » Parker a haussé les épaules. « Quand vous êtes à quatre-vingts kilomètres d'altitude, vous êtes astronaute. C'est un accord entre l'IAC et la Fédération aéronautique internationale, à Paris. Jusque-là, vous êtes des aspirants astronautes. On dit AspAs. »

Bien sûr. Impeccable, parfait, tout à fait légitime. Je ne pouvais même pas me plaindre de cette absurdité – sauf que, évidemment, cette règle ne s'appliquait pas aux hommes.

Pendant la conférence de presse, je me suis tenue en retrait, dans l'ombre. Nathaniel ne m'a pas lâché les mains. Une pellicule de sueur nous séparait. Le murmure de la foule résonnait derrière les rideaux, une fréquence basse, constante. On la sentait à travers les lattes du plancher, tel le bourdonnement d'un moteur. Autour de moi, les nouvelles astronautes – pardon, les nouvelles AspAs – faisaient les cent pas. Les six femmes disparaissaient presque parmi les trente-cinq hommes qu'ils avaient choisis. Pourquoi avais-je accepté ça ?

Nathaniel s'est penché vers moi.

« 197 fois 4 753 ?

— 936 341.

— Divisé par 243 ?

— 3 853,255144032921… combien tu veux de décimales ? »

La robe que le styliste m'avait demandé de porter avait un corset cintré. Quand je l'avais essayée, elle m'avait semblé pas mal, mais maintenant, je respirais à peine.

« Ça ira. Racine carrée ? À cinq décimales… si applicable. »

Au moins, je n'étais pas la seule à me sentir nerveuse.

« 62,07459. »

Sabiha Gökçen marchait de long en large en secouant les poignets. Elle ne cessait de toucher ses cheveux, comme si elle regrettait sa queue-de-cheval, remplacée par le machin bouffant qu'on lui avait imposé.

« Quel est l'angle optimal de tangage pour un virage serré en entrée orbitale basse ?

— Virage serré… avec quel type de moteur et quelle configuration ? Pour quelle altitude finale ? »

Dieu le bénisse d'essayer de me distraire.

« Classe Jupiter, moteur double-Sirius. Altitude finale de… »

Il en a probablement dit plus, mais Clemons est entré sur scène en passant à travers les rideaux. Le rugissement des spectateurs a atteint un seuil critique. J'ai fermé les yeux, j'ai dégluti, dégluti encore, respiré par le nez, puis ravalé l'amertume acide qui me tapissait la langue. Pas maintenant. Pas maintenant pas maintenant pas maintenant…

Nathaniel a soufflé dans mon oreille.

« 1, 1, 2, 3, 5, 8, 9…

— Faux. » Je me suis accrochée à lui. « La séquence Fibonacci ajoute le chiffre précédent au chiffre courant, donc ça doit être 3, 5, 8, 13… oh, bien joué, monsieur.

— Je peux faire mieux que des erreurs mathématiques, si ça peut aider. » Il m'a serrée, puis s'est un peu écarté pour mieux me regarder. « Rappelle-toi juste que les astronautes pilotent des T-33. »

J'ai ricané.

« Je pensais que tu allais juste me dire que tu m'aimais.

— Ah oui, mais ça, tu le sais déjà. Mais un T-33 ? Un jet ? Je sais où je me situe par rapport à ce genre de…

— Elma ! On y va. »

Nicole m'a attrapé la main et m'a tirée vers elle, sur la scène.

Des T-33. Même en tant qu'aspirante astronaute, j'allais piloter un T-33. Alors que nous gagnions la scène, j'ai essayé d'invoquer l'image du cockpit dans ma tête. Les flashs s'abattaient comme la foudre. À moi de maintenir mon assiette – et de garder le cap.

L'image a duré assez longtemps pour que je rejoigne la table, avec les autres femmes. On nous faisait asseoir devant, les hommes debout, bien alignés derrière nous, comme dans un cadre. Une simple interview. Encore une. Identique à celles que j'avais déjà données. Mais cette fois, on m'y avait entraînée.

3,14159265358…

T-33. Tééééééééééé trente-trois. Astronaute. Astronaute. T-33.

« Docteur York ? a lancé une voix, au premier rang. Que pense votre mari de votre nouvel emploi ? »

L'homme portait un costume gris froissé. D'autres hommes identiques l'entouraient, eux aussi en costumes gris froissés. Je ne savais pas que les reporters portaient un uniforme. Nicole m'a flanqué un coup de pied sous la table.

Je mettais trop de temps à répondre.

« Il me soutient beaucoup. D'ailleurs, il était en coulisse avec nous, avant qu'on vienne sur scène. »

Clemons a désigné un autre reporter au costume similaire.

« Pourquoi voulez-vous battre les hommes dans la course à la Lune ? »

Nicole s'est penchée vers le microphone.

« Je ne veux pas *battre* les hommes pour la Lune. Je veux y aller pour les mêmes raisons qu'eux. Les femmes peuvent être utiles, dans l'espace. Nous ne sommes pas en compétition pour battre qui que ce soit, dans quelque contexte que ce soit. »

Dieu la bénisse. C'était une super réponse. Il y avait quand même un homme que je battrais avec plaisir dans la course à la Lune, mais dans le fond, j'avais juste envie d'aller là-bas.

« Qu'allez-vous cuisiner dans l'espace ?

— De la science. » Le mot est sorti de ma bouche avant que j'y pense, et la salle m'a récompensée d'un éclat de rire. « Accompagnée d'un menu très sain, à base de kérosène et d'oxygène liquide. »

Betty s'est penchée au-dessus du micro.

« Et sans gravité. J'ai hâte de faire des soufflés qui ne se dégonfleront pas. »

Cette sortie lui a valu plus de rires que la mienne, les crayons se sont agités sur les carnets de notes. Clemons a désigné un autre reporter. J'ai cessé d'essayer d'identifier les hommes dans la foule. Leurs questions étaient toutes aussi lénifiantes, aucun n'avait rien à demander aux hommes.

« Et votre régime beauté, dans l'espace ? Aurez-vous le droit d'utiliser votre bombe de laque ? »

Sabiha a secoué la tête.

« Nous serons dans un environnement d'oxygène pur. Non, un spray, ce serait idiot. »

La liste de questions qu'on nous avait fournie ? Les journalistes n'en ont posé aucune. On aurait mieux fait de nous confier à des conseillers en soins beauté. Il ne manquait plus qu'on nous demande ce qu'on pouvait faire pour apporter la paix dans le monde.

Derrière moi, les hommes dansaient d'un pied sur l'autre. J'en ai entendu un murmurer : « Et la taille de leurs soutiens-gorge ? »

« L'IAC a-t-il un programme pour inclure des hommes et des femmes de couleur dans le programme spatial ? »

L'homme qui avait posé la question était blanc, avec des boucles sombres coupées court. Son costume n'était pas froissé, il avait une posture impeccable.

J'ai pivoté sur mon siège pour observer Clemons. Il a gardé son sourire bien en place en levant la main, comme s'il avait un cigare, en geste de déni.

« Le programme est ouvert à quiconque remplit les conditions requises, a-t-il dit en modifiant sa posture, et compte tenu de la nature de la mission, nos standards sont très élevés. Ces femmes sont les meilleures pilotes au monde. Les meilleures pilotes féminines. Naturellement, nos nouveaux astronautes masculins sont tout aussi épatants, et nous devrions nous concentrer sur eux, aujourd'hui. Et sur elles. Je ne veux pas les chasser de la lumière.

— En ce cas, je poserai la question aux dames. »

L'homme s'est tourné pour observer la scène, nous détaillant toutes de ses yeux noisette.

« L'une d'entre vous refuserait-elle d'aller dans l'espace avec une Noire ? »

Tout le monde s'est figé. J'ai pensé qu'il s'agissait d'une question piège. Je me suis penchée vers le micro.

« J'en serais ravie. Et je connais plusieurs femmes noires qui sont d'extraordinaires pilotes. »

Betty a poursuivi.

« Je ne m'y opposerais pas, évidemment, tant qu'on n'abaisse pas le niveau. »

Être en colère m'aide toujours à contrôler mon anxiété. Ida était bien meilleure pilote que Betty. Imogene était meilleure que moi. Et Dieu savait que Violette n'aurait même pas dû être ici.

« Nous n'aurons pas à l'abaisser.

— Mesdames… » Clemons est intervenu, tirant le micro à lui. « Passons maintenant à la question que tout le monde brûle de poser. Laquelle d'entre vous sera la première dans l'espace ? »

Comme on nous l'avait enseigné, nous avons toutes levé la main. Nicole a levé les deux, exactement comme l'avait fait Parker. Moi ? Je me fichais de qui serait la première, tant que j'y allais, moi.

33

DEUX CANDIDATS POTENTIELS
POUR LA PREMIÈRE MISSION LUNAIRE

L'IAC a nommé les deux astronautes qui pourraient bientôt marcher sur la Lune

KANSAS CITY, Kansas, 2 juillet 1957. Aujourd'hui, la Coalition aérospatiale internationale a nommé deux astronautes qui deviendront sans doute les premiers êtres humains à fouler le sol lunaire. Il s'agit du colonel Stetson Parker, citoyen des États-Unis, et du capitaine Jean-Paul Lebourgeois, citoyen français. Tous deux sont des vétérans du programme spatial. Ils ont été nommés aujourd'hui, avec le lieutenant Estevan Terrazas, citoyen espagnol, pour former l'équipage de l'*Artémis 9*, qui fera l'aller-retour vers la Lune dès l'année prochaine.

L'IAC a séparé les aspirants astronautes en deux groupes. Les hommes d'un côté, les femmes de l'autre. J'avoue que le premier cours qu'on nous a donné m'a paru assez rudimentaire. Mécanique orbitale. C'était globalement ce dont je m'occupais au département calcul.

Les autres femmes ont encaissé la chose avec plus ou moins de succès. Violette a percuté plus vite que je ne m'y attendais. Nicole s'est débattue avec les mathématiques de base, tout en oubliant de prendre en compte la racine carrée ou de mettre la décimale à sa place sur la règle à calcul. Je l'ai aidée comme je pouvais, mais n'ayant jamais eu de souci avec les maths, j'avais du mal à lui expliquer comment faire. Moi, je… je faisais juste les opérations.

Betty a tout fait scrupuleusement, mais je pense qu'elle savait déjà qu'elle n'irait jamais réellement dans l'espace. Peut-être qu'elle n'y tenait même pas.

Sabiha a bûché la mécanique orbitale avec des progrès irréguliers, mais une détermination de fer. Jacira a pigé, tout en détestant la matière. Elle marmonnait fréquemment en portugais. Je ne parlais pas cette langue, mais je savais reconnaître un juron.

Quand nous avons rendu notre premier devoir, j'ai eu l'impression de retourner en sixième. L'instructeur a regardé ma copie en secouant la tête.

« Elma… le Dr York vous a aidée ? »

La salle est devenue rouge, puis glaciale. Je m'attendais à moitié à voir un panache de vapeur jaillir de ma bouche.

« Non, il ne m'a pas aidée.

— C'est juste que… vous vous êtes contentée d'inscrire les réponses, là. »

Il a souri, ses lunettes ont étincelé dans un rayon de soleil.

« Vous avez le droit de vous faire aider, mais il faut quand même détailler le processus. »

C'était vraiment comme la sixième. Mais cette fois, je n'allais pas pleurer dans un bureau, à attendre que mon père vienne me sauver. À l'époque, j'étais trop jeune pour savoir qu'il existait une façon très simple de prouver que je n'avais pas triché.

« Je comprends parfaitement ce problème. Demandez-moi ce que vous voulez, je répondrai. Tout de suite. »

Il a classé les feuilles ensemble sur le bureau d'un geste sec.

« Nous n'avons pas le temps de détailler les équations maintenant. La prochaine fois, contentez-vous de décrire le processus. »

J'ai serré les dents. Il voulait que j'inscrive toutes les étapes intermédiaires, au lieu de résoudre simplement les équations ? Très bien. Je prendrai le temps de le faire, et lui prendrait le temps de tout vérifier. Je savais où menait cette conversation. Ça m'était arrivé trop souvent. Quelle idiote j'étais d'avoir cru que mon expérience de calculatrice à l'IAC compterait.

« Oui, monsieur. »

Là-dessus, Nicole m'a dévisagée, avant de lever la main en souriant.

« Pardon, monsieur.

— Oui, Nicole ?

— C'est Elma qui a écrit la plupart de ces équations. »

Il a soupiré.

« Merci, Nicole. Je sais qu'elle a écrit les réponses. Mais je voulais qu'elle écrive comment elle y était parvenue. »

Elle a mis la main sur sa poitrine en écarquillant les yeux.

« Oh, Seigneur, je suis tellement bête, je… »

Je me suis éclairci la gorge avant que Nicole se moque vraiment de lui.

« Elle veut dire, monsieur, qu'à mon poste au département calcul de l'IAC, j'ai conçu une bonne partie des équations que vous nous avez données à résoudre. Et celles que je n'ai pas écrites moi-même, je m'en sers régulièrement depuis quatre ans. »

Il a cillé.

« Oh. »

Il a reposé les feuilles et les a aplanies.

« Je vois. J'aurais aimé qu'on me le signale un peu plus tôt. »

Entre les révisions des cours de mécanique orbitale, nous avions tout de même un entraînement de pilote très avancé. Nous étions souvent séparées par groupes de trois, puis envoyées à différents endroits, simulateurs ou équipements spécialisés. Certains nous étaient familiers, comme le « Dilbert Dunker », que j'avais longuement pratiqué à l'école de l'air, dans le corps des WASP.

Mais il y avait aussi des trucs plus inattendus. Avec Jacira et Betty, quand nous nous sommes présentées pour l'exercice au Dilbert Dunker, on nous a fourni un maillot de bain.

Un bikini bleu, plus précisément.

Dans le vestiaire, j'ai brandi le minuscule bout de tissu en fronçant les sourcils.

« La dernière fois que j'ai fait ce test, on portait des combinaisons de vol. »

Jacira a haussé les épaules en déboutonnant son chemisier.

« Avec les Américains, plus rien ne me surprend.

— Ne me regarde pas. » Betty a passé son chemisier par-dessus sa tête. « Je n'ai pas fait d'entraînement avancé quand j'étais dans les WASP, moi. »

Jacira et moi avons échangé un regard. Le formulaire de candidature exigeait quatre cents heures de vol aux commandes d'un appareil à haute performance. Je ne savais pas comment les choses se pratiquaient au Brésil, mais en tant que WASP, il était difficilement envisageable de sauter cette étape.

Mon entraînement comptait peu. Je n'avais pas le choix. Soit je mettais ce bikini, soit je faisais le test avec mes propres vêtements. J'ai tiré les bandes de tissu vers le haut, et j'ai fait de mon mieux pour m'assurer qu'elles couvraient tout ce qu'il y avait à couvrir. On nous donnerait peut-être des combinaisons de vol à la sortie des vestiaires.

Betty a d'abord fini de se changer, puis elle s'est dirigée vers le bassin. Elle s'est arrêtée juste après la porte des toilettes, avant de faire volte-face et de revenir vers nous.

« Elma ?

— Oui ? »

J'ai attrapé une serviette et je l'ai enroulée autour de ma poitrine, par vague souci de pudeur.

« Il y a des reporters. » Son visage était tiré. « Ce n'est pas moi qui les ai appelés. »

J'ai hoché la tête tout en continuant à nouer la serviette, comme si ça réclamait toute mon attention.

« Merci de m'avertir. »

Dans mon sac, le Miltown murmurait ses promesses de calme, mais j'allais suivre un entraînement sous-marin. Pas question d'atténuer mes réflexes. Même juste un peu.

Betty a froncé les sourcils, puis elle a attrapé son sac pour en tirer un tube de rouge à lèvres.

« Bon Dieu. "Exclusivité". Ils ne comprennent pas ce mot ? »

Jacira a levé les yeux au ciel, avant de ramener ses longs cheveux noirs en queue de cheval.

« Ils s'apprêtent à nous balancer à l'eau plusieurs fois… et toi tu t'inquiètes de ton rouge à lèvres ? »

Betty a haussé les épaules.

« Avec ces bikinis, je vois déjà le genre de tests qui nous attend. Et j'ai intérêt à réussir, parce que, bordel, je me planterai au test de mécanique orbitale. »

J'ai failli passer la porte telle que j'étais. J'étais physicienne, calculatrice et pilote, pas pin-up. Et pourtant… et pourtant, j'entendais déjà ma mère. *Qu'est-ce que les gens vont penser ?* Elle avait toujours insisté pour me rendre un peu plus désirable. Je connaissais les règles pour les femmes.

« Bon sang. »

Je me suis retournée vers mon propre sac, je l'ai ouvert et j'ai fouillé l'intérieur pour en sortir, moi aussi, un tube de rouge. La boîte à pilules a cliqueté au fond de mon sac, et j'ai hésité. Non. J'avais besoin de tous mes réflexes pour ce test. J'avais survécu à la conférence de presse, et là, des milliers de litres d'eau me sépareraient des journalistes.

Le tube argenté a étincelé dans un coin de mon sac. Il était glissant sous mes doigts. J'ai retiré le couvercle, tourné la base, appliqué une épaisse couche de rouge sur mes lèvres. La maquilleuse de *Mr. Wizard* aurait été fière de moi.

Jacira m'a regardée en secouant la tête.

« Non. Ce n'est pas pour ça que mon pays m'a envoyée ici.

— Je ne suis pas là pour ça non plus. » J'ai refermé le tube, puis je me suis redressée. « Mais le rouge à lèvres ne m'empêchera pas de faire mon travail. »

Betty a ricané.

« Mettre du rouge à lèvres, c'est presque ça, mon travail à moi.

— Tu ne…

— Ouais. » Elle s'est examinée dans le miroir, avant de ranger son tube dans son sac. « Je n'avais pas assez d'heures de vol pour passer les premières étapes de la sélection, mais *Life* a pu tirer quelques ficelles pour me pistonner. Ensuite ? Tout dépend de moi. Mais j'ai toujours une dette envers le diable. »

Face à un tel choix, aurais-je pris la même décision ? Oh, oui. Oui, bien sûr que oui.

« Bon, allons affronter le diable.

— Oh. La plupart d'entre eux sont des démons mineurs. » Elle a trotté vers la porte. « Attendez que *Life* apprenne ça. Là, vous verrez le diable incarné. »

Je l'ai suivie vers la porte et j'ai remercié Dieu pour la serviette. Les appareils photo sont sortis, les flashs ont crépité alors qu'on s'approchait du Dilbert Dunker, toutes les trois. J'ai connu mon premier moment de déprime en comprenant que Betty avait raison.

Qu'elle pose pour les appareils. Moi, je me suis concentrée sur le test. Le Dilbert Dunker trônait à l'autre bout de la piscine, monté sur un stand. La cage métallique rouge vif disposait d'un siège de pilote à l'intérieur, calé juste au-dessus d'une rangée de rails qui tombaient droit dans la piscine. Ah… j'avais passé tant d'heures à m'entraîner à survivre à un amerrissage… j'ai presque éprouvé une pointe de nostalgie.

En principe, l'entraînement pour l'évacuation sous-marine commençait par un simple parcours d'obstacles, dans la piscine, hors du Dunker. Surprise, il n'y avait rien d'installé. Nous commencerions directement par le Dunker. C'était pensé pour qu'on échoue.

Les responsables des tests de la Navy se sont tournés pour nous observer. Ou, plus précisément, pour observer Betty.

Je pouvais difficilement leur en vouloir. Comment parvenait-elle à se tortiller ainsi sans faire craquer son bikini ? Le tissu était bleu, mais sa démarche le chauffait au rouge.

Elle s'est arrêtée devant les officiers de la Navy. Jacira et moi l'avons rejointe, derrière, formant un triangle inattendu.

« Bon… qui me *dunke* en premier ? »

Ils ont dû sortir Betty de la cage. Attention, rien d'inhabituel pour une première tentative, même avec un entraînement approprié. La cage glissait sur le rail selon un angle de cinquante degrés, elle frappait l'eau glaciale, puis se retournait entièrement. Il fallait ôter les sangles et quitter la cage, tout ça avec un bandeau sur les yeux, uniquement au toucher.

Voilà pourquoi les plongeurs de la Navy étaient dans la piscine. J'avoue avoir éprouvé une petite pointe de satisfaction en les voyant évacuer Betty comme un chaton noyé. Ils l'ont enroulée dans une serviette, puis l'ont installée sur un banc, le temps de réinitialiser la machine. Ma satisfaction a cédé la place à la honte quand je l'ai vue frissonner. Je me suis rappelé ma première tentative, dans le Dunker.

Je me suis tournée vers l'officier de la Navy chargé de l'entraînement.

« À moi, maintenant ? »

Il n'a pas vraiment levé les yeux au ciel, mais pas loin.

« Bien sûr. Qu'est-ce que vous croyez ? Vous y passerez toutes. »

Voilà ce qu'ils appelaient un entraînement… j'ai réussi à ne pas grogner, puis j'ai grimpé l'échelle du Dunker. Là, j'ai dû abandonner ma serviette et les dernières traces de la pudeur que m'avait enseignée ma mère.

Dès que je me suis retrouvée en bikini, les reporters postés autour du bassin ont déclenché leurs flashs. Je me suis installée dans la cage en manquant hurler.

La cage était en métal. Y compris le siège. Tout ça dans une piscine d'eau froide. Et je portais un bikini.

J'ai crié, certes, mais j'ai réussi à me contenir. Raison de plus pour avoir très envie d'enfiler une combinaison de vol.

L'officier a descendu le harnais sur mes épaules. Le tissu froid et trempé a mordu ma chair nue alors qu'il m'aidait à me sangler.

« Très bien, chérie. La cage va tomber dans l'eau, puis se retourner. Votre boulot consiste à ne pas paniquer, jusqu'à ce que les plongeurs vous sortent de là.

— Je croyais que mon boulot consistait à évacuer, puis remonter. »

J'ai passé les mains sur les boucles de la sangle, tâchant de mémoriser sa position.

« Oui. C'est ce que je voulais dire. »

Il a frappé le sommet de la cage du plat de la main, puis s'est relevé.

J'ai tendu le cou.

« Le bandeau ? »

Il a hésité, avant de s'agenouiller près de moi.

« Vous avez déjà fait ça ?

— J'étais pilote dans les WASP. » Bien sûr, Betty aussi, mais j'avais piloté des appareils à haute performance. « J'ai convoyé des Mustang et plusieurs modèles de chasseurs. On m'a envoyée à Ellington pour m'entraîner.

— Ah. » Il a pianoté sur le bord de la cage, puis s'est approché de moi. « OK. Écoutez. On ne nous a pas fourni de bandeaux. On nous a dit de faire semblant. Vous voulez le faire pour de vrai ? »

Je l'ai dévisagé un moment. *Faire semblant ?* Ils ne comptaient pas vraiment nous envoyer dans l'espace.

J'ai réussi à déverrouiller ma mâchoire.

« On m'oblige à porter un bikini, mais je suis pilote, merde. Oui, je veux faire ça pour de vrai.

— Putain, ouais. » Il a frappé le métal et s'est relevé, avant de se pencher sur la console du dispositif. Un instant plus tard, il était de retour avec des lunettes noires. « Ne vous noyez pas, entendu ?

— J'ai d'autres projets. »

J'ai saisi les lunettes, je les ai mises. Le monde visible a disparu.

D'une main, j'ai vérifié la position du harnais d'épaule, la structure métallique froide de la cage, la boucle de ma ceinture. Ensuite, j'ai enroulé les doigts autour du « manche », puis j'ai hoché la tête.

« Parée. »

On ne sait jamais vraiment quand la cage va tomber. Ça fait partie du test. J'ai rempli mes poumons, concentrée sur le frottement du tissu, alors que l'officier se redressait. L'eau clapotait sous moi. Un clic.

Soudain, le siège a plongé. L'eau m'a engloutie dans un noir glacial. Elle s'est infiltrée dans ma bouche, griffant mes cloisons nasales, alors que le monde basculait. Mes poumons ont immédiatement réclamé de l'air.

Paniquer était inutile. J'ai serré les dents, puis j'ai mis les mains sur mes épaules. Là. Le tissu rêche du harnais d'épaule était facile à trouver, sur ma peau nue. En combinaison de vol, j'aurais dû chercher un peu plus.

J'ai suivi la ligne vers la boucle, puis je l'ai ouverte. La ceinture a frotté contre mon ventre, juste au-dessus de la ligne du bikini. La boucle m'a frigorifiée. Je l'ai défaite en séparant les deux parties.

La dernière fois que j'avais fait cet exercice, j'avais eu du mal à ôter le harnais, mais en bikini, rien ne limitait mes mouvements. J'étais libre en un rien de temps. J'ai levé les bras, saisi le bord de la cage des deux mains pour m'orienter. Ensuite, je me suis dégagée en nageant vers le bas pour m'éloigner de « l'épave ».

Nous étions censées évoluer selon un angle de

quarante-cinq degrés pour éviter les potentielles flammes et les flaques d'huile. Difficile d'évaluer les distances en nageant à l'aveugle, et je pense être remontée un peu trop près de la cage.

Le vacarme m'a rattrapée alors que l'eau refluait.

« … rapide, hein ?

— C'était un record ?

— Elma ! Elma ? Par ici ! »

Inspirer n'avait jamais été aussi bon. J'ai ôté mes lunettes, en souriant… face au mur. Bon, j'avais pivoté. Tout allait bien. Je n'avais plus qu'à faire un 360, les bras au-dessus de l'eau, pour me libérer de « l'huile », tout autour.

Après ça, je me suis retournée vers les photographes en agitant la main. Un record ? Non. J'avais été rapide, pourtant, mais les variables n'avaient rien à voir avec les conditions habituelles de test.

C'était scientifique. Mais on n'attendait rien de scientifique de ma part.

34

DEUX HEURES DE « MARCHE » SPATIALE PLANIFIÉES

*Un astronaute de l'*Artémis 4 *flottera à 22 mètres de la capsule*

KANSAS CITY, Kansas, 3 novembre 1957 (United Press International). Le capitaine Cristiano Zambrano, citoyen mexicain, tentera d'établir le record mondial de « marche spatiale » à environ deux heures, lors du prochain vol orbital d'*Artémis 4*, annonce la Coalition aérospatiale internationale aujourd'hui.

J'étais assise dans le simulateur, bien après la fermeture du service. Mon épaisse liasse de check-lists pesait sur mes genoux. Les yeux fermés, je me suis massé le nez, tâchant d'enregistrer la bonne séquence dans mon cerveau par la seule force de ma volonté. L'habitacle du simulateur était la réplique exacte de la capsule *Artémis* – et aussi encombré que l'intérieur du cockpit d'un chasseur, mais, en lieu et place de la verrière, j'avais toute une paroi sertie d'interrupteurs aux acronymes occultes. J'espérais qu'en révisant directement dans le simulateur mes réflexes reviendraient plus vite pendant les exercices. Sans succès, pour le moment.

« Il t'arrive de sortir de là ? »

La voix de Nathaniel venait d'en bas, au pied de la capsule.

J'ai laissé ma tête s'affaisser contre le siège rembourré.

« B-Mag. »

Nathaniel s'est esclaffé, puis il a grimpé l'échelle pour se hisser sur la petite plateforme, à côté.

« Pardon ?

— Le Flight Detector Attitude Indicator[1] est abrégé en FDAI. Mais le Body Mounted Attitude Gyro[2], lui, c'est BMAG. Prononcé *bimag*… non mais franchement ? » La mécanique orbitale et les exercices de vol ne me posaient aucun problème. Par contre, les acronymes me tuaient à petit feu. « Et pourquoi on le prononce comme un mot, alors que commandant, c'est CDR ? C'est presque plus long à dire…

— B-Mag, c'est plus rapide que B, M, A, G.

— Oui, mais tu vois ce que je veux dire. » J'ai toisé les manuels sur mes genoux, comme si c'était Parker. « Nous tenons des conversations entières sans employer le moindre nom. On attaquait une LOI, le Sim Sup a désactivé le FDAI et le MTVC.

1. L'indicateur d'attitude. C'est l'instrument qui indique l'orientation de l'appareil dans l'espace.

2. Gyroscope servant à contrôler l'attitude du véhicule spatial.

Puis le LMP a constaté que le BMAG ne fonctionnait plus, et l'O2 était au plus bas… pfffff…

— Personne n'a jamais attaqué une *Lunar Orbit Insertion* en manuel.

— Tu. Ne. M'aides. Pas. » J'ai détourné les yeux vers Nathaniel, encadré par le sas de la capsule, juste au-dessus de moi. Il s'était légèrement coupé le menton, en se rasant. « Et puis il y a le POGO. Le Partial Gravity Simulator… ce n'est même pas un acronyme ! Si n'importe laquelle d'entre nous l'avait appelé comme ça, nous serions la risée du corps des astronautes. C'est déjà le cas, de toute façon. Bon Dieu. Je t'ai parlé de la séance photo dans le T-33, la semaine dernière ?

— Oui. Mais tu peux m'en reparler si ça t'aide. »

Nathaniel a posé le coude sur le rebord du sas.

« Non. Merci. »

Ça me faisait encore mal, en fait. Et moi qui croyais qu'on nous laisserait enfin piloter les T-33. Mais non, on s'est juste assises dans le cockpit pour se repoudrer le nez. Au moins, dans la capsule, on avait droit à des simulations, on apprenait quelque chose. J'ai tendu la main vers celle de Nathaniel, puis je lui ai embrassé la paume.

« Désolée d'être de si mauvais poil.

— Tu sais quoi ? Si tu sors de là et que tu me donnes un coup de main sur un rapport, je te fais réviser les acronymes. »

J'ai refermé le manuel si rapidement que le claquement des pages a résonné dans l'intérieur minuscule de la capsule.

« Oui. S'il te plaît. S'il te plaît, laisse-moi faire tes devoirs. »

Il s'est penché pour m'embrasser sur la joue.

« Super. » En me tendant la main, il m'a demandé de lui passer le manuel. « Tu me manques.

— Ah… c'est gentil. »

Je me suis levée pour m'extraire de la capsule. Dire que certains astronautes masculins tenaient là-dedans avec leur combinaison spatiale… Ça dépassait ma compréhension des lois de la physique.

Nathaniel s'est appuyé contre la balustrade de la petite plateforme. Derrière lui, des mètres de câbles et de supports divers ceinturaient la capsule en réseau artistique et chaotique, conçu pour simuler les missions de la façon la plus réaliste possible pour les cobayes, à l'intérieur. Je me suis étirée pour faire craquer mes vertèbres. L'horloge murale indiquait 20 heures passées. Apparemment, nous dînerions encore à la cafétéria.

« Sur quoi tu travailles ?

— Rien de compliqué. Helen a déjà fait les calculs, mais je dois m'assurer que la réduction de données est correcte avant de l'envoyer à la Commission des crédits de la Chambre. » Il a descendu l'échelle, le manuel sous le bras. « On étudie ce qu'un déménagement au Brésil impliquerait pour le département ingénierie.

— Je croyais que c'était déjà validé. »

Je me suis laissée glisser le long de l'échelle, puis j'ai sauté les derniers barreaux.

Nathaniel a soupiré.

« Ça l'était. Et puis le sénateur Mason a soulevé la question de la sécurité nationale. Les États-Unis doivent-ils céder leur pouvoir à un pays tiers… »

Je me suis arrêtée au pied de l'échelle.

« Il n'a toujours pas compris ce qui se passait ? Il s'agit d'un effort mondial. Il ne restera plus *rien* des États-Unis, si nous ne quittons pas cette planète.

— Il n'y croit pas. »

Nathaniel a traversé la salle du simulateur. Ses talons ont claqué sur le sol en ciment.

Je l'ai suivi, plus discrètement. Depuis que j'avais rejoint le corps des astronautes, j'avais tendance à porter des baskets et un pantalon pour travailler.

« Le climat se réchauffe. Il ne l'a toujours pas remarqué ? »

Nathaniel a fait une pause devant la rangée d'interrupteurs.

« Ouais, mais pour le moment, nous sommes pile au bon moment, quand les températures semblent agréables, un tout petit peu plus chaudes que les normales saisonnières. »

Il nous restait cinq ou six ans, avant que les choses se délitent vraiment. Assez pour que les gens oublient le météore.

« Eh bien… tant qu'il maintient le financement du programme spatial ici, je suppose que c'est déjà ça.

— Oui. On serait quand même mieux au Brésil. »

Nathaniel a éteint les lumières, puis m'a ouvert la porte du Sim Lab. « Oh… et comment s'en sort l'astronaute brésilienne ?

— Jacira ? Elle est extraordinaire. L'autre jour, le Sim Sup nous a donné un GPC qui collait avec ce que le MIS… »

Nathaniel s'est remis à rire alors que la porte se refermait derrière lui.

« Non mais tu t'entends ?

— Un point pour toi. » J'ai regardé dans le couloir

pour m'assurer que nous étions seuls, puis je l'ai embrassé. « Je compte toujours sur toi pour m'entraîner avec ces trucs, hein. »

Le lundi suivant, je me suis installée à ma place habituelle pour la réunion, avec une tasse de café et un donut. Nous n'avions pas vraiment de chaises assignées, mais les habitudes et la routine nous poussaient à nous asseoir toujours au même endroit. Les sièges de Malouf et de Benkoski étaient vides. Ils étaient en mission. Aucun aspirant astronaute n'aurait osé prendre leur place.

Jacira, Sabiha, Nicole et moi étions attablées ensemble, à droite, loin de la porte. La plupart des femmes tendaient à se regrouper, un peu à l'écart des hommes, bien que Lebourgeois et Violette soient naturellement assis à côté, au fond de la salle. Betty s'asseyait près de Parker, pas très loin de Clemons, toujours nimbé de son habituel nuage de fumée.

Une petite table – très importante – était installée au fond de la salle, avec les donuts et le café. Jusque-là, je n'avais pas vraiment mesuré à quel point le monde masculin tournait autour de ces deux carburants.

Clemons a commencé à débiter le tableau de service, rituel que j'en étais venue à craindre.

« Bon… Cleary et Lebourgeois, vous partez à l'ILC pour essayer la nouvelle génération de combinaisons spatiales. Ils pensent avoir réglé la gêne, aux épaules, mais tant que vous n'y avez pas passé toute une journée, ne leur faites pas confiance. »

Déplaisant, mais normal. Tous les astronautes le disaient, les efforts fournis pour se déplacer en combinaison spatiale étaient littéralement épuisants à la fin d'une EVA[1]. Au bout d'un moment, la moindre gêne devenait intolérable.

« Zambrano et Terrazas, vous poursuivez les simulations avec Wells, Tayler et Sanderson, comme mentionné dans l'emploi du temps. Tâchez de ne pas bousiller l'IBM, cette fois… »

Même moi, j'ai ri. Le taux d'erreur de l'ordinateur mécanique censé gérer les simulations aurait éliminé la plupart de nos astronautes, dans la vraie vie.

« Violette, Betty, Grenades et Gladstone, à vous le tonneau, cette semaine. »

Il a fait glisser quelques pages agrafées sur la table. Je les ai fait passer, ravie d'échapper à ça. « Le tonneau », c'était une tournée promotionnelle.

« Demain, vous visitez une école. Ce sera le meilleur moment. Mercredi, vous coupez le ruban d'inauguration de l'I-70. Gökçen, Wargin, Paz-Viveiros, Collins, Aldrin et Armstrong, vous allez à Chicago, rendez-vous au planétarium Adler. Il est temps d'apprendre à vous servir d'un sextant. » Puis il s'est tourné vers moi en souriant. « York. Vous et Parker, vous testerez le nouvel avion d'entraînement, le T-38. »

J'ai failli en faire tomber mon café. Le T-38 ? On ne m'avait même pas laissée piloter de T-33, et voilà que j'avais droit à un vol d'essai dans le tout nouveau – et très sexy – T-38. J'ai réussi à troquer mon envie de dire « Hein ? » par un plus mesuré : « Bien, monsieur. »

Nicole m'a flanqué un coup de coude.

1. Extra Vehicular Activity : sortie extravéhiculaire.

« Waouh, tu vas t'amuser, là.

— Les ordres du patron, n'est-ce pas. » J'avais fait profil bas, j'avais fait mon travail, mais je doutais fortement que cela suffise à faire changer d'avis l'un de ces hommes. Peu importe. À cheval offert, on ne regarde pas les dents. Je brûlais de piloter un T-38 depuis… eh bien, depuis qu'on l'avait inventé.

« Croyez-moi, elle ne va pas apprécier. » Parker s'est écarté de la table. « Au boulot, tout le monde. Il faut qu'on aille décrocher la Lune. »

Après avoir fini d'enfiler ma combi de vol et de sangler mon parachute, j'ai attrapé mon casque dans son casier en bois, puis je me suis dirigée vers le tarmac. Ma mère serait morte de honte, si elle m'avait vue. Non seulement je portais un pantalon, mais les sangles du parachute me serraient tellement l'entrejambe que dans certaines cultures j'aurais dû les épouser.

Parker était déjà à côté de l'avion, le casque posé sur le rebord du cockpit. Il bavardait avec le chef d'équipe, mais il a hoché la tête en m'apercevant – et il a vite repris son air pédant.

« La check-list de pré-vol commence dès que vous approchez de l'avion. »

Une règle valable pour n'importe quel aéronef. J'ai hoché la tête, espérant y couper.

« Bien. Vérification d'éventuelles fuites d'huile, d'obstructions, de tout ce qui sort de l'ordinaire. »

Quel magnifique, magnifique avion. Ce jet… Du nez au réacteur, la silhouette du T-38 était d'une grande noblesse, une vraie beauté aérodynamique.

Les avions de l'IAC étaient tout de chrome poli, avec le logo bleu et blanc de l'IAC peint sur la queue.

Parker a croisé les bras. Même avec ses lunettes d'aviateur, je sentais le poids de son regard.

« Je sais que vous vous prenez pour une pilote, mais un avion à réaction, ce n'est pas la même chose.

— Oui, monsieur. » *Souris et acquiesce, Elma, contente-toi de souriiiiire et d'acquiescer.* Dans la pratique, il n'avait pas tort. Les jets *étaient* différents, oui. « J'ai simplement hâte de mettre en pratique les cours théoriques et toutes ces heures en simulateur.

— Très bien, alors. » Il a désigné l'avion du pouce. « Quelle est la première chose à faire après avoir sécurisé la zone ?

— Je vérifie les journaux de bord. Puis la verrière et les goupilles de sécurité du siège.

— Faites-le. »

Il s'est appuyé contre l'aile de l'avion et m'a chassée de la main.

J'ai vérifié les sangles du tuyau d'oxygène et les boulons, puis hésité – je ne connaissais vraiment pas cet avion.

« Qu'est-ce que j'ai oublié ?

— Vérifiez les obstructions. »

Il s'est dirigé vers la plus proche entrée d'air en boitant légèrement.

« Ça va ?

— En général, il faut s'accroupir pour avoir une vue dégagée, comme ça. Attendez… » Il a levé la tête, puis m'a fait signe de le rejoindre. « Tant que vous êtes en bas, vérifiez ça. Regardez le long de l'aile, voyez comme on mesure l'intégralité du fuselage de l'appareil.

— Hmm… »

Génial. J'ai fait comme il a dit, regardant le long de l'aile de l'avion, qui formait une masse solide devant moi.

« L'angle doit être parfait. Les ailes forment une seule pièce qui traverse tout l'avion.

— Sérieusement ? C'est… oh ! » J'ai vu un reflet lumineux, avant d'apercevoir le hangar, de l'autre côté de l'appareil. « Oh, waouh.

— Très bien. Cette entrée d'air est dégagée. Allez voir de l'autre côté si ça correspond. » Il a reculé, ménageant sa jambe gauche. « Vu ?

— Vu. »

J'avais envie de le provoquer, car un pilote blessé me mettait directement en danger, mais pour l'instant, Parker était gentil. Ou, du moins… gentil sur l'échelle de Parker. En fait… attendez. Pour être honnête, quand Parker passait en mode pédant, c'était un professeur patient, voire généreux. C'était tout le reste qui me crispait.

Les deux bords étaient dégagés. Il m'a patiemment montré comment vérifier les entrées d'air. En m'installant sur le siège arrière, j'ai dû résister à l'envie de danser. Cet avion était tellement magnifique.

Passer en revue chaque étape de la check-list de pré-vol m'a aidée à me concentrer. D'autant que Parker était à l'affût de la moindre erreur.

J'avoue, une erreur fatale m'inquiétait moins que passer pour une idiote aux yeux de Parker. Mes priorités n'étaient pas les bonnes, manifestement.

J'ai ajusté mes sangles, puis j'ai mis mon casque. Il

m'allait parfaitement, étouffant l'essentiel du monde extérieur. J'ai connecté le tuyau d'oxygène, je l'ai fait pivoter jusqu'au clic, puis je l'ai fixé à mon harnais. Pour le moment, autant laisser mon masque facial sur le côté. Au décollage, l'oxygène arriverait. La verrière était grande ouverte, laissant le vent passer sous le vaste ciel argenté, saturé de nuages, apportant une odeur de pétrole, de bitume et de résine de pneu.

« Très bien. » La voix de Parker a grésillé dans mon oreille. « Êtes-vous prête à lancer le moteur numéro deux ?

— Je suis prête.

— Toutes les zones dangereuses sont dégagées ? »

Je me suis penchée sur la gauche pour regarder vers l'arrière de l'appareil. Seul le hangar était derrière nous, suffisamment loin. Ensuite, j'ai tiré sur mon harnais pour vérifier la droite.

« Tout est dégagé. »

Devant moi, Parker a fait les mêmes mouvements. Je ne pouvais voir que le dôme de son casque, alors qu'il se renfonçait dans son siège en hochant la tête.

« Parés à décoller. Mains libres ? »

En bon professeur, il a levé les mains au-dessus de sa tête, un poing pressé contre l'autre paume. Autant ne pas blesser le commandant en heurtant accidentellement quelque chose.

« Mes mains sont libres. »

Elles l'étaient, oui, mais mon pouls s'accélérait de plus en plus. J'ai pris une lente inspiration pour me calmer. Si un jet m'excitait à ce point, qu'est-ce que ce serait, dans une fusée ?

Dehors, l'équipe au sol a reculé pour injecter de

l'air, ce qui faciliterait l'allumage du moteur. Dans le cockpit, le sifflement a augmenté, jusqu'à atteindre un gémissement régulier.

« Trente numéro deux. On est à 14 % tr/min. Tachymètre prêt. Gaz au ralenti. »

La manette des gaz a suivi ses mouvements. Elle est légèrement remontée. Je n'avais rien à faire, jusqu'à ce qu'il me transmette les commandes, mais je pouvais toujours faire semblant de piloter. Au moins pendant un moment.

Parker continuait tranquillement son monologue, m'expliquant chacune de ses actions.

« Débit carburant à deux cents. Pression d'huile fonctionnelle. EGT en hausse. »

Comme ma pression sanguine. Il allait vraiment me faire voler dans ce jet.

« Pic à sept soixante-dix. Instruments de bord OK. Hydraulique OK. Voyants d'avertissements éteints. Viseur OK. »

Il s'est tu, son casque a légèrement pivoté, comme s'il attendait une réponse.

Le pilotage possède ses propres rituels, c'est presque une religion. Les pilotes font les questions-réponses, c'est notre liturgie à nous.

« Mes instruments de bord sont OK. Hydraulique OK. Voyants d'avertissement éteints.

— Dégagé à gauche ? »

J'ai vérifié à nouveau.

« Dégagé.

— OK. On déconnecte l'arrivée du numéro un. Mains libres ? »

Parker a levé les mains au-dessus de sa tête.

« Mes mains sont libres. »

Dehors, l'équipe au sol a rapidement branché le tuyau sur le moteur numéro deux. Une fois de plus, je me suis émerveillée de la différence entre Parker-le-professeur et Parker-le-connard. Pendant tout le processus, sa voix est restée calme, patiente.

« Parée à démarrer le numéro un ?

— Parée. »

Ma voix trahissait peut-être la plus légère fêlure. C'était ça ou glousser de joie, alors que le moteur de l'avion vibrait sous nos sièges. Nous avons effectué les mêmes vérifications pour le moteur numéro deux. À la fin, j'avais presque réussi à singer la voix calme de Parker.

« Papillon des gaz enclenché. OK… on déconnecte l'arrivée d'air. » Il a levé les mains au-dessus de sa tête. « Mains libres ?

— Mes mains sont libres. »

Elles l'étaient – et ne tremblaient pas, détail remarquable. Tous mes nerfs semblaient vibrer, mais mes doigts n'en trahissaient rien. Les avions à réaction sont infiniment plus faciles à gérer que les foules, et nettement, nettement plus attrayants.

Quand l'équipe au sol a ôté le tuyau du moteur, Parker a repris sa litanie.

« Les batteries fonctionnent. Paré à décoller. »

Nous avons enchaîné avec la check-list pré-taxi, puis les nav-checks, avec les mêmes questions-réponses. Puis nous sommes passés à la suite.

« Pose de la verrière, désamorçage des goupilles de sécurité.

— Verrière en position, goupilles de sécurité retirées. »

Les tiges en plastique orange sont sorties en

douceur. Je les ai soulevées au-dessus de ma tête pour montrer que tout était en ordre, avant de les ranger dans la poche de mon genou gauche.

« Cales dégagées. »

Dehors, l'équipe a suivi les signes de Parker.

L'avion a commencé à rouler.

Au sol, un jet est disgracieux. J'ai été secouée, ballottée dans mon harnais, mais j'ai suivi Parker alors qu'il déroulait le reste des check-lists nav et com, pendant le taxi.

« Bras dégagés. »

Il a baissé la verrière, nous isolant de l'extérieur.

Mon Dieu. Même dans le siège arrière, l'avion offrait un champ de vision incomparable. Qu'est-ce que ça devait être devant ?

La tour nous a contactés par radio.

« Talon One One, ici Tour de contrôle. Autorisation de décoller. »

Le casque de Parker a légèrement pivoté, comme s'il pouvait se retourner vers moi.

« Vous êtes prête ?

— Confirmé. Prête. »

Il a hoché la tête en répondant à la tour.

« Talon One One, paré à décoller. »

Parker a porté le jet à sa pleine puissance militaire, avant d'allumer la postcombustion. L'appareil a tressauté comme si on m'avait flanqué un coup de pied. Puis Parker a relâché les freins et activé les brûleurs.

Le gémissement du moteur s'est élevé dans les aigus alors que le jet filait sur la piste, me collant à mon siège. Rien à voir avec un avion à hélice, où le décollage est presque doux. Là, la vitesse m'a saisie comme un coup de tonnerre, le dos collé au siège.

L'avion s'est envolé si tranquillement que j'ai failli battre des mains au moment où le sol s'éloignait. C'était un vol d'entraînement, pas une balade pour touristes. J'ai gardé mon bonheur pour moi.

J'ai surveillé les instruments et le monde extérieur. On aurait dit que l'air était devenu liquide et coulait autour de nous. Comment pouvait-on se sentir si lourd et si léger en même temps ? La force du décollage m'avait collée à mon siège, mais l'air me soulevait.

Seigneur. Quel magnifique avion. Mon amour pour lui brisait tous les tabous de l'idolâtrie.

« York. »

Parker a viré au sud, me collant un peu plus à mon siège.

« Monsieur ? »

Il n'allait quand même pas me proposer de prendre le manche, non ? Pas encore.

« J'ai… j'ai un problème. Rendez-moi service.

— Répétez.

— Vous m'avez entendu. » Parker-le-connard a refait surface, puis il a soupiré. Il y a une certaine forme d'intimité dans la voix d'un autre pilote, en vol. « Écoutez… écoutez-moi. Malouf et vous, vous êtes les seuls à savoir, pour ma jambe.

— Je… » Où menait cette conversation ? « Je n'en ai parlé à personne.

— Je sais. » Il a soupiré à nouveau. « Merci.

— Qu'est-ce que… » Ce dialogue me désemparait. Il n'aurait pas pu m'en parler au sol ? Et d'ailleurs, pourquoi Malouf ne l'avait-il pas signalé ? « Puis-je vous demander ce qui se passe ? »

À travers la verrière, les nuages plongeaient vers nous, passant d'une masse uniforme à de minces bandes de coton gris argent. Parker nous y a conduits tout droit. Ils se sont éparpillés autour de nous.

Et puis le jet a émergé de la couche supérieure des nuages… dans un immense ciel bleu.

« Seigneur. »

C'était presque une profanation. Cela faisait longtemps que je n'avais pas vu un ciel d'un bleu si pur… d'un bleu presque douloureux. Impitoyable, le soleil scintillait sur les nuages, noyant mes yeux de larmes, malgré ma visière.

« Oui. » Parker a soupiré à nouveau. « Ça ? C'est déjà incroyable. Imaginez l'espace… Je dois consulter. Ma jambe me démange, et de temps en temps, sans prévenir, elle ne m'obéit plus. S'ils soupçonnent que quelque chose ne va pas, ils me cloueront au sol.

— Eh bien, allez voir un docteur qui ne travaille pas pour l'IAC. »

Parker s'est esclaffé avec une amertume inédite, chez lui.

« Qu'est-ce que vous croyez ? Que je n'ai pas essayé ? Je suis le premier homme dans l'espace. Je ne peux aller nulle part sans qu'une nuée de reporters me colle au train. Je ne peux pas éternuer, je ne peux pas jouer au foot avec mes gamins, je ne peux même pas rendre visite à ma… »

Il s'est tu, laissant la place au sifflement régulier de l'oxygène, à ma propre respiration, au bruit du vent, autour de nous.

« Rendre visite à votre ?

— À mon docteur. » J'étais à peu près sûre qu'il avait autre chose en tête. « Si je vous autorise à piloter les T-38, me laisserez-vous me servir de nos exercices pour dissimuler mes rendez-vous médicaux ? »

J'ai posé une ou deux questions pour gagner du temps.

« Comment… comptez-vous faire, exactement ? Je veux dire… vous n'allez pas me laisser piloter seule.

— Non. Mais je connais une clinique. On atterrit pas loin. J'y vais. J'en sors. On reprend notre vol.

— Les T-38 ? Rien d'autre ? Vous ne m'offrez pas une place à bord d'une fusée ?

— Je ne peux pas. » Son casque a pivoté, comme pour regarder derrière lui. « J'ai mon mot à dire, bien sûr, mais la décision finale ne me revient pas. Si c'était le cas, je préfère être honnête avec vous, il n'y aurait aucune femme dans le programme. Pas encore, en tout cas.

— Vous savez que j'ai plus d'heures de vol que vous, hein ?

— Oui. Je connais aussi votre histoire avec les Messerschmitt, vos entraînements sur cible, et tout ce que les WASP ont fait. Rien de tout cela ne correspond au boulot de pilote d'essai… et ça ne correspond pas non plus à ce qu'on fabrique là-haut, bordel.

— Eh bien… difficile à dire, n'est-ce pas ? Par ailleurs, est-ce vraiment si compliqué que ça ? Vous y arrivez bien avec une jambe en moins. »

Il a brusquement lancé l'avion dans un tonneau, comme pour souligner son propos.

J'ai ri – gloussé, plutôt.

« Pardon… attendez. Je ne me moquais pas de vous. C'est juste que… cet avion est incroyable.

— Oui, vraiment. » Il a stabilisé le T-38, ce qui nous a laissés presque libres, dans nos sièges. « Bon. Vous êtes d'accord ?

— Vous me détestez toujours ?

— Ouaip. » Il a soupiré à nouveau, un bruit vraiment étrange, de sa part. On avait l'impression qu'il évacuait son ego avant de parler. « Mais je reconnais que vous savez tenir votre langue, et que vous avez des principes.

— Et le fait que ces principes m'obligent à signaler votre état de santé, ça ne vous inquiète pas ?

— Si.

— Le problème, c'est que vous me demandez de risquer la vie des astronautes et de foutre en l'air le programme.

— Je reste à l'écart des listes des membres d'équipage. Mais il y a une différence entre ne pas partir en mission… et se faire clouer au sol.

— Et pourtant, ils veulent vous envoyer sur la Lune. »

Le plus tentant, dans sa proposition, ce n'était pas le T-38. C'était la possibilité d'être dans ses bonnes grâces, même s'il m'en voudrait pour ça. Je ne sais pas. Avant d'intégrer le programme, j'aurais peut-être été capable de conclure un meilleur marché… mais maintenant ? Maintenant, je mesurais à quel point il fallait être au maximum de ses capacités physiques pour devenir astronaute. Sans parler de ce qui arriverait si on apprenait que je me prêtais à ce petit jeu.

« Je ne le dirai à personne, mais… désolée. Je ne vous aiderai pas à le dissimuler. »

Le silence s'est installé, l'air sifflait tranquillement.

« Eh bien… vous êtes honnête. Je vous l'accorde. OK. »

La tête de Parker a plongé en avant, puis s'est relevée.

« Je suis au courant, pour le Miltown. »

35

FAIRE PARLER LES OURAGANS

Trois avions de l'ONU
chargés d'effectuer des recherches

PARIS, 3 novembre 1957. Des sources officielles annoncent que trois avions spécialement affrétés par les Nations unies vont effectuer des recherches sur les ouragans à l'été et l'automne prochains. L'US Air Force fournira deux B-50 *superfort* ainsi qu'un *stratojet* B-47 pour mener à bien le projet. Les appareils survoleront l'Atlantique, les Caraïbes et le golfe du Mexique, dans un effort international pour mieux comprendre les changements météorologiques depuis la chute du météore, en 1952.

Comment explique-t-on à son mari qu'on subit un chantage ? Au dîner ?

« Au fait, chéri, il m'est arrivé un truc amusant, aujourd'hui. Tu me passes la salade, s'il te plaît ? »

Au lit, alors ? Pendant l'acte ?

Ou tout simplement en se brossant les dents…

« Parker essaie de me faire chanter. »

Nathaniel a sorti la brosse de sa bouche et s'est tourné vers moi.

« Quoi ?

— Il sait, pour le Miltown. Il veut que je le couvre pour… quelque chose.

— Quoi ? »

Le même mot. Avec un sens différent.

Nathaniel serrait tellement les doigts sur sa brosse que ses jointures blanchissaient déjà.

J'ai dégluti, la puissante fraîcheur mentholée m'a retourné l'estomac. J'ai inspiré un grand coup, ce qui a fait naître une violente sensation de froid. Le nœud d'anxiété niché dans ma poitrine aurait bien eu besoin d'un Miltown… mais pas maintenant. Foutu Parker.

« Ne le dis à personne. »

Voilà pourquoi je ne lui avais pas tout raconté au travail. Si je l'avais fait, il aurait filé droit dans le bureau de Clemons pour lui demander des explications quant au chantage de Parker.

« Clemons doit savoir. »

Au bout de sa brosse à dents, ses doigts étaient passés au violet.

J'ai reposé la mienne sur son support, avant de soupirer.

« Asseyons-nous. »

Nathaniel a baissé les yeux, puis cillé devant la brosse tordue. Il l'a redressée en agitant les doigts, puis l'a jetée à la poubelle.

« OK. »

Le temps qu'on atteigne le canapé, mes bras tremblaient. Une pellicule de sueur me collait au dos.

J'ai dégluti en regardant mes mains, négligemment posées d'une façon très féminine sur mes genoux. Maman aurait été tellement fière de moi.

« Si tu le répètes à qui que ce soit, Clemons saura pour le Miltown, mon anxiété, mes vomissements… Et il se dira quoi ? Que je suis opérationnelle pour une mission spatiale ? Que je peux encore participer au programme ? Déjà qu'il me considère comme un simple coup de pub.

— Qui t'a dit ça ? »

Le canapé a grincé alors que Nathaniel se penchait en avant.

« Parker ? »

J'ai acquiescé.

Nathaniel a quitté le canapé, il a marché jusqu'au lit escamotable, puis il est revenu. Devant la table, il a mis les mains sur ses hanches.

« Raconte-moi ce qui s'est passé.

— Promets-moi de ne le répéter à personne. » Les tendons saillaient sous la peau du dos de mes mains, mais j'ai résisté à l'envie de serrer les poings. « Et de ne rien faire. »

Son corps est resté immobile, mais il s'est tourné vers la fenêtre, vers les lumières de Kansas City.

« Je peux te promettre… de t'en parler avant de faire quoi que ce soit. Je ne peux pas te promettre de ne rien faire, parce que je ne pourrais pas tenir mon engagement. »

J'ai fait glisser mon pouce sur l'un des muscles qui ne cessaient de tressaillir. Je ne sais pas pourquoi, tout mon corps tremblait de stress.

« Il a des soucis avec sa jambe gauche. Des démangeaisons, dit-il. Il y a deux mois, je l'ai surpris dans l'escalier, il ne tenait pas debout. Il m'a demandé de ne rien dire. Plus tard, rien à signaler. J'ai cru que son problème était réglé. »

Et puis l'idée que quelqu'un d'autre découvre ses symptômes m'avait soulagée. Je pouvais toujours prétendre que mon silence relevait de la prudence ou de la compassion, mais pour être honnête, c'était surtout par crainte.

Après une nouvelle inspiration, j'ai raconté le vol à Nathaniel, la proposition de Parker, puis le marché.

« Il m'a emmenée à la clinique. Je crois qu'il voulait me garder à l'œil.

— Dans la salle d'examen ? »

La voix de Nathaniel s'est fissurée.

« Non… non. Dans la salle d'attente. » Il y avait un téléphone au bureau des infirmières, j'avais failli appeler Nathaniel. Dieu merci, je n'avais rien fait. « Quand Parker est sorti, il était vert. Il s'est arrêté aux toilettes pour vomir. » Le problème des petites cliniques, c'est la finesse des murs. Et je connais trop bien le bruit des nausées. « Cinq minutes plus tard, il est sorti. Très pâle, mais moins vert. Il a remis ses lunettes d'aviateur. »

Je comprenais très bien pourquoi il portait des lunettes de soleil à l'intérieur. Mes yeux étaient toujours rouges, après une crise de vomissements.

Nathaniel a grogné.

« Mauvaises nouvelles, donc. Il t'a expliqué ? »

J'ai secoué la tête.

« Je ne lui ai rien demandé. Je l'ai laissé faire semblant que tout allait bien.

— Il ne mérite pas autant de gentillesse. »

J'ai secoué la tête.

« Je refusais d'éprouver la moindre compassion pour lui, c'est tout.

— Autre chose ?

— Au retour, il m'a passé les commandes du T-38. En guise de récompense, je suppose. » Mes doigts étaient devenus glacés. Comment pouvais-je suer et geler en même temps ? « Donc… c'est tout. Retour à l'IAC. Rien à signaler. »

Nathaniel a grogné à nouveau, avant de refaire les cent pas. Il est grand, mon mari, notre appartement ne lui laisse pas beaucoup de place. Quand le lit escamotable est en position, il en a encore moins. Il s'est finalement arrêté devant la fenêtre, le regard perdu vers l'extérieur.

« Je pourrais… je pourrais mettre en évidence son problème. Avec le programme Sirius, les décollages seront plus contraignants qu'avec les Jupiter. Je pourrais insister… exiger des tests physiques plus poussés pour les astronautes…

— Il le verrait venir.

— Je refuse de mettre en danger le programme et ceux qui en font partie pour épargner son ego. »

Ou le mien, en l'occurrence. Nathaniel ne l'a pas mentionné, mais le problème était bien là. Je ne voulais pas qu'on sache que je souffrais d'anxiété. Bien sûr, j'avais surtout peur qu'on m'interdise l'espace à cause de ça, mais pour le reste, c'était toujours le même problème. *Qu'est-ce que les gens vont penser ?* Et ensuite, bien au-delà de ça, la peur qu'ils aient raison.

« Pour le moment, il esquive les missions tout en essayant de découvrir ce dont il souffre.

— Mais maintenant, il y a la Lune. » Les lumières de la ville formaient une couronne au-dessus des cheveux de Nathaniel. « Tu crois *vraiment* qu'il va l'esquiver ? »

J'ai secoué la tête.

« J'y ai pensé toute la journée. Je vais devoir arrêter les pilules, ça, c'est certain. Et arrêter les séances de psy. Plus je gagne du temps entre le moment où j'arrête et le moment où Parker me balance, mieux c'est. Il le fera de toute façon… mais pas tout de suite, parce que je n'aurais plus alors aucune raison de garder le silence. »

La tête de Nathaniel a pivoté vers moi.

« Très mauvaise idée.

— Qu'est-ce que je peux faire d'autre ? » J'ai écarté les mains, mais mes doigts tremblaient, alors je les ai reposés sur mes genoux. « Il sait. Je ne sais pas comment, mais il le sait. »

Avec un grognement, Nathaniel s'est remis à arpenter l'appartement.

« Le chauffeur. Le soir où on est restés à l'hôtel à cause des reporters… J'ai envoyé le chauffeur prendre nos vêtements et ton ordonnance. »

Donc, Parker n'était pas le seul à savoir. Combien de temps, combien de temps avant que tout le monde l'apprenne ? Qu'on me dégage du programme ? Que je retrouve la paperasse et…

Mon estomac s'est retourné en même temps que mes pensées. J'ai bondi sur mes pieds et j'ai à peine réussi à atteindre la salle de bains avant de vomir. Recroquevillée sur le carrelage, j'ai serré la cuvette des toilettes, le ventre secoué de spasmes. Nathaniel s'est approché de moi pour me tenir les épaules, alors que toute l'anxiété accumulée me quittait.

Je me détestais. Papa aurait été tellement déçu par sa fille, incapable de gérer un minimum de pression. Si je n'arrivais pas à supporter ça, je n'avais rien à faire dans le programme spatial. J'étais stupide, faible, et malgré tous mes efforts, cette maladie ferait toujours partie de moi.

Nathaniel a rempli un verre d'eau à l'évier, avant de me le tendre.

« Je ne laisserai personne te faire de mal.

— Comment comptes-tu l'arrêter ? »

Ma gorge me brûlait, mais j'ai accepté le verre et l'ai vidé d'un trait.

« Je ne sais pas. » Il a passé la main dans mes cheveux, le long de mon épine dorsale. « Pas complètement, en tout cas.

— Moi je n'en ai pas la moindre idée. »

Je me suis redressée pour m'asseoir à même le sol, dos à la baignoire.

Nathaniel s'est levé, il a ouvert le placard à pharmacie.

« Non. »

Mes doigts se sont serrés autour du verre.

Nathaniel m'a ignorée, attrapant le flacon de Miltown, avant de s'accroupir devant moi.

« Elma… est-ce que c'est préférable ? Vomir, être mal en point ? Est-ce préférable à ce que te fait subir Parker ?

— Je ne… » Ma voix s'est brisée, ma gorge me faisait trop mal. « Je ne sais pas.

— Alors, laisse-moi te dire ce que je vois, moi. » Nathaniel s'est assis à mes côtés, contre la baignoire.

Il a passé un bras autour de mes épaules, m'attirant contre lui, le flacon de pilules à la main.

« OK.

— Tu vas mieux. Avec ça. J'étais si… si inquiet à ton sujet, avant… » Il a secoué le flacon, les pilules ont fait du bruit. « Avant ça. Je t'entendais, quand tu vomissais. Tu ne mangeais plus rien. Nous allions nous coucher ensemble, mais tu ne dormais pas. Et tu n'en parlais jamais. J'ai cru que tu étais enceinte, jusqu'à… ce jour, dans mon bureau. J'ai vraiment eu peur pour toi. Et aujourd'hui ? L'idée que Parker puisse te faire subir ça, délibérément… l'idée de t'effrayer, de t'empêcher d'utiliser cet outil… j'aimerais lui en coller une. »

Il a prononcé cette dernière phrase avec un tel naturel que mon propre éclat de rire m'a surprise. Du dos de la main, j'ai chassé mes larmes, avant de lever les yeux vers lui. Ses paupières étaient baissées, un creux lui sillonnait les sourcils.

« Tu… tu ne plaisantes pas ? »

Il a expiré en contrôlant son souffle.

« Non. »

Puis il a secoué la tête en faisant rouler le flacon entre ses doigts.

« La violence ne m'a jamais vraiment tenté, tu sais. Si j'avais été présent, je l'aurais sans doute frappé. Ensuite… il m'aurait flanqué une raclée. »

À chaque tour, les petites pilules blanches cliquetaient dans le flacon, roulaient, bougeaient. Leur bruit minuscule promettait calme et douceur.

« Je ne sais pas quoi faire.

— Tu penses que la pression va s'alléger un peu ? »

Je me suis recroquevillée en soupirant, toujours

appuyée contre Nathaniel. Il m'a serrée, posant ses lèvres sur le sommet de mon crâne.

« Voilà ce qu'on va faire. Toi, tu restes en bonne santé. Ensuite, on gère Parker. Ensemble. Je ne sais pas comment, mais c'est jouable. Je le sais.

— Comment peux-tu en être sûr ?

— Parce que nous avons survécu à la fin du monde. » Il m'a embrassée à nouveau. « Et tu es ma Lady Astronaute. »

J'ai suivi la domestique de Nicole jusqu'au salon, en contrebas, où la plupart des filles du 99s grignotaient des hors-d'œuvre en sirotant des cocktails. Jacira et Sabiha avaient rejoint la fête, mais je ne voyais ni Betty ni Violette.

« Désolée d'être en retard. Tante Esther m'a appelée, il m'a fallu un moment pour raccrocher.

— Comment va-t-elle ? » Nicole a quitté l'accoudoir du canapé sur lequel elle était perchée, laissant Imogene potasser son manuel de vol. « Un martini ?

— S'il te plaît. »

Quel bonheur de savoir que la femme du sénateur Wargin s'arrangeait pour ne jamais manquer de ce breuvage. J'avais enlevé le Miltown de mon sac, sans toutefois m'en débarrasser. Prendre un verre pour me détendre me semblait très tentant.

Helen a traversé la pièce pour me serrer dans ses bras, sans lâcher son manuel.

« Tu m'as manqué.

— Toi aussi. On pourrait dîner, bientôt ? »

J'étais passée plusieurs fois au département calcul depuis ma « promotion », comme elles disaient, mais c'était bizarre. Je persistais à vouloir vérifier des chiffres, mais ça ne faisait qu'énerver tout le monde.

« Qu'est-ce que tu lis ? »

Elle a haussé les épaules.

« Oh, des calculs de trajectoire orbitale. Basique.

— Simple pour toi ! » Nicole m'a tendu un martini en s'esclaffant. « Certaines d'entre nous ont un peu de mal, avec ces trucs.

— C'est pour ça qu'on échange. Tu m'entraînes en simulateur, je t'apprends le calcul orbital. »

J'ai levé mon verre.

« Et si quelqu'un parvenait à me faire rentrer les acronymes dans la tête, j'apprécierais grandement. »

La saveur du gin a envahi ma bouche, soudain inondée de genièvre. J'ai fermé les yeux en soupirant de plaisir, alors que mes épaules se détendaient imperceptiblement. Ces femmes m'avaient manqué. Dieu merci, Nicole avait eu l'idée de ce groupe de soutien. J'ai ouvert les yeux, portant le cocktail à mes lèvres, avant de rejoindre Helen sur le canapé.

Après m'être débarrassée de mes chaussures, je me suis installée, les pieds coincés sous moi.

« Et Pearl ? »

Helen a secoué la tête en fronçant les sourcils.

« Elle estime que c'est inutile de préparer les tests d'astronaute.

— Ils finiront par les ouvrir plus largement. C'est nécessaire pour la colonisation. »

À l'autre bout du canapé, Nicole a hoché la tête.

« Mon mari soutient fortement cette idée, d'ailleurs…

— Attends… » J'ai cillé, sentant que j'avais manqué

une étape. « Ils continuent à parler d'entreprise militaire ? »

Avec un soupir, Nicole s'est tournée vers moi.

« Je sais que tu détestes cette idée, mais…

— Mais rien. Il faut abandonner cette planète. Je veux dire, bien sûr, on pourrait – je dis bien *pourrait* – maintenir l'effet de serre à un niveau supportable, mais le temps qu'on sache si ça marche ou pas, il sera trop tard pour établir des colonies ailleurs. Il faut agir *maintenant*, tant que nous en avons les ressources et le temps.

— Tu prêches une convertie. » Nicole a lissé les pages de son livre, avant de reprendre son martini. Elle a avalé une gorgée, alors que tout le monde la regardait – pas seulement moi. Nous attendions toutes la suite. « Mais… certains membres du Congrès, et de l'ONU, pour tout dire, ne réagissent qu'aux menaces militaires. Donc, s'il faut passer par l'armée pour obtenir un meilleur financement du programme spatial, mon mari est prêt à soutenir l'idée.

— C'est… Pourquoi est-ce que les gens sont si bêtes ? »

Nicole a haussé les épaules en déboutonnant son chemisier.

« Les hormones. Si elles commandent vraiment les hommes, je suis ravie de jouer mon rôle. »

Ida a levé son verre.

« Bien sûr !

— Comment allez-vous ce soir, mesdames ? »

Le pauvre sénateur Wargin a choisi ce moment pour s'aventurer dans le salon. À mon avis, il n'était pas habitué à voir un groupe de femmes se moquer de lui, mais ça n'a pas semblé le déranger plus que ça.

« Quelqu'un sait ce qu'est un MITTS ? »

Jacira a levé les yeux de son classeur. Elle s'était assise par terre, les jambes repliées sous elle.

« Hmm… »

Voilà tout ce que j'avais à offrir.

« Mobile IGOR Tracking Telescope System », a répondu Ida sans même quitter son manuel des yeux. Elle tapotait son crayon contre la page tout en lisant.

« Sérieusement ? Un acronyme dans un acronyme ? » J'ai incliné la tête en levant les yeux au ciel. « Si seulement je savais ce que signifie IGOR…

— Intercept Ground Optical Recorder. »

Pourquoi diable n'avait-elle pas déjà intégré le corps des astronautes ? À part sa couleur de peau, je veux dire.

« Tu devrais être avec nous. »

Ida a ricané sans lever les yeux. Son crayon a frappé plus violemment les feuilles.

« Les règles de candidature… c'est n'importe quoi. S'ils les ont assouplies pour Violette et Betty, alors…

— Elma… »

Nicole a secoué la tête.

« Allez. » Toute la frustration des derniers mois est sortie d'un coup. « Violette avait à peine cent heures de vol en solo à son actif quand elle a posé sa candidature. »

Ida a lâché son livre.

« Et tu ne l'as pas dit…

— Ouais. Tu veux donner quelques arguments au

Dr King ? Dis-lui de regarder les antécédents de vol de Violette Lebourgeois et de Betty Ralls. Violette a été sélectionnée parce qu'elle est française et que son mari est déjà astronaute. Un couple marié dans l'espace, belle histoire, pas vrai ? »

Nicole a refermé son manuel.

« Tu n'as pas tort. Mais tu n'as pas raison pour autant.

— C'est de la discrimination, fin de l'histoire. » C'en était, oui.

« Betty a été prise parce qu'ils voulaient contrôler leur communication, et *Life* leur a donné l'occasion de le faire. Ces deux postes auraient dû revenir à des candidates plus qualifiées.

— Tu crois que j'étais la meilleure candidate ? Tu crois que toi, tu l'étais ? » Nicole a secoué à nouveau la tête, les yeux humides. « Je suis bonne. J'ai toutes les compétences requises. Et mon mari est sénateur, c'est l'un de ceux qui soutiennent l'IAC depuis le début. Et Jacira a été reine de beauté…

— Avec un master d'ingénieur. »

Je n'aimais pas la tournure qu'avait prise cette conversation. Nicole minimisait les compétences réelles des astronautes féminines. Et… et je ne voulais pas qu'elle soulève mon propre cas.

Toujours par terre, Jacira s'est redressée, croisant les jambes devant elle.

« Oui. Mais je ne suis pas la seule Brésilienne avec une licence de pilote *et* un diplôme d'ingénieur. En fait, nous sommes quatre, et j'avais moins d'heures de vol que les autres.

— Et moi, j'étais la Lady Astronaute de *Mr. Wizard.*

— On en revient à l'histoire que veut raconter

l'IAC. » Nicole a haussé les épaules, avant de prendre une gorgée de martini. « C'est ça, la politique. Des histoires.

— Et leurs histoires n'incluent pas les Noires ? » J'ai grimacé, consciente d'avoir sorti Helen de l'équation. « Ou les Taïwanais ? Des Blancs, et personne d'autre. »

Ida a haussé les épaules en refermant son livre d'un coup sec.

« C'est toujours pareil. Un autre chapitre. » Elle s'est levée, puis étirée. « Bon, ça ira pour ce soir, je crois. »

Un chœur de bâillements et d'acquiescements l'a approuvée. Le groupe s'est dispersé. Alors que je mettais mon chapeau en tirant sur mes gants, j'avais toujours envie de râler contre l'injustice du processus. Mais je me suis abstenue. Ida avait clairement fait savoir qu'elle en avait assez.

Et puis… il y avait autre chose. Un détail plus gênant. Je ne savais pas trop si mon envie d'aider la cause noire était sincère, ou si c'était simplement un prétexte pour écarter Violette et Betty de ma route.

36

LE DR KING ACCUSE L'IAC DE DISCRIMINATION

Correspondant, THE NATIONAL TIMES

KANSAS CITY, Kansas, 22 novembre 1957. En plus des allégations concernant deux « Ladies Astronautes » non retenues pour le programme spatial, un pasteur noir du Sud accuse la Coalition aérospatiale internationale de discrimination. Le comité gouvernemental des Nations unies a exigé une audition publique pour établir la véracité de ces accusations. Norman Clemons, directeur de l'IAC, a déclaré que les deux femmes concernées avaient intégré le programme pour vérifier s'il était possible d'entraîner des « consultants spécialistes » sans les prérequis rigides des premiers astronautes – un point fondamental pour l'établissement de futures colonies, a-t-il précisé.

Le MASTIF est à la fois un plaisir et un fléau – et pas uniquement parce qu'il s'agit encore d'un acronyme. Le Multi-Axis-Space-Test-Inertia-Facility, ou structure à cardan, est un gros engin conçu par un savant fou.

Littéralement, pourrait-on dire.

En tout cas, il ne dépareillerait pas parmi d'autres instruments de torture, au fond d'une cave. Pour l'instant, Nicole était sanglée au cœur de la structure. Le siège en plastique dur était la réplique exacte de ce qu'on trouvait à bord de l'*Artémis* – à part que la tête de Nicole était sanglée en position fixe.

Tout autour du siège, des tubes en aluminium formaient la structure mobile à trois axes. Je dis « tubes en aluminium », mais ça ressemblait plus à des cages. Chacune pivotait indépendamment des autres, basculant le siège sur trois axes – roulis, tangage et lacet.

Nicole tournait tranquillement à quinze tours par minute, mais l'engin pouvait monter à trente. En théorie, cela restituait l'impression de basculement qui pouvait se produire lors d'une mission spatiale – même si tourner à trente tours par minute signifiait qu'on avait salement dérapé.

Je me suis appuyée contre le mur de la salle de contrôle, attendant mon tour, avec Jacira et Betty. Un véritable scientifique conduisait le test, mais notre évaluation était supervisée par l'un des autres astronautes, d'où la présence de Parker à la fenêtre d'observation, chronomètre en main.

Près de Parker, Betty faisait son possible pour sembler détendue, mais elle était un tout petit peu trop maquillée, ce qui ne lui était d'aucune aide pour masquer les cernes sous ses yeux. Autour de la machine à café, en écoutant les conversations, j'avais appris que son audition à l'ONU concernant les accusations de discrimination s'était mal passée. Difficile de ne pas se sentir mal pour elle.

Un jet d'azote a sifflé alors que Nicole essayait de

contrer la rotation. On aurait dit qu'elle allait plonger vers l'avant. Encore un jet.

Plusieurs appareils photo se sont déclenchés au même moment.

J'avais laissé le flacon de Miltown à la maison, par peur de ralentir mes réflexes pour cet exercice. Mon estomac formait des nœuds avant même que je m'installe sur le siège.

Au moins, ils avaient fait en sorte que les reporters se passent de flash, ici. Pourtant, ces brefs éclairs stroboscopiques nous auraient désorientées. Excellent entraînement.

Ma main droite palpitait, tâchant d'anticiper la quantité de gaz et l'impulsion dont Nicole avait besoin pour ralentir le tangage.

Jacira a ramené ses cheveux derrière sa nuque.

« Hé, patron, ça ressemble vraiment à l'espace, tout ça ? »

Parker a haussé les épaules.

« Pas beaucoup.

— Alors pourquoi on doit y passer ? »

Il a secoué la tête, concentré sur la fenêtre et son chronomètre.

« Allez, Wargin… tu peux le faire. »

Quelques instants plus tard, le plongeon s'est atténué, et Nicole a commencé à travailler sur le roulis. Une affaire délicate, parce qu'il fallait toujours gérer le tangage, mais elle était de plus en plus efficace.

Les tuyères ont craché de brèves giclées gazeuses alors que Nicole stabilisait le lacet. Parker a hoché la tête.

« Bien… vous voyez comment elle fait la double compensation. »

J'ai incliné la tête, à l'écoute des jets, sans les lâcher des yeux.

« C'est mieux qu'une approche lente ?

— Quand on essaie de jauger la force à exercer ? Oui. » Il a soulagé sa jambe gauche en transférant son poids sur la droite, avant de faire légèrement rouler sa cheville. « Le problème avec une approche lente, c'est que ça pourrait ne pas suffire à faire la différence. On risque de gaspiller beaucoup de carburant, sans même s'en rendre compte. »

Dehors, les jets ont craché deux fois, avant d'émettre un sifflement régulier alors que Nicole compensait les effets du lacet.

J'ai observé Parker reposer son pied, puis ajuster sa posture, comme pour le tester. J'ai fait un pas vers lui en m'éclaircissant la gorge.

« Doit-on refaire quelques exercices sur le T-38 ? »

Il a failli quitter la fenêtre des yeux, mais son mouvement a cessé. Nicole tournoyait encore et encore.

« Pas nécessairement. »

Depuis cette escapade à la clinique, il n'avait demandé qu'un autre vol « médical ». Nous avions fait les autres à des fins d'entraînement, et je ne cessais d'insister pour y retourner. Pour l'instant, il gardait sa condescendance habituelle, sauf quand il enseignait. Là, je l'appréciais presque.

« Pourquoi est-ce qu'on doit subir ça ? » Betty a posé la main sur le bras de Parker, geste d'une intimité perturbante. « Si ce truc n'a rien à voir avec l'espace ?

— Sans doute, oui. Mais sur Terre, c'est ce qui s'en rapproche le plus. » Il a enfoncé le bouton de son chronomètre. « Bien. York. Préparez-vous. Wargin en a fait assez pour aujourd'hui. »

Mon rythme cardiaque est passé à l'échelle supérieure. J'ai tout fait pour me persuader que c'était l'excitation… bon, je veux dire, ça l'était. J'aimais bien ce truc. En revanche, me frayer un chemin dans la nuée de reporters pour y aller ? Non.

Parker a gagné la porte, posant la main sur l'épaule du technicien.

« Beau boulot, merci pour elle. Vous me sortirez les bilans ?

— Oui, monsieur. »

Le technicien s'est redressé, comme si le simple contact avec Parker l'avait revitalisé.

« Dites donc. » Betty a mis les mains sur ses hanches. « C'est la troisième fois qu'on vient ici, et je n'y suis toujours pas passée, moi. »

Parker a vaguement jeté un coup d'œil par-dessus son épaule.

« Je n'ai pas de temps à perdre. On ne me paie pas pour gâcher l'argent du contribuable. Contentez-vous d'être jolie et d'écrire vos petits articles. »

Juuuuuste au moment où je me disais qu'il n'était pas si mal. Oui, bon, je n'étais pas totalement en *désaccord* avec lui, mais je ne l'aurais jamais formulé de cette façon, et certainement pas devant tout le monde.

Attendez… non. J'avais déjà dit du mal de Betty, auparavant. Voilà pourquoi le Congrès l'avait auditionnée. J'ai soupiré en me tournant vers elle. Ses joues étaient rouges, elle avait sorti son calepin de journaliste.

« Ça va ?

— Bien sûr. » Elle m'a fait un grand sourire en inscrivant quelque chose. « Je dois décrire ces essais, voilà tout. C'est plus facile à faire en tant qu'observatrice, non ?

— Si.

— Tu ferais mieux d'y aller, sinon Parker va te tomber dessus. »

J'ai gagné la porte en attrapant mon casque sur le banc. L'un des techniciens aidait Nicole à s'extraire de la cage. Parker était à côté d'elle, ils bavardaient. Ses gestes montraient qu'il lui prodiguait des conseils. Sans doute la correction de tangage. Son incroyable patience de professeur m'aveuglait à chaque fois, jusqu'à ce qu'on se rentre dedans.

Je me suis arrêtée tout à fait délibérément devant les photographes pour ajuster mon casque. En plus des compétences d'astronaute que j'acquérais peu à peu, j'essayais de me désensibiliser aux reporters. Là, j'ai fait en sorte de poser sans donner l'impression de poser. Qui aurait soupçonné que les astronautes devaient à ce point jouer les modèles ?

« Elma ! Qu'avez-vous fait de beau, aujourd'hui ? »

J'avais très envie de répondre quelque chose comme « Je me suis limé les ongles », mais je savais qu'ils l'imprimeraient.

« Aujourd'hui, je me suis entraînée aux manœuvres d'abordage en sim, tout en veillant à bien régler les entrées RHC, malgré une zone neutre bien trop large. »

Vous voyez ? C'est si utile, les acronymes.

Les appareils photo s'en sont donné à cœur joie quand j'ai enfin mis mon casque. Ça m'allait très bien. Les journalistes n'avaient rien de menaçant, et je savais ce qu'ils voulaient. C'était peut-être la clé de mon anxiété, en général : découvrir ce que les gens attendaient de moi. Mais si j'en avais tenu compte, j'aurais sans doute fait retoucher ma combinaison de vol – comme Nicole, j'en étais à peu près sûre. Je l'ai vue quitter la cage, les hanches impeccablement soulignées, alors que c'était à peu près impossible avec ce tissu informe.

Parker la suivait de près, tout sourire, devant les objectifs. Son boitillement était presque imperceptible, aujourd'hui, un simple appui supplémentaire sur la jambe droite – et seulement si on savait où regarder.

« Colonel Parker ! Comment se débrouillent ces dames ?

— Elles font la fierté de leurs nations. » Il leur a offert son sourire de lèche-cul. « Et notre fierté à nous aussi. »

Je me suis dirigée vers la cage, impatiente de voir si j'arriverais à améliorer mon chrono de la dernière fois.

« On murmure que vous allez être remplacé, pour la mission lunaire. Ces rumeurs sont-elles fondées ? »

Le silence s'est abattu dans la salle. Même le souffle des générateurs a semblé faire une pause, entre deux oscillations. Parker a pâli, mais son sourire n'a pas bougé.

« Je serais curieux de connaître vos sources, mais sinon, oui. »

Je n'avais rien dit à personne. Seigneur. Qu'est-ce que Nathaniel avait fait ?

L'atmosphère s'est décrispée. Tous les reporters

posaient des questions à Parker. Il a levé les mains. Miraculeusement, ils se sont tous tus.

« J'ai une vieille blessure de guerre qui mérite un examen complémentaire, oui. L'agence et moi avons décidé qu'il était préférable de régler ça. » Il leur a lancé son plus beau sourire. « Vous comprendrez, j'en suis sûr, que je ne spécule pas sur l'identité de mon remplaçant. Et maintenant, si vous voulez bien m'excuser, nous avons un exercice à faire. York. Grimpez dans le siège. »

Parker s'est éloigné. Au lieu de retourner à la salle d'observation, il a simplement quitté la salle.

Je n'avais rien dit. Bon Dieu. Je n'avais rien dit à personne. Aucune chance que Parker me croie, bien sûr.

J'ai souri au technicien chargé de me sangler dans la cage, puis j'ai haussé les épaules.

« Je dois faire un saut aux toilettes. Je reviens tout de suite. »

J'ai traversé le labo le plus vite possible, droit vers la porte que Parker venait de franchir. En poussant le battant, je l'ai surpris contre le mur, comme s'il s'y appuyait. Seul le grincement des gonds l'avait fait se redresser. Il a regardé par-dessus son épaule, le sourire facile… qui a quitté son visage lorsqu'il m'a vue.

« Je vous ai ordonné de vous installer dans la cage.

— Je n'ai rien dit à personne. »

À part à Nathaniel, bien sûr. Mais il avait promis de m'en parler avant de faire quoi que ce soit.

Le visage de Parker est resté neutre, il a regardé par terre.

« C'est moi qui ai tout balancé. »

J'étais encore à trois mètres de lui, mais sa réponse m'a clouée sur place.

« Mais…

— J'ai des esquilles d'os dans le cou, sans doute à cause des éjections… à l'époque où j'étais pilote d'essai. Ces trucs appuient sur ma colonne vertébrale. » Il a haussé les épaules, comme si ça n'avait plus beaucoup d'importance. « Je sais ce que vous pensez de moi, mais croyez-le ou non, je me soucie plus du programme que de mon poste. Je mettais en danger la mission.

— Je… » Que répondre à ça ? « Et ça va aller ?

— Je me fais opérer. Demain, pour tout dire.

— Je peux… je peux faire quelque chose ?

— Ouais. Vous installer dans cette putain de chaise, comme je vous l'ai demandé. » Il a relevé la tête, avançant d'un pas vers moi. « Et ne nous insultez pas tous les deux en prétendant vous soucier de moi.

— Bon… comment faites-vous pour être aussi agressif ? C'est un entraînement, chez vous ? »

Les lèvres de Parker se sont redressées.

« Allez. À mon retour, vous avez foutrement intérêt à maîtriser ce truc.

— Bien, monsieur. »

Un court instant, il m'avait semblé presque humain. J'avais oublié à qui j'avais affaire.

« Que les choses soient claires. Vous continuez à faire profil bas, vous faites ce qu'on vous demande. Tant que vous ne mettez pas le programme en danger, mes lèvres sont scellées. » Il a fait un pas de plus. « Jusque-là, vous l'avez mérité, mais dès l'instant où j'estime que vous représentez un danger, vous dégagez. C'est clair ? »

J'ai dégluti, puis hoché la tête. Finalement, j'aurais préféré avoir un Miltown sous la main.

Le moulin à rumeurs jurait que si Parker ne se faisait pas opérer du dos, il risquait la paralysie. Son "je me soucie plus du programme que de mon poste" était donc une idiotie totale. Bien sûr, les rumeurs évoquaient aussi des extraterrestres qui lui auraient implanté une sonde…

Clemons a présidé la réunion du lundi matin dans son habituel nuage de fumée.

« Bon. Première chose, sachez que l'opération du colonel Parker s'est parfaitement bien déroulée. Pas de complications. Il sera de retour dans un mois. »

Un mois sans Parker… Je dois admettre avoir été secrètement soulagée. Cela m'éloignait encore un peu plus de mon dernier rendez-vous chez le médecin. Même si Parker balançait tout, pour le Miltown, ça ne serait peut-être plus un problème. Personne ne savait qu'il me restait quelques pilules. Je les conservais en cas d'urgence.

« Quoi ? Il s'est déjà fait opérer ? » Lebourgeois a haussé les sourcils, surpris. « Je viens d'apprendre qu'il était malade. »

Clemons a hoché la tête en tirant sur son cigare.

« Il a pris rendez-vous depuis longtemps. Il ne voulait rien vous dire pour ne pas vous distraire dans votre entraînement. Belle abnégation. »

Cette version de l'histoire m'a sans doute fait lever les yeux au ciel.

« Bon, et qui y va à sa place ? » Toujours journaliste, Betty s'est penchée au-dessus de la table. « Sur la Lune, je veux dire.

— Malouf était sa doublure. Ce sera lui. » Clemons a fait glisser son agenda vers lui. « Vous m'obligez à abréger l'ordre du jour, mais bon… il faut dégager Malouf du prochain vol *Lunetta* pour le laisser se concentrer sur la mission lunaire. Benkoski et Terrazas sont déjà là-haut, dans la station. Tout cela nous a fait prendre conscience qu'il nous fallait plus d'hommes. »

Des hommes. Bien entendu. Pourquoi employer des femmes qualifiées, juste en face de lui, alors qu'on pouvait former plus d'hommes ?

« Bon, que les choses soient claires. Cette décision ne vient pas du président. Et ça n'a rien à voir avec les auditions de l'ONU. Nous avons toujours prévu d'étendre le programme une fois les protocoles installés. La blessure du colonel Parker ne fait qu'accélérer notre calendrier. »

Mais oui. J'ai jeté un regard à Nicole, dont la bouche était tordue par une moue dubitative.

« Il faudra du temps pour les sélectionner et les former. J'ai besoin de votre aide, de votre patience. En attendant… je crois qu'il est temps d'envoyer l'une de nos dames. »

Sabiha a approché sa chaise, dévisageant Clemons avec intensité. On devinait la pensée au-dessus de sa tête, la même que celle en train d'éclore dans toutes les nôtres, sans nul doute. *Moi. Laissez-moi y aller, moi. S'il vous plaît, moi.*

Je suis restée assise, très calme, les mains croisées sur le ventre, comme me l'avait appris ma mère.

Sous ma chemise, mon cœur battait la chamade en agitant sa main métaphorique. *Moi… S'il vous plaît, moi…*

« Parker a proposé… et je dois dire que j'approuve sa décision, d'envoyer Jacira Paz-Viveiros. » Il a baissé son cigare. « Félicitations. »

Enfin ! Une femme allait dans l'espace. Normalement, les réunions de travail étaient calmes, professionnelles, mais là, même les hommes étaient excités. J'ai félicité Jacira en souriant si fort que mon visage m'a fait mal.

Et j'étais sincère.

Mais… j'éprouvais un tel mélange d'émotions…

Jacira méritait cette mission. J'étais ravie qu'elle soit la première femme dans l'espace. J'étais rassurée que ce ne soit ni Betty ni Violette, qu'on aurait choisies pour une question d'image. Jacira était une véritable pilote. Par ailleurs, j'étais férocement soulagée que ce ne soit pas moi, parce qu'en tant que première femme dans l'espace on m'aurait surveillée, observée à un point difficilement supportable. Surtout sans Miltown.

Mais derrière tout ça, j'avais peur, très peur. Une petite voix en moi s'interrogeait. Et si Parker s'était *vraiment* débrouillé pour me clouer au sol ?

37

LES FEMMES PARÉES POUR L'ESPACE

Par Robert REINHOLD

KANSAS CITY, Kansas, 16 décembre 1957. La semaine prochaine, si tout se passe comme prévu, la conquête spatiale franchira un nouveau cap quand Jacira Paz-Viveiros s'envolera dans l'espace pour une mission de six jours, devenant la première femme à quitter l'atmosphère terrestre. La décision de la Coalition aérospatiale internationale d'envoyer cette reine de beauté de 32 ans – accompagnée de deux astronautes masculins – fait suite à de longs mois de doute, et de ce que certains appelleront des préjugés, quant à la capacité des femmes à supporter les rigueurs physiques et psychologiques de l'espace.

Installée à la console CAPCOM, j'ai mieux compris pourquoi Parker avait toujours cette saleté de balle de tennis à la main. Attention, je n'étais pas encore responsable du CAPCOM – ce plaisir revenait à Cleary. Moi, je n'étais que sa doublure, pendant que Benkoski et Malouf terminaient leur sortie dans le vide.

Cleary s'occupait en gribouillant, il avait rempli une page de cercles attachés à d'autres cercles, eux-mêmes attachés à… des cercles. Et puis soudain, une ligne mal dégrossie.

« Merde. »

Il s'est redressé sur son siège, allumant le microphone tout en connectant simultanément la capsule sur les haut-parleurs.

« Quel genre de problème ? »

La voix de Benkoski a grésillé dans la salle, toutes les conversations ont cessé.

« On n'arrive pas à refermer le sas. »

Mission Control a repris son activité d'un seul coup. Nathaniel s'est emparé de son casque audio et du téléphone en même temps. J'ai pivoté sur mon siège, la main tendue vers la bibliothèque qui s'alignait sur les étagères installées directement derrière la console CAPCOM. L'IAC possédait un volume entier consacré aux sas et à leur fermeture.

« Bien reçu. Décrivez le dysfonctionnement. »

La voix de Cleary ne trahissait nullement l'effervescence organisée qui emplissait Mission Control.

J'ai grimacé. Les capsules n'avaient pas de sas pressurisé, juste une ouverture sur le côté. Pour les sorties, les deux astronautes étaient en combinaison. S'ils ne parvenaient pas à refermer le battant, ils ne pourraient pas pressuriser la capsule. Et ils ne pourraient pas non plus réintégrer l'atmosphère terrestre.

« Est-il aligné correctement ?

— Oui. Ce n'est pas un problème d'alignement. »

Derrière sa voix, on devinait le sifflement calme de l'arrivée d'oxygène, dans son casque.

Nathaniel s'est approché, un schéma à la main.

« Dites-lui d'ouvrir le sas jusqu'à la butée. Il y a une goupille qui l'empêche de s'ouvrir entièrement, mais s'il la dégage, ils pourront l'ouvrir jusqu'au bout et mieux comprendre le problème. »

Cleary a hoché la tête, avant de tout répéter à Benkoski.

« Bien reçu. On ouvre jusqu'au bout. C'est en cours. »

Les haut-parleurs nous diffusaient sa conversation avec Malouf, alors qu'ils travaillaient sur le problème. Alors que Malouf y travaillait, plus précisément. La capsule était si petite qu'une seule personne pouvait s'occuper du sas, surtout en combinaison.

Pendant ce temps, Nathaniel s'est entretenu avec l'équipe chargée de la mécanique de bord. Quelques instants plus tard, Clemons est entré dans la salle en quittant son manteau. Il a immédiatement demandé un rapport sur la situation.

Moi, je me suis contentée de ne pas me mettre dans leurs pattes.

« Kansas, nous avons identifié le problème. » La voix de Malouf a interrompu les bavardages. « Une rondelle de butée s'est coincée dans le joint, près du gond. On essaie de la retirer.

— Ravi de l'entendre. »

Les épaules de Cleary se sont légèrement détendues.

Les miennes aussi. Le pire était de ne pas comprendre la nature du problème. Nous n'avions plus qu'à attendre qu'ils règlent la question.

Nathaniel s'est penché au-dessus de la console CAPCOM. D'un ton beaucoup trop calme, il a demandé à Cleary : « On a des nouvelles du colonel Parker ? Comment va-t-il ?

— Très bien. Même s'il doit porter une adorable minerve autour du cou. » Cleary a souri. « Lui ne trouve pas ça adorable du tout, bien sûr. Je crois qu'il l'appelle son collier de mer… euh… son collier de mémère.

— Son collier de mémère. » Je l'ai regardé. « Vraiment. »

Je ne sais pas s'il a rougi, mais il s'est replongé dans ses cercles. Nathaniel a échangé un regard avec moi en formant les mots « collier de mémère » tout en mimant une masturbation.

M'éclaircir la gorge n'était sans doute pas la façon la plus subtile d'étouffer mon rire. « Et… euh… on sait quand il aura la possibilité de… euh… d'être d'attaque ? Je suis sûr qu'il ne pense qu'à ça.

— Oui. » Nathaniel a hoché la tête, réprimant un sourire. « Il en a vraiment très envie. »

Dieu merci, Cleary n'a rien compris.

« Je crois qu'il faut au moins un an avant que les os ne fusionnent, mais il sera de retour bien avant. »

Dommage. Une année entière sans Parker m'aurait fait tellement plaisir.

« Kansas, impossible de retirer cette rondelle. Nos gants sont trop épais. Malouf propose d'utiliser un tournevis pour la dégager. Cela risque-t-il d'endommager le joint ? À vous. »

Mon mari a disparu, le Dr Nathaniel York a pris la relève.

« Il leur reste quelle quantité d'oxygène ? »

Cleary a froncé les sourcils.

« Ils veulent savoir si le tournevis… » Il a secoué la tête. « Quels sont vos niveaux d'oxygène ?

— Quarante-cinq minutes, plus ou moins cinq. » La voix de Benkoski avait le calme déconcertant des pilotes, comme s'il n'était pas question de sa mort prochaine.

Nathaniel s'est frotté la bouche.

« Voilà le problème. S'ils endommagent le joint, ils ne pourront pas repressuriser.

— Et s'ils ne peuvent pas refermer le sas, ils ne peuvent pas repressuriser non plus. »

Nathaniel s'est tourné vers les calculatrices.

« Basira… quel est le vecteur d'état actuel de la plateforme *Lunetta* ? »

Elle a pris une feuille de papier, traçant les sept parties du vecteur : trois pour la position, trois pour la vitesse, une pour le temps. Une orbite plus haute que le vaisseau, ce qui, d'après la mécanique orbitale, impliquait une vitesse plus lente. Ils pourraient peut-être l'attraper.

Clemons a hoché la tête, voyant où Nathaniel voulait en venir.

« Peuvent-ils atteindre la station spatiale avant d'être à court d'air ?

— En théorie. Peut-être. »

Il s'est adressé à nouveau aux calculatrices, de l'autre côté de la salle.

« Basira, il me faut une trajectoire et une approximation de la consommation d'oxygène pour un rendez-vous avec la station. Mettez-la-moi en ligne. Il leur faudra peut-être passer en orbite basse pour les récupérer. »

Mes jambes ont tressailli d'envie de rejoindre Basira et Myrtle à leur table de travail – vérifier les chiffres, faire les calculs. Mais tout le monde était compétent, et mon travail était ici. Doublure. S'asseoir, observer, apprendre et ne rien faire, sauf si on me le demandait.

Clemons a repris la parole : « Voilà ce que j'en pense… peut-on demander à Benkoski de se diriger vers la station pendant que Malouf travaille sur le sas ? S'il y arrive, tout va bien. Sinon, ils seront plus proches de la station. »

Nathaniel a secoué la tête.

« S'ils allument les fusées avec le sas ouvert, la secousse risque de désaxer les gonds. À mon avis, soit ils le laissent ouvert le temps que Malouf opère, soit ils le dégagent entièrement. » Il a regardé Cleary. « Expliquez-moi toutes les considérations pratiques. Vous connaissez cette capsule. »

Cleary a plissé les yeux en agitant les mains, comme si elles tâtaient quelque chose.

« Le dégager avec ces gants… ça risque de prendre du temps. »

Le temps. Il leur faudrait dix minutes pour s'arrimer, au mieux. Ce qui leur laissait une demi-heure pour le rendez-vous.

« Il faut qu'il allume les propulseurs maintenant. »

Tout le monde m'a regardée comme si une plante en pot venait de l'ouvrir. Sauf Nathaniel. Ses iris bleu clair se sont verrouillés sur moi, comme un télémètre laser. Sans me quitter des yeux, il a lancé à voix haute.

« Basira, il me faut les vecteurs d'état des deux appareils. Maintenant. »

Elle n'a pas cillé, saisissant la bonne page du premier coup. En face d'elle, Myrtle a encerclé les chiffres sortis du téléscripteur, puis les lui a tendus.

Elle était bonne mathématicienne, et méthodique, mais j'étais plus rapide. Je ne sais même pas d'où le crayon est sorti, mais quand Basira a récité les chiffres, je les ai posés sur la page des cercles de Cleary.

Pendant qu'on se penchait sur le problème, Nathaniel s'est tourné vers Cleary.

« Dites à l'équipage de dégager la rondelle.

— Et le joint ?

— Même si la capsule fuit, ils auront plus de chances de rejoindre la station. Pour le moment, on part du principe qu'il n'y aura pas de rentrée atmosphérique. »

Clemons a hoché la tête.

« Dites-leur qu'on leur envoie l'attitude de mise à feu et les coordonnées. Ils doivent agir dès réception, et charger les coordonnées. »

Parfois, les chiffres dessinent des images dans ma tête. Ils se sont croisés avec ma cervelle de pilote. J'ai visualisé l'arc du vaisseau et les commandes, dans ma main. J'ai vérifié mes chiffres. Malouf et Benkoski avaient une chance. Une seule.

« Kansas, nous avons dégagé la rondelle. Le joint s'est déchiré. Deux centimètres. On essaie de pressuriser ? »

De retour à son bureau, Nathaniel a répondu : « Négatif. Il faudra peut-être rediriger de l'oxygène vers leurs combinaisons. »

Dans la salle, l'atmosphère grésillait littéralement de concentration. Quelque part dans la

Support Room, une équipe d'ingénieurs s'activait pour définir comment agir au mieux. Et pourtant on aurait dit que tout le monde discutait de la météo.

Cleary aurait pu leur offrir une limonade.

« Brèche du joint confirmée. Ne tentez pas, je répète, ne tentez pas de pressurisation. Nous vous envoyons rapidement l'attitude de mise à feu et les coordonnées.

— Confirmé, Kansas, nous restons en combinaison. »

Sans cesser d'écrire, j'ai consulté l'horloge et mon ventre s'est serré. 12 : 32. C'était limite.

« Préparez-vous à une mise à feu de quarante-trois secondes, à 12 : 35… »

Quelqu'un a juré en comprenant les marges.

« Approche finale de la station *Lunetta* initialisée… dix minutes – un zéro minute – après mise à feu. »

J'ai levé mon crayon.

« Contactez la station, faites-la manœuvrer jusqu'à l'attitude de couplage, maintenez l'altitude et repliez les panneaux solaires. »

Sans ça, ils seraient sur leur passage.

Nathaniel a fait un pas vers moi. Il a inspiré, comme pour me demander si j'étais sûre de moi, puis il a hoché la tête. Il a consulté l'horloge. 12 : 33.

« Allez. »

Cleary a regardé Clemons, qui a hésité une fraction de seconde, avant d'acquiescer à son tour.

« GC. Donnez-nous un compte à rebours de dix minutes. »

Le Ground Controller a réglé l'horloge de

mission sur dix. Pendant ce temps, aussi factuel qu'un concierge, Cleary a relayé mes chiffres à la capsule.

Sa voix était si calme qu'on aurait dit qu'il sortait ses données de la bibliothèque. Nous disposions de plusieurs centaines de volumes de calculs pour tout ce qui pouvait mal se passer vers la Lune. Mais un rendez-vous orbital en quarante minutes avec un sas non scellé ? Aucune base de données au monde ne prenait en compte ce cas de figure.

Benkoski a répondu avec un calme qui dépassait celui de Cleary.

« Bien reçu, Kansas. Nous lançons la mise à feu. »

La demi-heure suivante a traîné, tout en filant à la vitesse de l'éclair. On aurait dit que le processus prenait une éternité. On les écoutait sans rien faire, incapables de faire quoi que ce soit pour eux, à part ajuster les chiffres à mesure de leur approche. Et puis, soudain, le temps s'est accéléré, dévorant la maigre quantité d'oxygène qui leur restait.

Au bout d'un moment, j'ai rejoint la table des calculatrices, où Myrtle et Basira pistaient les deux appareils.

Les ingénieurs ont réussi à leur offrir quinze minutes supplémentaires d'oxygène en demandant à Benkoski de dériver l'une des cellules de carburant, mais cela a réduit leur autonomie électrique. S'ils en cannibalisaient plus, aucun système de la capsule ne pourrait fonctionner.

La station est intervenue : « Nous apercevons la silhouette de leur véhicule. »

Ils étaient encore à plusieurs kilomètres de la station. S'ils se trompaient dans leur approche, ils la dépasseraient, puis perdraient du temps à corriger leur trajectoire.

« Plus qu'un kilomètre. Approche à dix mètres seconde. »

Tout dépendait de Benkoski, désormais. Il ne parlait pas. Le Flight Surgeon leur avait demandé de garder le silence pour économiser l'oxygène.

« 830 mètres. 6 mètres seconde. »

Si proche. Pitié, que tout se passe bien.

« 400 mètres, 3 mètres seconde.

— Kansas. *Lunetta*. Nous freinons. »

La voix de Benkoski était légèrement essoufflée. J'ai échangé un regard avec Cleary.

« Quinze mètres. C'est stable. »

Dans la salle, tout le monde retenait son souffle, comme pour imiter Benkoski et Malouf.

« Kansas. On les a. »

Partout autour de moi, des cris de joie et des louanges ont submergé la salle. J'ai posé le front sur le bureau. Ce n'était vraiment pas passé loin.

Et si cet incident s'était produit vers la Lune, sans station spatiale, nous les aurions entendus mourir d'asphyxie.

Quand nous avons franchi le seuil de notre appartement, Nathaniel a laissé tomber son porte-documents avant de refermer la porte du talon. Ses bras ont glissé sur mes hanches, m'attirant dos à lui, où… son attention était assez apparente.

Son souffle a réchauffé mon cou alors qu'il m'embrassait la nuque.

« Tu es un miracle.

— Je suis une calculatrice.

— Et pilote, aussi. » Il m'a embrassée un peu plus haut dans le cou. « Et astronaute.

— Aspirante. »

Nathaniel m'a mordillé le cou.

« Aïe ! » J'ai ri, puis je me suis retournée pour lui faire face. L'appartement était sombre, à part la lueur jaunâtre des lampadaires qui filtraient à travers les fenêtres. « Quelqu'un d'autre aurait compris le problème de mise à feu.

— Mais trop tard. » Sa main est remontée pour tracer une ligne sur mon front. Ses doigts étaient frais et rugueux contre ma peau. « On a eu de la chance. Et c'est grâce à toi, à ton expérience et à ton esprit extraordinaire, captivant, exquis… Alors, je te qualifie de miracle si je veux.

— Je ne sais pas… ça me paraît vraiment trop religieux, tout ça. »

J'ai trouvé la boucle de sa ceinture.

Nathaniel a remué les hanches et m'a fait pivoter pour me coller au mur. En passant les mains sur mes flancs, il est tombé à genoux devant moi.

« Laisse-moi te vénérer. »

Ses mains sont remontées à l'intérieur de mes cuisses, sous ma jupe, jusqu'à ce que je halète.

« Confirmé, nous avons une vénération. »

Un mois après l'opération de Parker, je suis entrée dans la salle pour la réunion du lundi matin – il était assis, là. Une minerve rigide maintenait sa tête en place. Il avait maigri, et il n'avait jamais été très épais. Des cernes profonds lui creusaient les yeux. Je ne l'avais jamais vu comme ça, même quand il était au plus mal.

Mais son attitude n'en trahissait rien. Aucun problème apparent. Jovial, il s'appuyait contre le dossier de son siège, ce qui lui permettait de regarder les gens qui l'entouraient. « … et là, je leur ai dit que s'ils tenaient tant à limiter la charge utile, il suffisait de demander aux astronettes de laisser leur sac à main chez elles. »

Les gars se sont esclaffés. Nicole a levé sa tasse de café vers eux.

« Mais si on fait ça, où allez-vous ranger vos couilles ? »

J'aimais tellement cette femme.

« Bon, tout le monde. Mettons-nous au travail. »

Clemons est entré d'un pas vif dans la salle, crachant de la fumée comme un moteur déréglé.

« Parker. Ravi de vous revoir. »

J'ai attrapé une tasse de café avant de m'installer à ma place habituelle, près de Nicole.

« Tu es mon héroïne, lui ai-je murmuré en me penchant vers elle.

— Vu comme tout le monde s'occupe de lui, on jurerait qu'il a été blessé au combat. » Elle a ouvert son classeur en faisant mine d'écouter Clemons. « On murmure qu'il s'est fait opérer pour réduire la taille de son balai dans le cul.

— L'opération a échoué.

— On dirait, oui. »

La réunion s'est déroulée à son rythme habituel, alors que nous passions en revue les affaires courantes. Chacun de nous avait un dossier en cours. Pendant l'absence de Parker, j'avais senti qu'on intégrait un peu plus les femmes au département. J'étais sûre que ça changerait, maintenant qu'il était de retour.

« Paz-Viveiros et Cleary, vous serez ravis d'apprendre que le simulateur est réparé. Vous pouvez reprendre l'entraînement. » Clemons a consulté son agenda. « Malouf, vous avez fait du bon travail, avec ce problème de joint, mais cela révèle quelques soucis dans la mission. Il faut faire des ajustements. Vous n'êtes plus CM pour la mission lunaire, vous commanderez la seconde. »

J'ai grimacé pour lui. C'était fort, mais avec le retour de Parker, je suppose que tout le monde partait du principe qu'il serait en état pour le lancement. Parker a froncé les sourcils, il s'est penché en avant, la tête inclinée, très raide.

« Monsieur… je ne serai pas prêt avant une bonne année.

— Je sais. » Clemons a agité son cigare vers lui. « Ce sera York, le nouveau CM. »

Un rugissement m'a traversé les oreilles, comme si j'encaissais d'un coup les 1 700 km/h de la rotation terrestre. J'ai secoué la tête pour m'éclaircir les idées. Le CM. Le commandant du module. Je ne serais plus seulement calculatrice, je piloterais aussi l'appareil en orbite lunaire, pendant que le module d'atterrissage descendrait à la surface.

Quelqu'un a prononcé mon nom. Puis quelqu'un d'autre. La pression atmosphérique et le vacarme ambiant ont repris leurs droits. Nicole me serrait dans ses bras. Derrière moi, Malouf m'a lui aussi serrée contre lui. Il a dit quelque chose de gentil. Je ne sais pas quoi.

De l'autre côté de la table, Parker s'est renfrogné. Il a posé la main bien à plat sur la table.

« Puis-je poser une question ? »

Non. Non. Je n'avais rien dit. J'ai serré les poings, mes ongles ont mordu mes paumes, je me suis forcée à respirer. Mon estomac était serré à m'en faire mal.

3,1415…

« Allez-y.

— Pourquoi York ?

— Il m'est apparu très clairement que la mission lunaire nécessitait la présence d'une calculatrice à bord. À chaque fois que la capsule passera du côté obscur de la Lune, le CM perdra le contact avec nous. » Clemons a fait glisser une feuille de papier vers moi. « Voici une liste des calculatrices de l'IAC. Je veux que vous identifiiez celles qu'on peut entraîner comme pilote. »

Je n'avais pas besoin de sa liste pour savoir quel nom venait en premier.

« Helen Liu. Elle est déjà pilote. Elle a une bonne expérience des avions à réaction. »

Mais j'ai quand même pris la liste.

« J'examinerai les autres.

— J'aimerais assister York dans cette tâche. »

Parker a affiché son sourire le plus sincère.

Il voulait m'assister. M'assister, *moi* ?

« C'est quoi, les médicaments que vous prenez ?

— Vous aimeriez en prendre vous aussi, pas vrai ? »

Son sourire était tranquille, une simple blague entre collègues, mais je mesurais très bien la menace sous-jacente. Profil bas, m'avait-il dit. Et voilà que je participais au premier alunissage. À sa place.

« Il faut aussi penser au tempérament des candidates. York a l'expertise requise pour la partie calcul, et je lui fais confiance comme pilote, mais l'espace, c'est différent. Elle n'y est jamais allée. Et puis j'aime bien me sentir utile. »

Il paraissait si raisonnable. Il avait même trouvé le moyen de glisser un compliment dans son petit laïus. Mais je l'avais déjà vu dégainer son délicieux sourire comme une arme. La liste a tremblé dans ma main.

Clemons a hoché la tête.

« Bien. Bien. Vous reprendrez le poste de CAPCOM sur plusieurs missions, mais cela ne devrait pas interférer.

— En fait, nous devrions peut-être profiter de la présence de ces dames avec nous pour discuter du tempérament requis pour leur candidature. Toutes les calculatrices sont des femmes, après tout. » Il a levé la main. « Mais je ne veux pas tout chambouler le premier jour de mon retour. Je suis simplement impatient de me remettre au travail. »

J'ai ravalé mes craintes, tâchant de reprendre le contrôle de la conversation.

« Excellente idée, Parker. Pourquoi ne pas plancher sur une première liste, vous et moi ? Ensuite, nous la soumettrons au groupe. Le directeur aura le temps de l'inscrire à l'ordre du jour.

— Absolument. » Son sourire de lèche-cul est revenu. « Mais on peut établir certains points dès à présent. Par exemple, ces candidates doivent être stables, d'un point de vue émotionnel. Ce serait rédhibitoire, si elles prenaient du Miltown, par exemple… »

1, 3, 5, 7, 9, 11…

Nicole s'est esclaffée comme une jeune première.

« Oh, pitié. Ça disqualifierait la moitié des États-Unis. »

Oh. Non. Nicole, non. Ne sacrifie pas tes propres chances dans le programme spatial…

… 13, 17, 23…

Sans bien savoir comment, j'ai réussi à rire moi aussi.

« C'est exact. Grand Dieu, moi-même, j'en prends. »

Parker a haussé les sourcils – si vite qu'on l'aurait cru pris par surprise.

« Est-ce… oh. C'est donc ça qui affecte vos temps de réaction, lors des essais ? »

Malouf a ricané.

« Si c'est ça qui ralentit York, je n'ose même pas l'imaginer à pleine vitesse… »

À côté de lui, Cleary a opiné.

« Elle a calculé la bonne trajectoire en moins de dix minutes, de tête. Avant de la coucher sur le papier, par sécurité. » Il a levé les mains en secouant la tête. « Je n'ai jamais rien vu de pareil. »

La minerve empêchait Parker de se joindre aux approbations, mais il s'est penché en avant.

« Dieu merci. »

Il a haussé les épaules avec une apparente sincérité.

« Je me demande seulement ce qu'elle fera dans l'espace, si elle est soumise à une forte pression… et qu'elle n'a pas de Miltown. »

Je cherchais frénétiquement les mots pour

l'arrêter, mais ma langue refusait de fonctionner, comme pour mieux admettre qu'il avait raison.

Benkoski s'est éclairci la gorge.

Il a joint les deux mains en lançant un regard solennel à Parker.

« Bon. Nous savons tous que vous ne l'appréciez pas. Et nous savons tous pourquoi. Nous savons aussi ce qui nous serait arrivé, à Malouf et moi, si elle n'avait pas occupé son poste, ce soir-là. » Il a pointé l'index vers Parker. Je me suis mordu la joue pour ne pas éclater en sanglots. « Vous prétendez qu'en nous sauvant la vie, elle n'était pas soumise à une forte pression ?

— Je ne prétends rien, je dis simplement que Mission Control n'a rien à voir avec l'espace. »

Terrazas a pris la parole, du fond de la salle.

« Pour votre information, le Flight Surgeon m'a proposé du Miltown à notre retour sur Terre. J'ai refusé, parce que j'avais peur qu'on me cloue au sol. J'aimerais moi aussi proposer mes services pour définir le bon "tempérament" pour être astronaute. Mais je peux vous assurer d'une chose : York l'a. »

Parker a inspiré, mais Clemons a levé la main pour l'interrompre.

« Vous n'étiez pas là, Parker. La santé de York ne pose aucun problème. Et ce n'est pas le sujet de la discussion. Nous souhaitons savoir quelles calculatrices ajouter à la liste.

— Bien sûr. » Parker a vaguement haussé les épaules en jetant un bref coup d'œil à Betty. « Je serais ravi de travailler avec York sur ce sujet. »

Clemons a tracé une ligne sur son agenda. Ensuite, il a dit : « Terrazas, c'est vous qui établirez cette liste avec York. Vous travaillerez ensemble à la préparation de la mission lunaire, de toute façon… »

C'était… miraculeux, oui. J'irai sur la Lune. Parker avait essayé de m'en empêcher… et il avait échoué. J'allais sur la Lune, bon Dieu.

Nathaniel et moi aurions un lancement *exceptionnel*, ce soir.

38

UN INGÉNIEUR PROPOSE UNE MISSION VERS MARS

8 JANVIER 1958. Dans son livre *Das Marsprojekt*, paru en Allemagne, le Dr Wernher von Braun détaille son plan pour un voyage vers Mars. L'ingénieur présente également son projet dans un cycle de conférences et dans plusieurs magazines à grand tirage. Il est convaincu qu'il est techniquement possible d'organiser une expédition d'environ soixante-dix personnes vers Mars.

À peine la réunion du lundi matin terminée, Nicole m'a attrapé le bras et m'a entraînée aux toilettes des dames. Un instant plus tard, Jacira et Sabiha nous ont rejointes. Sabiha s'est appuyée contre la porte, comme pour dissuader tout astronaute masculin d'entrer sans prévenir.

Mais c'était peut-être pour tenir quelqu'un d'autre à distance. Betty et Violette n'étaient pas là. Nicole m'a calée contre l'évier, comme si, petite fleur délicate, j'avais besoin d'un tuteur. Elle a dévisagé Sabiha et Jacira.

« Vous avez vu la façon dont Parker a regardé Betty ? »

Mon cœur, qui avait commencé à ralentir, est reparti à vive allure.

« J'ai vu, oui. »

Jacira a hoché la tête, elle aussi.

« Elle va directement balancer cette histoire de Miltown à *Life*. »

Dieu merci, Nicole m'avait collée contre l'évier. Mes genoux ont failli se dérober sous moi. Pour faire avancer sa carrière, Betty m'avait déjà livrée aux reporters. Ce n'était pas aussi juteux qu'un scoop comme celui-ci. Si la presse dévoilait que l'une des Ladies Astronautes prenait des tranquillisants, les choses deviendraient compliquées pour nous. Il fallait que j'aille voir Clemons pour lui demander de retirer ma candidature. Il choisirait quelqu'un d'autre. Helen… Helen avait les mêmes compétences que moi, et…

En moi, une toute petite partie raisonnable a hurlé : *Tu paniques !*

J'ai agrippé le rebord de l'évier jusqu'à ce que le Formica morde la chair de mes doigts. *1, 2, 3, 5, 7…* Les voix de Nicole, de Sabiha et de Jacira me parvenaient à travers un rideau de goudron. *11, 13, 17, 19…* Je pouvais sans doute faire quelque chose, *nous* pouvions. Mais pas seule, en revanche. La situation affecterait Nicole, elle aussi. Si quelqu'un creusait nos antécédents médicaux… J'ai tourné la tête vers elles, la gorge serrée.

« Betty.

— Quoi ? »

Nicole s'est tue à mi-phrase, puis s'est tournée vers moi.

« Je dois parler à Betty. Parker ne balancera rien à la presse. Si on apprend que c'est lui qui a fait fuiter l'info, ça ternira sa réputation. » J'étais certaine d'une chose, concernant le colonel Stetson Parker : il prenait grand soin de sa légende. Il se souciait également du programme spatial. Je n'aimais pas la façon dont il le manifestait, mais ça restait vrai.

« Si j'arrive à la convaincre de ne rien divulguer… »

Sabiha a quitté sa place, près de la porte.

« Je reviens tout de suite.

— Tu as besoin de renfort. »

Jacira l'a suivie. Sa queue-de-cheval s'est balancée en arc, derrière elle. Toutes deux ont quitté la pièce.

À mes côtés, Nicole a tiré une serviette en papier du distributeur mural, puis l'a humidifiée.

« Ça va ? »

Ma tête est retombée, mon menton a touché ma poitrine.

« Oui ?

— Passe-toi le visage à l'eau froide. » Elle m'a tendu le papier mouillé. « Tu te sentiras mieux.

— On dirait ma mère. » Mais j'ai pris la serviette, parce que maman avait toujours eu raison, à ce propos. Le papier frais a vaguement chassé la chaleur de mes joues, de mon front. « Comment a-t-on pu en arriver là ?

— En étant excellentes.

— Non… je veux dire, j'étais amie avec Betty, et maintenant… » J'ai haussé les épaules. « Je n'aurais pas dû lui en vouloir autant, après cette histoire de Girl Scouts. »

Nicole a ricané. « Arrête. C'est sa faute.

— Je l'ai aidée.

— Peut-être, mais… »

La porte des toilettes s'est ouverte. Jacira a poussé Betty à l'intérieur, Sabiha sur les talons. Elle s'est écartée de Betty pour se positionner près de l'entrée, les bras croisés, à côté de Sabiha. Betty a regardé derrière elle, puis vers moi.

« Bon… j'ai l'impression de retourner au lycée, là. » Ses lèvres ont formé un sourire sardonique. « Tu comptes m'accuser d'être une salope ? »

Je tenais toujours la serviette mouillée à la main. Je l'ai posée à côté du lavabo.

« J'allais m'excuser.

— Tu allais.

— Je vais. Je suis désolée de m'être fâchée pour cette histoire de Girl Scouts. Je t'ai mal traitée. » J'ai inspiré un grand coup en m'essuyant les mains sur mon pantalon. « Et je voulais te demander un service.

— Les excuses soumises à des conditions n'en sont pas vraiment.

— C'est vrai. Un point pour toi.

— Mais bon, je n'attends pas d'une Juive qu'elle donne quelque chose gratuitement. »

Derrière ma soudaine éruption de rage blanche, j'ai vu Nicole s'écarter de l'évier.

« Je trouve ça insultant.

— Oh. Tu es juive, toi aussi ?

— Pas besoin de l'être pour reconnaître une insulte. » Elle a traversé la pièce en fixant Betty.

« Tu étais pilote dans les WASP. Tu as oublié pourquoi on combattait ?

— Ça va. » Ça n'allait pas, mais je devais faire semblant, alors je me suis écartée de l'évier. Pour le moment, notre intervention risquait d'aggraver les choses. « Betty, je suis désolée. Puis-je… je voulais juste te parler. On peut essayer ? »

Elle a serré les lèvres un instant, avant de hocher la tête.

« Vas-y.

— Pourrais-tu… peux-tu ne pas dire à *Life* que je prends du Miltown ? » La tension m'avait noué les côtes. « S'il te plaît. »

Elle a lentement secoué la tête.

« Écoute… je suis désolée. Il s'agit de ma carrière.

— Et de la nôtre. » Je nous ai toutes désignées, dans la pièce. « Les femmes du programme spatial sont déjà en terrain glissant. À ton avis, quel effet cela produirait-il, si on savait que l'une d'elles prend des tranquillisants ?

— Si tu ne vas pas dans l'espace, tu retournes au département calcul. Ton mari fait partie du programme. Nous préparons une *colonie*. Tu finiras par y aller, même si je sors l'article demain. C'est juste une question de temps. Moi… on ne m'y enverra jamais. Je n'ai pas d'autre carrière. Je n'ai que ce boulot, au magazine *Life*. Je suis désolée. Vraiment. »

Jacira a incliné la tête.

« Mais *veux-tu* seulement aller dans l'espace ?

— Oui ! » La voix de Betty s'est brisée, elle a serré les poings. « Seigneur. Pourquoi tout le monde pense que je m'en fiche ? Parker ne cesse de répéter que je ne suis pas pilote, mais *je le suis*. Et je… laissez tomber.

— Je t'enseignerai les mathématiques. »

L'offre est sortie avant même que mon cerveau la formule.

« Quoi ?

— J'étais assistante, à l'université. Pas seulement en arithmétique. Des trucs de haut niveau. »

Je revoyais Parker proposer de valider ma formation sur le T-38 à condition de ne jamais parler de sa faiblesse à la jambe gauche. Avait-il senti le désespoir le saisir, ce jour-là ? J'ai soupiré, laissant mon ego de côté.

« Ils ont besoin de calculatrices. Je peux t'apprendre à en devenir une.

— Et si je refuse ? »

Derrière moi, Nicole s'est tortillée.

« D'accord, a-t-elle soupiré. Retour au lycée. Je suis au courant, pour Parker. Et aussi pour sa femme. »

Betty a pâli. Je m'étais vaguement demandé si elle couchait avec Parker, mais tout ce qui touchait à sa femme me dépassait complètement. Et cela n'avait aucune importance. Je n'étais pas Parker.

« Non. » Je me suis tournée vers Nicole. « On n'entre pas sur ce terrain-là. Si Betty refuse de nous aider, ça la regarde. Nous respecterons son choix. Je trouverai autre chose. »

La mâchoire de Nicole s'est refermée, comme si elle allait m'opposer un autre argument. Dans le miroir, au-dessus de l'évier, j'apercevais les sourcils froncés de Betty, arc-boutée sur ses talons, prête à s'enfuir. Derrière elle, Jacira et Sabiha gardaient la porte. Toutes me scrutaient.

Et dans le miroir, j'ai vu ce que je risquais de devenir. Je deviendrais comme Parker, j'écraserais tout et tout le monde pour aller dans l'espace.

J'ai soupiré, laissant la séquence de Fibonacci m'apaiser.

« Je suis désolée, Betty. Je suis désolée de t'avoir mal traitée. Et je suis désolée d'avoir essayé de te forcer à ne pas écrire ton article. » Je me suis détournée en me massant les tempes. « Mon offre de t'aider en maths tient toujours. »

Betty a cligné des yeux, puis, prenant tout le monde par surprise – y compris elle-même, je crois –, elle a éclaté en sanglots. Nous sommes restées figées sur place, choquées. J'ignore qui a fait le premier pas. Nicole, peut-être. Ou Jacira. Ou moi. L'instant d'après, nous l'entourions toutes.

Et là, j'ai compris que nous avions quelque chose, vraiment. Nous étions les Ladies Astronautes. Nous toutes. Et, bon Dieu de merde, nous irions *toutes* dans l'espace.

Je n'étais pas la première femme dans l'espace, je ne serais pas non plus la première femme sur la Lune. Mon rôle consistait à piloter le module de commande, pendant que mes collègues masculins arpentaient la surface lunaire.

La nuit précédant la quarantaine – pas question de tomber malade pendant les huit jours que nous passerions dans l'espace –, Nathaniel et moi avons fait une petite fête. Nicole nous a prêté sa maison. Notre appartement était trop petit.

Étrange de savoir que, dans une semaine, on me sanglerait sur une bombe de quatre mégatonnes, avant de me projeter dans le vide spatial. Chaque fois que je parlais à quelqu'un, je ne pouvais m'empêcher de penser : *C'est peut-être la dernière fois.*

Mais on m'avait donné une seconde chance, avec tante Esther, n'est-ce pas ? Elle était assise sur le canapé, à côté de moi, dans le salon de Nicole, un rhum-Coca posé sur son genou. La fête était peut-être en mon honneur, mais elle l'incarnait mieux que moi.

« Le pire, c'est que j'avais perdu la carte syndicale de maman, dans les montagnes russes ! Alors j'étais là, cruel dilemme… »

Eugene Lindholm avait posé un genou à terre pour écouter tante Esther, tandis que Myrtle occupait l'accoudoir du canapé. Il semblait trouver ma tante incroyablement charmante.

« Et alors ? Qu'est-ce que vous avez fait, madame ? »

L'idée de la présenter aux Lindholm m'avait un peu tracassée. Qu'est-ce que cette vieille dame du Sud penserait de nos amis noirs ? Je n'aurais pas dû m'inquiéter.

Elle a posé la main sur le bras d'Eugene.

« Eh bien, je suis contente que vous posiez la question. Je savais que si je ne retrouvais pas la carte, maman saurait que j'étais allée à la foire. Pire, elle ne pourrait plus travailler… alors, Rose et moi, on s'est approchées des montagnes russes, et puis j'ai relevé ma jupe jusqu'aux cuisses pour ramper dessous. Si maman avait su à quel point j'avais exhibé mes jambes, ça l'aurait bien plus énervée que la perte de sa carte ! Mais je l'ai retrouvée, oui, oui, je l'ai retrouvée. »

Hershel était assis sur le fauteuil, à ma droite, ses béquilles posées contre lui. Il s'est penché vers moi en désignant tante Esther. « C'est pareil à la maison. Quand on réussit à lui faire raconter ses anecdotes de gamines, elle ne s'arrête plus.

— Mais… la cohabitation. Ça va ?

— Parfaitement, a-t-il répondu, avant de sourire. Bon, d'accord, pas parfaitement, mais les gamins l'adorent et elle aide un peu Doris à la cuisine, donc ça va. En parlant d'enfants… Tommy !

— Mais je bavarde, je bavarde, et je n'ai rien bu du tout. Pourquoi ne me parlez-vous pas un peu de vous, jeune homme ? »

Tante Esther a pris une gorgée de rhum-Coca, ses yeux brillants braqués sur Eugene.

J'ai admiré l'habileté de tante Esther pour esquiver le fait qu'elle ne se souvenait plus du prénom d'Eugene. J'ai pris note de tenter cette sortie la prochaine fois que je serais « dans le tonneau », pendant une tournée presse.

Tommy a rejoint son père.

« Oui ?

— Apporte-nous le cadeau pour tante Elma. »

Il a acquiescé, avant de s'éloigner sur ses longues pattes. J'ai secoué la tête.

« J'ai l'impression qu'il a encore pris dix centimètres, depuis la dernière fois.

— Plus rien ne lui va.

— … commence les tests pour devenir astronaute. »

J'ai pivoté vers Eugene.

« Quoi ? Et c'est maintenant que tu le dis ? Félicitations !

— Ils viennent tout juste d'envoyer les lettres. » Eugene a haussé les épaules, d'un air étonnamment soumis. « Tu étais un peu occupée, tu sais.

— Ce qui est compréhensible. » Myrtle a posé la main sur son épaule avec une fierté de propriétaire. « Il a déjà passé ces tests, avant. Espérons que, cette fois, ils se serviront de la cervelle que leur a fournie le Seigneur… et qu'ils l'accepteront.

— Eh bien, Parker t'aime bien, ça aide énormément. »

J'avais mis de côté notre animosité permanente. De temps en temps, on la croyait disparue, et puis il me rappelait l'histoire du Miltown.

« Tu disais que les lettres venaient d'être envoyées ? Ah, excuse-moi… »

Je me suis levée pour trouver Helen. Elle était avec Ida et Imogene, près du bol à punch. Betty gloussait avec elles.

« … n'arrive toujours pas à le cr… chuuut !

— Chut ? » Je me suis arrêtée près d'elle en haussant un sourcil. « Donc soit tu as torpillé le punch, soit tu as reçu une lettre dont *personne* ne m'a encore parlé. »

Helen a bondi sur ses pieds, le visage fendu d'un sourire presque douloureux.

« Je vais passer les tests !

— Et nous aussi ! »

Ida a cogné son verre contre ceux d'Imogene et d'Helen. Les trois femmes semblaient aussi excitées que des gamines, la veille des vacances.

Betty m'a souri.

« Je la chaperonnerai pour les tests physiques.

— Et je m'occuperai du coaching en maths quand tu seras dans l'espace. » Helen m'a flanqué un coup de coude. « Je ne me lasse jamais de dire ça. »

Nathaniel est arrivé derrière moi, passant un bras autour de mes épaules.

« Tu sais à quoi je vois que ces filles sont tes amies ? L'idée des tests les enthousiasme. » Il m'a embrassée sur la joue en levant son verre. « Félicitations, mesdames. Aux étoiles. »

En riant, j'ai trinqué avec mes amies.

« Encore mieux : au club des Ladies Astronautes. »

39

DEUX ASTRONAUTES ET UNE ASTRONETTE SE PRÉPARENT POUR LA LUNE

KANSAS CITY, Kansas, 20 juillet 1958. Les deux premiers hommes à marcher sur la Lune lundi matin découvriront peut-être que « marcher » n'est justement pas la meilleure façon de procéder. La bonne méthode s'approcherait plus du « saut de kangourou ». Pendant leur exploration de la surface lunaire, le Dr Elma York, la Lady Astronaute, s'occupera du foyer dans la capsule en orbite autour de la Lune, en attendant leur retour.

Aujourd'hui, je vais dans l'espace.

Aujourd'hui, tout est plus vif que tout ce que la vie peut offrir. Le temps a réduit mon propre mariage avec Nathaniel en série d'images fragmentées, de moments partagés, dans un halo de joie.

Mais aujourd'hui… aujourd'hui, au petit déjeuner, la couleur renvoyée par mon œuf contient la nuance jaune orangé la plus saturée au monde. C'est mon dernier repas, avant de partir dans l'espace. Lebourgeois et Terrazas sont assis en face de moi, nous passons en revue les derniers détails, avant le vol. Un photographe est dans la salle – il a subi tous les examens médicaux exigés par l'IAC –, mais il ne me dérange pas.

Aujourd'hui, nous allons dans l'espace.

C'est le cinquième vol de Terrazas, le septième de Lebourgeois. Ici, c'est moi la bleue. Et je suis la seule femme.

Un homme imposant, aux larges épaules, les cheveux gris, le visage encadré par des favoris, s'approche de moi. Un court instant, je ne reconnais pas Clemons. Il n'a pas de cigare. Mais son odeur le précède encore, lourde fragrance.

« Vous êtes parés ? »

J'acquiesce, repoussant ma chaise de la table.

« Mes affaires sont dans ma chambre. J'ai laissé… une note.

— Je m'en occupe. »

Clemons hoche la tête, plonge les mains dans ses poches, comme s'il ne savait qu'en faire, sans son cigare.

Nous remontons le couloir – c'est peut-être la dernière fois que je remonte ce couloir – vers les vestiaires. Le photographe nous suit, puis s'éloigne pour accompagner les hommes. Pour la première fois, je suis soulagée d'être la seule femme du vol.

Mon humeur change quand j'entre dans le vestiaire. Les deux autres astronautes peuvent se tenir compagnie en revêtant leur combinaison. Moi, je connais l'équipe, bien sûr, j'ai répété ce moment plusieurs fois, à l'entraînement. Mais je ne trouve aucune formule toute faite, à part l'unique phrase *aujourd'hui, je vais dans l'espace*.

Dans un silence relatif, je me déshabille, puis j'enfile le long sous-vêtement qui me collera à la peau pendant l'essentiel du vol. Aujourd'hui, je le porterai dans l'espace.

Elles ont déjà habillé d'autres astronautes, elles ne me forcent pas à parler. Dieu bénisse leur professionnalisme. On doit s'y mettre à trois pour me positionner correctement dans ma combinaison pressurisée. Elle est robuste, conçue pour me protéger des éléments – ou de leur absence – dans l'espace. Là où je pars aujourd'hui.

Installée sur le siège, je fixe le mur en béton, devant moi. On abaisse le casque sur ma tête. Ce sont les dernières goulées d'atmosphère terrestre que j'emporte pour les huit prochains jours. Quelqu'un s'est parfumé au *White Shoulders*. J'en reconnais l'odeur, Grand-mère l'utilisait elle aussi.

Un clic. Le casque s'enclenche comme il faut. L'ambiance sonore change du tout au tout. Le son est étouffé, pas comme dans un casque de jet. J'entends les bruits de mon propre corps, je perçois l'odeur métallique de l'oxygène comprimé qui siffle autour de moi. Lentement, j'inspire, avec précaution. Puis je redresse les deux bras raides de la combinaison pour lever le pouce. Tout va bien. En face, elles hochent la tête, me font le signe OK.

Le monde extérieur se tient à distance. Je n'entendrai plus rien jusqu'à ce qu'on me branche au système de la capsule. Il faut maintenant attendre que l'azote quitte mon appareil circulatoire. C'est obligatoire, sinon, nous risquerions l'accident de décompression pendant le vol. L'atmosphère de la Terre est de 1 bar, mais la capsule est pressurisée à 0,38 bar.

Je repère quelques imperfections dans le mur en parpaings. On dirait une tête de dragon. Je me demande ce que les psychologues en auraient pensé, lors de nos tests initiaux. Malhabile dans la combinaison, je me tourne en agitant la main pour attirer l'attention d'une des habilleuses. Quand elle me regarde, je fais mine d'ouvrir un livre.

Elle sourit, tend la main vers les lectures que j'ai choisies pour cette attente. C'est le cadeau offert par mon frère, lors de ma petite fête de l'espace.

Superman N° 11. La fierté de sa collection de comics. Pleurer ? Mauvaise idée. Je suis une astronaute. Je suis dans une combinaison spatiale. Et aujourd'hui, je vais dans l'espace.

Depuis les quartiers d'isolement des astronautes, nous avons trois étages à descendre, mais l'ascenseur est lent. Mon unité d'oxygène portable est lourde, et quand on m'a proposé de la porter à ma place, j'ai décliné. Si les hommes y arrivent, moi aussi. Je commence pourtant à regretter ce choix, le temps que l'ascenseur atteigne enfin le sous-sol.

Deux techniciens nous accompagnent, au cas où. Ce serait mauvais signe, si on se retrouvait coincés dans l'ascenseur avant de partir sur la Lune. Lebourgeois danse d'un pied sur l'autre. Je ne l'ai jamais vu nerveux, auparavant.

Les portes s'ouvrent, une foule de reporters nous attend. On nous avait prévenus. Nous ne sortons pas. Nous prenons la pose, tous les trois, pour leur laisser le temps de prendre leurs photos. J'inspire profondément l'oxygène en bouteille, sans cesser de sourire.

Mon cœur bat plus rapidement que d'habitude, mais ma combinaison spatiale me protège de leurs questions. Qu'est-ce que les gens penseront en voyant les photos de ces trois astronautes dans leur épaisse combinaison en feuilles d'aluminium ?

Dans le bâtiment, mon frère, sa famille et tante Esther attendent le lancement. Ils sont déjà dans la salle d'observation qui donne sur Mission Control. Nathaniel est à son poste, debout, au lieu d'être assis comme tout être humain normal.

Nous laissons les reporters, puis grimpons dans la camionnette qui nous conduira à la fusée. Elle s'élève, tel un immense monolithe, témoignage de l'opiniâtreté humaine. Cette chose. Je vais piloter cette chose.

Bien sûr, il y a toujours un risque que notre départ soit reporté. Les lancements le sont fréquemment. Un câble défectueux. La météo. Un cinglé avec une bombe… Il faudra peut-être tout recommencer demain. J'ai assez souvent vécu ça, à Mission Control, quand il fallait annuler une mise à feu.

Quand nous émergeons de la camionnette, d'autres techniciens nous attendent au pied de l'ascenseur qui mène au sommet de la tour de lancement. Terrazas m'arrête d'une main, désigne le ciel.

Je me penche en arrière, seule et unique façon de regarder vers le haut dans une combinaison. Mes halètements résonnent dans mon casque.

L'*Artémis 9* fume dans le soleil du matin, comme un animal vivant. Sur le plan intellectuel, je sais que c'est un effet de l'oxygène réfrigéré, mais… mon Dieu, qu'elle est belle.

Quand je reporte mon attention devant moi, Terrazas a toujours les yeux levés – Lebourgeois aussi. Les deux hommes sourient, puis nous finissons de jouer les touristes. Il est temps de rentrer dans l'ascenseur. Il tremble, vibre et nous emporte. Les vastes plaines du Kansas s'étalent à nos pieds.

Sans qu'on me le demande, je m'arrête sur la tour de lancement, avant de grimper dans la capsule. Nous le faisons tous. À l'intérieur, les fenêtres sont orientées vers le haut. Ce sera ma dernière vision de la Terre, avant de partir dans l'espace.

Là-haut, le ciel argenté s'étend comme une couverture au-dessus de la Terre. Au loin, deux T-38 décrivent des cercles autour du périmètre pour nous dégager la route. Nous avons déjà dû retarder un lancement à cause d'un touriste qui avait décidé de voler à proximité pour y assister.

Les hautes herbes commencent à peine à redevenir vertes, après un hiver trop court à peine enneigé. Un patch rosâtre s'étale dans le vent, des fleurs sauvages précoces accueillent l'aube.

J'inspire, comme pour humer l'odeur de la Terre une dernière fois, mais tout ce que j'obtiens, c'est un peu plus d'oxygène. Je me tourne vers l'engin, un gant posé sur son flanc. Terrazas se met à genoux, puis rampe à l'intérieur.

Je laisse l'équipe l'installer, puis c'est mon tour. J'occuperai la couchette du milieu, pour le lancement. Lebourgeois aura celle de gauche, comme c'est l'usage pour le commandant de la mission. Le siège m'accueille, les jambes relevées. L'équipe resserre les sangles qui me maintiendront fermement en place pendant le lancement, puis branche mon alimentation en oxygène sur le vaisseau.

Le goût reste métallique, mais moins que la petite bouteille portable. C'est peut-être mon imagination.

Lebourgeois est paré. Soudain, le son revient dans mon petit monde intérieur. Les systèmes de com sont activés.

« Kansas, ici *Artémis 9*, annonce Lebourgeois. Nous sommes en position. »

La voix de Parker grésille dans mon oreille, depuis sa console CAPCOM.

« Position confirmée. Bienvenue à bord. »

Le sas se referme, emportant avec lui la dernière image de la Terre. Tout ce que je peux voir, c'est le ciel argenté, au-dessus de nous. Nous avons tous une check-list à valider. Je m'en acquitte consciencieusement, m'assurant que toutes les jauges et les boutons dont j'ai la responsabilité sont en bonne position. Pour le lancement, j'aurai très peu à faire. Je suis une passagère, Lebourgeois est le pilote. C'est une pure convention, bien sûr. Il ne prendra pas les commandes avant qu'on soit dans l'espace. Sauf si quelque chose dérape.

Pourtant, même ainsi, la liste des erreurs auxquelles nous pourrions survivre est très réduite.

Quand nous atteindrons l'orbite, nous aurons à peine deux heures pour initier la transition vers l'insertion translunaire. En théorie. Tout ce qu'on peut régler dès maintenant pour nous préparer à l'ITL nous fera gagner du temps. Voilà pourquoi on nous y entraîne. Nous connaissons la check-list par cœur.

Avoir les jambes au-dessus de la tête donne envie de faire pipi. Ce détail est passé sous silence dans les communiqués de presse, mais chaque astronaute le sait.

Les hommes ont des préservatifs compliqués et des poches. Moi, j'ai une couche.

Trois heures d'attente. Au bout de deux heures, j'urine, certaine que le liquide débordera et dégoulinera dans le dos de ma combinaison. Bien sûr, ça n'arrive pas. Être astronaute, c'est tellement glamour.

Soudain, il nous reste six minutes avant le lancement. J'ai passé en revue cinq ou six fois ma checklist, certaine d'avoir oublié quelque chose. À l'extérieur de notre minuscule capsule, ma famille est conduite sur la terrasse de l'IAC pour assister au lancement.

Avant d'être assignée à cette mission, je croyais que c'était par gentillesse, pour leur offrir une vue plus spectaculaire. J'y croyais vraiment, jusqu'à ce qu'on me demande de choisir une escorte pour ma famille ; parmi les astronautes. La femme de Benkoski avait un jour plaisanté sur cette « escorte vers le veuvage ». Nos familles étaient sur le toit, isolées de la presse, comme ça, si quelque chose déraillait…

En gros, si nous ne survivions pas au lancement, l'IAC les contrôlerait. Les médias n'auraient aucune image du moment où la tristesse et la douleur les frapperaient.

Tout résidait dans l'apparence du triomphe.

La voix de Parker grésille dans mon oreille.

« York. Le bureau d'ingénierie me demande de vous rappeler les nombres premiers. »

Le bureau d'ingénierie. Il ne peut pas dire « votre mari », ni céder une seconde la console à Nathaniel ? D'un autre côté, Nathaniel doit pouvoir m'entendre à cet instant. « S'il vous plaît, remerciez l'ingénierie et transmettez que je travaillerai sur mon théorème de divisibilité à mon retour. En espérant un lancement réussi.

— Message confirmé. » Sans une pause, il reprend son jargon technique. « Test moteur Go. »

Le vaisseau tremble et tressaille dans ses arceaux. Plus bas, les deux énormes moteurs Sirius pivotent pour tester leur marge de mouvement. On nous a appris à nous y attendre, sans jamais parvenir à faire en sorte que le simulateur imite le moment exact où les moteurs démarrent.

« T moins soixante secondes. Nous avons passé T moins soixante secondes. Cinquante-cinq secondes. »

« Merci, Mission Control, pour cet impeccable compte à rebours, déclare Lebourgeois.

— Remerciements bien reçus. Nous avons dépassé les cinquante secondes. Transfert de puissance terminé. »

Nos dernières jauges naissent à la vie.

« Puissance interne confirmée.

— Quarante secondes avant décollage, *Artémis 9*. Les réservoirs du premier étage sont maintenant pressurisés.

— Pressurisation confirmée. »

Lebourgeois est notre prêtre français, dans cette minuscule chapelle, il récite la litanie de l'espace.

« Trente-cinq secondes. Nous sommes toujours en Go, *Artémis 9*. Trente secondes.

— Tout va très bien, ici.

— Vingt secondes. T moins quinze secondes. Commandes en interne.

— Commandes internes confirmées. » Lebourgeois lève la main pour la poser sur l'horloge.

Je serre les accoudoirs de ma couchette, comptant dans ma tête.

« Douze, onze, dix, neuf. Début de la séquence d'allumage… »

En bas, le moteur rugit, la fusée entière est secouée comme une cabane en plein tremblement de terre. Cet instant m'a toujours paru silencieux, depuis Mission Control, mais aujourd'hui, assise dans la fusée, il n'y a aucun délai entre l'allumage et le bruit.

« Cinq, quatre, trois, deux, un, zéro, moteurs en action. DÉCOLLAGE. »

La fusée se déchaîne, m'enfonce dans ma couche. L'accélération me tire en arrière, comme si la Terre voulait nous empêcher de partir.

Lebourgeois enclenche l'horloge.

« Horloge. OK.

— Tour, dégagée.

— Reçu. Nous avons le programme de retournement. »

Des nuages tourbillonnent derrière les hublots alors que nous pivotons pour obtenir la bonne attitude, celle qui nous placera en orbite.

« Programme de retournement confirmé. »

Nous émergeons des nuages dans un bleu intense.

Soudain, le vol se calme, nous franchissons le mur du son, le tonnerre de la fusée disparaît derrière nous. Nous voilà livrés à nous-mêmes, désormais. Mission Control ne peut plus rien faire, jusqu'à ce que nous soyons en orbite.

« *Artémis 9*, ici Kansas. Vous avez un Go pour le premier étage. »

Maintenant, la voix de Lebourgeois semble épuisée par l'accélération qui nous écrase dans nos sièges.

« Coupure interne.

— Nous confirmons la coupure interne. »

Le bleu du ciel s'obscurcit, passe au violet foncé, puis au noir. Si sombre que ce n'est plus une couleur, mais une absence. Encre. Velours. Noir. Rien ne peut donner la mesure de la profondeur de l'espace.

« Éjection du premier étage. » Ses mains s'approchent des commandes, effleurent des boutons.

Les g disparaissent, je remonte dans mes sangles. Derrière nos hublots, le ciel sombre s'illumine d'étincelles rouges et or. Des morceaux de revêtement passent en un éclair, laissant filer des traînées lumineuses.

« Et… allumage. »

Soudain, le silence.

Sous nos pieds, le petit moteur nous pousse toujours plus haut, hors de l'influence de la Terre. Mais sans atmosphère, il est quasi silencieux, ne manifestant sa présence qu'à travers les vibrations du vaisseau. Techniquement, nous voilà dans l'espace, mais si Lebourgeois et Mission Control ne nous conduisent pas sur l'orbite correcte, nous retomberons au sol.

Une sangle de mon harnais flotte devant moi. Vers le haut. J'en détourne mon attention pour me concentrer sur les jauges, effectuant la première tâche de mon travail de navigatrice, pour les huit prochains jours.

« SECO[1]. Nous affichons 101,4 par 103,6. »

Parker répond avec son calme habituel. Il doit probablement lancer sa balle de tennis.

« Reçu. Coupure. Nous recevons 101,4 par 103,6. »

La capsule est silencieuse, à part le bruit de ma respiration et le sifflement de l'oxygène. Cent soixante-deux kilomètres plus bas, les stations de suivi pistent notre trajectoire de vol et envoient leurs chiffres par téléscripteur sur une table, à Kansas City. Deux calculatrices sont là, Basira et Helen. Elles les convertiront en élégantes équations.

« *Artémis 9*, ici Kansas. Vous avez le Go pour l'orbite. »

Lebourgeois tourne la tête, puis me sourit derrière sa visière.

« Félicitations, vous voilà officiellement astronaute. »

Mon visage me fait mal. Je souris si largement que mes joues sont des petites boules de joie.

« Nous avons du travail, pas vrai ?

— On ne va pas en manquer. Mais, attendez… » Terrazas pose une main sur mon bras, désigne le hublot. « Regardez. »

Il n'y a rien d'autre à voir qu'une immensité noire. Sur le plan intellectuel, je sais que nous sommes passés du côté nocturne de la Terre. Nous glissons dans son ombre… et puis la magie remplit le ciel.

1. Second Stage Engine Cutoff : coupure moteur du deuxième étage.

Les étoiles apparaissent. Par millions. Petits points précis de splendeur.

Ce ne sont pas les mêmes que dans mes souvenirs, avant le météore. Celles-ci sont claires, stables, sans atmosphère pour les faire scintiller.

Vous vous souvenez de la première fois que vous avez revu les étoiles ?

Je suis assise dans une capsule, en chemin vers la Lune.

REMERCIEMENTS

Ce livre déborde de la puissance cérébrale des autres. Laissez-moi en citer quelques-uns.

Au départ, c'est Brandon Sanderson qui a souligné certains problèmes dans l'intrigue. J'ai alors pris conscience que je ne tenais pas un livre, mais deux. L'existence de Stetson Parker est entièrement sa faute.

Liz Gorinsky, mon éditrice, et Jennifer Jackson, mon agent, ont toutes les deux accepté quand je leur ai dit : « Hmm… et deux livres ? »

Merci mille fois à Diana Rowland. Elle et moi avions toutes les deux des délais serrés, et c'est une cheerleader exceptionnelle.

Mon beau-père, Glenn Kowal, était pilote de chasse pendant la guerre du Vietnam. Il a aussi été pilote d'essai à l'époque du programme Apollo. Merci à lui pour les détails de l'incident avec les oiseaux… et l'atterrissage d'urgence sur la neige.

Derek « Wizard » Benkoski – oui, ce Benkoski-là. Dans la vraie vie, c'est un pilote de l'Air Force, il connaît l'histoire de l'aviation sur le bout des ongles. Il m'a aidée pour le jargon des pilotes – et par

« aidée », j'entends qu'il en a littéralement écrit certains passages. Je mettais des parenthèses du type [jargon de pilote], il les transformait en « *Wright-Patterson, ici Cessna Quatre Un Six Baker, altitude huit mille cinq cents pieds, en route vers la piste* ».

À ce sujet, deux véritables astronautes m'ont également aidée à remplir les blancs. Parce que, franchement, le jargon de la NASA… c'est vraiment du jargon.

Kjell Lindgren, astronaute, Flight Surgeon, CAPCOM, et bêta lecteur décidé. Non seulement il m'a fourni des lignes comme « Aujourd'hui, je me suis entraînée aux manœuvres d'abordage en sim, tout en veillant à bien régler les entrées RHC, malgré une zone neutre bien trop large », mais il a lu l'ensemble, éliminant tous les acronymes d'époque Navette spatiale dans une histoire d'époque Apollo. Il m'a aussi emmenée à l'aérodrome d'Ellison, m'a montré les T-38 et m'a laissée essayer une partie de son équipement de vol. J'ai dû réécrire certaines parties à cause de cette visite, et j'ai ajouté une tonne de détails sensoriels.

Une autre astronaute, Cady Coleman, m'a merveilleusement aidée à remplir les blancs, elle aussi. Elle m'a épargné certaines erreurs gênantes dans la scène de sortie spatiale, quand le sas refuse de se fermer. Le passage a été entièrement réécrit grâce à ses précieuses informations. Ouf.

Stephen Grenade, physicien des fusées, a été extraordinaire. Il a lu le roman entier, fournissant à peu près tous les calculs crachés par Elma. Je n'en ai compris aucun.

Jessica Marquez m'a donné accès à quantité de

documents sur les voyages spatiaux habités. Elle a aussi joué le rôle de bêta lectrice avec une grande intelligence.

Stacey Berg est autrice et chercheuse en médecine. L'avoir dans l'équipe était fantastique.

Sheyna Gifford, Flight Surgeon et Martienne virtuelle, m'a aidée avec certains détails médicaux, mais vous mesurerez vraiment son apport dans le prochain livre. Je ne dirais qu'une chose : *Ah, ah, ah, ah, ah !*

Andrew Chaikin – lisez son livre *A Man on the Moon* – est arrivé à la dernière minute pour me sauver, m'aidant à retravailler quelques trucs de l'époque Navette.

Chanie Beckman m'a guidée sur les aspects judaïques de la vie d'Elma, aidée par David Wohlreich, issu d'une famille de Charleston.

Lucianne Walkowicz est astronome au planétarium Adler, c'est l'une de celles qui m'ont suggéré de faire tomber le météore dans l'océan, m'expliquant à quel point ce serait catastrophique. Sans cafés en sa compagnie, la partie « effet de serre » du roman n'existerait pas. Merci beaucoup à Vicky Hsu et Yung-Chiu Wang, qui m'ont aidée avec différentes expressions taïwanaises. Je n'ai plus qu'à espérer qu'elles n'y aient pas glissé une blague salace. Yung-Chiu et moi, nous nous sommes rencontrées à la NASA, pendant un lancement, au Kennedy Space Center. Elle s'est montrée très patiente avec moi, quand j'évoquais les détails sensoriels.

Mes assistantes, Beth Pratt et Alyshondra Meacham, m'ont gardée saine d'esprit tout en verrouillant mon agenda pour me permettre de travailler sur ce roman.

Et puis il y a mes merveilleux bêta lecteurs. Mes remerciements à celles et ceux qui se sont accrochés jusqu'au bout du roman : Chanie Beckman, Hilary Brenum, Nicholas Conte, Peter Hentges, Amy Padgett, Julia Rios, Branson Roskelly et Eva VonAllmen.

Et bien sûr, ma famille, mais je dois mentionner deux personnes en particulier : mon mari, Rob, est très fort pour me laisser ruminer l'histoire à peu près n'importe quand. Et mon frère, Stephen K. Harrison, historien de son état, qui m'a aidée avec les évolutions mondiales après la chute du météore.

Tout ce qui est juste dans ce livre, c'est grâce à eux. Vous pouvez m'envoyer un mail pour tout ce qui ne l'est pas :

anachronisms@maryrobinettekowal.com

MAIS, avant de le faire… lisez la note historique qui suit, parce que j'avoue avoir triché par moments.

NOTE HISTORIQUE

Qu'en est-il des changements dans la trame temporelle ? Ils commencent, évidemment, avant le début du livre, par la défaite de Truman, battu par Dewey. Il me fallait un président en exercice qui lance le programme spatial un peu plus tôt que prévu.

C'est principalement parce que je m'étais enfermée moi-même dans une trame temporelle bien précise avec la novelette « La Lady Astronaute de Mars », dont ce livre est la préquelle. J'ai trois autres nouvelles[1] dans mon univers de « punchcard punk », dont la première, « Nous interrompons ce programme », évoque la chute d'un d'astéroïde. Comme il s'agissait de simples nouvelles, j'ai un peu bâclé mes recherches, et je n'ai pas pensé au fait que, en 1952, il nous fallait encore cinq ans avant d'envoyer quoi que ce soit en orbite.

Quand j'ai commencé mes recherches pour ce roman, j'ai pris conscience que la technologie suffisante existerait un peu plus tôt si je m'autorisais deux

1. Toutes ces nouvelles figurent dans le recueil *Lady Astronaute*, paru dans la collection Folio science-fiction.

petits accrocs dans la trame temporelle. Par exemple, dans la vraie vie, quand Wernher von Braun et son équipe ont été exfiltrés aux États-Unis, ils ont été détenus pendant deux ans avant qu'on les autorise à commencer leurs travaux sur les fusées. Pendant ce temps, von Braun a écrit *Project Mars : A Technical Tale*, dans lequel il propose une mission habitée vers Mars.

Le roman est… technique, justement. Il contient des schémas. Et des équations au dos. Il prouve que von Braun était un scientifique brillant, incroyablement utile pour les détails de mes propres recherches. Ai-je mentionné les graphiques ?

Et les faits sont là. Si le gouvernement l'avait couvert d'argent dès 1945, von Braun aurait bâti un programme spatial vers Mars. J'ai donc mis un président au pouvoir qui lui fournirait cet argent, puis j'ai balancé un astéroïde sur Washington.

Pour plus d'informations sur les premières fusées, je recommande chaudement le livre d'Amy Shira Teitel : *Breaking the Chains of Gravity*, très beau panorama du vol spatial pré-NASA.

La plupart des titres et des articles dans ce roman sont authentiques. Ils sont tirés du *New York Times*. J'en ai tordu quelques-uns pour des raisons de continuité historique, mais la plupart n'ont pas bougé.

L'un des plus intéressants, c'est celui qui évoque les premiers tests des femmes astronautes. C'est vraiment arrivé. Elles étaient une douzaine. On les a invitées à passer les tests pour amasser des données, puis la politique a mis un terme à l'expérience. Les résultats montraient pourtant que les femmes encaissaient mieux les forces g et géraient mieux le stress que les hommes. L'une d'elles avait huit enfants. Je me plais à croire que les tests de stress ne l'ont pas trop inquiétée.

Jetez un coup d'œil sur *Promised to the Moon*, de Stephanie Nolen. Certaines femmes dans les scènes de test étaient pilotes d'essai. Renseignez-vous, par exemple, sur Jackie Cochran et Jerrie Cobb. Vous verrez qu'elles m'ont aidée à peaufiner Elma et Nicole. Ces deux personnages étaient déjà là, mais quand j'ai pris conscience des points communs, j'en ai profité.

En parlant de Jackie Cochran… elle a créé les WASP et fondé l'Aéroclub 99s. Sans elle, les femmes auraient eu encore plus de mal à devenir pilotes civiles. C'était une femme remarquable et complexe.

Les WASP étaient des pilotes accomplies, et toutes les statistiques que je cite à leur sujet sont justes. Y compris le fait que la seule femme noire à postuler a été forcée de retirer sa candidature.

Pendant ce temps, les aéroclubs noirs et les meetings aériens étaient extrêmement populaires. Petit clin d'œil à Bessie Coleman, qui n'a pas pu obtenir son brevet de pilote aux États-Unis à cause de la ségrégation. Elle a appris toute seule, puis s'est rendue à Paris pour passer son brevet. Pour plus d'informations sur Mlle Coleman et d'autres aviatrices et astronautes afro-américaines, lisez *Black Wings,* de Von Hardesty.

À propos des calculatrices ? Voici trois livres à lire impérativement : *Rise of Rocket Girls* de Nathalia Holt, *Hidden Figures*[1] de Margot Lee Shetterly, et

1. *Les Figures de l'ombre* Livre et film disponibles en français.

The Glass Universe de Dava Sobel. Ces trois livres se concentrent sur les mathématiciennes – les « calculatrices » – qui ont bâti l'astronomie et les fusées, à l'époque. Elles faisaient tous ces calculs à la main, avec des crayons et des règles à calcul, bien avant l'apparition des premières calculatrices mécaniques. Aurions-nous pu aller sur la Lune sans calculatrices mécaniques ? Les femmes faisaient ces calculs avant les machines. Les machines étaient certes plus rapides – quand elles ont commencé à fonctionner pour de bon –, mais elles ne pouvaient pas concevoir les équations. Celles-ci étaient toujours écrites à la main, les premières années. Même si vous avez vu le film *Les Figures de l'ombre*, lisez le livre. Il est exhaustif et très détaillé. Dans le même ordre d'idée, *Rise of the Rocket Girls* montre l'implication des femmes au Jet Propulsion Laboratory, et ce dès le premier jour. Dans la pratique, personne n'embauchait d'hommes au département calcul.

J'ai écrit ce roman en 2016, avant la publication des *Figures de l'ombre*, et quand j'ai vu la bande-annonce du film, j'ai sauté de joie dans la salle, parce que c'était l'un des sujets de mon livre. J'étais aussi soulagée, parce que la « suspension d'incrédulité » de mes bêta lecteurs était mise à mal par l'inclusion de femmes de couleur au département calcul. Il y en avait bel et bien. Le personnage d'Helen est très librement adapté d'Helen Yee Chow Ling. La carrière d'Ida Peak est inspirée de celle de Janez Lawson. J'étais donc ravie de la sortie des *Figures de l'ombre.* C'était un pas de plus vers la réhabilitation de ces femmes, effacées par l'histoire.

Dans les années cinquante, un homme avec un

diplôme supérieur en mathématiques était ingénieur. Une femme était calculatrice. Il y avait une immense différence de salaire entre ces deux titres, même si les femmes concevaient les algorithmes qui ont tant apporté à l'industrie spatiale. En outre, les Blancs étaient mieux payés pour le même travail. J'aimerais que ces batailles historiques appartiennent au passé, mais aucune de ces statistiques n'a changé.

Donc, je repose la question : aurions-nous pu aller sur la Lune sans les calculatrices mécaniques ? Peut-être. C'est là que je prends le plus de liberté. Dans la vraie vie, la plupart des OTB (orbites terrestres basses) étaient calculées à la main. D'importantes équipes de calculatrices humaines travaillaient ensemble pour effectuer les calculs nécessaires à chaque étape du programme spatial.

Quand les calculatrices mécaniques sont devenues fiables, elles étaient plus rapides et – plus important – ne nécessitaient plus la même quantité de travail spécialisé dont se chargeaient les départements calcul humains. Les calculatrices mécaniques permettaient aussi la transmission binaire d'images visuelles. Les capsules Apollo se servaient de l'ordinateur UNIVAC pour suivre le vaisseau et pour décoder les signaux qui revenaient vers la Terre.

La trame temporelle de la Lady Astronaute contient ces calculatrices mécaniques, même si j'en ai considérablement limité l'usage. Aurions-nous pu aller sur la Lune *uniquement avec* des calculatrices humaines ? Peuuuuut-être. Mais nous n'aurions pas pu suivre les vaisseaux, nous n'aurions pas pu communiquer avec eux en chemin.

À part ça, j'ai essayé d'être honnête avec les aspects scientifiques du roman.

Voici quelques éléments réels que j'ai « empruntés » et ajustés :

Mr. Wizard a vraiment été pilote, pendant la Seconde Guerre mondiale. Même s'il n'y a jamais eu de Lady Astronaute dans son émission, j'ai été frappée par le fait que les petites filles y étaient traitées de la même façon que les garçons. Le genre n'importait pas, il les considérait avec un authentique respect intellectuel. J'ai extrapolé cet aspect pour en tirer les épisodes avec la Lady Astronaute.

La fusée qui s'abat sur la ferme Williams est tirée de *Mariner 1*, même si, ce jour-là, le responsable de la sécurité des opérations a fait son travail. La fusée a bel et bien explosé. Mais les détails sur l'exposant manquant à cause d'une erreur de transcription sont authentiques. Et dans la vraie vie, le type qui a fait l'erreur a été promu.

Michael Collins, qui se trouvait dans le module de commande pour la mission *Apollo 11*, aurait dû partir sur *Apollo 8*. Mais il avait des esquilles au cou. Son opération et sa longue guérison sont documentées dans son excellente autobiographie *Carrying the Fire*. J'ai piqué cette histoire et je m'en suis servie pour Stetson Parker.

Collins évoque aussi la difficulté à refermer le sas d'une capsule après une sortie spatiale. J'ai poussé cette idée un peu plus loin, mais l'inspiration vient de lui.

L'espace est un domaine vraiment incroyable. Nous tendons à nous concentrer sur les astronautes, mais des milliers de gens se consacrent à l'exploration spatiale. Quand je passe à la NASA, je suis toujours frappée par les différentes personnes que j'y croise. Elles estiment faire le plus merveilleux des jobs. Elles ont la sensation d'accomplir quelque chose d'important. Et c'est le cas. Notre trame temporelle n'a pas eu besoin de météore pour développer son programme spatial, mais l'exploration reste importante. Tant d'aspects de notre vie quotidienne dérivent directement de l'industrie spatiale. Les ordinateurs, les satellites, les GPS, les perceuses sans fil, les appels par téléphone portable… toutes ces choses ont été inventées par la NASA ou d'autres agences spatiales. Nous regardons les astronautes, mais ils ne sont que la pointe de la fusée.

DE LA MÊME AUTRICE

Aux Éditions Gallimard

LADY ASTRONAUTE (Folio Science-Fiction n° 665)

Aux Éditions Denoël

VERS LES ÉTOILES (Folio Science-Fiction n° 714)

VERS MARS (Folio Science-Fiction n° 736)

SUR LA LUNE (Folio Science-Fiction n° 740)

L'HOMME SUPERFLU

Dans la même collection

661.	Annalee Newitz	*Autonome*
662.	Nicolas Texier	*Opération Sabines* (Monts et merveilles, I)
663.	Ray Bradbury	*Le Pays d'octobre*
664.	Patrick K. Dewdney	*L'enfant de poussière* (Le cycle de Syffe, I)
665.	Mary Robinette Kowal	*Lady astronaute* (INÉDIT)
666.	Lucie Pierrat-Pajot	*Les mystères de Larispem, II* (Les jeux du siècle)
667.	Lionel Davoust	*La Messagère du Ciel* (Les dieux sauvages, I)
668.	Thibaud Latil-Nicolas	*Chevauche-Brumes*
669.	Nicolas Texier	*Opération Jabberwock* (Monts et merveilles, II)
670.	Ernest Callenbach	*Écotopia*
671.	Adam Roberts	*Jack Glass, l'histoire d'un meurtrier*
672.	Élisabeth Vonarburg	*Chroniques du Pays des Mères*
673.	Pierre Alferi	*Hors sol*
674.	Alain Damasio	*Les Furtifs*
675.	Michael Roch	*Le livre jaune*
676.	Yoon Ha Lee	*Le stratagème du corbeau*
677.	Ian McDonald	*Luna – Lune du loup* (Luna, II)
678.	Gareth L. Powell	*Braises de guerre*
679.	Christopher Priest	*Conséquences d'une disparition*
680.	Lionel Davoust	*Le Verrou du Fleuve* (Les dieux sauvages, II)
681.	Manon Fargetton	*Dix jours avant la fin du monde*
682.	Katherine Arden	*La fille dans la tour*

683. Philippe Auribeau — *L'héritage de Richelieu*
684. Jean-Philippe Jaworski — *Chasse royale – Curée chaude* (Rois du monde, II-3)
685. George Orwell — *1984*
686. Adrian Tchaikovsky — *Chiens de guerre*
687. John Varley — *Blues pour Irontown*
688. Patrick K. Dewdney — *La peste et la vigne* (Le cycle de Syffe, II)
689. Ian McDonald — *Luna – Lune montante* (Luna III)
690. Lucie Pierrat-Pajot — *Les mystères de Larispem, III* (L'élixir ultime)
691. Katherine Arden — *L'hiver de la sorcière*
692. Jo Walton — *Pierre-de-vie*
693. Lionel Davoust — *La Fureur de la Terre* (Les dieux sauvages, III)
694. Philip K. Dick — *Radio libre Albemuth* (Prélude à la trilogie divine)
695. Estelle Faye — *Les révoltés de Bohen* (Le cycle de Bohen, II)
696. Fabien Cerutti — *Les secrets du premier coffre*
697. Philippe Testa — *L'obscur*
698. Jean-Philippe Jaworski — *Le sentiment du fer*
699. Thibaud Latil-Nicolas — *Les flots sombres* (Chevauche-brumes, II)
700. Aurélien Manya — *Trois cœurs battant la nuit*
701. Rozenn Illiano — *Le phare au corbeau*
702. Ted Chiang — *Expiration*
703. Laurent Genefort — *Colonies*
704. Adam Roberts — *La chose en soi*
705. Gareth L. Powell — *L'armada de Marbre* (Braises de guerre, II)
706. Sébastien Coville — *L'Empire s'effondre*
707. Lionel Davoust — *L'Héritage de l'Empire*, 1 (Les dieux sauvages, IV)

708.	Lionel Davoust	*L'Héritage de l'Empire*, 2 (Les dieux sauvages, IV)
709.	Jacqueline Carey	*La marque* (Kushiel, I)
710.	Jacqueline Carey	*L'élue* (Kushiel, II)
711.	Ken Liu	*Jardins de poussière*
712.	Auriane Velten	*After*®
713.	Grégoire Courtois	*Les agents*
714.	Mary Robinette Kowal	*Vers les étoiles*
715.	Geoffrey Le Guilcher	*La Pierre jaune*
716.	Emmanuel Chastellière	*La piste des cendres*
717.	Estelle Faye	*Un reflet de lune*
718.	Jacqueline Carey	*L'avatar* (Kushiel, III)
719.	Antonio Exposito	*Le quatrième Roi mage*
720.	Élisabeth Vonarburg	*Le silence de la Cité*
721.	Frank Herbert	*Nouvelles, I*
722.	Frank Herbert	*Nouvelles, II*
723.	Thibaud Latil-Nicolas	*L'appel des grands cors* (Chevauche-brumes, III)
724.	Olav et Viat Koulikov	*Enquêtes d'un détective à vapeur*
725.	Pascale Quiviger	*Le Royaume de Pierre d'Angle, I* (L'art du naufrage)
726.	Adrian Tchaikovsky	*Dans les profondeurs du temps*
727.	Sabrina Calvo	*Melmoth furieux*
728.	Chris Brookmyre	*La ville dans le ciel*
729.	Emmanuel Chastellière	*Célestopol 1922*
730.	Patrick K. Dewdney	*Les chiens et la charrue* (Le cycle de Syffe, III)
731.	Sébastien Coville	*Toucher la peau du ciel* (L'Empire s'effondre, II)

Tous les papiers utilisés pour les ouvrages des collections Folio sont certifiés et proviennent de forêts gérées durablement.

Composition : IGS-CP à L'Isle-d'Espagnac (16)
Impression Novoprint
à Barcelone, le 9 avril 2024
Dépôt légal : avril 2024
1er dépôt légal dans la collection : septembre 2022

ISBN : 978-2-07-297185-3 / Imprimé en Espagne

634859